아침과 저녁의 범죄

ASA TO YU NO HANZAI

© Ten Furuta 2021

First published in Japan in 2021 by KADOKAWA CORPORATION, Tokyo.
Korean translation rights arranged with KADOKAWA CORPORATION, Tokyo

through JM Contents Agency Co.

아침과 저녁의 범죄

후루타 덴 장편소설

문지원 옮김

블루홀6

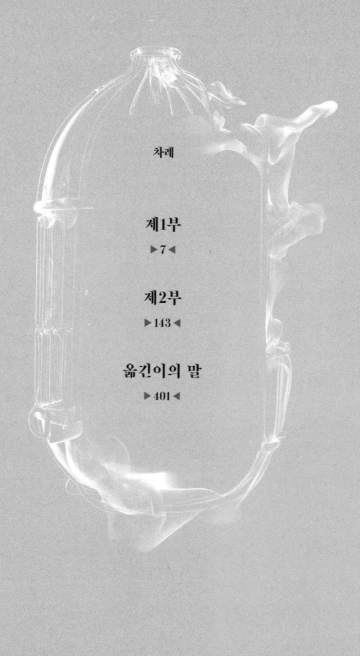

차례

제1부

제2부

옮긴이의 말

일러두기

본문의 각주는 전부 독자의 이해를 돕기 위한 옮긴이 주입니다.

제1부

누구에게서 태어났느냐가 아니라
누구와 함께 풀을 뜯어 먹느냐가 중요하다.

세르반테스, 『돈키호테』

1

노란불은 '가시오'다.

'아버지'에게 처음 배웠다.

빨간불은 멈추시오. 파란불은 가시오. 노란불은 전속력으로 돌진하시오!

2

빠앙!

차가 날카로운 경적을 울리며 눈앞을 스치듯 지나갔다. 풍압에 펄럭인 플란넬 셔츠 자락이 문을 긁지는 않았을까 싶을 정도였다. 횡단보도 너머로 보이는 신호등은 빨간불이었다. 시야에 들어온 청년에게 정신을 빼앗겨 주위를 살피지 못했다. 한 걸음 물러선 아사히의 앞으로 색과 모양이 제각각인 차들이 끊임없이 지나갔다. 대학에서 가장 가까운 역 앞 로터리는 언제나 교통량이 많았다.

평소에는 너무 길게 느껴지던 대기 시간이 지금은 긴지 짧은지 알 수 없었다. 차도의 신호가 노란불로 바뀌고 꼬리를 물고 달리던 차들이 멈춰 섰다. 횡단보도의 줄무늬가 반대편 끝까지 온전히 모습을 드러냈다. 파란불로 바뀐 신호등 아래에 선 청년이 다시 시야에 들어왔다. 지저분하게 찢어진 청바지와 투박한 나이키 운동화. 금발에 가까운 머리에 여러 피어싱. 원숄더백을 메고 있었다.

아사히는 저 청년을 안다.

얼굴을 본 지 오래되었지만 보자마자 한눈에 알아봤다. 상대도 아사히의 존재를 눈치챘는지는 모른다. 본 적 있는 사람 같다고나 할까. 아사히가 그를 바라보는 것처럼 그도 아사히를 바라봤지만 표정은 거의 없었다.

역으로 향하는 학생과 회사원들 사이에서 청년이 걸음을 뗐다. 아사히는 한 박자 늦게 역이 토해낸 인파에 휩쓸려 걷기 시작했다. 아사히와 그는 서로를 응시한 채 점점 가까워졌고 두 사람 모두 세 걸음만 더 걸으면 스쳐 지나갈 순간에 갑자기 그가 씨익 웃으며 말했다.

"깜짝 놀랐네."

쌍꺼풀이 진 해맑은 눈망울이 개구진 소년 같았다. 장난이 성공했을 때 유히는 언제나 이런 표정을 지었다.

"뭐야, 너도 알아봤구나."

"한눈에 알았지. 형, 안 변했네."

"너는……."

청명한 가을하늘을 배경으로 빛나는 금발을 올려다봤다. 못 본 사이에 훌쩍 자라 아사히보다 키가 더 컸다.

"너도 하나도 안 변했네. 그래서 알아봤어."

"바빠?"

유히가 신호등을 확인하며 물었다. 아사히는 그렇지 않다고 대답했다. 강의 시간까지 아직 여유가 있고 늦어도 딱히 상관없다. 유히가 건너온 길을 되돌아 함께 횡단보도를 건넜다. 로터리 중앙에는 약속 장소로 사용되는 자그마한 광장이 있었다.

"왜 보행자용 신호등에는 노란불이 없을까."

깜빡이는 파란불을 보면서 유히가 말했다. 아사히는 그런 유히의 옆모습을 흘긋 살폈지만 별다른 뜻은 없어 보였다.

"지금 몇 살이야?"

"뭐야, 하나뿐인 동생의 나이도 잊은 거야?"

"정확하게는 모르니까."

"농담이야. 열아홉. 결국 생일이 언젠지 몰라서 8월 1일로 정했어. 형은 스무 살이지? 대학생?"

"정경학부 2학년."

"대박이다. 하긴 형은 머리가 좋고 성실했지."

"너는?"

"라멘집에서 아르바이트해. 고등학생 때부터 쭉."

대학은 안 갔어? 고등학교는 졸업했고? 꼬치꼬치 캐묻기 조심스러웠다.

"지금도 아르바이트 가야 해."

"가게는 이 근처야?"

"아니, 가마쿠라. 오늘은 친구 만나러 왔어. 미용전문학교에 다니는 아이인데 이 동네에 살거든. 그런데 설마 형을 만날 줄이야. 도쿄에 살아?"

"응, 세타가야에."

"'응, 세타가야에'."

유히는 아사히의 말투를 흉내 내며 머리부터 발끝까지 빤히 훑었다. 특징 없는 검은 머리, 평범한 티셔츠와 무난한 메신저백을.

"도쿄에 사는 사람치고는 수수한 거 아니야?"

"신경 꺼."

"그래, 연락처 교환하자."

유히는 말하면서 후드 주머니에서 재빨리 휴대폰을 꺼냈다. 아사히도 가방에서 휴대폰을 꺼냈다.

"아, 형도 평범한 휴대폰 쓰는구나. 아이폰 4S나 스마트폰에 관심은 가지만 가격이 가격이잖아."

"그렇지."

나는 최신 기기에 관심은 없었지만 그래도 맞장구쳤다. 경제 사정은 진로보다 더 묻기 어려운 주제였다.

생각해 보면 십 년 만의 재회였다. 횡단보도를 사이에 두고 우연히 서로를 발견하고 오 분도 채 지나지 않아 이렇게 언제든 연락을 주고받을 수 있게 되었다고 생각하니 기분이 몹시 이상했다.

"할 이야기가 많지만 아르바이트 가야 해서. 나중에 다시 만나자."

"그래."

"되도록 빨리 보자. 문자 할게."

인사를 하고 헤어진 뒤 걸음을 뗐는데 곧바로 등 뒤에서 "형" 하고 부르는 소리가 들렸다. 뒤돌아보니 유히가 뒷걸음질로 횡단보도를 건너며 치아가 보이게 입을 '이'하고 벌렸다.

"예쁘네."

아사히는 가지런한 치열을 혀로 쓸었다.

3

"치아 교정하자."

아사히를 맡아 집으로 데리고 가는 차에서 엄마가 말했다. 조수석에 앉은 엄마는 차에 탄 뒤로 줄곧 앞을 응시하거나 차창 밖으로 고개를 돌리고 있어서 뒷좌석에 앉은 아사히에게는 하얀 귓불 아래서 흔들리는 귀걸이만 보였다. 투명한 보석은 다이아몬드 같았는데 애초에 아사히가 아는 보석이라고는 다이아몬드뿐이었다. 흔들리는 다이아몬드 귀걸이가 아사히가 기억하는 엄마의 첫인상이었다. 분명 그 전에 아동상담소에서 만났을 테지만 아무런 기억이 없었다.

"교정이라면 아빠에게 맡겨. 아빠는 치과의사니까. 교정은 빠를수록 좋아."

운전대를 잡은 남자가 룸미러로 아사히를 쳐다봤다. 아빠라는 단어에 어떻게 반응하는지 살폈을 테지만 당시에는 몰랐다. 말이 없는 아사히를 어떻게 받아들였는지 모르겠지만 새아빠는 번쩍 빛나는 안경 뒤로 눈을 가늘게 뜨며 다정하게 말했다.

"호칭은 네가 편한 대로 부르렴."

아사히는 화들짝 놀라 서둘러 대답했다.

"네."

"그렇게 예의 차릴 필요 없어."

"애가 예의 차린다는 말을 어떻게 알겠어."

"아, 그런가."

그 말이 어떤 뜻인지 대강 알았지만 잠자코 있었다. '아버지'가 라디오를 즐겨 들어서 안다고 말하면 안 될 것 같았다.

앞으로 지낼 집은 도쿄 세타가야 지역에 있는 집으로, '고즈카 치과'라는 간판이 걸린 벽돌색 건물 뒤에 있었다. 병원보다 훨씬 새 건물 같아 보이는 하얀 이층집이었는데 넓은 발

코니와 잔디가 깔린 정원과 차 두 대를 주차할 수 있는 차고
가 있었다. 차고에 둥지를 튼 차는 BMW와 폭스바겐, 아버지
식으로 말하면 '부자들이 타는 외제차'였다. '부잣집'에 '부잣
집 정원'에 '부잣집 멍멍이 씨'.

고즈카 가족은 수컷 토이푸들을 길렀다. 짙은 갈색이라 코
코아라고 이름 지은 그 녀석은 새로 온 아이의 서열이 이 집
안에서 몇 번째인지 가늠하고 있었다.

서열이 가장 높은 사람은 다섯 살 아야였다. 아사히가 오기
전까지만 해도 고즈카 부부의 외동딸이었던 아야는 느닷없이
등장한 오빠라는 존재에 거부감을 드러냈다. 그래서 코코아
도 이빨을 드러내며 으르렁거렸다. 하지만 삼십 분도 채 지나
지 않아 아야는 예민하게 알아차렸다. 이 아이에게 아빠와 엄
마를 빼앗길 걱정은 없겠다고.

오빠를 받아들였다고까지는 할 수 없어도 아사히에게 더는
노골적인 적의를 보이지 않는 것만으로 부모는 한숨 놓은 듯
했다. 새 식구가 생긴 기념이라며 아빠는 홀케이크를 사와 아
껴둔 와인을 땄다. 코코아를 위한 케이크도 있었다. 아사히가
게걸스럽게 먹는 바람에 입과 손과 탁자, 심지어 바닥까지 크
림이 묻어 끈적끈적해졌다.

"당신, 너무 마시는 거 아니야? 내일도 출근해야 하잖아.
맑은 정신으로 일해야지."

"네, 네. 아야, 아빠가 엄마한테 혼났다."

아빠는 일곱 살 연하인 엄마 앞에서 기를 펴지 못하는 것 같았다. 그러나 케이크 한 조각과 와인 한 잔을 비우는 동안 엄마는 '고맙다'와 '맛있다'라는 말을 수없이 연발했다. 식기를 정리한 뒤에도 또다시 고맙다고 인사했다.

"당신도 참, 과해. 그래, 일요일에는 가족끼리 어디라도 놀러 갈까? 디즈니 씨는 어때? 오픈하면 가고 싶다고 했잖아. 아사히와 아야와 엄마가 논의해서 정해. 그리고 치아 교정 말인데 빠를수록 좋으니 아는 치과교정의에게 말해 볼게."

"응, 부탁해."

차에서 스스로를 아빠라고 칭했을 때와 마찬가지로 새 아들인 아사히의 이름을 부를 때도 아사히의 반응을 살폈다. 남은 케이크를 넣어둔 냉장고를 미련이 뚝뚝 떨어지는 눈빛으로 바라보던 아사히는 아빠와 엄마의 긴장 어린 시선을 또렷하게 느꼈다.

그날 밤, 난생처음 갖게 된 자신의 방을 향해 계단을 오르기 전 아사히는 부모에게 말했다.

"안녕히 주무세요……. 아빠, 엄마."

입에 담은 낯선 호칭은 마치 지나치게 큰 사탕 같았다.

내 발치를 맴돌며 냄새를 맡던 코코아가 어느새 점점 멀어졌다.

4

그 케이크를 먹을 때 엄마가 어떤 얼굴로 나를 지켜봤는지 지금이라면 또렷하게 상상할 수 있다. 과거 아버지의 아내였던 엄마는 갓 태어난 아사히를 두고 떠났다고 들었다. 진작에 연을 끊었지만 십 년이나 지나서 되돌아온 아들. 스물두 살의 자신이 일방적으로 보낸 짐. 엄마는 아사히에게 물티슈를 건네며 생각했을지도 모른다. 내가 키웠다면 이렇게 자라지 않았을 텐데, 라고.

"단정하게 먹네."

접이식 앉은뱅이 밥상을 사이에 두고 책상다리로 다다미에 앉은 유히가 닭튀김을 젓가락으로 집은 채 아사히를 말똥말똥 쳐다보며 말했다.

가마쿠라 시내에 있는 유히의 아파트였다. 고등학교를 졸업한 뒤 혼자 살아서 눈치 보지 않고 이야기를 나눌 수 있다는 말에 유히의 아르바이트 가게 정기 휴일에 방문했다. 아사히는 저녁까지 학교에 있다가 이후에 가마쿠라까지 가기 귀찮기도 했지만 유히가 현재 어떻게 사는지 보고 싶은 마음이 더 컸다.

가마쿠라에 온 것은 살면서 두 번째다. 작은 교토라고 불리는 고풍스러운 마을은 관광지로도 인기가 많지만 역 앞 거리와 유명한 사찰과 신사 등 일부 장소만 번화했다. 유히의 집도 사람 사는 냄새가 나는 평범한 주택가였다. 단풍을 기다리는 은행나무가 황혼에 물든 하늘을 수놓았고 은행 냄새가 그윽하게 퍼졌다.

아파트는 녹이 잔뜩 슨 실외 계단이 있는 이층 목조 건물로 각 집 현관문 옆에 세탁기가 놓여 있었다. 유히의 집은 1층 끝에 있었는데 약 세 평짜리 다다미방에 욕조 딸린 화장실과 부엌이 있었다. 정돈되지는 않았지만 물건이 적은 탓에 지저분하다기보다 살풍경했다. 냉장고와 조립식 철제 침대 등 꼭 필요한 살림만 있고 색상과 스타일은 통일감이 없었다. 집은 초라하지만 통풍만은 잘된다던 유히의 말처럼 마른 다다미는 깨끗했다.

"식사 예절을 배워서 많이 고쳤거든."

유히가 구워 준 만두를 입으로 가져가며 말했다. 아르바이트하는 라멘 가게에서 남은 음식을 받아 와 냉동 보관한 것이라고 했다. 부엌에는 식칼과 도마, 밥솥이 있어서 간단한 요리 정도는 하고 지낸다고 했다.

솔직히 이곳에 오기 전까지는 혹시 유히가 피폐한 삶을 살고 있지는 않을까 불안했다. 외모도 출중해서 불량한 친구들과 어울려 나쁜 짓을 저지르고 다닐지도 모른다고. 하지만 그러한 분위기는 느껴지지 않았다.

"누가 고쳐줬는데, 지금 부모가?"

"응."

식탁에 앉는 자세, 밥공기를 드는 법, 한 번에 입에 넣는 음식의 양, 말 그대로 젓가락질에 이르기까지 아사히는 식사 때마다 매번 세세하게 지적받았다. 한때는 식사 자체를 싫어할 정도였다.

"오호, 제대로잖아."

그것이야말로 어머니가 아사히에게 바랐던 일이다. 이 아이를 제대로 된 아이로 만들겠다. 케이크를 먹었을 때, 혹은 십 년 만에 만나 치열이 추하고 누런 이를 봤을 때 결심했으리라.

"만두 맛있네."

"그치? 우리 가게 대표 메뉴야. 라멘도 맛있으니까 다음에 먹으러 와."

"고등학생 때부터 거기서 일했다고 했지?"

"고등학교 2학년 때부터. 학교는 가끔 땡땡이쳤지만 아르바이트는 지각도 결근도 안 했어. 적성에 맞나 봐. 내가 졸업하고 취직하는 것도 상상이 안 됐고 우리 같은 똥통 학교를 나와 봤자 할 수 있는 일이란 어차피 거기서 거기라는 것도 알았거든. 그렇다면 이 일을 계속하자 싶었지."

유히는 발포주를 들더니 '아' 하는 표정을 지었다. 벌써 캔을 다 비운 모양이다. 미성년자일 텐데 후루룩거리며 술을 마시는 모습이 익숙해 보였다.

"형도 한 캔 더 마실 거지?"

"아니. 나는 됐어."

"술 약해?"

"글쎄. 잘 안 마셔 버릇해서."

"대학생이면 술자리에 많이 가지 않아?"

"사람마다 다르지."

아사히는 그런 자리를 좋아하지 않고 아사히에게 제안하는 사람도 거의 없었다.

부엌으로 간 유히는 두 번째 발포주를 마시며 돌아오면서 크으 소리와 함께 숨을 토해낸 뒤 손등으로 입가를 훔쳤다.

"그래서 무슨 이야기 중이었지? 아아 그래, 취직. 게다가 취직하면 시간이 없다는 소리를 들었어. 나는 아동양육시설 일을 돕고 있어서 시간을 빼앗기기 싫거든."

"아동양육시설?"

"여기 시내에 있는 '하레'라는 곳이야. 나도 거기서 지냈어. 우리 아빠가 거기 직원인데 내가 고등학교에 올라갈 때 입양했어. 아내를 일찍 떠나보내고 혼자 살다가 아이를 맡다니 참 대단하지. 심지어 나는 손이 많이 가는 아이여서 입양 전에도 여기저기 고개를 숙이고 다녀야 했는데 말이야. 중학생 때 선배를 때려서 코뼈를 부러뜨렸을 때 가장 난리였지. 정말 특이한 양반이라니까."

유히와의 대화는 마치 파도 같았다. 아사히는 물이 서서히 빠지며 잡아끄는 파도처럼 말하고, 유히는 물보라를 일으키며 한꺼번에 밀려오는 파도처럼 말했다. 힘도 속도도 음색도 다르다. 옛날부터 그랬지만 이렇게나 차이가 컸던가.

"이제야 묻네. 뭐야? 네 이름."

"아, 그래. 여러 방면으로 조사했는데도 진짜 이름은 알 수 없어서 결국 새 호적을 만들었어. 지금 나는 마사치카 유히."

저도 모르게 손이 멈췄다.

"……마사치카 유히?"

"응, 이름은 그대로 유히로 했어. 성은 '아버지' 성을 따랐고. 한자는 지금 아빠가 정해주셨는데 씩씩하게 날아오르라는 뜻의 유히雄飛야. 나쁘지 않지?"

마사치카 유히正近 雄飛. 소리 없이 읊조렸다.

"형은?"

"고즈카 아사히. 작을 소小에 무덤 총塚, 아사히카와의 아사히旭."

"무덤 총?"

"흙 토 변에 집 가자 같이 생긴 한자 있잖아."

"아아, 데즈카手塚의 즈카塚 말이지?"

아는 사람의 이름인가 했더니 만화 캐릭터였다.

"형도 아사히라는 이름 그대로 쓰는구나."

"나는 원래 호적이 그랬으니까."

"아사히와 유히, 그대로네."

기뻐하는 유히에게 아사히는 "그러네"라며 미소 짓는 대신 만두를 입으로 가져갔다. 고즈카 가족의 식탁에 올라오는 음식에 비하면 간이 세다. 엄마는 이런 맛이 재료 본연의 장점이나 요리할 때 드는 작은 정성을 망친다고 여겼다.

문득 자신의 근황도 이야기해야 한다는 생각이 들어 입을 열었다.

"우리 집은 아빠가 치과의사고 엄마는 가정주부셔. 여동생이 한 명 있고."

"오, 여동생은 몇 살인데?"

"열다섯 살, 중학교 3학년. 그리고 개를 한 마리 키워."

"'부잣집 멍멍이 씨'?"

유히가 장난스러운 눈빛으로 말했다. 아사히도 덩달아 씨익 웃었다가 이내 미소를 삼켰다. 아버지의 추억을 꺼내는 동생의 진의를 읽을 수 없었다. 아무런 앙금도 없이 그저 순수하게 그리울 뿐일까? 나도 그래도 될지 웃어도 될지 잘 모르겠다.

"나는 외동이야. 개도 없고. 뭐, '하레'의 꼬맹이들에게 둘러싸여 있으면 아빠와 나 둘뿐인 가족이라는 느낌은 안 들지만. 형, 전공이 뭐라고 했지?"

"⋯⋯정경학부."

유히에게 대학 이야기를 하면 떳떳하지 못한 기분이 들었다. 하물며 아사히가 다니는 대학교는 입학하기 어려운 학교로 분류되는 사립대학이었다.

"정경이 뭐야? 이과야?"

"정치와 경제. 문과야."

고즈카 치과는 아야가 이으면 된다. 그 뜻을 밝히려고 정한 진로였다. 부모님도 반대하지 않았다.

"그렇구나. 왜인지 형의 인생이 술술 풀리는 것 같아 마음이 놓여."

술술 풀린다. 맞는 말이겠지.

"복 받았다고 생각해. ……너는?"

"글쎄, 평범한 것 같은데? 중학교 때 한 번 하레에서 도망친 적이 있는데 돌아가기를 잘한 것 같아. ……그런데."

탁, 소리를 내며 유히가 캔을 내려놨다.

"지금은 문제가 생겼어."

이쪽을 바라보는 유히의 얼굴은 아사히가 본 적 없는 얼굴이었다. 그 얼굴에서 어느새 걱정 없는 아이의 모습은 사라지고 매서운 눈빛을 한 청년이 있었다.

머릿속에 노란불이 켜졌다. 고즈카 아사히가 된 뒤 몇 번이나 본 적 있는 불빛. 자신이 갈림길에 서 있다는 사실을 모른 채 가서는 안 될 길에 발을 들여놓으려는 순간 들어오는 불빛이었다. 노란불은 멈추시오. 무시했을 때는 언제나 나쁜 결과가 기다리고 있었다. 예컨대 부모님의 기분이 몹시 언짢아지거나 교실에서 식은땀을 흘리는 처지가 되거나.

유히의 말을 듣지 말고 자리를 떠야 하지만 그러지 않았다.

유히의 눈빛이 허락하지 않았고 아사히 본인도 그러고 싶지 않았기 때문이다.

동생을 응시하며 다음 말을 기다리는 형에게 유히는 표정을 약간 풀며 물었다.

"식후 커피라도 마실래?"

짧은 이야기는 아닌 모양이다. 한 잔 부탁한다고 대답했다. 유히는 부엌에 서서 전기 포트로 물을 끓였다. 인스턴트 커피 같았다.

"커피 마시나 보네."

"담배 끊고 나서부터 가끔."

"끊었어?"

흡연 사실이 놀랍지는 않았다.

"하레의 꼬맹이들이 담배 냄새난다고 해서. 거기서는 한 번도 안 피웠는데 그러더라고."

유히는 아사히를 등지고 손을 움직이면서 잠깐 말을 끊었다. 머릿속에는 여전히 노란불이 켜져 있었다.

"지진 났을 때 형 주변은 괜찮았어?"

"지진? 아아, 다행히 지인 중에 죽거나 집을 잃은 사람은 없었어."

올해 3월 11일에 발생한 동일본 대지진. 갑자기 다른 화제로 튄 줄 알았는데 아니었다.

"다행이네. 우리는 하레 건물이 피해를 입었거든."

"정말?"

"무너지지는 않았지만 벽에 금이 가고 바닥이 기울고 비가 새. 애초에 오래된 건물이었으니 뭐. 그래도 보수해 가며 썼는데 여름에 시청 직원이 조사 나와서 안전성 문제 때문에 사용을 중단해야 한다더라고."

"중단하면 어떻게 되는데?"

"일단 아이들은 현에 있는 다른 시설로 뿔뿔이 흩어졌어. 그런데 어느 시설이든 인원이 다 꽉 찬 데다 겨우 정든 지 얼마 안 된 아이들도 있었거든. 가기 싫다며 울거나 기둥에 매달려서 움직이려고 하지 않는 아이들을 보니 나도 마음이 아프더라고. 하, 비가 샌 게 하루 이틀 일이 아니야."

"다시 돌아올 수는 없어?"

"건물만 어떻게 해결하면. 설탕이나 커피 밀크는?"

"응? 둘 다 필요 없어…… 아니, 커피 밀크만 줘."

블랙으로 마실 때가 많지만 가끔 커피 밀크를 넣어 마시고 싶을 때가 있다. 피곤할 때나 긴장했을 때.

"역시 설탕은 싫어? 우리 집에 있는 설탕은 스틱 설탕이 아니라 요리용 설탕인데."

아사히는 말없이 동생의 뒷모습을 바라봤다. 목소리는 지극히 예사로운데 어떤 얼굴로 그 말을 하고 있을까?

"그럼 지금은 이전할 곳을 찾고 있어?"

"상황이 꽤 어려워. 일반 집을 구하는 일이 아니니까. 원래 있던 건물을 다시 짓거나 대대적으로 리모델링 할 수 있다면 가장 좋겠지만 그러려면 역시 돈이 들잖아. 아동양육시설은 국가와 지자체의 보조금으로 운영되는데 빠듯해서 도무지 수리비를 마련할 수 없어. 보조금 조건에는 맞지 않고 기부금도 잘 안 모이고. 대출도 검토했지만 이사장이 나이가 많아 건강이 안 좋아서 빚까지 내서 계속 운영할 마음은 없더라고."

"큰일이네."

"하지만 나는 하레를 유지하고 싶어. 아빠 생각도 그렇고. 무엇보다 아이들이 그러기를 원하거든. 문제는 돈이야. 오백만 엔만 더 있으면 이사장을 설득할 수 있을지 몰라. 아니, 꼭 설득할 거야."

뭐라고 대답해야 할지 몰랐다. 사립대 문과 계열 학부의 사년 학비가 사백만 엔 정도일 터다. 아빠가 작년에 바꾼 BMW는 육백만 엔이 조금 넘었나.

보글보글 소리를 내며 전기 포트의 물이 끓었다. 유히가 내온 머그컵은 하나뿐이었는데 금발에 피어싱을 한 남자와는 어울리지 않게 헬로키티 그림이 그려져 있었다.

고개를 들자 유히의 진지한 얼굴이 눈앞에 있었다.

"협조해 줘."

커피 향이 코 끝에 닿았다. 머릿속 노란불이 격렬하게 깜빡였다.

"……협조?"

"오백만 엔을 마련할 거야."

"어떻게?"

"내가 아는 사람 중에 부잣집 딸이 있어. 그 아이를 납치할 거야."

유히는 시선을 피하지도 눈을 깜빡이지도 않은 채 말했다.

역시. 노란불 신호를 무시했다가 좋았던 기억이 없다.

"그……."

목소리가 제대로 나오지 않았다. 아사히는 침을 삼킨 뒤 문 득 떠오른 듯 커피를 입으로 가져갔다. 혀를 델 뻔했다.

"그러는 거 여전하네. 넌 자주 진지한 얼굴로 엉뚱한 말을 꺼내서 내가 당황하는 모습을 보는 걸 재미있어했잖아. 득의 양양하게 '뻥이야'라고 말할 때 얼마나 얄미운 줄 알아?"

유히가 웃지 않고 있다는 사실을 스스로도 안다. 초조한 마음 에 잡아먹혀 안쓰러울 정도로 발버둥치는 형을 유히는 냉정한 눈으로 바라봤다. 아사히는 뜨거운 커피를 벌컥벌컥 마셨다.

"걱정하지 마. 진짜 납치하자는 게 아니야. 납치 대상한테 동의도 얻었어. 한패라는 말이지. 납치 자작극이야."

"농담이지?"

"아니. 미친 소리 같지만 농담 아니야. 장난도 아니고. 그 아이의 부모에게 몸값을 요구해 천오백만 엔을 챙길 거야."

"천오백만 엔? 오백만 엔이 아니라?"

"내 몫으로 오백만 엔, 납치 대상이 가져갈 오백만 엔, 형

몫으로 오백만 엔."

유히는 침착했다. 그리고 이미 결심한 모습이었다.

머그컵을 기울였지만 잔은 비어 있었다.

"더 줄까?"

"범죄 아니야? 그거 범죄라고."

"그래서 형에게 부탁하는 거야. 형에게만 부탁할 수 있으니까. 친구도 아빠도 다른 직원들도 하레에서 같이 지낸 친구들도, 아무도 이 일을 몰라."

"멍청한 짓 하지 말고 다른 방법을 생각하자."

"무슨 다른 방법?"

칼같이 되받아친 질문에 말문이 막혔다.

"아무리 그래도…… 범죄잖아. 성공할 리 없어. 당연히 잡힐 거라고."

"하기 나름이지."

"만약, 그러니까 만약에 성공한다고 해도 돈이 어디서 났는지는 어떻게 설명할 거야."

"설명은 필요 없어. 돈은 '의인'이 기부한 것으로 할 테니까."

만화 '타이거 마스크' 주인공의 이름으로 아동복지 관련 시설 등에 기부하는 이른바 타이거 마스크 운동이 지난해 크리스마스를 기점으로 일본 각지에서 일어나고 있다는 사실은 물론 아사히도 알았다.

유히는 빈 머그컵을 들고 부엌으로 갔다.

"나 말이야, 초등학교 4학년부터 학교에 다니기 시작했어."

"……나는 5학년부터였어."

그전까지 제대로 된 교육을 받은 적 없었고 기본적인 사회 통념조차 배우지 못한 채 살았다. 아니, 그것은 살았다고 할 수 없는 삶이었다. 집도 없이 보잘것없는 도둑질만 거듭하며 연명한 나날.

한참 뒤에야 알게 된 사실인데 주민등록표에 있는데도 영유아 검진을 받지 않거나 학교에 다니지 않는 아이는 행정 조사 대상이 된다고 한다. 그러나 주민등록표는 해당 지자체에 거주하지 않는다고 판단되면 삭제된다. 주민등록표가 없으면 조사 대상이 되지 않는 셈이다. 그 아이는 소재도 생활실태도 불분명한 채 사라지고 만다.

"공부도 못하고 급식을 먹을 때는 개처럼 식판에 코를 박고 먹고 수영도 못하고 유행하는 게임이나 TV 프로그램도 몰랐으니 따돌림당하기 딱 좋은 조건이었지."

너도 그랬냐는 말을 삼켰다. 자신이 겪은 일을 말하고 싶지는 않았다.

"나도 낯선 환경 속에서 마음에 여유가 없어서 별것 아닌 일로 의자를 휘두르고 우유를 뿌렸으니까 뭐 피차일반이지만. 누가 괴롭혔다고 우는 성격도 아니고 무슨 일이라도 당하면 대개 몸으로 받아쳤어. 나는 옛날부터 싸움에 재능이 있던 것 같아. 그 덕분에 얼마 지나지 않아 아무도 건들지 않았지만 그래도 학교에 온통 적뿐이라 기분이 바닥이었어. 하지만 하레에 있을 때는 즐겁고 마음이 편했어. 친구들도 있고 아빠처럼 믿을 수 있는 어른들도 있었거든. 만약 그 시절에 하레에서 쫓겨났다면 나는 어떻게 됐을지 몰라."

유히의 목소리가 점차 열기를 띠었다.

"지금 당장은 아이들이 다른 시설로 옮겨갔지만 그대로 쫓겨나게 두기 싫어. 안 그래도 부모와 사회로부터 많은 것을 빼앗긴 아이들인데 더 빼앗기게 둘 수 없어."

"다른 시설에서 행복하게 지낼 수도 있잖아."

"그렇다면 다행이지. 하지만 돌아가고 싶어도 돌아갈 장소가 없는 처지로 만들고 싶지는 않아."

아사히는 자신의 가방을 가까이 끌어당겼다.

"못 해."

유히가 돌아본 것 같았지만 아사히는 시선을 내리깔고 있어서 확인할 수 없었다.

"형."

"협조는 못 해. 그 이야기도 안 들은 것으로 할게."

막 일어서려던 아사히의 앞에 유히가 두 잔째 커피를 조용히 내려놓았다. 설탕 없이.

"설탕을 못 먹게 된 이유, 폭로해도 돼?"

돕지 않으리라 처음부터 예상한 듯 차분한 모습이었다. 아사히가 고개를 퍼뜩 쳐들었다. 유히와 눈이 마주치자마자 가습에 돋아난 의심이 금세 뿌리를 박고 확신으로 자라났다.

"처음부터 협박해서 협조하게 할 작정이었구나."

"형이 스스로 협조하겠다고 대답했으면 이럴 필요 없었을 텐데."

"로터리에서 재회한 것도 우연이 아니었어. 나를 철저히 조사한 뒤 접근한 거야."

고즈카 아사히라는 이름. 세타가야의 집. 다니는 대학과 통학 경로. 아마도 행실과 성격까지. 모두 조사한 뒤 이용할 수 있겠다고 판단한 것이다.

"개를 키우는 건 몰랐어."

아사히는 엉거주춤한 자세로 유히를 노려봤다. 피를 나누지는 않았지만 피보다 진한 것으로 이어졌을 '동생'을.

5

"저 도리이1가 보이냐?"

"보여요."

아버지의 물음에 열 살과 아홉 살 난 형제는 동시에 대답했다.

"어떻게 보이지? 또렷하게? 색은?"

---

1 신사 입구에 있는 문.

유히가 곧바로 "거무스름하다"라고 대답한 한편 아사히는 어둠 속을 물끄러미 바라보았다. 아까 시동을 끄기 전 자동차 전자시계는 밤 2시 36분을 가리켰다. 주변에는 사람 한 명 없었고 바늘 떨어지는 소리마저 들릴 정도로 고요했다. 돌계단 끝에 있는 경내는 나무가 무성한 탓에 어둠이 한층 더 짙었다. 낮에는 붉게 보이는 도리이도 지금은 유히의 말대로 거무스름하게, 밤에 녹아든 듯 보였다.

"돌로 만든 도리이도 나무로 만든 도리이도 다 똑같아. 밤에는 저렇게 잘 안 보이지. 신사의 운영시간이 끝나면 신도 잠들기 때문이야. 어떤 가게든 문을 닫을 때는 불을 끄잖아. 그러니까 신은 우리를 보지 못하고 죄를 심판하지도 못한다는 말이다."

"그럼 벽보에 적혀 있던 말은 거짓말이야?"

유히가 빨리도 안심한 목소리로 말했다. 대화의 발단은 조금 전 본 새전 도둑을 향한 경고문이었다. 몹시 거친 주홍색 글씨로 '새전 도둑이여, 벌을 두려워하라'라고 적혀 있었다. 같은 내용의 벽보를 자주 봤기 때문에 형제는 '새전'과 '도둑'과 '벌'이라는 글자를 읽을 수 있었다. 이전까지는 신경 쓰지 않던 유히지만 이렇게 강한 표현은 처음인 탓인지 갑자기 무서워진 듯했다.

"그럼. 저건 사람이 멋대로 써 놓은 거야. 애초에 신은 사람을 구하는 존재니까 우리처럼 가난한 사람들에게는 돈을 베

푸는 것이 맞지. 자 가지고 가렴, 하고."

"그렇구나, 하마터면 속을 뻔했네. 벽보 쓴 놈 야비하네."

"알았으면 가자."

나이는 한 살밖에 차이 나지 않지만 아사히는 동생만큼 단순하지 않았다. 하지만 아버지의 말에 반박하지 않고 시키는 대로 차 뒷문을 열었다.

아사히가 아직 주변을 인식하지 못할 만큼 어린 시절 아버지가 건설 현장에서 일할 때 중고로 샀다는 흰색 도요타 코롤라. 최근 중고차 판매점 앞을 지나면서 똑같아 보이는 차를 발견했는데 삼십구만 엔이었다. 아버지는 아직 굴릴 수 있다고 하지만 주행거리가 이십만 킬로미터가 넘었고 한쪽 브레이크등이 켜지지 않았다. 차체에는 여기저기 상처가 많고 왼쪽 사이드미러는 특히 중상을 입었다. 차창 틀의 고무가 벗겨지고 늘어져서 문을 닫을 때 끼지 않도록 조심해야 했다.

아버지가 쓰읍 소리를 내며 숨을 들이마셨다. 추울 때 나오는 버릇이었다. 12월의 깊은 밤은 역시 추웠다.

아사히는 몸에 맞지 않는 점퍼의 옷깃을 한 손으로 잡고 틈새로 냉기가 들어오지 않도록 여몄다. 성인용 옷밖에 구할 수 없으니 도리가 없었다. 그와 반대로 유히의 점퍼는 조금 끼어서 답답한 듯 이 추위에도 앞섶을 열고 있었다. 아버지가 머리를 잘라준 지 얼마 되지 않아서인지 더 추워 보였다. 아버지는 젊은 시절에 이발사가 되고 싶은 적도 있었다고 하던데,

그런 것치고 머리를 아슬아슬할 정도로 짧게 자르는 데다 머리카락 끝이 지저분했다.

"유히."

지퍼를 잠그라고 몸짓으로 종용하자 유히는 두 손을 주머니에 찔러 넣고 옷자락을 파닥파닥 흔들어 보였다.

"고장 났어."

천이 지퍼에 집힌 것 아닌가 싶었는데 아사히가 올려 봐도 지퍼는 꼼짝도 하지 않았다.

"봤지?"

유히는 의기양양했다.

아버지가 본인의 머플러를 풀러 유히의 목에 걸어줬다.

"이걸 둘러."

몇 년 전, 아버지가 파칭코 가게에서 모르는 사람의 것을 '슬쩍했다'라고 한 머플러인데 어두운 파란색과 검은색 줄무늬가 세련됐다며 마음에 들어 하셨다. 겨울에는 항상 그 머플러를 두르기 때문에 목이 늘어난 스웨터와 그 틈새로 들여다보이는 속옷이 가려져 다른 계절보다 어느 정도 멀쩡한 어른처럼 보였다. 머플러를 손에 넣었을 때부터 담배 냄새가 났는데 지금은 그 냄새가 더욱 짙어졌다. 아버지가 하루에 한 갑씩 피우는 마일드 세븐의 냄새였다.

유히는 곧바로 머플러를 되돌려줬다.

"안 추워."

아버지의 손에 떠밀린 뒤 돌계단을 뛰어 올라갔다. 저렇게 움직이니 춥지 않을 만도 하다. 아버지는 넘어지지 말라고 말하고 머플러를 다시 두른 뒤 유히를 따라갔다. 아사히도 그 뒤를 따랐다.

오래된 돌계단은 높이도 폭도 제각각이었다. 기울어졌거나 빠져 있거나 밟으면 생각지 못하게 흔들리는 부분도 적지 않았다. 아사히는 아버지가 걸음을 옮기는 곳을 따라 걷거나 위험한 부분을 피해 조심스럽게 올라갔다. 절대 아버지보다 앞서가지는 않았다. 아이가 둘이나 앞에서 걷다가 두 명 다 굴러떨어지면 아버지가 모두 구할 수 없기 때문이다. 유히만 앞서간다면 틀림없이 아버지가 받아낼 수 있을 테고 자신도 도울 수 있을지도 모른다.

두 계단 위에서 앞서 걸어가는 아버지의 뒷모습은 전혀 크지 않았다. 어깨가 좁고 야윈 데다 안 그래도 새우처럼 등이 굽었는데 추워서 몸을 웅크리기까지 한 탓에 더욱 작아 보였다. 그러다 다른 사람 옆에 서면 의외로 아버지가 키가 커서 조금 놀라고는 했다.

"형, 빨리 와."

유히가 도리이 밑에서 아사히를 불렀다. 새하얀 입김이 또렷했다. 형을 부르기는 했지만 기다리지 않고 다시 혼자서 계단을 힘차게 올라갔다.

"조심해."

이날은 까닭 모를 불길한 예감이 들었다. 점퍼 지퍼가 망가졌을 때부터. 아니, 그전에 유히가 평소와 다르게 새전 도둑을 향한 경고문을 신경 쓸 때부터.

하지만 아무 일도 일어나지 않았고 세 사람은 경내에 도착했다. 오야시로² 하나에 참배객이 손을 씻는 곳도 하나뿐인 작은 신사였다.

"오!"

아버지는 기분 좋은 소리를 내더니 갑자기 걸음을 재촉해 오야시로로 다가갔다. 그러고는 누군가가 올린 컵 술을 집어 들어 재킷 주머니에 욱여넣은 뒤 오야시로 앞에 섰다.

"유히도 이리 오거라."

그때 유히는 경내에 있는 커다란 그루터기 옆에 쭈그리고 앉아 있었다. 누가 잘랐는지, 아니면 쓰러진 것인지는 모르지만 원래는 아름드리나무였을 터다. 그런 곳에는 으레 참배객이 바친 동전이 놓여 있는데 유히는 그 동전을 부지런히 긁어 모으고 있었다.

"난 벌써 다 했어. 아버지랑 형이 늦은 거야."

"오, 그래?"

아사히는 아버지 옆에 나란히 섰다. 두 번 절하고 두 번 박수, 그리고 한 번 절. 그러나 박수 소리는 들리지 않게 조심했

---

2 신사에서 신을 모신 신전이나 건물을 정중하게 이르는 말.

다. 두 사람의 동작은 완벽하게 일치했다.

아버지는 사찰과 신사에 가면 반드시 참배해야 한다고 생각했고 아들도 그러도록 했다. 그리고 작은 목소리로 "3H, 3H"라고 말했다. 건강health, 행복happiness, 사랑heart이라는 의미라고 한다. 3은 H의 개수가 아니라 세 가족의 3이었다. 세 가족이 건강하고 행복하게 잘 살 수 있기를. 그러고서 새전함으로 손을 뻗었다.

당연히 참배객이 많은 사찰이나 신사를 노리는 편이 수입이 더 짭짤하겠지만 그런 곳은 밤에는 경내에 들어갈 수 없도록 막아 놓거나 CCTV가 있거나 새전을 수시로 회수한다.

"뭐야, 이게 다야?"

아버지는 솜씨 좋게 새전함을 열고는 혀를 찼다. 주머니에서 목조장갑을 꺼내 끼고 바지 허리춤에 꽂아 둔 쇠 지렛대를 새전함 틈새에 끼워 뚜껑을 여는 데는 이십 초도 걸리지 않았다. 그 사이 아사히는 손전등으로 아버지의 손을 비쳤다. 둥근 불빛 속에 나타난 것은 백 엔짜리, 십 엔짜리, 오 엔짜리 동전 몇 개였다. 아무리 작은 신사라지만 적어도 너무 적었다. 참배객의 발길이 끊기다시피 한 신사일까, 아니면 어쩌다 보니 직전에 새전을 회수해 갔을까. 어느 쪽이든 재수가 나빴다.

"여기도 이만큼밖에 없어."

유히가 그루터기 옆에서 못마땅한 모습으로 한 손을 내밀었다. 어두워서 보이지 않지만 작은 손바닥 위에 다 올릴 수 있을 만한 양이었다.

"맥도날드 못 가?"

이곳에 오기 전에 갔던 절에서도 벌이가 시원치 않았다. 머릿속으로 더하고 빼며 계산했다. 버거 단품과 아버지 담뱃값. 자동차 휘발유는 아직 괜찮지만 내일이나 모레는 목욕탕에 가고 싶었다.

"오늘은 안 돼."

"이것까지 보태도?"

아사히는 동생에게 다가가 손바닥에 놓인 동전을 살폈다.

"조금 모자라."

"형, 그것 좀 빌려줘."

손전등을 건네자 유히는 허리를 굽혀 그루터기 주변을 뒤지기 시작했다.

아사히는 입에 고인 침을 삼켰다. 맥도날드를 생각한 탓이었다. 감자튀김은 쓰레기통을 뒤지면 높은 확률로 누가 먹다 버린 것을 찾을 수 있으니까…….

"돌아가자."

아버지가 담배를 피우며 걸어왔다.

"사업 더 안 해?"

"사업이라니."

아버지는 쓴웃음을 지었지만 무엇이 이상한지, 무엇이 씁쓸한지 아사히는 알 수 없었다.

"오늘은 안 돼. 운이 안 따라줘. 잘 알아둬, 이럴 때 고집스럽게 만회하려다가는 좋지 못한 일을 당한다고."

아버지는 라디오에서 자주 흘러나오는 '내일이 있잖아'라는 노래를 쾌활하게 불렀다.

"그래도……."

'그야 아버지는 술이라도 건졌으니 상관없겠지'라는 말이 목구멍까지 올라왔다. 담배도 있고, 음식이라고 할 만한 것이라면 어제 편의점에서 훔친 빵과 과자가 있다.

"열 살짜리 꼬맹이 주제에 그런 표정 짓지 마. 좋았어, 오늘은 특별히 두 개다."

형제는 퍼뜩 서로를 쳐다봤다. 어두컴컴한 와중에도 유히의 커다란 눈이 반짝반짝 빛났다. 자신도 마찬가지이리라.

두 개는 스틱 설탕의 개수를 뜻했는데, 푸드코트나 아주 가끔 음식점에 셀프서비스로 놓여 있는 것을 슬쩍 가져온 것이다. 수돗물에 녹여 마셔도 좋지만 아사히와 유히는 가루약처럼 입에 직접 털어 먹는 방법을 훨씬 좋아했다. 핵심은 설탕을 입에 넣은 뒤 혀 위에 놓고 천천히 녹여서 맛볼지 씹는 감각을 즐길지였다. 전에 유히가 "형은 녹여 먹는 게 좋아? 씹어 먹는 게 좋아?"라고 물었을 때 고민 끝에 "굳이 고르자면 녹여 먹는 거"라고 대답했지만 먹을 때마다 어떤 방법을 고를지 고민했다. 하루에 스틱 설탕 한 개라는 규칙이 없었다면 두 방법으로 모두 먹을 수 있었을 텐데.

유히는 기분이 금세 풀렸고 돌계단을 내려가는 발걸음은 날아갈 듯했다. 이번에는 아사히도 유히의 바로 뒤를 따라갔다. 손전등을 아버지에게 건넸기 때문에 발밑은 캄캄했지만 눈이 어둠에 익숙해지자 대략 감각으로 걸을 수 있었다.

그런데 너무 방심했다. 유히도 아사히도. 계단을 마지막 두 개 남겨 놓고 유히의 발이 미끄러져 엉덩방아를 찧었다. 아사히는 "아!" 하고 소리만 냈을 뿐 손을 뻗어 잡지 못했다. 그래서 서둘러 달려가 몸을 숙였다.

"괜찮아?"

"으…….."

"유히!"

"뻥이야."

유히는 엎드린 채 '속았지?' 하는 얼굴로 고개를 들었다. 아사히는 화가 나기보다 안심해 얼굴에 흐른 땀을 닦았다. 넘어질 때 순간 땅을 짚었는지 유히는 손바닥을 살폈다.

빠른 걸음으로 내려온 아버지가 손전등으로 유히의 손바닥을 비췄다. 새끼손가락 쪽 불룩한 부위가 꽤 심하게 까졌다.

"달리 아픈 데는 없고?"

"없어."

"머리 안 부딪쳤지?"

"응."

"정말이야?"

"나 운동신경 좋잖아."

그 말을 증명하듯 유히는 팔짝 뛰며 일어섰다. 아버지가 아사히를 쳐다봤다. 아사히가 고개를 끄덕이자 아버지는 일단 안심했다.

아버지는 유히의 손을 잡고 상처 부위에 후후 입김을 불었다. 아이들이 다치면 아버지는 늘 그랬다. 아버지의 할머니를 따라 하는 것이라고 했는데 이유는 모르지만 원래 그렇게 하는 것이라고 말했다.

"손 씻어내야겠다."

계단 위에서 넘어졌다면 신사에서 손을 닦으면 되지만 공교롭게도 아래쪽에서 넘어졌다. 아버지는 계속 아무렇지 않다고 말하는 유히를 아사히와 함께 코롤라 뒷좌석에 태운 뒤 맹렬한 속도로 오늘 밤 묵을 '호텔'로 향했다.

세 사람은 길가에 있는 역을 그렇게 불렀다. 주차장에 세워둔 차에서 자면 숙박비는 무료, 화장실도 있고 그곳에서 물도 마실 수 있으며 몸을 씻을 수도 있었다. 게다가 롤휴지 몇 개나 가끔 누군가 잊어버리고 두고 간 선물용 과자도 얻을 수 있다. 가게가 열린 시간에 위험을 다소 무릅쓰면 쓰레기통을 뒤지는 것보다 훨씬 좋은 음식을 구할 수도 있다. 이런 곳은 종업원도 손님도 마음이 나슨해서 짐을 바꿔치기하기도 쉽고 차 안 물건을 훔치기도 쉽다. 아니, 쉽다는 표현은 과장인가. 하지만 어렵지는 않았다.

아버지는 유히를 다그쳐 곧바로 화장실로 데리고 갔다. 그러고는 손을 붙잡아 수도꼭지에서 쏟아지는 물속으로 처박았다.

"아야!"

상처가 쓰라려서라기보다 거센 물살이나 손목을 잡은 힘이 너무 강한 탓이었는지 유히가 앓는 소리를 냈다. 아버지의 손아귀에서 간신히 손목을 뺀 유히는 젖은 손을 흔든 뒤 지퍼가 망가진 점퍼에 문질렀다.

'빨리 코인 세탁소에 가야 하는데.'

아사히는 머릿속에 메모했다. 건조기 바닥에서 자신을 기다리고 있을 깨끗한 수건과 손수건을 몰래 '훔치기' 위해서.

화장실을 나왔을 때 아버지는 다른 사람이 되어 있었다. 그 변화는 언제나 갑작스러웠고 계기가 무엇인지도 알 수 없었다. 마치 전기회로가 바뀐 것처럼 평소와는 거의 정반대로 음침하고 말 없고 언짢아 보이는 남자로 변했다. 아이들은 순간 그 사실을 인지하고 그런 아버지에게는 최대한 말을 걸지 않았다.

'불길한 예감이 바로 이것이었구나.'

아사히는 깨달았다. 벌이가 생각보다 시원치 않았던 것도, 유히가 넘어진 것도 아니었다.

아버지는 말없이 먼저 차로 돌아가 운전석에 몸을 묻었다. 좋아하는 머플러에 턱 끝을 파묻고 다리를 흔들거리며 조급하게 담뱃불을 붙였다.

유히가 아사히를 쿡쿡 찌르고 도전적인 미소를 지으며 손짓으로 가위바위보를 해 보였다. 아사히는 최대한 마주 보도록 엉덩이를 틀었다. 시선을 맞추고 소리는 내지 않은 채 손짓으로 하나, 둘, 셋을 셌다.

안 내면 진다, 가위바위보!

아사히는 두 손으로 머리를 감싸 동생의 일격을 막았다.

안 내면 진다, 가위바위보!

또 막았다.

안 내면 진다, 가위바위보!

이번에는 공격할 차례였는데 실수로 머리를 감싸 막고 말았다. 웃음소리를 참으려고 유히가 입을 씰룩거렸다. 공격할 때도 소리가 나지 않도록 때리는 시늉만 할 뿐이었다.

아버지가 조용히 있으라고 말한 것은 아니었다. 하지만 아버지도 라디오도 침묵할 때는 왜인지 형제도 떠들기 눈치 보여서 숨죽이고 있어야 할 것만 같았다. 그러다 보니 차 안을 채운 소리는 아버지가 끊임없이 담배를 피우는 소리와 혀 차는 소리뿐이었다. 아사히도 유히도 그 시간이 답답하고 싫었다. 동생이 있어서 다행이라고 늘 생각했다.

"밥 먹어."

아버지가 돌아보지 않고 짧게 말했다. 아사히는 자동차 문에 달린 공간에서 훔친 빵과 과자를 꺼냈다.

"아버지는요?"

일단 물었지만 대답하지 않으리라는 것을 안다. 이런 상태일 때 아버지는 알코올과 니코틴밖에 받아들이지 못한다. 아사히와 유히는 빵을 하나씩 골랐다. 음식을 보자마자 갑자기 덮친 허기를 참으며 봉지를 뜯기 전에 서둘러 "잘 먹겠습니다"라고 말했다. 반드시 그래야 한다는 아버지의 명령이었다.

　마파람에 게 눈 감추듯 잼 빵을 먹어 치운 유히가 안타까운 사실을 발견했다.

　"어라, 스틱 설탕이 세 개밖에 없어."

　스틱 설탕은 항상 뒷좌석 문에 다른 잡다한 물건들과 함께 넣어 뒀다. 유히는 그 공간에 손을 넣어 휘젓고 나서 조수석 헤드레스트에 철사로 묶어 놓은 빈 깡통 두 개를 들여다봤다. 원래 콘 통조림이었던 깡통에는 나무젓가락과 플라스틱 숟가락이, 귤 통조림이었던 깡통에는 자주 사용하지 않는 칫솔이 꽂혀 있었다. 두 깡통에 스틱 설탕이 없다는 사실은 한눈에 봐도 알 수 있었다.

　평소 아버지라면 이 순간 곧바로 차를 운전해 24시간 영업하는 패스트푸드점이나 패밀리 레스토랑에 갔을 터다. 괜찮다고 말려도 아들과 한 약속이니 어길 수 없다며 무조건 스틱 설탕을 구하러 갔겠지.

　하지만 지금 아버지는 말없이 담배만 피우며 다리만 달달 떨었다.

　"유히가 두 개 먹어."

"그럼 형은?"

"검시럽은 아직 남아 있잖아. 시럽 물을 마실게."

그런데 아버지가 느닷없이 운전석 문을 열더니 무언가를 아스팔트 바닥에 내던졌다. 아까 신사에서 가져온 컵 술이었다. 유리병이 깨지는 소리와 함께 풍겨온 냄새로 알 수 있었다.

아사히와 유히는 입을 꾹 다물고 움직이지 않고 숨을 죽인 채 기다렸다. 아버지가 문을 닫고서 담배를 뻐끔대며 다시 다리를 떨기를.

아버지는 운전석에 앉은 채 차 밖으로 몸을 내밀어 깨진 조각을 주운 듯했다. 그리고 조각에 입을 대고 입술을 내밀어 약간 고여 있는 술을 후루룩 마시는 소리가 났다. 이윽고 문이 닫히고 침묵이 찾아왔다. 아니, 아버지는 웅얼거렸다.

나는 쓰레기다, 나는 쓰레기다, 나는 쓰레기다…….

결국 아사히도 유히도 설탕은 입에 대지도 못했다. 말없이 쓰레기를 차 밖으로 집어 던진 뒤 각자 엉덩이 밑에서 구겨진 담요를 잡아당겨 꺼냈다. 그러고는 점퍼 위에서 몸을 둥글게 말고 눈을 감았다.

다음에 눈을 떴을 때는 어딘가 다른 곳에 있으리라. 너무 오랫동안 같은 장소에 차를 세워두면 곤란하니까. 그렇게 조금씩 규슈3에서 간토4까지 흘러왔다. 여행의 시작은 아사히도 유히도 기억하지 못한다. 태어날 때부터 줄곧 셋이서 차에서 살아가는 것 같았다. 몇 달 뒤에는 고무가 늘어진 이 창문 너머로 북쪽 바다를 바라보고 있겠지. 아버지가 "언젠가 셋이서 홋카이도에 가자. 북쪽으로 가는 거야!"라고 말했으니까.

홋카이도에 가는 것보다 자신들만의 주차장이 있으면 좋겠다고 아사히는 생각했다. 스틱 설탕을 늘 채워둘 부엌이 있으면 좋을 텐데. 서로 마주 보고 밥을 먹을 수 있는 식탁이. 몸을 쭉 펴고 잘 수 있는 침대가. 매일 몸을 담글 수 있는 욕조가. 깨끗한 수건이. 아버지와 유히와 아사히, 세 가족이 영원히 머물 수 있는 곳이 있으면 좋을 텐데.

그런 곳을 뭐라고 하지?

아사히는 안다.

아버지가 늘 소원하는 '3H'. 건강, 행복, 사랑에 더해야 할 또 다른 H.

집home이다.

---

3 일본 열도 중 가장 남쪽에 있는 지역.
4 일본 혼슈 동부에 있으며 도쿄가 속한 지역.

6

"잘 먹겠습니다."

무의식중에 말하고는 화들짝 놀랐다. 어느 때라도 반드시 '잘 먹겠습니다'라고 말할 것. 아버지의 분부였다. 그 습관이 당연한 듯 몸에 익어서 아마 고즈카 집안의 일원이 되어 처음 케이크를 먹을 때도 그랬으리라.

생각해 보면 아버지에게는 그런 모순된 구석이 있었다. 아이에게 떠돌이 생활을 강요하고 도둑질을 시키고 초등학교에 보내지도 않았지만 한편으로는 예의범절과 말씨에 관해서는 몇 가지 자신만의 고집이 있었다.

아버지를 아빠가 아니라 '아버지'라고 부르는 점도 그랬다.

—똑똑히 들어. '아버지'라는 호칭은 중요해. 제대로 배운 아이는 그렇게 부르는 거야. 무슈라고 하잖아. 무슈.

아버지가 한 말까지 또렷이 기억했다. 당시 아사히는 무슈가 어떤 뜻인지 몰랐고 아버지 본인도 잘 모르는 눈치였다. 누군가에게 들은 말을 본인 생각인 것처럼 말했겠지. 아마 그 3H도 마찬가지일 테고. 불특정 다수가 책을 꽂아 놓은 책장처럼 아버지의 머릿속에는 뜻밖의 지식이 들어 있기도 했다. 고등학교를 중퇴하고서 여러 일을 전전했다고 하니 그 덕분인지도 몰랐다.

아사히는 나이프와 포크를 집어 들었다. 맞은편 자리에는 고즈카 가족의 아빠가 이미 양배추 롤을 나이프로 썰고 있었다. 평범한 날에도 집에서 나이프와 포크로 밥을 먹고 와인을 마신 뒤 냅킨으로 입가를 훔치는 이 아버지를 기이하게도 아사히는 '아빠'라고 부른다. 고즈카 가족이 되자마자 이 집안의 분위기에 따라 '파파'라고 불렀지만 크면서 부끄러워져 호칭을 바꿨다. 아빠는 그 사실을 오히려 아사히가 가족에게 정을 붙인 증거라고 받아들여 기뻐했다.

그러고 보니 유히도 양아버지를 '아빠'라고 불렀다. 그런 생각을 하면서 양배추 롤을 기계적으로 입으로 가져갔다.

"아야, 또 그렇게 많이 뿌린다."

시치미[5] 때문에 새빨개진 딸의 접시를 보고 엄마가 못마땅한 목소리로 핀잔했다.

"이렇게 먹는 게 더 맛있어. 캡사이신으로 다이어트도 되고."

"그 소스 맛있지 않아? 요거트 소스잖아."

"맛없는 건 아닌데 그렇다고 딱히 마음에 들지도 않아."

"넌 살 뺄 필요 없으니까 다이어트보다 체내를 깨끗하게 만들어서 건강해지는 편이 좋아. 요거트에 포함된 유산균에는……."

"아, 그 이야기는 그만."

---

5 일곱 가지 재료를 섞어 만든 일본의 대표적인 향신료.

균을 이용한 건강법에 빠진 엄마와 휴일이면 화장하고 외출하는 여동생은 서로 격의 없이 대화했다. 사이가 좋아 보였다. 아야는 보기와 달리 성적이 우수해 아빠에게도 자랑스러운 딸이었다.

"뭐야?"

보려고 본 것은 아닌데 아야가 곁눈질로 흘겼다. 익숙한 눈총을 무시했더니 "짜증 나"라며 듣기 싫은 소리가 날아왔다. 딱히 타격은 없었다. 고즈카 아사히가 되어 거의 이 년 동안, 즉 처음으로 초등학교에 다니면서 필사적으로 평범한 삶을 배우는 동안 학교에서 맞닥뜨린 수많은 말에 비하면. 비록 같은 피가 흐르지는 않지만 자신의 오빠가 야만인이니 가축보다 못한 놈이니, 라고 불리며 강제로 화장실 바닥을 핥았다는 사실을 아야는 알까? 아야가 안다면 아사히는 견딜 수 없을 정도로 싫을 것 같다.

엄마가 부드러운 말투로 아야에게 주의를 줬다. 아빠의 익살스러운 눈짓은 '저 나이 때 여자아이는 어렵다니까'라고 말하고 싶은 듯했다. 실제로 그런 말을 여러 번 들었다. 아사히는 그 의미를 제대로 이해한 것 같았다. 그러니까 일일이 흠을 잡을 만한 일이 아니다. 집안이 화목하지 않은 것이 아니라는 뜻이었다.

"그런데 아사히, 골프에 관심 없니?"

"그건 갑자기 왜?"

"너도 내년에 3학년이고 눈 깜짝할 사이에 사회인이 될 테니까. 어떤 사회에 들어가든 골프를 배워두면 사람을 사귈 때 손해 보는 일은 없을 거야. 고루하다고 생각할지 모르지만 네가 사회에 나갔을 때 높은 사람들은 다 옛 세대라고."

"한번 해 볼까."

영혼 없이 대답하며 유산균을 몸에 집어넣었다. 효모균도. 누룩도.

아사히는 가리지 않고 무엇이든 잘 먹는다. 설탕만 빼고. 음식이나 과자에 이미 들어간 설탕은 괜찮지만 커피에 넣는 설탕 등 설탕 자체를 직접 보면 몸이 받아들이지 못한다.

―설탕을 못 먹게 된 이유, 폭로해도 돼?

아사히를 바라보던 유히의 눈빛이 떠올랐다. 아파트를 나온 후에도, 지금 이 순간에도 줄곧 그 시선이 느껴졌다.

시간을 달라고 말했지만 그 자리를 모면하려는 임시방편일 뿐이라는 것을 알았다. 결국 협박에 굴복하겠지. 유히가 시키는 대로 납치 자작극에 가담하리라. 그 일이 세상에 알려지면 오늘까지 쌓아온 공든 탑이 무너지고 만다. 십 년이나 걸려 적어도 겉보기에는 평범하게 살게 되었는데. 단어의 정의를 엄격하게 따지지 않는다는 전제하에 많지는 않지만 친구도 있다. 집도 있고 대학생이며 과외 아르바이트도 한다. 혼자만의 시간에는 책을 읽거나 음악을 듣거나 영화를 본다. 졸업하면 취직한 뒤 머지않아 결혼할지도 모른다.

"그런데 코코아는 오늘도 밥 남겼더라. 날씨가 선선해지면 기운을 차릴 줄 알았는데. 이제 나이도 나이니까 내일이라도 병원에 데리고 가야 할 것 같아."

"응? 그럼 나도 갈래."

"넌 학교 가야지."

"코코아가 더 중요해. 코코아도 나랑 같이 가야 안심한다고."

"학교 끝나고 데리고 가면 되지."

유히가 하레를 지키고 싶어 하는 마음은 안다. 공감은 못 해도 이해한다. 그런데 왜 그렇게까지 하냐고 묻는 아사히에게 유히는 어리둥절한 얼굴로 대답했다. 그러면 문제가 해결되니까.

"그렇게 한가한 소리 하다가 코코아한테 무슨 일이라도 생기면 어떡해. 아빠는 내가 큰 병에 걸려도 일이 먼저야?"

"그럴 리 없잖아."

"그러니까. 마찬가지지."

"알았어. 내일 아침 일찍 아야와 함께 코코아를 병원에 데리고 갈게. 하지만 끝나면 바로 학교에 가야 한다?"

그랬다, 유히는 그런 녀석이었다. 십 년 전 떠돌이 생활에 염증을 느낀 아사히는 문득 그런 말을 내뱉었다.

집이 갖고 싶어, 평범하게 살고 싶어.

그러자 유히가 태연하게 말했다.

차가 없어지면 되지 않을까?

"네에. 코코아, 별일 없을 거야."

아빠와 엄마와 동생이 같은 방향을 보며 이야기를 나누고 있다는 사실을 이제야 깨달았다. 거실 구석에 웅크리고 있는 짙은 갈색에 꼬리가 달린 가족.

아사히가 그쪽으로 고개를 돌렸을 때는 이미 화제가 끝나 있었다. 부모님은 치과에 새로 고용한 접수처 여직원의 이야기를 시작했고 아야는 시뻘건 양배추 롤을 조금씩 베어먹으며 휴대폰을 만지작거렸다. 식사 중에는 휴대폰을 하지 말라고 엄마가 잔소리했다.

7

가나가와와 도쿄의 경계에서 방랑하던 때, 홋카이도에 가자던 아버지가 목적지를 갑자기 규슈로 돌렸다. 세 사람의 떠돌이 생활은 규슈에서 시작됐다고 들었다. 그런데 일본 열도 한복판까지 와서 발길을 돌리다니, 아사히는 당황해 그 이유를 물었다.

"이제 12월이잖아. 앞으로 점점 추워질 테니까 남쪽으로 가면 따뜻하고 좋지. 가고시마는 화산이 분화해서 모래까지 따뜻해. 그래서 모래찜질이라는 게 있거든……."

중간부터는 제대로 듣지 못했다. 홋카이도든 가고시마든

이제 지긋지긋했다. 더위도 좋고 추위도 좋으니 한곳에 정착해 살고 싶었다. 집이 갖고 싶었다.

"……아무 데도 안 가고 싶어."

뒷좌석에서 툭 내뱉은 아사히의 중얼거림은 운전하면서 쉬지 않고 떠드는 아버지의 귀에는 닿지 않은 듯했다. 하지만 옆에 있던 유히에게는 들렸다.

"아까 그 말 무슨 뜻이야?"

아버지가 담배를 사러 차에서 내린 사이에 유히가 물었지만 아사히는 머뭇거렸다. 배신자가 된 기분이었다. 물끄러미 바라보며 대답을 기다리는 유히의 시선을 피하며 퉁명스럽게 말했다.

"이제 이렇게 사는 건 싫어. 집이 있었으면 좋겠어. 평범하게 살고 싶어."

형이 그렇게 생각하는지 꿈에도 상상하지 못했겠지. 말의 의미를 이해하는 데 시간이 걸렸는지 유히는 한동안 말이 없었다. 그리고 말했다.

"그럼 차가 없어지면 되지 않아?"

아사히는 눈을 부릅뜨고 동생을 쳐다봤다. 추우면 담요를 덮으면 되지 않냐고 말하는 듯 유히의 말투는 태연했다.

"그러면 아무 데도 못 가잖아."

"그게……."

아버지가 차로 돌아오는 바람에 대화가 끊겼다. 입을 다물고 좌석에 등을 기댄 아사히는 자신의 심장 소리를 들었다.

차가 없어지면.

유히의 말이 머릿속을 빙글빙글 맴돌았다. 차가 없어지면
아무 데도 갈 수 없다. 집을 구할 수밖에 없다. 그렇다, 차가
고장 나버리면…….

그로부터 며칠 뒤 늦은 밤; 아사히는 낡아빠진 코롤라에서
내려 조용히 섰다. 오늘은 생각지도 않게 술을 많이 구한 덕
분에 아버지는 운전석에서 코를 크게 골고 있었다. 유히는 차
안에서 창문에 이마를 대고 아사히를 지켜봤다. 그리고 몇 초
마다 돌아보며 아버지의 상태를 살폈다.

아사히는 오른손을 꽉 쥐었다. 땀에 젖은 손에 들린 스틱
설탕 세 개. 자동차 기름통에 설탕을 넣으면 엔진이 고장 난
다고 만화에서 봤다. 급유구를 여는 방법은 아버지가 여는 모
습을 봐서 안다. 휘발유 냄새가 코를 찔렀다. 새하얀 입김이
빠르게 새어 나왔다. 심장이 목구멍으로 튀어나올 것 같았다.
도둑질을 할 때도 이렇게 긴장한 적은 없었다.

작업을 마치고 슬며시 차로 돌아와서도 여전히 몸이 떨렸
다. "해냈네"라고 속삭이는 유히의 목소리에 간신히 고개를
끄덕일 뿐이었다. 어둠 속에 몸을 누이고 잠을 이루지 못하는
사이 후회와 불안이 슬그머니 다가왔다.

그런 짓을 해서는 안 됐을까?

아버지에게 들키지 않을까?

이 차는 이제 움직이지 못하는구나, 버려지는구나.

그런 생각들이 떠오르자 가슴이 조여들었다. 결국 좌석에 얼굴을 파묻고 비벼댔다. 그러다가 어느새 잠에 빠졌다가 자동차 진동에 아사히는 눈을 퍼뜩 떴다.

움직이잖아?

황급히 몸을 일으키자 아버지가 운전석에서 태평한 목소리로 말했다.

"어, 깼어? 오늘은 둘 다 늦잠을 잤구나."

유히는 아직 잠들어 있었다.

창밖으로 고개를 돌리자 경치가 흐르고 있었다. 콘크리트로 다진 비탈길 위에 나무가 무성하고 잎사귀가 반짝반짝 빛났다. 하얀 가드레일이 끝없이 이어졌다. 고물차가 완만한 내리막길을 경쾌하게 달렸다.

"차, 아무렇지도 않잖아……."

깊은 한숨이 새어 나왔다. 실망스러우면서도 왜인지 안심이 되는 기묘한 기분이었다. 차는 망가지지 않았다. 작전은 실패했다.

"뭐야, 꿈이라도 꿨어?"

아사히가 중얼거리는 소리를 들은 아버지가 웃었다.

"늘 말하잖아. 이 녀석은 아직 한참은 달릴 수 있다고. 지금은 가미쿠라라는 곳으로 가고 있어. 절이나 신사가 많은 동네니까 돈 좀 벌 수 있을 거야. 규슈로 출발하기 전에 자금을 확

벌어 놔야지."

아버지가 라디오 볼륨을 높이고 운전대를 손가락을 두드리며 리듬을 탔다.

유히가 몸을 벌떡 일으켜 아사히를 쳐다봤다.

평소에는 '호텔' 화장실에서 몸을 씻거나 닦지만 가끔은 공중목욕탕도 이용한다. 그곳에서는 때를 밀 수 있을 뿐 아니라 잘만 하면 주차장과 탈의실에서 돈도 벌 수 있다.

가미쿠라에 도착한 지 이틀째인 오늘, '쓰루카메유'라는 대중목욕탕에 갔다. 아버지는 입구의 낡은 매표기에서 어른 표 한 장과 초등학생 표 두 장을 샀다. 수건 세 장과 칫솔 세 개와 면도칼 교환권도 샀다. 몇 달 전 훔친 구리철사를 비싸게 팔았을 때 이후로 이런 사치는 처음이었다. 아버지 말대로 이 동네에서는 돈을 벌 수 있다.

차는 여전히 문제없이 움직였다. 다른 방법을 찾아야 한다.

콧노래를 흥얼거리며 목욕을 마친 아버지는 아사히와 유히에게 아이스크림을 건네며 여기서 한 시간 정도 기다리라고 했다. 늘 그렇듯 오는 도중 발견한 파칭코 가게에 가려는 것이다.

아사히와 유히는 돈을 따서 오라고 배웅한 뒤 막대 아이스크림을 물고 동네를 서성였다. 하교 시간이 지날 때까지 기다렸다가 사람들이 있는 곳에 갔다.

군이 학교에 가지 않아도 된다. 사람으로서 중요한 것은 꼭 학교에서만 배울 수 있는 게 아니다.

이것이 아버지의 지론이지만 아사히와 유히가 학교에 가지 않는 사실을 들키면 곤란한 듯했다.

탈의실에 사람이 없어진 틈을 타 유히가 바구니에 손을 집어넣었다. 귀중품을 전용 락커에 보관하지 않고 벗은 옷과 함께 바구니에 그대로 두는 손님이 적지 않았다.

"안 돼."

아사히가 말리자 유히는 조금 불만스러운 표정을 지었다.

"왜. 기회잖아."

"손님이 너무 적고 우리가 여기 들어온 걸 접수대 아주머니가 봤어. 게다가 혹시라도 걸려서 도망가게 되면 아버지가 우리를 데리러 왔을 때 난처한거야."

"그렇구나."

유히는 깔끔하게 포기했다. 그러다가 문득 장난기가 인 듯 지갑에서 지폐를 뽑는 대신 바로 옆 바구니에 들어 있던 팬티를 바꿔치기했다.

"눈치챌까? 눈치 못 채면 바보지. 여기서 지켜보자."

"의심받는다니까. 몰래 해야지."

두 사람은 소곤거리고 웃으며 귀중품 락커의 동전 반환구에 흘린 돈이 없는지 확인하다가 운 좋게 백 엔을 주웠다. 그리고 탈의실을 나와 자동판매기 밑과 거스름돈이 나오는 곳을 들여다본 뒤 신발장 옆 벤치에 진을 치고 가끔 교대로 장난의 결과를 살피러 갔다. 생긋 웃으며 바라보던 카운터 아주머니가 형제냐고 물어서 그렇다고 대답했다. 몇 학년이냐는 질문에 "저는 4학년이고 동생은 3학년이에요"라고 대답했더니 아주머니는 야무지다며 우리를 칭찬했다. 그렇게 아버지를 기다렸다.

그런데 약속한 한 시간이 지나도 아버지는 돌아오지 않았다. 한 시간 반이 지나고, 한 시간 사십 분이 지나자 배에서 꼬르륵 소리가 났다. 또 삼십 분이 지나자 허기는 잊었다. 눈앞의 자동문이 가끔 열렸지만 차가운 공기와 모르는 사람들뿐만 들어올 뿐이었다. 아버지는 휴대폰이 없었다. 직접 밖으로 나가 어둠을 뚫어지게 쳐다봐도 고물 코롤라는 그림자도 보이지 않았다. 카운터 아주머니도 걱정스러운 얼굴로 고개를 갸우뚱했다. 그 시선이 형제의 너저분한 머리를 유심히 살피고 있다는 사실을 깨닫고 갑자기 불편해졌다.

돈을 너무 많이 따서 시간 가는 줄도 모르고 열중했을까. 그런 적이 몇 번 있었다. 그럴 때 아버지는 "아이참 미안, 미안"이라며 웃으며 사과하거나 "나는 아버지 자격이 없어"라며 스스로 얼굴을 주먹으로 힘껏 때리고는 했다. 아니면 혹시 또 다른 인격이 나타나 어딘가에서 가만히 우울에 빠져 있을까. 요즘 그 인격이 평소보다 더 자주 나타나는 것 같다. 그게 아니면 설마 사고라도 당했나······.

"아직이야?"

유히가 일 분마다 물었다. 그럴 때마다 아사히는 "곧 올 거야"라고 대답했다. 아무렇지 않은 얼굴로 대답하고 싶었지만 뜻대로 되지 않았다.

두 사람은 신발장 옆 벤치에서 계속 기다렸다. 줄어든 말수와 달리 불안감은 점점 커져만 갔다. 만약 혼자였다면 울상을 지었을지 모른다.

그렇게 오랜 시간이 지나자 자동문 너머에서 제복 경찰관이 나타났다. 순간 아사히는 유히의 팔을 붙잡고 달아나려고 했지만 경찰이 더 빨랐다. 경찰은 순식간에 두 사람을 위아래로 살핀 뒤 다정하게 물었다.

"아사히와 유히지?"

가슴이 두방망이질했다.

우리 이름을 어떻게 알지?

유히가 문득 아사히를 쳐다봤다. 아사히는 말없이 경찰을 바라봤다.

"아버지 성함이 마사치카 다쿠지, 맞니?"

경찰은 벤치 앞에 쭈그리고 앉아 형제를 올려다봤다. 호빵맨처럼 얼굴이 동그란 아저씨였다. 목소리는 상냥했지만 얼굴은 웃지 않았다. 심장이 더욱 세차게 뛰었다.

"진정하고 들으렴. ……아버지가, 돌아가셨어."

아사히와 유히 둘 다 아무 말 하지 않았다. 꼼짝도 하지 않았다. 돌아가셨다는 말의 의미를 이해하지 못했다고 생각했는지 경찰이 쉬운 말로 다시 설명했다.

의미는 안다. 라디오에서 듣고는 아버지에게 물어본 적 있기 때문이다.

아버지, 돌아가셨다는 게 무슨 뜻이야?

죽었다는 뜻이야.

죽었다는 뜻이야!

경찰이 말하는 동안 아사히는 시선을 내리깔고 짧은 바지가 간신히 덮고 있는 무릎과 그 위에 놓인 꽉 쥔 주먹을 노려봤다. 아사히의 주먹은 가운뎃손가락의 관절이 뾰족하게 튀어나왔다. 아버지의 주먹에는 같은 곳에 둥글고 단단한 혹이 있다. 남자의 주먹이라고 아버지는 말했다.

그런 생각에 빠진 탓에 설명은 도막도막 귀에 들어올 뿐이었다.

차를 발견……, 운전석 남성의……, 지갑에서 면허증이…….

그 속에서 단 한마디만 또렷이 들렸다.

원인은 자동차 고장.

경찰은 그렇게 말했다. 그 순간 깨달았다.

아사히가 휘발유 통에 설탕을 넣은 탓이라고.

실패한 줄 알았다. 그런데 이제야. 아버지가 운전하는 사이에.

그제께 맡은 휘발유 냄새가 되살아나 구역질이 치밀었다. 입을 막고 몸을 웅크린 아사히의 등을 경찰이 부드럽게 쓸었다.

유히도 알아차렸을 터다.

아사히가 아버지를 죽였다.

떨고 있는 유히의 얼굴을 쳐다볼 수 없었다.

8

그 후, 아사히와 유히는 가마쿠라 아동상담소의 보호를 받았다. 그곳에서 자신들이 친형제가 아니라는 사실을 알았다. 얼마 후 아사히는 고즈카 집안에 입양됐지만 그 사이에 있던 일은 잘 기억나지 않는다. 유히와 어떻게 헤어졌는지조차 기억하지 못했다.

유일한 기억은 유히가 어디선가 스틱 설탕을 구해온 일이다. 아마 사무실 같은 곳에서 슬쩍 훔쳐 왔겠지. 두 사람에게 진수성찬이었던 그것을 먹으면 형도 조금은 기운을 되찾으리라 생각했을 터다. 하지만 아사히는 유히가 기대에 차 내민 그것을 보자마자 구토했다.

그로부터 십 년. 늦은 밤 고즈카 가족의 집 부엌에 선 아사히는 엄마가 폴란드에서 샀다는 설탕 포트로 손을 뻗었다. 포트에는 흰 각설탕과 흑 각설탕이 들어 있었다. 스틱 설탕도 이제 보기만 해서는 역겹지 않다. 아사히는 각설탕을 엄지손가락과 집게손가락으로 살짝 집어 입가에 가져갔다. 심호흡하고 마음을 단단히 먹은 뒤 입에 던져 넣었다. 그리고 다음 순간 싱크대에 뱉어냈다. 곧바로 수돗물로 입을 헹군 뒤 싱크대 가장자리를 손으로 짚고서 온몸으로 숨을 내쉬었다. 이제 땀을 흘릴 계절도 아닌데 잠옷으로 입은 티셔츠가 차갑게 젖어 있었다.

역시 안 되는구나. 각오한 결과이긴 했다.

내일이면 유히에게 협박을 받은 지 일주일째다. 하레가 합법적으로 오백만 엔을 얻을 방법을 나름대로 찾아봤지만 결과는 지지부진했다. 협박에 따를 수밖에 없다고 반쯤 체념하면서도 혹시라도 설탕을 극복할 수 있다면 그 협박에 맞서보려고 했다. 아니면 설탕을 먹어보려는 시도는 협박에 저항하기를 완전히 체념하려는 의식에 불과했을까.

계획된 만남인 줄 모르고 재회를 기뻐한 자신에게 화가 났다. 아무 생각 없이 집에 찾아간 스스로를 때려주고 싶었다. 아니, 애초에 십 년 전 그날, 어째서 유히의 천진난만한 말을 곧이곧대로 받아들였을까. 아사히는 신중한 아이였다. 그런데 차가 없어졌으면 했던 그 일에 한해서는 왜 그렇게 단순하게 낙관적으로 생각하고 말았을까. 결국 나도 어린아이였다. 산타클로스를 믿은 적은 없다 해도.

싱크대를 짚었던 손을 스르르 내린 뒤 추리닝 주머니에서 휴대폰을 꺼냈다.

'할게.'

유히에게 보내는 메시지를 입력하고 이를 악물고 전송 버튼을 눌렀다.

　다음 날 오후에 다시 유히의 아파트를 찾았다. 유히는 저녁 근무였고 아사히는 강의를 두 개 빼먹었다.

　"의외네."

　유히는 아사히를 집으로 들이자마자 그렇게 말했다.

　"화낼 줄 알았는데."

　"화났어. 아마 네가 생각하는 것보다 더."

　"그럼 얼굴에 감정이 드러나지 않는 타입이구나."

　"그런 소리 자주 들어."

　아사히는 전과 마찬가지로 접이식 밥상 옆에 앉았다. 근처에서 공사를 하는지 큰 소리가 울릴 때마다 밥상이 희미하게 진동했다. 밥상 위에는 가마쿠라의 지역 생활 정보지로 보이는 잡지가 펼쳐져 있었다. '가을의 작은 교토를 만끽'이라는 제목의 글이 단풍 명소와 카페 사진을 곁들여 소개했다.

　"그 왼쪽 아래 있는 거 알아보겠어? 웬걸, 그 '쓰루카메유' 래. 아들이 물려받으면서 대대적으로 리뉴얼했대. 완전히 딴판이 됐지? 나 말이야, 아버지랑 목욕탕 가는 거 자랑스러웠어. 다른 할아버지나 아저씨들은 쭈글쭈글하고 살이 축 처졌는데, 아버지는 말랐어도 몸은 좋았잖아. 실전에서 만든 근육이라고 했던가."

　레트로 모던 콘셉트라는 목욕탕 사진에서 아사히는 금세 시선을 뗐다.

"일부러 이런 걸 꺼내놓지 않아도 한다고 했잖아."

"······그런 뜻은 아니었는데."

유히는 조금 놀란 표정을 짓더니 쓴웃음과 함께 잡지를 덮었다. 전에 만났을 때 알았는데 그 주먹에는 아버지와 같은 혹이 있다. 주먹 굳은살이라는 듯했다.

아사히에게는 아버지와 목욕탕에 가는 일이 자랑거리가 아니었다. 자랑스러울 때도 있었을지 모르지만 적어도 기억에는 없었다. 목욕탕 바닥이 때로 가득 차서 다른 손님들에게 피해를 주는 듯해 언제나 창피했다. 매일 목욕할 수 있는 집을 갖고 싶었다.

"커피는?"

"됐어. 어서 본론이나 말해."

알았어, 하고 유히는 어깨를 으쓱이며 맞은편에 앉았다.

"납치 대상은 마쓰바 미오리라는 열다섯 살 여자아이야. 나는 미오라고 불러. 미오의 아버지는 전직 현의회 의원인 마쓰바 오사무야."

마쓰바 오사무. 모르는 사람이다. 열다섯 살이라면 동생 아야와 동갑이다.

"중학생?"

"아니, 고등학교 1학년. 가미쿠라에 있는 레이메이칸 재단이라고, 유치원부터 대학까지 한 재단 안에서 진학할 수 있는 부잣집 딸들이 다니는 학교야. 하지만 초등학교 고학년 때쯤부터 계속 학교에 안 가는 것 같아. 올해 봄에 처음 만났을 때도 학교를 땡땡이치고 시립도서관에 있었어. 하레의 아이들에게 보여줄 책을 빌리러 도서관에 갔는데 아동서적이 어디에 있는지 모르겠더라고. 그래서 우연히 근처에 있던 미오에게 물었더니 안내도 해주고 책도 추천해줬어. 그 후로도 가끔 마주쳐서 이야기 나누게 됐지. 여름이 되기 전쯤부터는 이따금 하레에도 놀러 왔어."

"그 아이는 왜 납치 자작극에 협조하는 거야? 네 여자친구야?"

"아니야. 미오도 돈이 필요하거든. 집을 나오려고."

"가족과 사이가 나빠?"

"미오가 등교하지 않아도 부모는 아무 소리 안 한대. 자해해서 병원에 실려 갔을 때도 물건을 훔쳐서 경찰서에 갔을 때도 그랬대. 그냥 아무 말 않고 수습해서 없던 일로 만들었다는 것 같아."

아사히가 끼어들 틈을 주지 않은 채 유히는 선수 치듯 말을 이었다.

"미오는 착한 아이야. 책을 좋아하는 얌전한 아이. 아, 사진 볼래?"

유히는 대답을 기다리지 않고 휴대폰 사진 폴더를 열었다. 마쓰바 미오리의 사진이 여러 장 있었다. 유히와 둘이 찍은 사진도 있는 것 같았지만 유히가 보여준 사진은 홀로 은행나무 밑에 서 있는 미오리의 모습이었다. 자못 부잣집 딸들이 다니는 학교다운 블레이저 재킷 교복을 입고 수줍은 미소를 띠고 있었다. 긴 검은 머리가 바람에 살랑대며 희고 통통한 볼에 달라붙어 있었다.

"이 아이가……?"

"문제 행동을 일으키거나 납치 자작극으로 친부모에게 돈을 뜯어낼 만한 아이로는 안 보이지? 형도 범죄를 저지를 만한 사람처럼 보이지 않지만."

유히가 미오리의 사진을 아사히의 휴대폰으로 보냈다.

"타깃의 얼굴은 알아두고 싶을 테니. 아, 설마 형 스타일인 거 아냐?"

아사히는 그 농담을 무시했다.

"그래서?"

유히는 휴대폰을 접어서 바닥에 홱 내던졌다. 물건을 아무데나 던지는 것이 습관인지 살풍경한 집 안 여기저기에 물건이 어수선하게 널려 있었다. 재회했을 때 메고 있던 백팩, 공과금 영수증과 배달 피자 메뉴, 만화책과 DVD와 문고본 책.

"오래된 데이터지만 몸값을 노린 납치사건의 검거율은 95퍼센트가 넘고 범인이 몸값을 챙겨 달아난 사례는 한 건도 없대. 즉 경찰이 수사하기 시작하면 무조건 잡힌다고 생각해야 할 거야. 잡히지 않으려면 경찰이 몰라야 해. 미오의 문제 행동을 쉬쉬하는 것만 봐도 알 수 있듯이 마쓰바 집안은 체면을 중요시해. 게다가 아버지인 마쓰바 오사무는 다음 요코하마 시장 선거에 입후보할 예정이야. 납치사건이 공공연하게 알려지면 딸의 행실이 불량하다는 사실이 세상에 널리 퍼지겠지. 그건 피하고 싶을 거야. 그래서 경찰에 알리지 않고 은밀히 처리하려고 할 확률이 높고. 달리 말하면 예상이 빗나가서 경찰에 신고할 경우 계획은 즉시 중단이야."

미리 설명을 준비해 놓은 티가 났다. 아사히가 협박에 굴복하리라 확신했다고 생각하니 괘씸했다.

"형의 역할은 이 사건에 경찰이 개입하는지 아닌지를 주시하는 거야. 마쓰바 선거사무소에 자원봉사자로 잠입해서 동태를 살펴. 형이라면 금방 신뢰를 쌓을 테니까. 딱 봐도 성실해 보이고 명문대 정경학부 학생이잖아."

"……역시, 그래서 나였구나."

아사히는 유히에게 물 한잔을 달라고 했다. 그러고는 그 물을. 단숨에 마시고 거부라는 선택지는 없다고 재차 스스로를 설득했다.

"조건은 두 가지야. 하나는 내가 협력자라고 아무에게도 밝히지 않는 것. 공범인 미오리에게도 말하면 안 돼."

사실 아사히가 조건을 내세울 처지는 아니었다. 하지만 유히는 그런 생각을 내색하지 않았다.

"좋아. 미오가 안심할 수 있도록 내부 협력자를 구했다고만 하고 그 사람이 형이라는 말은 안 할 거야. 두 번째 조건은?"

"몸값 요구액을 천만 엔으로 줄이는 것. 내 몫은 필요 없어."

"대가를 안 받겠다고?"

"나는 네 협박 때문에 가담하는 거야. 내 인생을 지키려고. 돈 때문이 아니라. 몸값이 적어야 성공률도 높아질 테고 그게 더 이득이겠지."

유히는 부엌으로 가 머그컵과 유리잔을 들고 돌아왔다. 머그컵은 전에도 내왔던 헬로키티 컵이었고 유리잔은 기린 맥주 로고가 새겨진 잔이었다. 콜라를 따라온 것 같았다.

유히는 아사히 앞에 유리잔을 내려놓고 건배를 제안하듯 머그컵을 내밀었다.

"재회와 팀 결성을 축하하며."

마치 진심에서 우러나오는 듯한 미소로.

아사히는 머그컵 가장자리를 잠깐 응시한 뒤 유리잔을 가져다 댔다. 두꺼운 싸구려 유리와 도기가 부딪치는 소리에서 왜인지 아버지의 주먹이 떠올랐다.

덮어놓은 지역 생활 정보지가 시야에 들어왔다. 리뉴얼한 쓰루카메유. 아버지의 죽음을 알았을 때 유히가 지킨 그 침묵을 아사히는 지금도 잊을 수 없다.

아사히가 가담하기 전에 유히와 미오리가 세웠던 계획은 허술했다.

미오리를 납치한 척 숨긴다. 마쓰바 오사무의 선거사무소에 협박 전화를 건다. 사무소에 잠입한 아사히가 경찰이 개입하는지를 판단한다. 경찰이 개입하지 않으면 몸값을 거래하기로 한다. 그 후 미오리를 되돌려 보낸다.

그것이 전부였다. 전혀 치밀하지 않았다.

"아, 몸값을 운반할 사람은 정했어. 미오의 오빠, 유타카."

"이유는?"

"적임이라던데, 미오가."

성격상 그렇다는 뜻인가. 지금 당장 판단할 수는 없지만 마쓰바 부부와 비서에게 몸값을 들고 오게 하는 것보다는 나을 듯했다. 경찰에 신고하지 못하도록 일부러 시장 선거 시기를 노리는데 정작 그들이 이상한 행동을 보였다가는 역효과를 낳을 수 있다.

아사히는 납치사건 기사와 수사관의 수기 등을 닥치는 대로 읽었다. 몸값을 주고받는 방법과 장소, 그곳까지 이르는 동선, 상대에게 연락하는 방법, 그 외 여러 가지. 생각해야 할 것이 산더미였다. 필요한 도구도 갖춰야 하고 사전답사도 해야 한다. 어차피 해야 한다면 반드시 성공해야 한다. 실패하면 최악의 경우 파멸이다.

갑자기 방문이 열려 재빨리 노트북을 덮었다. 돌아보니 아야가 복도에서 아사히를 노려보고 있었다. 11월인데도 숏팬츠 차림이었다. 가느다란 맨다리는 결코 방 안으로 들어오지 않았다. 애초에 방에 가까이 다가오는 법조차 없었다.

"노크……."

"했거든."

아사히의 볼멘소리를 아야가 짜증스럽게 차단했다. 거짓말은 아닐 테고 말도 걸었으리라. 아사히 본인이 알아차리지 못할 정도로 몰두했다는 사실은 알았다.

"밥."

아야는 표독스러운 한마디만 남기고 곧바로 자리를 떴다. 엄마가 시켜서 어쩔 수 없이 부르러 왔다고 온몸으로 말하는 모습이었다.

아사히는 숨을 토한 뒤 노트북 위에 올렸던 손을 내려놓았다. 지금 노트북 화면에는 마쓰바 오사무의 홈페이지가 열려 있었다. 요코하마 시장 선거는 11월 27일이지만 선거사무소는 이미 운영 중인데다가 자원봉사자를 모집하고 있었다.

자리에서 일어나 방의 불을 끄고 1층으로 내려갔다. 아빠가 성가신 환자에 대해 재미있게 이야기하는 소리가 들렸다. 식탁에는 고등어와 은행, 호박 등 제철 재료로 요리한 음식이 즐비했다.

"요즘 열심히 하는 것 같은데 리포트 써? 아니면 다른 일?"

아사히의 밥공기에 밥을 담으면서 엄마가 물었다.

"응, 좀 까다로워서."

"너무 스트레스 받지 마."

"괜찮아."

사실 수면 시간을 꽤 줄였는데도 신경이 곤두선 탓인지 조금도 졸리지 않았다.

"앞으로 집에 자주 늦게 올 것 같아. 조별 과제라서 모여서 해야 하거든."

"그래. 밥 안 먹을 때는 연락 주고."

짜증 나. 아야가 고개를 돌리며 말했다. 시선 끝에는 늙은 개가 엎드려 있었다. 코코아의 상태가 좋아지지 않아서 요즘 아야는 특히 기분이 안 좋았다. 병이 아니라는 진단을 받았으니 노쇠한 탓이겠지만 할 수 있는 게 없다는 사실에 답답해서 아사히에게 괜히 분풀이했다.

"오빠는 코코아가 아픈데 신경도 안 쓰여?"

"과제잖아."

"신나 보이네."

아사히는 눈을 깜빡거렸다. 신나 보인다고?

"아야, 오빠는 노는 게 아니잖아."

아빠가 중재하자 아야는 불퉁하게 입을 다물고 밥을 먹기 시작했다. 물론 그 전에 아사히를 한 번 노려보는 것을 잊지 않았다. 예쁘지만 강한 인상이었다. 동갑이라도 마쓰바 미오리와는 정반대의 느낌이었다. 나뭇잎 사이로 쏟아지는 볕뉘 속에서 미소 짓던 사진 속 그 아이와 범죄를 도무지 연결 지을 수 없었다.

계획을 짜기 위해 아사히는 유히의 아파트에 자주 방문했다. 도쿄에서 오가는 것이 귀찮았지만 대화 내용이 내용인 만큼 타인의 이목을 신경 쓰지 않아도 되는 장소가 있다는 점은 감사했다. 그리고 그중 몇 번은 유히와 만나기 전후로 시간을 내 레이메이칸 학교나 시립도서관에 찾아갔다. 마쓰바 미오리를 직접 보고 싶었기 때문이다. 자신의 얼굴을 알리지 않고 몰래 보고만 올 생각이었다. 그러나 아직 성공하지 못했고 아사히 안에서 미오리와 범죄 사이의 거리는 더욱 멀어질 뿐이었다. 훔쳐보는 행위가 마음에 걸려서 유히에게는 말하지 않았다.

11월 둘째 주에 접어든 그 날도 행여나 마쓰바 미오리를 볼 수 있으면 행운이라는 마음으로 도서관에 갔다. 오래되고 작은 건물은 물들기 시작한 은행나무에 파묻혀 있었다. 해가 기울고 차가워진 바람이 겨울을 예고하듯 잎사귀를 울렸다.

자동문을 지나 독특한 냄새가 떠도는 공기를 들이마셨다. 도서관을 좋아한다, 아마도. 아사히는 어떤 일이든 흥미를 강하게 느끼지 못했다. 책을 읽고 음악을 듣고 영화를 보지만 정말 좋아서 하는 것인지, 아니면 그것이 평범한 사람들이 하는 행동이니까 따라 하는 것인지 스스로도 분명하지 않았다. 평범한 삶에 익숙해지려고 조심스럽게 타인의 흉내만 내는 사이 어느새 자신도 알 수 없게 됐다. 그래도 도서관은 좋아하는 것 같다고 생각하는 까닭은 이 냄새를 맡으면 마음이 안정되기 때문이었다.

여느 때처럼 이용자가 드문 열람실에 그 사람이 보였다. 사진을 몇 번이나 본 덕분에 마쓰바 미오리를 한눈에 알아봤다. 교복 차림으로 길고 검은 머리를 한쪽 귀에 꽂고 돌아갈 준비를 하는 듯했다.

드디어 만났다. 온몸이 뜨거워졌다. 아사히는 로비에서 미오리를 기다렸다가 미오리의 뒤를 쫓았다.

미오리는 도서관 근처에 있는 작은 공원으로 갔다. 그곳 자동판매기에서 김이 피어오르는 음료를 사서 벤치에 앉은 뒤 책가방에서 문고본을 꺼내 읽기 시작했다. 내리깐 속눈썹이 하늘하늘 길었고 부드러운 곡선을 그리는 옆모습은 사진으로 봤을 때보다 예뻤다.

은은한 미소를 지으며 읽고 있는 책은 뭘까? 제목이 보이지 않아서 아사히는 조금 더 다가갔다. 아차 했을 때는 이미 늦었다. 미오리가 눈치채고 고개를 든 것이다. 눈이 제대로 마주쳤다.

"뭐 읽어요?"

의심받지 않도록 아무렇지 않은 척 말을 걸었다. 미오리는 경계하는 기색도 없이 누긋하게 책 표지를 아사히가 있는 쪽으로 돌렸다. '돈키호테'. 제목은 들어봤지만 읽어 본 적은 없다.

"미친 남자가 풍차를 거인으로 착각해 맞서 싸우는 이야기죠."

"네. 아주 유명한 에피소드죠. 그런데 사실 그 이야기는 극히 일부예요. 방대한 내용에는 그것 말고도 다양한 모험이 들어 있거든요."

부드럽고 천진한 목소리였다.

"좋아해요?"

"네, 엄청요. 물론 책은 가지고 있긴 한데 지금은 다른 사람에게 빌려줬거든요. 그런데 갑자기 읽고 싶어져서 도서관에 온 거예요. 읽고만 오려고 했는데 못 참고 빌려버렸네요."

"그렇게나 좋아요?"

"돈키호테와 종자 산초의 대화가 매우 재미있어서요. 계속 듣고 싶을 정도로."

"듣고……."

"아, 읽고, 죠."

미오리는 책을 품에 안고 행복한 꿈을 떠올리듯 말했다. 아사히는 그 모습을 말끄러미 바라봤다. 직접 만나 대화를 나눠도 역시 눈앞에 있는 소녀와 범죄를 연결 지을 수 없었다. 오히려 위화감만 더욱 강해졌다. 이 하얀 솜털 같은 여자아이가 부모를 속이고 돈을 가로채려고 한다니. 이 어여쁜 손으로 도둑질하고 교복 소매 아래 자해의 흔적을 숨기고 있다니.

"그래서 결말은 슬프지만 말이에요."

어떤 결말이냐고 물으려던 그때 공원 가로등에 불이 들어왔다. 슬슬 유히의 아파트로 향해야 할 시간이었다.

너무 어두워지기 전에 돌아가는 편이 좋겠다고 말하려고 했지만 쓸데없는 참견 같다고 생각을 고쳤다. 아사히는 미오리와 적당히 인사를 나누고 자리를 떠났다.

잠시 후 뒤돌아보니 미오리는 여전히 벤치에 앉아 책을 읽고 있었다. 아까보다 차가워진 바람에 긴 머리칼이 살랑살랑 흩날렸다. 미오리는 온통 부드러워 보였다.

9

"너도 그럴 나이인가."

운전석에 올라탄 아버지는 히죽이며 말했다. 아이들이 잠든 사이에 담배를 사온 듯 하얀 연기를 창밖으로 내뿜었다. 여름 새벽녘 일로 유히는 이마에 구슬땀을 매단 채 꿈속에 있었다.

아니야. 아사히는 서둘러 부정했다. 당황한 탓에 혀가 꼬였다.

"혼자 잠에서 깼는데 마침 거기 신문이 있어서."

일일이 트렁크에 넣기 귀찮은 잡동사니가 쌓여 있어서 조수석은 거의 짐 보관소나 마찬가지였다. 아버지가 어디선가 주워온 그 스포츠 신문은 활짝 펼쳐진 채 내팽개쳐져 있었다. 가슴이 쏟아질 것처럼 큰 여자의 반나체 사진이 그대로 보였다.

"안 봤어."

"이런 거에 관심이 생기는 건 당연한 일이야. 아사히는 어떤 여자가 좋아? 응?"

"아니라니까. 몰라."

"하긴 넌 실제로 벗은 여자를 본 적이 없겠구나. 아기 때 본 엄마 가슴은 기억도 안 나잖아."

아사히는 좌석에 쿵 하고 등을 기댄 뒤 두 손으로 귀를 막았다. 이 대화를 이어가고 싶지 않다고 노골적으로 어필했지만 아버지는 아사히를 쳐다보지 않았다. 창밖으로 손을 내밀어 담뱃재를 털며 조수석에 놓인 반나체의 여자를 바라봤다.

"새겨들어, 같은 남자로서 조언해 주마. 여자는 조금 통통하고 부드러운 게 좋아. 깡마른 몸매나 근육질은 안 돼. 담요든 빵이든 폭신한 게 좋잖아?"

아사히는 창틀에서 떨어져 늘어진 고무를 샌드백 삼아 때렸다. 하지만 아직은 남자의 주먹이 아니었기 때문에 그 모습이 멋지기는커녕 마치 끈으로 장난치는 고양이처럼 보였다. 아사히는 불쾌한 얼굴로 무시하기로 마음먹었지만 '같은 남자로서'라는 표현만은 마음에 들었다.

"그런데 벌써 그렇게 됐군. 아사히가 그럴 나이라니. 서운하네."

아버지는 혼자서 신나게 떠들어댔다. 지금이 겨울이었다면 아사히는 담요를 머리끝까지 뒤집어썼을 것이다. 어쩔 수 없이 티셔츠 목을 잡아당겨 머리끝까지 덮었다. 숨이 막혀 얼굴에 열이 올랐고 땀 냄새도 나 최악이었다.

아버지는 한참을 떠들다가 점점 목소리에 힘을 잃더니 이내 말소리가 뚝 끊겼다. 그러고는 긴 침묵 끝에 다른 사람의 목소리로 중얼거렸다.

"영원히 꼬마일 수는 없지……."

10

아사히는 돌아가는 전철에서 '돈키호테'의 줄거리를 검색했다. 기사도 이야기를 너무 많이 읽어서 광기에 빠진 남자의 모험담. 미오리가 슬프다고 한 결말은 그가 정신을 차리고 죽는 것이었다.

아사히는 책을 사서 읽기 시작했다. 문고본으로 여섯 권이나 됐지만 미오리가 그토록 좋아한다는 사실을 알고 작품에 관심이 생겼다.

돈키호테라는 남자를 보면 왠지 모르게 아버지가 떠올랐다. 분명 정상이 아닌 행동을 하면서도 자못 그럴듯한 핑계를 늘어놓는 점이. 그렇다면 그 핑계에 말려들어 돈키호테를 흠모하며 함께 여행하는 종자 산초는 과거의 자신과 유희일까. 마지막에 죽을 때까지 돈키호테와 아버지는 똑같았다. 아버지는 정신을 차리지 못한 채 떠났지만.

소설은 아직 초반이고 돈키호테는 산초와 만나지도 않았

다. 한편 납치 계획은 그럭저럭 자신 있는 형태로 거의 완성
됐다. 머리를 쓰는 일은 형이지, 형을 끌어들인 것은 아주 잘
한 선택이었어, 라며 유히는 감탄했다.

아사히는 마쓰바 오사무의 선거사무소 자원봉사자로 채용
됐다. 투표일까지 앞으로 이 주. 선거에 대해서는 아무것도
몰랐지만 시키는 일만 하면 돼서 특별히 곤란하지는 않았다.

"수고했어."

포스터 뒤에 테이프를 붙이고 있는데 마쓰바 유타카가 옆
에 있던 의자에 앉았다. 마쓰바 오사무의 큰아들이자 미오리
의 오빠. 계획이 순조롭게 진행되면 몸값을 운반하는 역할을
맡을 남자다. 아사히보다 두 살 많았지만 도쿄대에 입학하기
위해 사수생 생활을 해서 학년은 한 학년 아래라고 한다. 유
타카는 처음 만났을 때부터 스스로 선선히 밝혔다.

"테이프 붙이는 거 재미없지."

"아니요, 단순 작업을 싫어하지 않아서."

"솔직히 나도 그래."

아사히를 향해 웃는 얼굴은 해맑고 단정했다.

사무소에는 남녀노소 바쁘게 작업하면서 잡담을 나눴다.
아사히도 누군가 말을 걸면 대답하면서 눈에 띄지 않도록 행
동했다. 입양된 후 생긴 버릇이었는데 사람들과 교류하는 것
이 대체로 불편하고 서툴러서였다. '그러네요', '그런가요?',
'그렇군요'. 심할 때는 이 세 가지 대답만 돌려쓴다는 사실을

아무도 눈치채지 못했으면 좋겠지만. 존댓말을 쓰느냐 아니냐의 차이일 뿐 학교에서도 비슷했다.

그런데 이상하게도 유타카와의 대화는 힘들지 않았다. 하나도 힘들지 않은 건 아니었지만 거의 긴장하지 않고 이야기를 나눌 수 있었다. 유타카는 아사히에 대해 꼬치꼬치 캐묻지 않기 때문이었다.

유타카의 환경을 생각하면 그는 당연히 도쿄대에 현역으로 입학해야 했을 것이다. 사수생이라니 결코 좋은 말을 듣지 못했을 것이다. 그가 타인에 대해 불필요하게 파고들지 않는 이유는 인생의 쓴맛을 봤기 때문인지도 모른다.

"이제 그만 끝내고 가끔은 같이 밥 먹고 돌아가는 게 어때?"

유타카가 개인적인 제안을 하는 것은 처음이었다. 그가 고른 식당은 최근 문을 연 라멘 맛집이었다. 여러 언론에 소개되며 식사 시간대나 휴일에는 장사진을 이룬다고 했다. 조금 빨리 방문해서 아직 기다리는 사람은 몇 없지만 가게 벽에는 '주변에 피해가 가지 않도록'이라며 줄 서는 방법을 설명하는 안내문도 붙어 있었다.

"라멘⋯⋯."

"못 먹어?"

"아, 아뇨. 아는 사람이 라멘집에서 일하는데 먹으러 오라고 했거든요."

"싸우기라도 했어?"

"음, 그런 셈이죠."

"참고로 여기는 새우완탕면이 주력 메뉴래."

과연, 입구 옆 간판에도 큼지막하게 적혀 있었다. 아사히는 새우완탕면을, 유타카는 두 번째로 인기 많은 고기완탕면을 주문했다. 해산물은 먹지 못하는 듯했다.

먼저 국물을 한 입 맛본 유타카가 "크으" 하고 감탄했다.

"아아, 국물 시원하네. 어젯밤은 지원 유세자와 사전 교섭하는 자리에 동행했어. 미래를 위해 공부해 두기 좋은 기회라고 하셨거든. 역시 그런 자리는 부담스럽고 너무 불편해."

"유타카 씨도 아버지와 같은 길을 걸을 생각이에요?"

"의미 있는 길이라고 생각하지만 아직 확실히 정한 건 아니야. 목표한다고 반드시 이룰 수 있는 것도 아니고."

"유타카 씨라면 할 수 있을 거예요."

빈말이 아니었다. 선거사무소에서 활동하는 유타카를 객관적으로 보면 호감이 갔다. 어젯밤처럼 전문적인 안건에 참여하면서도 전단 배부 등 몸을 쓰는 일이나 청소 등 자질구레한 일도 싫은 내색 하나 없이 해낸다. 사무소를 불쑥 방문한 주민 자치회 사람들에게도 겸손하고 친절하게 행동했다. 선거원들이 유타카를 험담하는 소리는 들어본 적 없을 뿐 아니라 비록 며칠밖에 되지 않았지만 당사자가 없는 곳에서 그를 칭찬하는 말을 여러 번 들었다.

인상적이었던 점은 나이 지긋한 자원봉사자가 "역시 피는 못 속이네"라고 한 말이었다.

유히에게 사전에 얻은 정보에 따르면 마쓰바 집안은 지역 대대로 이어져 온 명문가로 선대 가주도 현의회 의원이었다고 한다. 유타카와 미오리의 어머니인 도코는 그 선대 가주의 외동딸이다. 오사무는 데릴사위로 들어가 마쓰바라는 성과 장인의 지역 기반을 물려받았다.

지역에서 마쓰바 부부의 신망은 두터웠다. 커다란 눈에 활기 넘치고 매사 명쾌한 오사무와 기품 있는 미인으로 항상 겸손한 도코. 아사히가 오사무와 직접 말을 주고받은 적은 선거사무소에서 일하기 시작한 첫날 한 번뿐이었다. 그때 오사무는 아사히의 눈을 똑바로 쳐다보며 "잘 부탁해요"라고 말했다. 도코는 더욱 정중하고 세심했는데 마주칠 때마다 격려나 감사의 말을 전했다. 또 누구에게나 한결같았다. 그저 유권자와 지지자의 마음을 얻기 위한 처세일 수도 있지만, 겉으로 보이는 인상은 딸의 문제 행동을 쉬쉬하며 수습했다는 이야기에서 막연히 떠오르는 오만하고 악랄한 인물과는 거리가 멀었다.

이상적인 부부라고 사람들은 말했다. 거기에 유타카까지 더하면 이상적인 가족이었다.

하지만 그 가족에 딸은 포함되지 않았다. 마쓰바 가족을 이야기할 때 미오리의 이름은 거의 나오지 않았다. 가끔 거론된다고 해도 어릴 적에는 귀여웠다거나 가미쿠라의 명문 여학교에 다닌다는 이야기 정도였다. 현재 미오리에 대해 아는 사람은 아무도 없는 것 같았다.

"뭐, 천천히 생각해야지. 아들이라고 무조건 뒤를 이어야 하는 건 아니잖아."

"그러고 보니 여동생도 있죠?"

"응, 누구한테 들었어? 미오리라고 고1인데 그 아이는 그쪽 길로는 안 갈 거야. 정치에는 전혀 관심이 없는 것 같거든. 선거를 돕기는커녕 아버지가 당선되든 낙선하든 상관없는 눈치야. 본인 자유니까 딱히 할 말은 없지만."

말투는 지극히 자연스러웠고 미오리에 관한 화제를 피하고 싶어 하는 기색도 아니었다. 그렇다고 계속 말하지도 않았다. 조금 더 자세히 묻고 싶었지만 괜히 물고 늘어졌다가 나중에 의심을 사면 곤란했다.

"그러는 너는?"

"네?"

"정경학부인 데다 정치에 관심이 있어서 우리 사무소에 왔잖아. 치과의사 집안이라며. 그런데 다른 길을 택했다면 나름대로 뜻이 있지 않을까 싶어서."

유타카가 그 점을 마음에 뒀다니 뜻밖이었다.

아사히는 새우 완자를 입에 넣었다. 맛은 있지만 자주 먹는 음식은 아니어서 다른 새우완탕면보다 얼마나 맛있는지는 알 수 없었다.

"그냥 조금 관심이 있어서 정경학부에 들어간 거지 딱히 구체적인 장래를 생각한 건 아니에요."

유타카를 속이려고 얼버무린 것이 아니라 사실이었다.

"나도 비슷해. 장래는……."

유타카는 말을 끊었다. 그 뒤로 두 사람은 말없이 완탕면을 먹기만 했다. 좁은 카운터 석에 어깨를 맞대고 나란히 완탕면을 먹는 동안 묘하게 마음이 편했다.

완탕면을 먹으며 아사히는 문득 마쓰바 도코와 엄마가 매우 닮은 부류의 여자라는 사실을 깨달았다. 그래서 도코를 대할 때 마음이 불편했던 것인가 하고 납득했다. 어머니를 닮아 귀티 나는 외모와 어울리지 않게 유타카는 식사 속도가 빨라서 그가 젓가락을 내려놓았을 때 아사히의 그릇에는 음식이 아직 삼 분의 일 정도나 남아 있었다.

각자 밥값을 계산하고 가게를 나왔다. 중간까지 함께 돌아오며 서로 학교 생활에 관해 이야기했다. 보고서를 작성하기 위해 읽어야 할 책이 있는데 이미 절판된 전문 서적이라 구할 수 없어서 곤란하다고 아사히가 말했다. 유타카는 그 말을 듣고 책 제목을 묻더니 뜻밖의 반응을 보였다.

"나 그 책 있어. 관심 있어서 바로 얼마 전에 헌책방에서 구했거든. 빌려줄까? 시간 괜찮으면 지금 우리 집에 들러서 바로 가져가도 되는데."

순간 말문이 막혔다. 유타카의 집은 미오리의 집이기도 했다. 만약 미오리와 마주치면 도서관에 이어 두 번째 만나는 것이었다. 내가 납치 계획의 일원이라는 사실을 최대한 숨기고 싶은데 어쩌면 미오리가 눈치챌지도 몰랐다.

"갑자기 가면 가족분들이 불편하잖아요."

"부모님은 식사 모임에 가셨고 동생은 아마 없을 거야."

"……그렇다면……."

마쓰바 저택은 요코하마 야마테 지역의 고급 주택가에 있었는데 그야말로 대저택이었다. 놀랍도록 넓은 부지가 높은 담장으로 둘러싸여 있었다. 경비회사 스티커가 붙어 있는 문을 지나자 일본식과 서양식이 적절하게 어우러진 정원이 정성스레 가꾸어져 있었고 그 너머로 웅장하고 멋들어진 서양식 저택이 모습을 드러냈다. 아버지가 말한 '부잣집'. 처음 고즈카 가족의 집을 봤을 때도 부잣집이라고 생각했는데 마쓰바 저택에 비할 바가 아니었다. 이런 집안이라면 몸값 일천만 엔 따위 푼돈일 것 같았다.

몸값의 대상인 소녀가 집에 있는지는 알 수 없었다. 집 안은 쥐 죽은 듯 조용했다. 꽃꽂이가 장식된 현관은 깔끔하게 정돈되어 있었고 신발은 한 켤레도 나와 있지 않았다.

유타카는 아사히를 2층 끝에 있는 자신의 방으로 안내했다. 도중에 태연한 척 주변을 유심히 살폈지만 미오리의 방이 어디인지는 짐작도 할 수 없었다. 역시 집에 없을까? 며칠 전처럼 어디서 책을 읽고 있거나 거리를 헤매고 있을지도 모른다. 어쩌면 유히와 함께 있거나.

생각에 잠긴 탓에 유타카의 말에 반응이 조금 늦었다.

"금방 꺼내올 테니 잠깐 기다려."

"……엄청 많네요."

유타카의 방에는 책이 빽빽하게 꽂힌 거대한 책장이 세 개나 있었다. 아사히는 책등을 대강 눈으로 훑었다. '아케이드 프로젝트', '진리와 방법', '자살론', '친족의 기본구조', '힌두 스와라지'. 유명한 책도 있고 모르는 책도 있었는데, 주로 철학이나 사상 관련 책이 많았다. 소설이나 만화 등 재미 위주 작품은 찾기 힘들었다.

"아버지와 할아버지께 물려받은 책도 있거든. 마음에 드는 책이 있으면 다 빌려줄게."

유타카는 그나마 책이 덜 빽빽하게 꽂힌 책장 안쪽에서 찾던 책을 꺼냈다. 페이지가 흩어질까 봐 손놀림이 신중했다.

"상태가 나빠서 민망하네."

"아뇨, 고맙습니다."

유타카보다 더 조심스럽게 받아든 책에서 도서관 냄새가 났다.

유타카가 아사히를 가만히 바라봤다. 미소 짓고 있었지만 눈빛에 다소 긴장이 서렸다.

"엄마 말고 이 방에 들어온 사람은 네가 두 번째야. 처음 들어온 사람은 초등학교 1학년 때 일주일만 왔던 과외 선생님이었어."

듣고 보니 아사히도 친구의 방에 들어간 적은 처음이었다. 평범한 사람 흉내를 낼 수 있게 되기 전까지는 친구가 없었고 그 후 생긴 친구들과는 그 정도로 친하지 않았기 때문이다.

어렴풋이 고조된 감정을 유타카도 느낀 듯했다.

그러나 말로 표현한 순간 아사히의 감정은 서서히 식었다. 유타카와의 사이에 그어진 보이지 않는 선을 의식했다.

"또 뭐가 필요해?"

"일단 이 책이면 돼요. 고마워요."

아사히는 허둥지둥 마쓰바 저택을 떠났다.

"잘 돼가?"

"아마도."

유히가 가벼운 말투로 묻자 아사히는 시선을 내리깐 채 대답했다. 아파트 다다미에 앉아 가져온 노선도와 지도를 밥상에 펼쳤다.

유히는 좁은 집 안을 서성이며 사인펜을 찾았다. 아사히도 주위를 둘러보다가 바닥에 내팽개쳐진 문고본을 발견했다. 만화책 밑에 깔린 그 책은 『돈키호테』 중 1권이었다. 전부터 계속 있었을 텐데 지금까지 눈치채지 못했다.

"저기……."

"왜?"

"아니야."

미오리는 자신의 『돈키호테』를 다른 사람에게 빌려줬다고 했다. 유히가 『돈키호테』를 샀을 것 같지는 않으니 아마 그 책이리라.

유히가 찾았다며 빨간 사인펜을 흔들고는 맞은편에 앉았다. 아사히는 『돈키호테』에서 눈을 뗐다.

"마쓰바 유타카는 어떤 사람이야?"

"미오리한테 들은 거 아냐?"

"형이 받은 인상을 듣고 싶어서."

"……머리가 좋은 사람이야."

머릿속에 떠오른 여러 단어 중 하나를 골라 답했다.

집을 방문한 날 이후 적당한 거리를 유지하려고 어쩌다 보니 자주 이야기를 나누게 됐다. 요즘 들어 상대하기 어려워졌다는 그의 여동생에 대해서도. 너와 대화하는 것이 즐겁다고 유타카는 자주 말했다. 아사히도 유카타와의 대화가 즐거웠는데 그때마다 착잡한 기분이 들었다.

"설마 정들었어?"

"아니야."

"너무 깊게 엮이지 마. 형은 스파이니까."

장난스러운 말투지만 유히의 눈은 웃지 않았다.

"알아."

"그렇지? 유타카는 미오에 대해 어떻게 말해?"

"문제 행동이 잦은 건 고민이 있어서일 거라고, 예전처럼 자기를 더 의지했으면 좋겠다고. 훌륭한 오빠지?"

"마쓰바 오사무는 경찰에 신고할 것 같아?"

"아마 안 할 것 같아."

선거일이 다가올수록 캠프 전체에 열의와 긴장감이 고조됐다. 정보는 예전보다 더욱 예민하게 다뤘고 유타카가 말하길 마쓰바 부부는 미오리가 또 문제 행동을 할까 봐 은근히 마음을 졸인다고 했다.

"가족이라고 꼭 한몸인 건 아니지."

유히의 중얼거림에 아사히는 슬며시 눈을 들었다. 자신의 말에 '좋았어'라고 답할 줄 알았는데. 유히는 노선도를 들여다보고 있어 표정이 잘 보이지 않았다.

"십 년 전에 나와 형과 아버지는 하나였잖아. 사회에서 벗어나 마치 세상에 우리 세 사람만 존재하는 것 같았지."

유히가 사인펜 뚜껑을 열었다.

"아버지가 떠나서 우리 둘만 남을 줄 알았어."

지익 소리를 내며 요코하마역에 동그라미를 쳤다.

"현실은 나 혼자 남겨졌지."

종이에 닿은 펜촉에서 붉은 잉크가 점점 번졌다.

아버지가 숨진 채 발견된 뒤 아사히와 유히는 아동상담소에서 자신들이 친형제가 아니라는 사실을 알게 되었다.

아사히는 아버지의 아들. 마사치카 다쿠지와 이혼한 전 부인 사이에서 태어난 아이다.

유히의 출신은 불분명했다. 아버지의 자식도, 아사히의 동생도 아니었다.

"네게는 아빠와 친구와 하레의 사람들이 있잖아. 외톨이도 우리 둘만도 셋만도 아니야."

아사히는 큰마음 먹고 고개를 든 뒤 말했다. 유히는 종이에서 사인펜을 떼고 모호하게 웃었다.

11

선거일까지 앞으로 엿새. 11월 21일 오후 1시가 넘은 시간, 선거사무소는 전화로 투표를 독려하는 많은 목소리로 잠시도 조용하지 않았다.

아사히는 학교에 가지 않고 아침부터 줄곧 사무소에 있었다. 오늘부터 사흘 동안은 이렇게 밤까지 자리를 지킬 생각이었다.

오사무와 비서가 이른 아침에 사무소로 출근해 2층으로 올라갔다. 일반 선거원은 2층에 드나들 수 없었다. 잠시 후 가두연설에 나간 두 사람은 오후에 사무소로 돌아와 지금은 2층에서 배달 음식으로 점심을 먹는 것으로 알려졌다.

오사무가 돌아온 지 얼마 지나지 않아 도코도 사무소에 나타나 2층으로 향했다. 그 후 유타카도 찾아와 역시 2층으로 올라갔다. 유타카는 오늘은 저녁때나 온다고 들었는데 일정을 변경한 모양이다. 평소에는 일반 선거원과 함께 1층에서 일하고 특별히 부르지 않으면 2층에 가지 않았는데 오늘은 다른 곳에는 눈길 한 번 주지 않고 곧장 2층으로 갔다.

그러더니 유타카가 1층으로 내려와 그제야 아사히의 존재를 알아차린 듯 다가와 옆자리에 털썩 앉았다. 마음이 이곳에 없는 모습이었다. 아사히는 전화를 걸다 말고 유타카 쪽으로 몸을 틀었다.

"무슨 일 있어요?"

"응? 아니……."

유타카가 머뭇거렸다.

"무슨 문제라도 생겼어요?"

"응, 뭐, 그렇긴 한데. 아, 선거에 영향은 없을 테니 걱정하지 마."

유타카가 아사히를 향해 미소 지었지만 잘생긴 얼굴이 창백했다. 유타카는 바깥 공기를 쐬야겠다며 사무소를 나갔다. 그러더니 이십 분 후 돌아와 바로 2층으로 올라갔고 그 후 사무소 문을 닫을 시간이 되어도 내려오지 않았다.

다음 날은 유타카와 도코 모두 아침부터 사무소에 나왔다. 선거운동을 하러 나간 오사무와 비서를 대신해 2층을 지킨 것이다. 도코든 유타카든 그동안 종일 2층 사무실에 머문 적은 없지만 선거원들이 아무도 의심하지 않은 이유는 그들의 태도가 평소와 같았기 때문이다.

"오늘은 어쩐 일로 종일 계시네요."

선거원 한 명이 도코에게 말을 걸었다.

"이제 곧 가장 중요한 시기니까요. 끝까지 잘 부탁드려요."

도코는 우아하게 인사했다. 어제는 황망해 보이던 도코도 오늘은 차분한 표정을 되찾은 모습이었다. 오사무와 비서를 포함해 그 누구도 중대한 문제가 발생했다는 사실 따위 추호도 내색하지 않았다.

유타카가 1층에 나타났을 때 아사히가 슬쩍 상황을 물었다. 오늘 평소와 다르게 행동하는 이유가 어제 말한 문제 때문이냐고, 그 문제는 해결될 것 같으냐고. 유타카의 대답은 모두 예스였다.

"네 눈은 속일 수 없구나. 그래서 말하는 건데 사태가 좀 심각해. 하지만 괜찮을 거야. 대응 방침은 어제 정했고 이제 실행하기만 하면 되니까. 그러려면 오늘 내일은 2층을 비울 수 없어. 내일은 아버지도 일정을 변경하고 사무소에 계실 거야."

"선거운동을 중단하는 건가요? 그러면 분명 선거에 영향이……."

"내일 하루뿐이야. 그다음부터는 원래대로 문제없이 돌아갈 거야. 다만 이 일은 다른 선거원들에게는 말하지 말아줘. 분위기만 어수선해지니까."

"그럼요, 나도 알죠. 내가 도울 수 있는 일이 있으면 말해요."

"고마워. 넌 정말 착해."

쓴물이 올라왔다. 그러나 머리는 냉정하게 돌아갔다.

그날 저녁 8시 30분에 사무소를 떠난 아사히는 유히에게 문자메시지를 보냈다.

—시작하자.

유히가 곧바로 답장했다.

—나중에 만나자.

자정까지는 아르바이트를 해야 해서 밤 12시 30분에 만나기로 했다. 장소는 역을 사이에 두고 유히의 아파트와 반대쪽에 있는 가미쿠라의 공원이었다.

평소처럼 아파트에서 만날 수는 없었다. 지금 그곳에는 '납치된' 미오리가 있기 때문이었다. 어디에 숨겨놓을 계획이냐고 아사히가 물었을 때 유히는 멀뚱히 "우리 집에서 지내면 되잖아"라고 대답했다. 미오리도 그럴 생각이라고. 유히의 여자친구가 아니라고 들었는데 사실은 어떤지 아사히는 알 수 없었고 따져 물을 엄두도 나지 않았다.

아사히는 24시간 영업하는 맥도날드에서 시간을 보낸 뒤 약속 시간 십 분 전에 공원에 도착했다. 가로등도 없는 작은 공원에는 사람이 없었고 길에서 먼 곳에 있는 벤치는 어둠에 잠겨 있었다. 나쁜 짓을 꾀하는 남자가 일행을 기다리기에 안성맞춤이었다. 벤치에 앉아 휴대폰을 확인했다. 엄마가 보낸 문자메시지에 코코아의 상태가 나빠져 셋이서 병원에 데리고 간다고 적혀 있었다.

"미안, 오래 기다렸지. 완전 빠르게 정리하고 왔는데."

밤 12시 32분에 나타난 유히는 금빛 머리를 검은색으로 염색했다. 이 어둠 속에서도 머리 색이 바뀐 것만으로도 인상이 달라 보였다. 어린 시절 모습이 강해졌다.

"그 머리……."

"아, 내일은 눈에 띄지 않는 게 좋잖아. 다들 이 머리가 더 낫다는데 미오는 전에 머리가 더 좋대."

유히는 자신의 머리를 두드리며 아사히 옆에 앉았다. 투박한 운동화를 신은 다리를 앞으로 쭉 뻗고는 들고 온 비닐봉지에서 발포주 두 캔을 꺼냈다.

"일단 건배부터 하자."

"왜?"

"당연한 걸 물어. 계획의 첫 단계를 완수했잖아."

마쓰바 오사무는 납치범의 요구에 응할 것이다. 현 단계에 경찰을 투입하지는 않았고 앞으로도 그럴 생각은 없다. 마쓰바 가족과 비서의 행동, 유타카의 말에서 아사히는 그렇게 판단했다.

"이제 첫 단계인데."

"하지만 그걸 성공하지 못했다면 그 뒤는 없었을 테니까."

아무도 없는 공원에 치익 하고 시원한 소리가 울렸다. 아사
히도 캔을 땄다.

"우카노미타마노카미[6]의 가호인가 봐."

캔을 가볍게 부딪치며 유히는 장난스러운 눈빛으로 말했
다. 아사히는 순간 어리둥절했지만 얼마 지나자 붉은 앞치마
를 두른 여우상이 머릿속에 떠올랐다. 어느 신사였지? 떠돌이
생활을 할 때 새전을 노리고 숨어든 절의 부처나 신사의 신의
이름을 모조리 외우고는 지루한 차 안에서 서로 번갈아 이름
대기 놀이를 했다. 이름을 말하지 못하는 사람이 지는 게임이
었다.

"오모다루노카미[7]."

그 말을 남기고 아사히는 술을 꿀꺽 마셨다. 의외로 제법
기억이 났다.

"아마노오시호미미노미코토[8]."

"오야마쿠이노카미[9]."

---

6   농업와 번영의 신.
7   일본에서 가장 오래된 역사서 『고사기』에 등장하는, 세상이 만들어졌을 때 나
    타난 7대 신 중 하나. 오빠 '오모다루오미코토'와 여동생 '아야카시키네노미
    코토'을 뜻하는 남매신이며 미모, 기예, 부부 원만, 만물 창조의 신.
8   벼 이삭, 농업의 신.
9   농경, 양조, 토목, 치수의 신.

유히가 말하며 닭꼬치 통조림을 열었다.

"형, 젤라틴 좋아했지. 호무다와케노미코토[10]."

"……좋아했지."

잊고 지냈다. 당시 아버지가 술안주로 닭꼬치 통조림을 사면 아버지는 고기를 주겠다고 했지만 아사히는 젤라틴 부위를 달라고 졸랐다. 만약 엄마가 그 모습을, 그러니까 아들이 닭꼬치 통조림, 심지어 젤라틴 따위를 좋아하며 먹는 모습을 봤다면 비명을 질렀을지도 모른다. 입양된 지 얼마 지나지 않았을 때 당연하다는 듯 요거트 뚜껑을 핥았다가 호되게 꾸지람을 들었다. 천박하다는 말이 그때부터 계속 귓가에 남아 있는 것 같았다.

문득, 이렇게 유히와 평온하게 이야기를 나누는 모습이 기묘하게 느껴졌다. 협박받아 범죄에 가담한 처지에 오오야마 쿠이노카미가 웬 말인가. 하지만 몇 번이나 만나 함께 계획을 세우면서 아사히가 장기부였고 유히가 축구부였던 일, 아사히는 수영을 할 수 있게 됐지만 유히는 지금도 수영을 못 한다는 사실 등 계획과는 무관한 이야기도 조금씩 나눴다. 그러는 사이에 옛 기억과 감정이 깨어났다는 점은 부정할 수 없었다. 그 시절에는 도둑질이든 놀이든 뭐든 함께했다.

---

10 일본 최초의 천황으로 전해지는 오진 천황의 일본식 시호. 문무, 산업발전의 수호신.

"미오리는 뭐 해?"

"아까 문자 보냈더니 이제 잔대."

"휴대폰은 웬만하면 쓰지 말라고 했잖아."

"평소에는 전원을 꺼 놓을 거야. 경찰이 개입하지 않는다면 괜찮을 텐데."

"확실하지 않다는 걸 잊지 마. 위험할 것 같으면 바로 중단이야."

"알았다고. 형, 정말 돈은 필요 없어? 그러고 보니 옛날부터 욕심이 없었지. 하나밖에 없는 건 꼭 나한테 양보했고. 형 동생이라고 해도 한 살 차이밖에 안 나는데. 하레의 아이들과 부대낄수록 정말 형다운 형이었구나 절실히 느꼈어."

아사히는 얼굴을 다른 쪽으로 돌리고 발포주를 단숨에 들이켰다. 공원에는 그네 두 개가 나란히 있었다. 철봉도 나란히 두 개.

그 시절에는 유히가 부러웠던 적이 없다. 모두 똑같았으니까. 아버지는 언제나 형제를 차별 없이 대했다. 형과 동생이라는 의미에서도, 친자식과 타인의 아이라는 의미에서도 전혀 차이를 두지 않았다.

"처음 네 아파트에 갔을 때 가마쿠라가 이렇게나 가까웠나 싶어서 놀랐어."

무슨 말이냐는 듯 유히가 고개를 갸웃했다.갑자기 왜 이 이야기를 꺼냈는지 스스로도 몰랐다.

혼잡한 역 앞을 빠져나오면서 만약 이곳에 왔더라면 유히와 스쳐 지나갔을지도 모른다는 생각이 들었다. 도쿄에서 마주쳐 한눈에 알아봤던 것처럼 서로를 알아봤을지도 모른다. 그랬다면 두 사람 사이에 협박이나 범죄는 없고 순수하게 재회를 기뻐했을까. 아니면 서로 달라진 처지에 서먹서먹하게 헤어져 그대로 끝이었을까.

가마쿠라의 아동상담소에 보호된 유히가 가마쿠라의 아동양육시설로 보내졌으리라 당연히 예상할 수 있었다. 그런데 십 년이나 모른 채 살았다. 알려고 하지 않았다. 과거의 자신에게서 멀어지려고 안간힘을 썼기 때문이다. 평범한 아이가 되려고. 유히에게 아버지를 빼앗은 죄책감을 외면하려고.

"이렇게나 가까이 있었는데."

"나도 형이 도쿄에 산다는 사실을 알았을 때 깜짝 놀랐어. 진작 찾아볼 걸 그랬지."

그럴 필요가 없었기 때문이겠지. 새로운 삶에 적응하고 행복해서 그러지 않았을 것이다. 아사히와는 이유가 달랐다.

"그런데 형이 진 걸로 해도 돼?"

"뭐야, 끝난 거 아니었어? 그럼 고노하나사쿠야[11]……."

"아쉽지만 타임 오버야. 내가 이겼으니 고기는 내 거, 형은 젤라틴 먹어."

———
11 꽃과 미의 여신.

자, 하고 내민 젓가락을 받아 닭고기 주변의 갈색 젤라틴을
입에 넣었다. 저도 모르게 쓴웃음이 새어 나왔다.

"지금 먹으니 그렇게 맛있지 않네."

그래도 역시 싫지는 않다. 싫어지지는 않는구나, 하고 깨달
았다. 수영을 할 수 있게 됐어도 여전히 물이 무서운 것처럼,
치열을 교정하고 요거트 뚜껑을 핥지 않게 됐어도 결국 나는
그 시절 그대로다.

어디선가 건널목 신호음이 들려왔다.

아사히는 남은 발포주를 단숨에 들이켰다.

12

11월 23일. 근로감사의날.

아사히는 오전 8시 전에 선거사무소에 도착했다. 8시만 기
다렸다는 듯 선거 유세차가 출발했지만 그 안에 오사무 본인
은 없었다.

8시 15분경, 2층에 있던 유타카가 내려와 아사히를 불러들
였다. 아사히는 내심 당황했다.

어째서 이 타이밍에 나를 부르지? 설마 들킨 걸까?

"……왜요?"

"와 보면 알아."

피곤해 보이는 유타카의 얼굴에 난감한 기색이 어렸다.

유타카를 따라 들어간 방에는 마쓰바 부부와 비서가 앉아서 기다리고 있었다. 문과 마주 보는 형태로 놓인 커다란 책상에 오사무가, 그 앞 응접용 탁자와 소파에 도코와 비서가 앉아 있었다. 문이 열린 순간 세 사람이 일제히 쳐다봤다. 숨이 막힐 정도로 팽팽한 긴장감이 느껴졌다. 다들 심각했다. 유타카가 소파에 앉은 뒤 아사히에게도 앉으라고 권했다. 침을 삼키고 일단 따랐다. 소파가 푹 꺼지는 소리가 유난히 크게 들렸다.

"고즈카 아사히 군이지? 항상 애써줘서 고마워요."

말과 달리 오사무의 목소리는 전에 없이 딱딱했다.

역시 들켰을까? 미오리를 만난 일이 빌미가 됐을까? 아니면 유타카와 너무 가까워졌나? 그렇다면 오사무는 어떻게 할 생각일까? 나는 어쩌면 좋을까?

"시간이 없으니 즉시 본론으로 들어가지."

오사무의 눈짓에 비서가 탁자에 놓여 있던 종이 한 장을 아사히에게 밀었다. 그들의 의도를 모른 채 인쇄된 종이로 시선을 떨어뜨렸다.

마쓰바 미오리를 납치했다. 23일 아침까지 천만 엔을 준비하라.
경찰에 신고하지 말라.

"그저께 21일 오전에 사무소로 온 편지입니다. 받는 사람

이름은 나고 보낸 사람 이름은 없었어요. 미오리는 내 딸입니다. 그 협박 편지와 함께 미오리의 이름이 새겨진 교통카드 정기권이 들어 있었어요."

아사히는 고개를 들었지만 신중하게 입을 다물었다. 등줄기에 식은땀이 흘러내렸다.

"하지만 그때만 해도 반신반의했죠. 선거에는 못된 장난이 따르기 마련이니까. 이게 정말 그런 장난이라면 상당히 악질이지만."

오사무는 우선 집에 전화를 걸어 미오리가 전날 집에 돌아오지 않았다는 사실을 도코에게 확인했다. 하지만 미오리는 평소에도 행실이 바르지 않아서 집에 들어오지 않은 적이 한두 번이 아니었다. 그래서 미오리에게 전화를 걸었다. 그 일은 유히도 미오리에게 들었다. 학교에 출석했는지 확인은 하지 않았다. 미오리는 평소에 밥 먹듯이 학교를 빠졌고 괜히 문의했다가 긁어 부스럼을 만들까 염려했기 때문이었다.

"그런데 오후에 내 직통전화로 납치범한테서 연락이 왔어요. 목소리를 기계로 변조했는지 성별도 나이도 알 수 없었지만."

오사무는 책상 가장자리에 둔 유선전화에 손을 얹었다.

"이 번호를 아는 사람은 몇 명뿐이고 미오리는 그중 한 명이에요. 범인은 전화로 미오리의 목소리를 들려줬어요. 그래서 납치가 사실이라고 인정할 수밖에 없었지."

도코가 손수건으로 코를 꾹 눌렀다. 단아한 인상이 강하지만 마음은 단단한 사람 같았다. 이런 상황에도 흐트러진 모습을 보이지 않았다. 지난 사흘 동안 우아한 정장 차림에 헤어스타일도 빈틈없었다.

"경찰에 신고는 했나요?"

아사히는 마음을 굳게 먹고 물었다.

"고민했지만 범인이 신고하지 말라고 편지에 쓴 이상 딸의 안위를 먼저 생각하기로 했어요. 게다가 지금은 중요한 시기니까 우리로서도 이 사건을 공공연하게 알리지 않고 비밀리에 처리하고 싶거든. 그래서 범인의 요구에 따라 몸값을 준비했어요."

탁자 위에 놓은 배낭이 바로 그 몸값 같았다. 돈을 배낭에 넣으라는 것도 우리 지시였다.

"범인은 몸값 운반책으로 유타카를 지목했어요. 앞으로 어떻게 할지는 당일, 그러니까 오늘 알려줄 테니 아침 8시부터 미오리를 풀어줄 때까지는 사무소를 떠나지 말고 항상 직통전화를 받을 수 있는 상태로 대기하라고 했죠. 그리고 조금 전 8시 정각에 범인에게 전화가 와서는 운반책을 다른 사람으로 바꾸라고 하더군요."

"네?"

진심에서 우러나오는 목소리였다.

도대체 무슨 일이지?

유히에게 그런 말은 듣지 못했는데.

유타카가 이어서 설명했다.

"이유는 모르겠어. 범인은 아무 말도 하지 않았어. 그냥 나는 안 된다고만 했더라고. 예정과 다른 행동을 해도 의심받지 않을 다른 사람을 고르라고 하더군. 그때 내 머릿속에 너가 떠올랐어. 너라면 믿을 수 있으니까. 미안하지만 몸값을 운반해주지 않을래?"

부탁해요, 라며 오사무가 머리를 숙였다. 이렇게 궁지에 몰린 목소리는 처음 들었다. 비서가 뒤따라 머리를 숙였고 그보다 더욱 깊게 숙인 도코가 매달리듯 애원했다.

"아사히 씨, 부탁해요. 유타카가 이렇게까지 믿는 사람이라면 우리도 안심하고 맡길 수 있어요. 곤란하겠지만 제발 딸아이를, 미오리를 구해주세요."

여러 가지 생각이 머릿속에 어지럽게 뒤엉켰다.

유히가 왜 그런 지시를 했을까. 갑자기 운반책을 바꿔야 할 사정이 생겼나? 그렇다면 무슨 사정일까. 아니면 범인이 지시했다는 말은 거짓이고 역시 마쓰바 가족이 아사히가 관여했다는 사실을 눈치채고 덫을 놓은 것인가?

노란불이다.

운반책은 거절하고 계획을 중단해야 할까? 아니, 수락한 뒤에도 중단할 수는 있다. 유히와 연락한 뒤 판단하면 된다.

"……알겠습니다."

노란불은 '가시오'다.

마쓰바 가족이 입을 모아 감사 인사를 했고 비서가 머리를 깊게 숙였다. 오사무가 다시 입을 열었다.

"요코하마역 오전 10시 10분에 출발하는 쇼난신주쿠선 상행을 타라. 이게 범인의 최초 지시예요. 다음 지시는 내 직통 전화로 올 테고 그걸 아사히 씨에게 전달할 겁니다. 그러니까 항상 휴대폰을 주목하고 언제 어디서든 연락받을 수 있도록 해요."

운반책을 이리저리 이동시키는 수법은 납치의 정석이다. 경찰이 추적하지 않는다고 해도 마쓰바 가족은 분명 자체적으로 미행이나 감시를 붙일 테니 따돌려야 한다. 아사히의 행동과 분위기로 범인이 낌새를 눈치챌까 봐 경계해서 아사히에게는 미행의 존재를 알리지 않는 듯했다. 일일이 오사무의 지시를 받는 것은 갑갑했지만 그가 변심해서 경찰에 신고하지 않도록 견제하려면 어쩔 수 없었다. 오사무를 협상 테이블에 묶어 둔다. 완벽한 방법은 아니지만 어느 정도 효과는 있으리라.

"범인은 여러 명으로 구성된 그룹인데 사무소와 운반책 모두 감시하고 있더군요. 이렇게 사무실 창문을 열어놓은 것도 범인의 지시고. 이상한 낌새가 조금이라도 보이면 딸의 목숨은 없다고. 부디 신중하게 행동해 주길 바라요. 그리고 두말할 것도 없지만 이 일은 절대 밖으로 새어 나가서는 안 돼요."

모든 지시에 알겠다고 답한 뒤 아사히는 화장실에 가서 유히에게 문자를 보냈다. 곧바로 답장이 왔다.

—내가 내린 지시 맞아. 형이 맡게 될 줄은 몰랐는데 생각하기에 따라서는 운이 좋네. 힘들겠지만 부탁해.

운이 좋다. 그렇다고 할 수도 있다. 운반책이 아사히라면 도중에 범인의 지시를 거스를 염려는 없으니까. 그러나 운반책을 변경한 이유에 대한 답은 빠져 있었다. 이에 관해 묻는 메시지를 다시 보냈지만 답장은 없었다.

젠장!

속으로 욕설을 퍼붓고 휴대폰을 거칠게 닫았다. 전화를 걸고 싶지만 역시 위험했다.

이대로 운반책을 맡아야 하나 망설여졌다. 유히는 뭔가 꾸미고 있고 그 일 때문에 아사히가 불리해질 수도 있다. 있을 법한 일이다. 십 년이라는 세월이 두 사람 사이를 가로지른다. 유히에게는 유히의 역사가 있고 인간관계가 있다. 납치 자작극에 필요한 도구는 대부분 유히가 조달했는데 물건의 출처를 자주 얼버무린 점을 보면 떳떳하게 드러낼 수 없는 지인이 적지 않은 것으로 짐작됐다. 미오리와의 관계도 불명확했다. 부탁할 사람이 형밖에 없다는 말을 진심으로 받아들이지 않았다.

어떻게 할까. 돌아서려면 지금이다.

이것이 마지막 기회일지 모른다.

하지만 결국 선택권은 없었다. 종종 잊을 뻔하지만 아사히는 유히를 따를 수밖에 없는 처지다. 유히는 그 사실을 알기 때문에 일방적으로 "잘 부탁해"라고 통보했다.

아사히는 눈을 감고 잠시 초조함을 억누른 뒤 몸값이 기다리는 사무실로 돌아갔다. 그리고 배낭을 받아 등에 멨다. 무겁지는 않지만 바짝 긴장됐다.

"잘 부탁해요."

세 쌍의 눈이 배웅하는 가운데 사무실을 나섰다.

"미오리는 딱한 아이야."

유타카는 1층 출입구까지 따라오며 중얼거리듯 말했다. 마쓰바 가족이 아무리 체면을 중시하고 미오리가 가족의 골칫거리라고 해도 딸을 걱정하는 것이 당연했다.

"잘 전달할게요."

시선을 피하며 말한 뒤 선거사무소를 떠났다. 보이지는 않지만 근처에 유히가 있겠지. 몰래 운반책의 뒤를 밟아 필요한 순간에 필요한 일을 한다. 아사히는 사무소에 남아 오사무와 사람들을 감시할 계획이었지만 지금은 사무소를 내버려 둘 수밖에 없다. 어긋난 계획이 나쁜 결과를 불러오지 않으면 좋겠는데.

휴일의 상행선 전철은 나들이 인파로 붐볐다. 하필 이런 날로 골랐다며 조금 후회하면서 배낭을 껴안고 전철 가운데쯤 매달린 손잡이를 잡았다. 다른 손에는 휴대폰을 쥐고 있었다. 다음 지시가 무엇인지 당연히 알지만 언제 전화가 올지 모르는 사람처럼 행동해야 했다.

전철 천장에 걸린 잡지 광고에 원자력발전소와 가설 주택이라는 단어가 나란히 보였다. 그 광고를 올려다보는 척하며 아무렇지 않게 주위를 살폈다. 유행하는 사루엘 팬츠를 입은 청년. 닌텐도 3DS에 푹 빠진 아이. 아내로 보이는 여자에게 빈 라덴 살해는 음모니 뭐니 열변을 토하는 노인. 역시 그러한 사람들 틈에 섞여 있었다. 지금 열차 연결 통로 근처에서 고개를 돌린 마스크 쓴 남자는 마쓰바 가족이 붙인 미행이었다. 신문을 읽는 척하지만 눈동자는 전혀 움직이지 않았다. 남자와 아는 사이는 아니지만 선거사무소에서 얼굴을 본 기억은 났다.

—타인의 얼굴을 자세히 관찰해. 저놈이 널 의심하는지, 때리려고 하는지, 속이려고 하는지, 아니면 그냥 얼빠진 놈인지. 그걸 판별할 수 있으면 위기는 반으로 줄고 기회는 배가 되거든.

아버지의 가르침이었다. 그 가르침이 몸에 배서 아사히는 지금도 사람 얼굴을 잘 기억했다.

아사히는 모르는 척 차창 밖 풍경으로 시선을 던졌다. 쇼난신주쿠선은 2001년 12월부터 운행했다. 셋이 지내던 생활에 종지부를 찍은 2001년 12월. 당시 라디오에서 자주 화제에 올랐던 기억이 난다. 다른 칸에 탔을 유히는 기억할까.

흔들리는 전철에 몸을 맡긴 지 약 삼십 분, 휴대폰 진동이 울렸다. '마쓰바 직통'이라고 표기된 화면을 확인하고 귀에 대자 신주쿠역에서 내리라는 범인의 지시가 전달됐다. 과연 보통 인물이 아니라고 해야 할지, 오사무의 어조는 냉정했다. 아사히는 입가를 손으로 가리고 "네"라고 대답했다.

많은 승객과 함께 신주쿠역 플랫폼에 쏟아져 나온 지 이십 초도 지나지 않아 다시 오사무에게 연락이 왔다. 다음 지시는 야마노테선 외선순환을 타라.

아사히는 배낭을 다시 메고 야마노테선 플랫폼으로 향했다. 유히의 모습은 보이지 않지만 마스크 쓴 남자는 계속 따라왔다. 아버지의 말을 빌리면 저놈은 '그냥 얼빠진 놈' 확정이다. 아사히는 걸어가며 휴대폰을 쥔 손을 재킷 주머니에 넣고 손 감각으로 더듬더듬 유히에게 문자메시지를 보냈다. '마스크 남자'라고. '미스크'나 '넘자'라고 입력됐을지도 모르지만 일단 알렸다.

야마노테선도 붐볐지만 신주쿠역에서 환승객들이 한꺼번에 내린 덕분에 자리가 비었다. 하지만 아사히는 문 근처에 서 있기를 선택했다.

—언제나 도망갈 것을 염두에 둬. 그러면 예상치 못한 큰일이 닥쳐도 공황에 빠지지 않고 해결할 수 있어. 인생에는 예상치 못한 큰일이 따르기 마련이니까.

이것도 아버지의 가르침이었다. 아사히는 지금 납치라는 그야말로 뜻밖의 큰일에 휘말렸고 심지어 공범은 믿을 수 없는 상황이었다.

야마노테선 고마고메역에 도착했을 때 휴대폰이 진동했고 오사무의 목소리가 날아들었다.

—거기서 내려요!

곧바로 플랫폼으로 뛰쳐나갔다.

—맞은편 전철을 타!

그곳에는 야마노테선 내선순환 열차가 정차해 있었는데 이미 출발 신호음이 울리는 중이었다. 문이 닫히기 직전에 간신히 미끄러져 들어갔다. 사전에 알았다고 해도 아슬아슬한 타이밍이었다. 문 근처 승객들이 얼굴을 찌푸렸지만 외선순환 열차에 남겨진 마스크 남자의 표정은 훨씬 더 심각할 것이다. 어안이 벙벙한 얼굴이거나. 오사무도 선거사무소에서 이를 갈고 있을지 모른다.

이로써 적어도 한 사람, 미행은 따돌렸다. 마쓰바 가족은 사건을 아는 사람을 최소화하고 싶어 하기 때문에 미행을 붙인 사람도 많지 않으리라. 범인이 이렇게 아슬아슬하게 지시한다면 오사무가 아무리 다음 목적지를 알게 돼도 부하를 적절한 순간에 배치할 수 없을 것이다.

다시 신주쿠역을 지나 고탄다역에서 똑같이 움직였다. 이번에는 내선순환에서 외선순환으로 갈아탔다. 전철에서 뛰어

내려 플랫폼을 가로지르려다가 여고생 무리에 길이 가로막혔다. 등에 학교 이름이 새겨진 체육복 상 하의를 입고 커다란 운동 가방을 어깨에 멘 채 수다 삼매경이었다. 곧 출발 신호음이 끝난다. 아사히는 여학생들을 밀치며 나아가 닫히려는 문에 손가락을 끼워 넣었다. 무리해서 탑승하지 말라는 안내 방송을 무시하고 문틈으로 몸을 비틀어 넣었다. 사고 등으로 전철이 지연될 때를 대비해 다른 계획도 준비했기 때문에 반드시 타야만 하는 것은 아니지만 자신의 역할을 생각하면 이렇게 해야 한다.

심장이 뛰는 속도와 달리 마음은 뜻밖일 정도로 침착했다. 왜인지 자꾸 아버지가 떠올랐다. 숨 쉬듯 도둑질하던 그 시절이.

그대로 야마노테선을 한 바퀴 돌아 다시 내선순환으로 갈아탄 뒤 도쿄역에서 오사무의 전화를 받았다. 도쿄역에서 내려 역사로 들어가라는 지시에 따라 인파에 섞여 계단으로 향했다.

"고즈카 아사히?"

불현듯 자신을 부르는 목소리에 흠칫했다. 내려가는 계단 어귀에서 줄 서 있는 갈색 머리 남자는 1학년 때 어학 수업을 함께 들었던 녀석이었다. 얼굴은 기억하지만 이름이 생각나지 않았다.

"오랜만이다. 어디 가?"

"……아르바이트 다녀오는 길이야."

적당히 둘러대면서 손에 쥔 휴대폰에 신경을 집중했다.

친하지도 않은데 왜 하필 이런 순간에 말을 거는 거야.

"지금 시간 괜찮아?"

그렇게 물었을 때 마침 휴대폰이 진동했다. 전화를 받아 "네"라고 대답한 뒤 끊었다.

"미안, 지금 좀 바빠서."

거짓이 아니었다. 10시에 출발하는 도카이도선 하행에 탑승하라는 지시였다. 미행이 따라붙지 못하도록 환승 시간을 빠듯하게 설정했다. 휴일인 탓에 혼잡한 점을 감안하면 여유가 없었다.

제법 빠른 걸음으로 인파를 헤쳐 걸으며 그 친구를 상대할 때 실수는 없었는지 장면을 여러 번 되감아 확인했다. 아사히를 바라보는 눈빛과 모습에 이상한 낌새는 없었던가. 혹은 어떠한 계략을 숨기지는 않았던가.

정해진 시간 안에 도카이도선에 도착했다. 지금까지는 대체로 순조로웠다.

—맞지? 이러니까 절이나 신사에서는 일단 합장을 해야 해.

아사히는 저도 모르게 미소 지었다. 그럴 여유가 있다는 사실에 놀라면서도 미행자에게 들키지는 않았을까 황급히 얼굴을 굳혔다. 처음에 따라붙었던 멍청한 마스크 남자 외에 아직까지 다른 미행자는 파악하지 못했다. 유히가 발견하면 좋을 텐데.

요코하마역에서 내려 사쿠라기초역까지 걸어서 이동하라는 지시를 받았다. 다음 지시가 무엇인지 아는 사람은 자연스레 다음 목적지로 시선이 향할 것이다. 최대한 그렇게 하지 않도록 주의했다. 지금부터는 한층 더 냉철해야 한다.

마쓰바 오사무의 선거 유세차가 역 앞을 지나갔다. 웃는 얼굴에 '마쓰바 오사무'라고 커다랗게 적힌 포스터도 여기저기 붙어 있었다. 오사무는 아동복지 확충을 공약 중 하나로 내세웠다. 미오리에게 이 납치 자작극은 아버지, 나아가 가족에게 복수하는 의미가 있을지도 모르겠다.

바로 그 오사무에게 전화를 받고서 관광명소 순환 버스인 '아카이쿠쓰'의 정류장으로 갔다. 오후 2시 8분에 출발하는 C노선 버스를 타야 했다.

지시를 따른 뒤 내가 떠올린 계획이지만 좋은 방법이라고 생각했다. 관광버스를 타는 사람은 대부분 가족이나 커플 혹은 단체관광객으로 홀로 탄 승객은 적었다. 아사히와 카메라를 목에 건 젊은 여자와 캐주얼한 옷을 입은 중년 남자. 일단 그들의 얼굴을 기억해 뒀다.

버스가 늦는 것도 이미 계산한 상황이었다. 시간표대로라면 야마시타공원까지 사십 분 남짓 걸리지만 실제로 도착한 시간은 오후 2시 55분이었다. 주시하던 승객 중 카메라 여자만 함께 내렸다.

휴대폰으로 다음 지시가 전달됐다. 택시를 타고 아쓰기 방향으로 가라.

빈 택시가 좀처럼 오지 않아 초조했다. 겨우 잡아탔을 때 카메라 여자는 여전히 근처에서 풍경 사진을 찍고 있었다. 그 녀가 미행자라면 아사히가 출발한 후 바로 뒤쫓을 것이다. '카메라 여자'라고 유히에게 문자를 보냈다. 유히는 친구에게 빌렸다는 화려한 오토바이에 걸터앉아 있을 텐데 아직 그 모습은 찾을 수 없었다.

"아쓰기까지 꽤 될 거예요."

택시 기사가 말하는 것이 시간인지 요금인지 모르지만 어느 쪽이든 상관없었다.

"심지어 오늘은 시내 공원과 대로에서 음식 축제를 하고 있어서요. 대로는 일반 차량 통행금지고 주변 도로도 통행을 규제하고 있어요. 밤에는 불꽃놀이도 하고 코스튬플레이 콘테스트와 퍼레이드도 하니까 사람이 엄청 많죠. 아, 손님도 혹시 거기 가세요?"

네, 라고 짧게 대답했다.

"혹시 분장하고 가요?"

"아뇨, 그냥 보기만 할 거예요."

대화를 원하지 않는 손님이라고 판단했는지 택시 기사는 더 이상 말을 걸지 않았다. 말없이 앉아서 앞으로의 일을 생각했다. 그리고 유히가 운반책을 변경한 이유를. 그것을 아사히에게 알려주지 않은 이유를. 이대로 계속해도 되겠냐고 자문했다. 노란불은 '가시오'가 아니라는 사실을 아는데도.

사십 분 넘게 택시로 이동하다가 통행 규제가 많아진 시점에 내리라는 지시를 받았다. 갓길에 택시를 세운 뒤 상당히 많은 요금을 지불하고 내리자 곧바로 또 전화가 왔다.

고엔거리를 중앙공원 방향으로 걸어라.

택시 기사의 말대로 주변은 인산인해를 이뤘다. 분장한 사람도 많고 피에로도 있고 사무라이도 피카츄도 있었다. 그리고 이렇게 붐비는 축제에서 빼놓을 수 없는 경찰도. 경찰로 분장한 사람이 아니라 진짜 경찰이었다. 거리 곳곳에 서서 시민의 안전을 책임지고 있었다.

그중 한 명이 다가오기에 순간 걸음을 멈출 뻔했다. 뒷목이 뻣뻣해지고 날뛰는 심장에 갈비뼈까지 울렸다.

―당당하게 행동하는 것이 중요해. 누가 쳐다보는 것 같아도 모르는 척해. 만약 말을 걸면 어리둥절한 표정 짓고. 대답은 자연스럽게, 하지만 말수는 적게. 떠들어댈수록 허점이 드러나고 숨기고 싶은 것이 있는 사람 같다는 의심이 드니까.

아침에 쇼난신주쿠선에 나타난 아버지의 환영이 여전히 따라왔다.

"저기요."

자신을 부르는 소리에 등골이 오싹했다.

"많이 취한 것 같네요."

경찰이 아사히 옆을 지나쳤다. 천천히 돌아보니 아사히 바로 뒤에서 머리에 넥타이를 두르고 얼굴이 불그스름한 남자가 비틀거리고 있었다.

"이건 주정뱅이 코스프레라고요."

남자는 혀 꼬부라진 소리로 변명했다.

—하하! 거봐, 경찰들은 죄다 멍텅구리라니까.

아버지의 환영이 흥분한 목소리로 떠들어댔다.

목구멍에 걸린 숨을 살짝 토해내는데 휴대폰이 진동했다. 택시에서 내린 지 십 분. 마쓰바 오사무를 통한 마지막 지시였다.

—왼쪽에 있는 KK호텔에 들어가 2층 남자 화장실 청소 도구함을 보라고 하네요.

마침내 여기까지 왔다.

호텔이 축제 연계 상품을 판매해서인지 정문에서 보이는 로비 라운지에도 분장한 사람이 많았다. 호텔 밖으로 나오는 마리오를 지나쳐 안으로 들어가 북적이는 라운지를 지났다. 그대로 쭉 엘리베이터를 타고 2층으로 올라갔다. 2층에는 레스토랑 하나와 대여 회의실이 있는데 지금은 레스토랑 운영 시간이 아니어서 1층에 비해 한산했다. 유히가 손을 썼는지 그 카메라 여자를 포함해 다른 미행자로 보이는 사람은 없었다. 만약 숨어 있다고 해도 지금 상황에서는 너무 눈에 띄어서 쉽게 다가올 수 없을 것이다.

남자 화장실에는 아무도 없었다. 벽에 붙어 있는 표를 보면 다음 청소 시간은 약 한 시간 뒤였다.

청소 도구함을 열자 대걸레, 양동이와 함께 커다란 종이봉투가 있었다. 일본 전국에 지점을 둔 가전제품 매장의 봉투인데 박스 테이프로 입구가 다물려 있었다. 아사히가 호텔에 도착하기 직전에 유히가 먼저 가져다 놓은 물건이었다. 호텔 CCTV에 모습이 찍혔겠지만 오늘은 또래 젊은이들이 많이 드나드니 얼굴만 선명하게 찍히지 않으면 문제없으리라.

사람이 오기 전에 종이봉투를 들고 화장실 칸으로 들어갔다. 테이프를 뗄 때의 느낌과 종이의 상태로 누군가 먼저 열어보지 않았다는 사실을 확인했다. 봉투에는 지시를 적은 메모와 판다 인형 탈이 들어 있었다.

지시가 무엇인지 이미 알지만 그래도 일단 훑어본 뒤에 몸값이 든 배낭 주머니에 넣었다. 배낭에 GPS 같은 기기가 설치되어 있지 않다는 사실을 확인하고서 재킷을 벗어 돌돌 말아 넣었다. 얇은 스웨터와 청바지 위에 인형 옷을 입었다. 목부터 발목까지는 인형 옷, 머리는 인형 탈로 분리되어 있었는데 인형 옷 부분은 플리스 잠옷처럼 부드러운 재질로 등에 지퍼가 있었다. 인형 탈은 풀페이스 헬멧처럼 푹 눌러쓰는 형태였다. 신발만은 신고 온 운동화 그대로였다. 얼굴을 포함해 온몸을 드러난 곳 하나 없이 가렸다.

인형 탈을 쓴 아사히는 얼굴을 찌푸렸다. 유히가 준비한 물건이지만 아무렇게나 보관했는지 냄새가 심했다. 머리도 얼굴도 몸도, 금세 온몸이 가려워지는 기분이었다.

불쾌감을 참고 배낭을 멨다. 더 이상 범인이 휴대폰으로 지
시할 일은 없지만 만약을 위해 손에 꽉 쥐었다. 종이봉투는
두고 가도 상관없다. 이것으로 괜찮을까? 머릿속으로 구석구
석 점검했다. 좋아, 됐다.

눈 부분에 뚫린 구멍이 매우 작아서 시야가 이보다 더할 수
없을 정도로 좁아서 한 걸음 내딛는 데도 주의를 기울여야 했
다. 우선 조심조심 화장실 칸을 나갔다. 거울에 비친 모습은
우스꽝스러울 줄 알았는데 어딘지 모르게 섬뜩했다.

옷을 갈아입는 동안에는 아무도 오지 않았고 화장실 밖에
도 미행자로 보이는 사람은 없었다. 올라올 때와는 방법을 바
꿔 계단으로 1층까지 내려가 멈추지 않고 정문으로 나갔다.
시간이 잠깐 지난 사이에 인파는 더 늘었고 그에 따라 분장한
사람도 늘어 배낭을 멘 판다는 어렵지 않게 녹아들었다. 공들
인 분장이 아니어서인지 오히려 눈길을 끌지 않았다.

운반책에게 인형 분장을 시키는 것은 원래 유히의 아이디
어였다. 미오리를 소중히 여기지 않는 가족에게 복수할 겸 조
금 놀려 주자는 의도였다. 눈에 띄면 좋지 않다며 아사히는
처음에 반대했지만 이 축제가 열린다는 사실을 알고서 괜찮
겠다는 생각이 들었다.

많은 사람이 모여 분장한 거대한 철도와 스핑크스를 돌아
앞으로 가 등 뒤 시선을 차단하며 몹시 붐비는 대로로 걸어갔

다. 어디선가 브라스 밴드의 음악이 들려왔다. 소스 냄새도 풍겼다. 길거리 공연이라도 하는지 "와아" 하고 환호성이 터졌다.

그 모든 것을 무시하면서 도착한 곳은 여러 노선버스가 출도착하는 버스터미널이었다. 평소에는 호텔에서 걸어서 십 분이면 도착할 거리인데 시간이 두 배 정도 걸렸다. 그 대신 시야가 좁아서 움직이기 어려운 것에는 상당히 익숙해진 것 같았다.

타야 할 버스는 이미 승강장에 대기하고 있었고 좌석은 군데군데 찼다. 줄을 선 승강장도 있지만 도심에서 먼 마을로 향하는 이 노선은 승객이 적었다. 대부분 노인이었고 분장한 사람은 없었다.

전신 동물 복장으로 버스에 타면 수상해 보이기 때문에 탑승 직전에 인형 탈만 벗었다. 바닷속에서 수면 위로 떠오른 듯 해방감을 느꼈다. 타인에게 얼굴을 보이기 싫어서 고개를 숙이고 탔지만 버스 기사든 승객이든 판다 인형 옷을 입은 남자를 유심히 보는 기색은 없었다. 축제로 들뜬 이상한 사람에게 익숙해졌기 때문일지도 모른다.

오후 4시 30분, 일몰과 거의 동시에 버스가 출발했다. 이 버스는 막차로 한 시간 후 종점에 도착한다. 승객이 적고 교통 정체도 거의 없는 노선으로 여간해서는 운행이 지연되지 않는다는 사실을 이미 확인했다.

아사히는 버스 승강구와 가까운 2인용 좌석에 앉아 잠시 눈을 감았다. 정신이 매우 맑아서 전혀 졸리지 않았지만 종일 이동한 탓에 몸은 피곤했다.

여전히 아버지의 그림자를 느꼈다. 찌든 담배 냄새처럼. 오래전에 인연을 끊고 묻어 버린 과거의 냄새. 눈을 감고 흔들리는 버스에 몸을 맡기고 있으니 그 흔적이 점점 강해졌다.

버스는 시가지를 벗어나 야마나시 방향으로 향했다. 차창 밖으로 점점 산이 보이기 시작했다. 저녁노을도 금세 사라지고 어둠이 다가왔다.

목적지는 산 중턱에 있는 작은 마을이었는데, 비탈길에 버티듯 선 낡은 집 몇 채와 밭은 전부 사용하지는 않는 듯했다. 산에 이를 때까지 승객은 아사히와 노인 한 명뿐이었고 그 노인마저 산기슭 마을에서 내렸다. 곧 오후 5시 30분. 주위는 온통 어둠에 잠겼고 도로를 비추는 빛은 버스의 라이트뿐이었다.

정류장은 완만한 커브길 중간에 있었다. 거기서부터는 차가 들어갈 수 없을 정도는 아니지만 길이 좁아서 버스는 이 정류장에서 유턴했다. 유턴하지 않고 계속 가면 폐업한 캠핑장이 있고 더 가면 도보로만 갈 수 있는 등산로가 나온다.

아무도 없었다. 길 건너편에 아쓰기시로 가는 버스 정류장이 있는데 그곳에도 사람은 없었다. 고요와 냉기가 점점 몸에 스며들었다.

허름한 시골 정류장에 벤치가 있었다. 벤치에는 손으로 만든 듯 보이는 낡은 방석이 깔려 있었다. 그 공간에 들어가 벤치 앉음판 밑부분을 더듬자 손가락 끝에 작은 종이가 닿았다. 유히가 오토바이를 타고 먼저 도착해서 붙이고 간 다음 행동을 지시하는 메모였다. 인형 옷 차림으로 저녁 6시에 지도에 표시된 곳으로 왔다. 아사히에게는 필요 없는 메모였지만 계획대로 유히가 이곳에 왔다는 신호였다. 벤치 아래에는 억지로 밀어 넣은 검은 비닐봉지가 있었고 그 속에 손전등이 들어 있었다.

다시 판다 인형 탈을 뒤집어쓰고 배낭을 멨다. 목적지는 캠핑장 너머 등산로 중간에 있는 공중화장실이다. 그곳을 제안한 사람은 유히였는데 전에 친구와 이 캠핑장에 온 적이 있다고 했다. 아사히도 사전답사를 한 뒤 동의했다.

이곳에서 화장실까지는 평범한 옷을 입었을 때 걸어서 삼십 분 거리지만 범인은 저녁 6시 정각에 오라고 요구했다. 앞으로 약 이십 분 남았다. 뛰어가야 시간에 맞출 수 있다. 시간을 빠듯하게 정한 사람은 유히였는데 인형 옷을 입힌 것과 마찬가지로 작은 복수라고 했다.

달리기 시작하자마자 유히의 치기를 받아들인 것을 후회했다. 인형 옷을 입고 탈을 쓰고 달리기란 힘들고 몹시 더웠다. 어제부터 기온이 떨어지고 밤에는 한 자릿수가 될 것이라는 예보가 있었지만 순식간에 땀이 쏟아졌다. 운동이 부족했던 탓도 있어 금세 숨이 차오르고 온몸의 근육이 비명을 질렀다.

드디어 캠핑장. 사슬로 봉쇄되어 있었다. 완전한 폐허였다. 곁눈질한 뒤 채찍질하는 마음으로 걸음을 뗐다. 개 짖는 소리가 들렸다. 들개 서식지가 되었을까. 공포. 손전등 불빛이 어지러이 흔들렸다. 등에 멘 배낭이 흔들렸다. 버리고 싶었다. 다리가 아프다. 배도 아프다. 숨이 가빴다.

이제 얼마나 남았지?

비포장 등산로에 들어가자 돌과 나무뿌리가 발에 걸려 비틀비틀 오르는 사이에 마침내 공중화장실이 보이기 시작했다. 마지막 남은 힘을 쥐어 짜내 도착한 뒤 거친 숨을 내쉬며 시계를 보니 약속 시간까지 십 초도 남지 않았다.

생각할 겨를이 없었다. 그럴 힘도 남아 있지 않았다. 화장실로 뛰어들어 하나밖에 없는 칸으로 들어가 문을 잠갔다.

그와 거의 동시에 문밖에서 목소리가 들렸다.

"수고했어."

음성변조기를 사용하지 않은 유히의 목소리였다.

아사히는 말없이 배낭을 내려놓고 돌돌 말아놓은 재킷 밑에서 돈다발을 꺼냈다. 문 밑 틈새로 내밀려다가 직전에 멈췄다.

"왜 운반책을 변경했어?"

침묵이 깔렸고 아사히의 숨소리와 격렬한 심장 박동, 그리고 벌레의 날갯짓 소리만 들렸다. 손전등 불빛에 떠오른 화장실 문 낙서를 응시했다. 로마자로 적힌 누군가의 이름.

"마음이 바뀌어서."

유히가 대답한 뒤 문틈으로 손가락을 들이밀었다. 아사히는 잠시 망설이다가 결국 그 손에 돈다발을 쥐여줬다.

"……고마워, 형."

그 한마디를 남긴 유히가 떠났다는 사실을 기척으로 알았다. 이 문은 미리 손을 써두어서 일단 잠그고 나면 열 수도 발로 차 부술 수도 없었다. 통화권 이탈 지역이기 때문에 휴대폰으로 도움을 요청할 수도 없어서 유히가 안전한 곳으로 도망친 후 마쓰바 가족에게 연락하기만을 기다릴 수밖에 없었다.

정신을 차리고 보니 이곳은 몹시 더러웠다. 등산객도 별로 사용하지 않았을지 모른다. 재래식 변기 주변은 물바다에 낙엽이 쌓여 있었으며 거대한 나방이 죽어 나뒹굴고 있었다. 인형 탈 때문에 심하게 느끼지는 못하지만 분명 구역질 나는 냄새가 진동할 것이다.

최악의 하루, 최악의 종착지.

그래도 이제 끝이라며 아사히는 자신을 위로했다.

13

"만약 들개 떼가 에워싸면 어떻게 하지?"

언제 어디서 나눈 대화였을까. 떠돌이 생활을 하기에는 시골보다 도시가 더 좋아서 들개가 나올 만한 장소는 좀처럼 갈

기회가 없었다. 그러다 라디오에서 흘러나온 화제 때문에 이야기가 시작되었을 것이다.

아버지의 질문에 유히는 힘차게 대답했다.

"해치워야지!"

"맨손으로? 들개의 엄니는 사납고 무서운데?"

"그럼 돌을 던질 거야!"

"용감하네. 역시 내 아들이야. 하지만 들개는 날래다고."

아버지가 '아사히는 어떻게 할래?' 하는 표정으로 쳐다봤다.

"높은 곳으로 도망갈 거야."

"좋은 생각이야. 아사히는 역시 머리가 좋아. 하지만 들개는 재빠르다고 했잖아. 너희가 생각하는 것보다 훨씬 빨라."

그럼, 하고 유히는 또 다른 생각을 말하려고 했다. 아마 새 방법은 떠오르지 않았을 텐데도. 아사히는 잠자코 생각하며 아버지의 말이 이어지기를 기다렸다.

"너희는 들개에 둘러싸여 엉덩방아를 찧고 바들바들 떨고 있어. 개들은 포위를 조금씩 좁혀 오고. 침이 뚝뚝 떨어지는 이빨이 날카롭게 빛나고 비릿한 입김이 와닿지. 거기에 아버지가 나타나. 그리고 너희는 이제 괜찮다고 안심해."

빨간불에 걸려 신호를 기다리며 아버지는 창밖으로 담뱃재를 털었다. 옆 차선에 줄지어 선 차들의 비난 어린 시선을 받은 듯 고개를 기울이며 위협했다. 다른 차는 깨끗한 차였다.

'부잣집 차'는 아니지만 평범한 차.

"나는 들개를 죽이는 법을 알아. 그것을 실행할 힘과 날렵함과 배짱도 있지. 하지만 이 아버지에게 있어 중요한 건 들개를 해치우는 것이 아니라 너희가 이제 괜찮다고 안심하는 거다. 아버지가 왔으니 이제 괜찮다고."

신호가 바뀌자 옆 차선 차는 급하게 출발하며 멀어졌다. 틀림없이 그 차를 쫓아가리라 생각했지만 아버지는 그러지 않았다. 천천히 액셀을 밟으며 담배 연기를 내뿜었다.

"하지만 내가 없어도 너희가 이길 방법이 딱 하나 있어."

"뭔데, 그게 뭔데?"

유히가 물었다. 아사히는 말없이 기다렸다.

"그건 말이다……."

14

"성공을 축하하며."

검은 머리를 한 유히가 웃는 얼굴로 내민 캔에 아사히가 자신의 캔을 부딪친 뒤 힘껏 턱을 쳐들며 꿀꺽꿀꺽 단숨에 들이켰다. 맥주가 이렇게 달게 느껴진 적은 처음이었다.

그날, 돈을 넘긴 후 찾아온 오사무 부하들의 도움으로 아사히는 두 시간 만에 화장실에서 구출됐다. 그들은 화장실 칸안을 살피다가 변기 물탱크 밑에 붙여 놓은 작게 접힌 종이를 발견했다. 요코하마 시내 지도로 한 곳에 붉은 동그라미가 쳐져 있었는데 건설 중인 빌딩이 있는 곳이었다. 즉시 달려간 그곳에서 약에 취해 잠든 미오리를 발견했다고 한다.

아사히는 선거사무소 2층에서 그 소식을 들었다. 인형 탈을 벗고 얼굴만이라도 닦고 싶었지만 땀이 완전히 식어 버린 몸은 그대로였고, 심지어 아침 식사 이후에 아무것도 먹지 못한 상태였다. 하다못해 수분이라도 섭취했어야 했다고 나중에서야 생각했다.

미오리는 즉시 주치 병원으로 이송됐고 도코와 유타카가 병원으로 향했다. 아사히는 사무소에 남은 오사무와 비서의 배웅을 받으며 선거사무소를 나와 그 길로 유히의 아파트로 찾아갔다. 오사무는 차로 바래다주겠다고 했지만 행선지를 알리기 싫어서 거절하고 전철을 탔다.

갈아입을 옷을 빌려 샤워한 뒤 욕실을 나왔을 때 미오리가 깨어났다고 알리는 유타카의 전화를 받았다. 건강에 이상은 없지만 큰 충격을 받은 듯했고 사건에 대해서는 아직 아무 말도 듣지 못했다고.

나중에 미오리는 이렇게 말할 것이다. 납치 직후 범인이 눈가리개를 씌운 탓에 잘 모르겠다. 건물 모양도 범인의 얼굴도 보지 못했다. 다만 범인의 목소리와 말투로 보아 나이 든 남녀 세 명 이상으로 구성된 일당 같다.

그러나 미오리가 그 이야기를 경찰에 진술할 일은 없다. 미오리는 '현기증이 나서 쓰러졌을' 뿐 납치사건 따위 없던 일이니까. 미오리의 절도나 자해 행위가 '없던 일'이 된 것처럼. '너도 그 사실을 잊지 말고 입조심해 달라'라고 유타카가 당부했다. 그야말로 계획대로 된 셈이지만 도서관에서 단 한 번 마주쳤던 미오리의 얼굴이 떠올라 기분이 그다지 좋지 않았다.

유히가 맥주를 두 캔째 가져왔다.

"오늘은 실컷 마셔. 잔뜩 사 왔으니까."

금액이 머리를 스쳤지만 한 번쯤은 얻어먹어도 괜찮을 것 같았다. 거사를 치렀다. 아무것도 먹지도 마시지도 않고 종일 쉬지 않고 이동하고 그런 꼴로 산길을 달리고 더러운 화장실에 두 시간이나 갇혀 있었다. 게다가 인형에 진드기나 벼룩이 있었는지 아사히의 얼굴과 목덜미에 그것들에게 당한 듯 보이는 붉은 반점이 가득했다. 인형 옷을 입었을 때 느낀 가려움은 기분 탓이 아니었다. 마쓰바 가족은 몹시 걱정하고 미안해했다.

겨우 정신을 차리고 집을 둘러봤다. 침대 머리맡에 놓인 『돈키호테』 1권은 미오리가 읽다가 두고 간 것일까. 욕실에는 사용하고 그대로 둔 여성용 제모기가 있었다.

"배고프지? 볶음밥 만들 건데 또 먹고 싶은 거 있어?"

"오늘은 닭꼬치 통조림은 없어?"

생각지 않게 농담이 나온 까닭은 무의식중에 서먹한 기분을 감추고 싶었기 때문일까. 아니면 계획이 성공해서 저도 모

르게 기분이 들떴기 때문일까. 밥상 다리 옆에는 천만 엔이
든 운동 가방이 있었다.

"미안, 오늘은 없어."

유히는 부엌에서 아사히를 등지고 서서 재료를 잘게 썰기
시작했다. 보고 싶지 않아도 저절로 눈길이 가는 그 손놀림은
매우 능숙했다. 요리하는 손. 주먹 굳은살이 있는 손. 무엇이
든 지금 유히의 손이었다.

아사히는 볶음밥 볶는 소리와 요란하게 돌아가는 환풍기
소리를 배경음악 삼아 홀로 말없이 술을 마셨다. 이 집에는
TV도 없었다.

얼마 후 모든 소리가 사라지자 갑자기 정적이 강렬해졌다.
유히가 수북이 담은 볶음밥을 양손에 들고 내왔다. 짝이 맞지
않는 그릇 두 개에 숟가락 두 개를 밥상에 탁 놓았다. 맛있는
냄새가 났다.

아사히는 유히가 맞은편에 앉기를 기다렸다가 말했다.

"잘 먹겠습니다."

"……잘 먹겠습니다."

유히도 똑같이 말했다.

그 목소리에 위화감을 느껴 숟가락을 쥐려던 아사히의 손
이 멈칫했다. 고개를 숙인 유히의 얼굴을 봤더니 미소 짓고
있지만 표정이 부자연스러웠다.

"유히?"

서서히 고개를 든 유히는 난처한 기색으로 아사히를 바라
봤다.

"다 먹고 말할 생각이었는데."

낯설고 슬픈 눈망울에 가슴이 술렁였다.

숨을 스읍 들이마신 뒤 유히는 아사히를 바라보며 입을 열
었다.

"형하고 만나는 건 이번이 마지막이야. 겨우 잘살고 있는
형을 이런 범죄에 끌어들여서 미안해."

아사히는 어안이 벙벙한 모습으로 그 당돌한 말을 들었다.

"뭐야, 뜬금없이."

"뜬금없는 소리 아니야. 일이 다 끝나는 날 말하려고 했
어."

조용한 목소리에 멈칫했다. 이런 식으로 말하는 유히가 낯
설었다.

"나 말이야, 십 년 전 경찰에 보호받기 전부터 내가 아버
지 자식이 아니라는 사실을 알았어. 형과 친형제가 아니라는
걸."

"뭐라고……?"

"나는 아버지에게 돈을 빌려준 사람의 자식이야. 아버지는
당시 세 살이었던 내게 식칼을 들이밀며 빚을 없던 일로 하라
고 협박했지. 그런데 상대가 아주 냉정하게 거절하자 나를 안
고 도망쳐서 자기 자식으로 키웠대. 내가 이번에 납치라는 수

단을 선택한 것도 어쩌면 그 사실을 의식하고 있기 때문일지
몰라."

아사히는 침을 꿀꺽 삼키며 간신히 목소리를 쥐어 짜냈다.

"언제부터 알았어?"

"아버지가 갑자기 규슈에 간다고 했을 때 이유를 물었거든.
그랬더니 나를 진짜 부모에게 돌려보내기 위해서랬어. 내 진
짜 집이 가고시마12에 있다고."

아버지는 세 사람의 떠돌이 생활이 규슈에서 시작됐다고
했다. 가고시마. 그래서였구나.

"중학교 3학년 때 딱 한 번 보러 간 적이 있어. 하레를 도망
쳐 나와 사무실에서 여비를 훔쳐서. 친구 집에 있었다고 둘러
댔지만 실제로는 저 멀리 가고시마까지 다녀왔어. 정확한 주
소는 몰라도 아버지한테 들은 정보만으로도 쉽게 찾아갈 수
있었지. 친아버지는 야쿠자 같은 사람이더라고."

유히는 말을 끊고 머리를 살짝 흔들었다.

"이런 이야기 해봤자 의미 없겠지. 내가 다시 하레로 돌아
간 것만 봐도 어떤 부모인지 짐작이 가잖아. 세 살배기 아들
이 칼로 위협을 당해도 눈 하나 깜짝 안 하고, 애를 끌고 가도
내버려 둔 놈이야. 경찰의 보호를 받으면서 알게 됐는데 그
사건으로 신고가 들어온 적도 없고 실종 신고도 안 들어왔대.

---

12 규슈 남부에 있는 지역.

내 친부모는 그런 인간이었어."

"아버지는 왜 갑자기 너를 돌려보내려고 한 거야?"

"나와 형이 자라면서 아버지는 떠돌이 삶에 한계를 느낀 것 같아. 그리고 아버지도 알고 있었어. 형이 떠돌이 생활을 그만두고 평범하게 살고 싶어 하는걸."

말이 나오지 않았다. 움직인 줄도 몰랐는데 숟가락이 밥상에서 떨어졌다.

"친부모에게 되돌려보낸다는 말을 듣고 완전 충격받았어. 내가 친자식이 아니니까 나만 쫓아내는구나 싶었지."

유히의 입꼬리가 떨렸다. 잠시 입술을 꾹 다물고 결의에 찬 눈으로 아사히를 바라봤다.

"나는 그게 너무 싫어서 차가 없어지면 좋겠다고 생각했어."

"……뭐라고?"

어디선가 들은 말이다.

—차가 없어지면 되지 않아?

아니, 어디에서 들은 말인지 분명히 기억한다. 잊히지도 않는다. 십 년 전 12월, 유히가 아사히에게 한 말. 떠돌이 생활에 염증을 느낀 아사히는 그 말을 진심으로 받아들여 차를 망가뜨리려고 했다. 그래서 급유구에 설탕을 넣었다. 차는 사고를 냈고 아버지는 돌아가셨다.

"설마, 일부러 그랬다고?"

동생이 그저 아무 생각 없이 순수하게 한 말인 줄 알았다. 지금 이 순간까지, 평생.

"맞아."

"내가 차를 고장 내도록 유도했다고?"

목소리가 떨렸다. 온몸이 부들부들 떨렸다.

머리를 검게 염색한 유히는 어린 시절 유히와 놀랍도록 닮았다. 쌍꺼풀에 밝은 눈동자. 그 윤곽이 흔들리며 부예졌다.

"그래. 나는 형이 아버지를 죽이게 했어. 친아들이 아닌 내가 형에게서 형의 아버지를 빼앗은 거야. 협박 같은 걸 할 수 있는 처지가 아니었어."

유히는 봇물이 터진 듯 말을 쏟아냈다.

"하지만 납치 자작극을 계획했을 때 머리에 떠오른 사람은 형이었어. 아빠, 하레에서 같이 자란 친구들, 가족처럼 대해 준 직원들, 친구들, 주위에 많은 사람이 있었는데도. 개중에는 범죄에 거부감이 덜한 녀석들도 있었는데 말이야. 있잖아, 이 집 통일감이 없지 않아? 전부 남한테 받은 물건들이라 그래. 내 취향을 나도 잘 몰라서. 차를 떠나면 어떻게 살아야 하는지, 어떻게 살고 싶은지 전혀 몰라서. 아빠는 네가 원하는 대로 살면 된다고 했지만 바로 그걸 모르겠어. 일단 하레라는 은인이 있으니 그걸 위해 살고는 있지만."

유히의 얼굴은 어느새 일그러졌다. 구겨진 휴지처럼 꾸깃꾸깃해져 눈물을 흘리지 않는 것이 이상할 정도였다.

"형이 전에 이제 우리 셋이서만 지내던 시절은 갔다고 했잖아. 그런데 나는 여전히 셋이서 지내던 시절에 갇혀 있는 기분이야. 아버지랑 형이랑. 아빠가 그렇게 잘해주는데, 내 아들이 되지 않겠냐는 말을 들었을 때 도저히 '응'이라고 대답할 수 없었어. 내 뿌리가 저쪽 세상에 얽매여 있어서. 진심으로 가족이라고 여길 수 있는 사람은 아버지와 형뿐이야. 하지만 내게는 가족일 자격이 없었어."

아사히가 자리에서 일어섰다. 더는 들을 수 없었다. 온몸의 혈관이 부풀어 오르고 관자놀이가 꿈틀거렸다.

유히는 집을 뛰쳐나가는 아사히를 잡지 않았다. 밖으로 나가자마자 요란한 경적과 함께 차가 스치듯 지나갔다. 그 소리가 머릿속을 휘저었다.

엉망진창이야. 다 개판이라고!

아버지를 죽인 일에 지금까지 죄책감을 안고 살았다. 그뿐만이 아니었다. 유히에게도 빚을 졌다고 느꼈다. 유히에게서 아버지를 빼앗았다며 자책했다. 그런데 이게 다 유히가 꾸민 일이었다고?

셋이서만 살던 세상. 자신의 뿌리. 가족으로 존재할 자격. 조금 전 들은 말이 머릿속에서 날뛰었다.

잘 모르겠다니. 아아, 나도 모른다고.

셋이서 살던 세상이 끝난 지 십 년이다. 나는 이렇게 살아야 한다고 철저히 배웠다. 그 방식이 '보통 사람처럼', 그리고

'제대로' 사는 길이라고. 그렇지 않으면 사회에서 받아주지 않는다고. 그래서 이를 악물고 그 길을 걸어왔다. 십 년. 피를 토하며 살아온 십 년. 그동안 너는 즐겁게 살지 않았어? 새로운 인생을 살면서 행복했잖아?

북받치는 감정을 주체하지 못하고 전봇대를 쳤다. 지나가던 여자가 흠칫하며 아사히를 쳐다본 뒤 걸음을 재촉해 떠났다.

아사히는 밤거리를 정처 없이 걸었다. 이런저런 일이 두서없이 떠올랐다.

쓰루카메유 신발장 옆에서 자꾸만 아사히를 쳐다보던 유히. 떨고 있던 유히. 아버지의 사망 소식을 들었을 때 깔리던 침묵. 치아 교정. 초등학교 교실에서 아이들이 속옷을 벗겼던 일. 부드러워 보이던 미오리. 『돈키호테』 문고본. 납치 계획과 성공. "하하!" 울리던 아버지의 웃음소리. 쾌활하고 다정한 아버지. 자신은 쓰레기라고, 아버지 자격이 없다고 침울하던 아버지…….

정신을 차렸을 때는 얼마나 헤매고 다녔는지 알 수 없었다. 인적이 완전히 끊겼으니 시간이 제법 늦은 듯했다. 손목시계도 휴대폰도 유히의 집에 두고 왔다.

길가에 멈춰서서 지금까지 살아온 이십 년 인생을 되돌아봤다. 초반 십 년과 그다음 십 년을.

빼앗은 것과 빼앗긴 것. 얻은 것과 잃은 것. 진실과 거짓. 본질과 눈가림. 소중한 것과 필요 없는 것. 이쪽 세상과 저쪽 세상.

나라는 인간의 뿌리를 강하게 느꼈다. 새 토양에 뿌리내리려고 죽을힘을 다했지만 사실은 줄곧 알고 있었다.

고개를 들었다. 하얀 입김 너머로 자동차 헤드라이트의 노란 불빛이 작게 보였다.

노란불은 가시오. 전속력으로 돌진하라.

아사히는 유히의 아파트를 향해 걸음을 뗐다.

15

현관문은 잠겨 있지 않았다. 여기까지 와서도 첫마디로 무슨 말을 꺼내야 할지 정하지 못해 문손잡이를 잡은 채 잠시 주저했다. 어렸을 때는 어떻게 화해했지? 기억나지 않는다.

아직도 볶음밥 냄새가 났다. 그러고 보니 한 입도 먹지 않았다.

아사히는 숨을 깊게 들이마신 뒤 문을 열었다. 일단 얼굴부터 보자.

처음 보인 것은 유히의 다리였다. 바닥에 누워 아사히를 등진 채 몸을 웅크리고 있었다.

자나?

맥이 빠지기도 하고 안심이 되기도 했다. 잠버릇이 험한지 밥상이 많이 밀려났고 빈 캔이 바닥에 나뒹굴었다.

소리를 내지 않도록 조심스럽게 집으로 들어갔다. 그때 묘한 냄새를 맡았다. 볶음밥 냄새에 섞인 비릿한 냄새.

의아해하며 걸음을 옮긴 아사히의 시야에 유히의 몸 전체가 들어왔다. 순간 머리가 새하얘졌다.

유히의 몸 아래에 붉은 웅덩이가 있었다. 그리고 배에 식칼이 꽂혀 있었다.

심장이 튀어나올 것처럼 날뛰었다.

"유히!"

뛰어가 유히를 흔들었더니 유히가 희미하게 눈을 떴다. 눈꺼풀이 창백해 소름이 돋았다.

"……형."

"무슨 일이야. 왜 이런 거야."

아사히의 손을 뿌리치려는 듯 유히는 몸을 비틀었다. 하지만 그 움직임은 둔했고 유히는 고통스러운지 숨을 멈추고 얼굴을 일그러뜨렸다. 추리닝이 거무스름하게 얼룩져 있었다. 칼에 달라붙어 있던 피가 다다미 바닥에 드문드문 떨어져 있었다.

"괜찮으니까……."

커억 하고 이상한 소리를 내며 유히가 피를 토했다. 아사히의 무릎에도 튀었다.

"말하지 마!"

말을 못 하게 막았지만 이제 어떻게 해야 좋을지 알 수 없었다.

유히의 목에서 새액새액하고 괴로워하는 숨소리가 울렸다. 이마에서 땀이 쏟아졌다.

칼자루가 떨렸다. 뽑았다가 괜히 출혈만 심해지는 것 아닌가 하는 생각이 들었다. 아사히의 손도 떨렸다. 이러는 동안 피 웅덩이는 점점 더 커졌다. 유히의 생명이 점점 흘러나가고 있다.

죽는다. 자신이 조금이라도 틀린 선택을 하면. 그때 아버지를 죽인 것처럼.

어떡하지. 어쩌면 좋을까.

그 순간 아사히는 열 살짜리 어린아이로 돌아갔다. 쓰루카메유 신발장 옆에서 아버지가 데리러 오기만을 하염없이 기다리던 그 아이로. 왜 아직도 안 올까. 밖은 이미 캄캄한데. 약속한 시간은 진작에 지났다. 유히는 금방이라도 울음을 터뜨릴 것 같다. 사실 아사히도 그랬다. 혼란과 불안에 짓눌렸다. 아버지. 마음속으로 몇 번이고 부르짖었다. 빨리 와요, 아버지.

—아사히.

목소리가 들렸다. 고개를 번쩍 쳐들자 아버지가 있었다. 눈앞에 서서 아사히와 유히를 내려다보고 있었다. 파란색과 검은색 줄무늬 머플러. 입에 문 마일드세븐. 주먹 굳은살. 마지막으로 본 모습이었다. 그때는 마지막일 줄 몰랐기 때문에 얼굴을 제대로 보지 않았다. 지금 아버지는 미소 짓고 있다.

아사히는 두리번거리다가 자신의 가방을 찾았다. 정신없이 가방에서 휴대폰을 꺼내 119를 눌렀다.

유히가 힘을 쥐어 짜내 고개를 저었다. 눈꺼풀이 다시 감겼다.

전화가 연결됐다. 자신이 무슨 말을 떠드는지도 몰랐다. 그저 죽지 말라고 기도할 뿐이었다.

어느 신이든 상관없어. 부처라도 좋아. 유히를 살려줘.

단 둘뿐인 가족이야. 형제로 지내기로 결정했다고.

그러니까 죽지 마, 유히.

제발 죽지 말라고……

16

문상복은 처음 입어 본다. 대학 친구의 장례식이라고 둘러대고 아버지에게 빌린 옷은 사이즈가 맞지 않아 볼품없었다. 사실대로 말할 수 없었다. 아사히와 유히는 아무 관계 없는 타인으로 남는 편이 좋았다.

어깨에 맺힌 빗방울을 깨닫고 손으로 털어냈다. 젖은 촉감은 무릎을 적시던 피를 연상케 했다. 그때의 기분까지 되살아나 명치가 차가워졌다. 이런 차림으로 병원에 오지 말았어야 했나 싶어 겉옷만이라도 벗었다.

면회 신청서에 태연한 얼굴로 가명을 썼다. 손끝에 향냄새가 남아 있는 기분이었다.

"새해 벽두부터 안타깝네요."

상복인 줄 알았는지 너스 스테이션에서 그런 소리가 들렸다.

병실로 가서 창가에 있는 가장 안쪽 침대로 향했다. 이 병실에 환자는 노인뿐이고 매우 조용했다.

아사히는 그 모습을 확인하고 조용히 한숨을 내쉬었다. 살아 있다.

유히는 창문 쪽 커튼만 조금 젖히고 누운 채 창밖을 바라보고 있었다. 벌거벗은 나뭇가지가 가는 빗줄기를 맞고 있었다.

그날 밤, 응급 이송된 유히는 긴급 수술을 받고 간신히 목숨을 건졌다. 하지만 최소 두 달은 입원해 절대 안정을 취해야 해서 병원 침대에서 새해를 맞았다. 회복해도 몸 일부에 장애가 남을 가능성이 있다고 한다.

유히는 넘어지는 순간 어쩌다 보니 칼에 찔렸다고 우겼다. 그러나 사실 무슨 일이 있었는지 아는 사람은 아사히뿐이다.

아사히가 아파트를 뛰쳐나간 뒤 갑자기 마쓰바 미오리가 찾아왔다. 미오리가 유히를 찔렀고 몸값이 든 운동 가방을 들고 달아났다.

미오리는 그대로 자취를 감췄고 마쓰바 가족은 실종 신고를 했다고 하지만 미오리의 행방은 찾지 못했다. 그래도 납치 사건은 여전히 숨긴 상태였다. 아사히와 유히에게는 좋은 상황이지만 안심할 수는 없었다. 미오리가 잡혀서 모든 사실을 털어놓으면 아사히는 몰라도 유히는 끝장이다. 현재 유히의 처지는 외줄 타기나 마찬가지였다.

"왔어?"

유히는 아사히를 보더니 미소 지었다. 아사히는 조금이라도 변장할 생각으로 쓰고 온 도수 없는 안경을 벗었다. 유히가 다친 일에 아사히가 관여했다고 의심할 만한 정황은 없고 두 사람의 관계도 들키지 않은 듯하지만 만약을 위해서였다. 병문안도 거의 오지 않았다.

"다녀왔어."

"고마워."

양아버지가 돌아가셨다며 바로 며칠 전 유히가 연락해 왔다. 신년회에 참석했다가 집으로 걸어가는 길에 음주운전 차량에 치였다고 했다. 자기 대신에 장례식에 가 달라는 부탁을 받고 가명으로 참석했다. 씁쓸한 장례식이었다. 아동양육시설의 직원이었던 고인은 존경받는 인물 같았다. 조문객의 연령대가 다양했고 개중에는 교복을 입은 학생도 있었다. 많은 사람이 눈물을 흘렸다.

흐느껴 우는 소리에 하레라는 말이 여러 번 섞였다. 마치 하레의 장례식 같기도 했다. 유히가 몸값을 빼앗기는 바람에 결국 돈을 마련할 수 없어서 하레는 문을 닫기로 지난해에 결정됐다.

"상태가 어때?"

"으음, 뭔가 이상한 통증이 느껴져."

"이상한? 그럼 의사에게는……."

"뻥이야."

실없이 웃는 유히의 볼은 움푹 꺼지고 면도를 하지 않아 여기저기 수염이 났다. 입술은 거칠하고 껍질이 벗겨져 있었다. 침대 옆 선반에는 작은 가가미모치가 놓여 있었다. 양아버지가 가져온 것일지도 몰랐다.

"……앞으로 어떻게 할 거야."

유히는 이달 하순에는 퇴원할 수 있다고 했다.

몸은 거의 회복됐다. 하지만 마음은 아니었다. 유히를 유히로 존재하게 하는 무언가를 잃고 말았다. 유히는 결코 지면 안 되는 내기에서 졌다.

"우카노미타마노카미, 오모다루노카미, 아마노오시호미미노미코토, 오야마쿠이노카미, 호무다와케노미코토."

"응?"

"아버지, 형, 미오, 아빠. 모든 벌이 한꺼번에 들이닥쳤어. 아직 부족하겠지만."

유히가 아니게 된 유히가 미소를 지우고 아사히를 바라봤다. 아사히는 무의식중에 숨을 멈췄다.

"나는 죽어야 해."

메마른 목소리에 가슴이 미어졌다.

"형도 그렇게 생각하잖아."

"유히······."

입에서 싸구려 설탕 맛이 되살아났다.

†

"드디어 그날이네."

납치 결행 전날, 미오리는 두근거리는 가슴으로 유히의 등을 향해 말했다.

욕실 거울 앞에 선 유히의 머리는 아직은 익숙하지 않은 검은색이었다. 주변에서는 잘 어울린다고 했지만 미오리는 원래 색이 자유로운 느낌이 들어서 더 좋았다.

유히는 거울에 비친 등 뒤에 있는 미오리에게 시선을 돌렸다.

"쫄았어?"

"아니, 전혀. 진정한 용기는 겁쟁이와 무모함 중간에 있거든."

"뭐야, 또 『돈키호테』에 나오는 구절이야?"

"응. 게다가 나한테는 유히가 있잖아. 고통받는 자의 비호자이자 구원자."

범행의 구체적인 부분은 거의 유히에게 맡겼다. 그래서 또다른 공범이 선거사무소에 잠입한 사실만 들었지 이름도 얼굴도 몰랐다. 유히를 전적으로 신뢰했다.

"그런 어려운 문장을 잘도 기억하네."

반쯤 억지로 문고본 1권을 빌려줬지만 유히는 몇 쪽 넘기지 못하고 내던져 버렸다. 방구석에서 먼지를 뒤집어쓴 그 책을 지금은 미오리가 다시 읽고 있다.

—내가 아는 사람 중에 그런 책을 읽을 수 있는 사람은 형 정도야.

—형을 정말로 좋아하는구나.

십 년 전에 헤어진 형 이야기를 할 때면 유히의 목소리는 평소와 달랐다. 어디가 어떻게 다르다고 꼬집을 수는 없지만 특별하다는 사실만은 확실했다. 약간 질투가 날 정도로.

"나는 형에게 몹쓸 짓을 했어."

"하지만 네게 유일한 가족이지? 피붙이보다 그쪽을 선택했잖아."

유히에게 다가가 살며시 손을 잡았다. 크고 단단하고 따뜻한 손이다. 미오리가 좋아하는 손. 그 손을 감싸 쥐고 손가락 하나하나, 손톱 하나하나 모양을 확인하듯 덧그렸다.

"나한테도 있지? 가족을 선택한 권리."

"……그래."

유히는 눈을 내리깔고 대답했다.

검은 속눈썹과 검은 머리. 역시 흑발도 나쁘지 않은 것 같다.

미오리는 유히의 주먹에 자신의 이마를 대고 꾹 눌렀다. 그리고 황홀한 듯 눈을 감았다.

"내 진정한 인생은 유히를 만나 시작됐어. 네가 나를 눈뜨게 한 거야. 그러니까 나는 유히를 믿어."

제2부

◇◇◇◇◇◇◇◇◇◇◇◇◇◇◇◇◇

슬픔은 짐승이 아니라 사람을 위해 만들어진 것이에요.
하지만 사람도 지나치게 슬퍼하면 짐승이 되지요.

세르반테스, 『돈키호테』

1

찌는 듯한 여름날이었다.

주민의 신고를 받은 가미쿠라역 앞 파출소 가노 라이타는 부하인 쓰키오카와 함께 자전거를 타고 현장으로 향했다. 현장은 역 서쪽에 세워진 공동 주택. 신고자는 그곳 주민이었는데 옆집에서 들리던 아이 울음소리가 들리지 않고 이상한 냄새가 나니 상황을 확인해 달라고 했다.

약 스무 가구에 전부 1인 가구를 위한 깔끔한 3층짜리 먼슬리 맨션[13]이었다. 문제의 집은 302호였다. 공동현관을 지나 들어가자마자 있는 우편함에 세입자의 이름은 없었고 속을 들여다보니 전단지가 넘치도록 처박혀 있었다. 건물 안은 어둑어둑하고 조용했다. 평일 오후라서 비어 있는 집이 많은 듯했다.

서둘러 계단을 올라갔다. 3층에 도착했을 때만 해도 '듣고

---

13   월 단위로 임대하는 주택.

보니 이상한 냄새가 나네' 하는 정도였다. 그러나 302호 앞에
서자 분명하게 느껴졌고 문에 설치된 신문 투입구를 손가락
으로 열자 강렬한 냄새가 진동했다. 무언가 썩은 냄새.

쓰키오카가 초인종을 누른 뒤 경찰이라고 밝히며 문을 두
드렸다. 응답은 없고 문에 귀를 대도 아무 소리도 들리지 않
았다.

"문 열겠습니다."

그 말과 함께 문손잡이를 돌렸다. 잠겨 있었다. 옆집 문이
살짝 열렸다 닫혔다.

곧바로 맨션 관리회사에 연락해 문을 열어달라고 했다. 담
당자는 몹시 당황해서 열쇠를 구멍에 제대로 꽂지도 못했다.

문을 열고 가노와 쓰키오카 두 사람이 안으로 들어갔다.

시야로 날아든 참상에 가노는 말을 잃었다.

창문도 커튼도 꽁꽁 닫아 놓은 원룸. 마룻바닥에 너저분하
게 흐트러진 쓰레기. 그 속에 작은 아이 둘이 파묻혀 있었다.
한 명은 천장을 본 자세로 누워 있었고 나머지 한 명은 벽에
기대앉은 채 축 늘어져 있었다. 둘 다 속옷 한 장 차림이었는
데 드러난 몸은 뼈와 가죽뿐이었다.

누워 있는 사람은 여자아이였다. 이미 숨이 끊어져 부패가
진행 중이었다.

앉아 있는 사람은 남자아이인데 아직 숨이 붙어 있었다. 몸
을 숙이고 큰 소리로 부르자 눈이 희미하게 열렸다. 바짝 마

른 입술이 달싹이면서 무슨 말을 중얼거린 것 같았지만 알아들을 수 없었다.

"쓰키오카, 구급차 부르고 지원 요청해!"

망연하게 서 있던 쓰키오카가 번개라도 맞은 사람처럼 움직였다.

2

가마쿠라시의 맨션에서 여자아이의 시신과 기력이 쇠한 남자아이가 발견됐다. 가나가와현경은 가마쿠라 경찰서에 수사본부를 설치했다.

현경 수사1과에 소속된 가라스마 야스코는 현장인 맨션 앞에 서서 야속한 태양을 노려봤다. 사람들이 정면 현관 옆에 바친 꽃은 시들었고 쏟아지는 햇빛이 주스와 과자 포장지에 부서졌다.

"아, 더워."

젊었을 적에는 더위와 추위에 강했지만 마흔이 지나면서부터 부쩍 날씨에 약해진다는 것이 체감됐다. 바지 정장을 입어서 더 더웠다.

인상을 쓰며 맨션으로 들어가는 가라스마를 떼지어 기다리던 보도진이 발견하고는 일제히 움직였다. 플래시를 터뜨리고 마이크를 들이밀었다.

수사 상황은요? 어머니는 범행은 인정했나요? 보호하고 있는 남자아이의 상태는요? 평소에 아이들을 학대한 겁니까?

동네 주민과 명복을 빌러 온 사람들에게 이런 기세로 계속 몰려들었는지 상황을 정리해 달라고 경찰에 민원이 접수될 정도였다.

"네, 알겠습니다. 좀 비켜주세요."

대응하지 않고 그대로 지나쳐 3층으로 올라갔다. 복도 끝에 있는 작은 창문을 열어놓은 이유는 냄새를 없애기 위해서일까.

302호. 현장 앞을 지키는 순경에게 수고하신다고 인사하며 노란 테이프를 지나 안으로 들어갔다. 순간 악취가 코를 찔렀다.

감식은 이미 끝난 뒤였고 쓰레기가 어지럽게 널린 집에 사람은 없었다. 합동 수사하는 가미쿠라 경찰서의 수사관과 마주치지 않은 점은 기꺼웠다. 이런 곳에서 노골적으로 적대심을 드러내면 받아넘길 자신이 없었다.

보증금 사례금 보증인 불필요, 월 단위로 계약하는 먼슬리 맨션이다. 가구나 가전제품에 거주자의 성격은 묻어나지 않지만 벽에는 아이가 그린 듯한 그림이 많이 붙어 있었다. 말을 타고 창을 든 기사에 드레스를 입은 공주님. 서툰 글씨가 함께 적힌 그림도 있었다.

〈엄마 언제나 감사해요.〉

'이 그림은 어머니의 날에 그렸을까.'

〈오빠 7살 축하해.〉

'저 그림은 남자아이의 생일에 그렸겠지.'

〈엄마 유야 마히루〉

'셋이서 정답게 웃으며 손을 잡고 어디 가는 걸까.'

아기 인형과 아동서적도 있었다. 아이용 식기도 칫솔도.

지극히 평범한 가정이었다. 정겨운 어머니와 아이들. 독신에 아이도 없는 가라스마의 눈에는 적어도 그렇게 보였다.

하지만 아이들은 이곳에 버려졌다. 창문은 닫혔고 에어컨도 꺼져 있었기 때문에 8월 5일인 어제 발견됐을 때 실내 온도는 35도를 넘었다고 한다. 두 사람은 더워서 괴로운 나머지 옷을 벗었다.

여자아이의 시신은 사법해부에 들어갔다. 경찰에서 보호 중인 남자아이는 가미쿠라시립병원에서 치료받고 있다. 실내 상황을 보아 두 아이는 음식을 찾아 냉장고와 찬장을 뒤진 듯했다. 컵라면이나 냉동식품, 과자 등이 떨어지면 생채소를 먹거나 마요네즈와 케첩을 빨아먹고 그것마저 떨어졌을 때는 수돗물을 마시며 허기를 달랬던 것 같다.

맨션 관리회사에 따르면 세입자는 요시오카 미즈키라는 여자였다. 스물세 살 회사원으로 반년 전에 입주했다. 서류에는 독신이라고 적혀 있어서 아이들과 함께 사는지를 관리회사는 파악하지 못했다고 한다.

두 아이의 어머니로 짐작되는 요시오카 미즈키는 소재를 파악할 수 없었다. 계약서에 직접 적은 직장은 실재하지 않았고 집에 있던 명함을 조사했더니 실제로는 그녀가 출장 성매매 일을 하는 여성이라는 사실이 밝혀졌다. 그러나 7월 26일부터 계속 무단결근하고 연락도 안 된다고 했다. 맨션을 계약할 때도 출장 성매매 면접을 볼 때도 본인 확인은 하지 않았기 때문에 이름과 나이조차 거짓일 가능성도 있었다.

"가라스마 형사님."

누군가 불러서 돌아보니 노란 테이프 밖에 니시가 있었다. 중학생 때부터 수사1과 형사가 되고 싶었는네 삼십 대 중반에 겨우 소원을 이뤘다며 의욕이 넘쳤다. 코 밑에 손가락을 대며 눈살을 찌푸리던 니시는 눈이 마주치자마자 "우왓"이라며 몸을 살짝 뒤로 젖혔다.

"얼굴이 왜 그 모양이에요?"

"말 참 곱게 한다. 이 집에 오면 누구라도 이런 얼굴이 될 거야."

그동안 나름대로 비참한 현장을 봐왔지만 이번에는 유독 달랐다.

"정말 기분 더럽네요."

가라스마는 침이라도 뱉을 기세인 니시와 함께 옆집 303호로 향했다. 신고자인 303호 주민에게 이야기를 듣기 위해서였다.

쉰 살쯤 되어 보이는 사이토라는 여자는 가미쿠라 시민은 아니지만 가미쿠라에 사는 부모가 시내 병원에 입원해서 간병을 위해 이 먼슬리 맨션을 빌렸다고 했다. 앞이 보이지 않는 생활도 이제 곧 일 년째라고 했다. 미리 연락해 놓아서 수월하게 만날 수 있었지만 형사들을 집으로 들이려고 하지 않아서 가라스마와 니시는 좁은 신발장 앞에 서 있어야 했다.

"글쎄요, 반년 전에 그 사람이 입주했을 때부터 아이가 있는 거 아닐까 어렴풋이 눈치채긴 했어요. 아무래도 아이 목소리나 발소리가 새어 나왔으니까요. 그렇긴 해도 소리가 자주 들린 건 아니고 대체로 아주 조용했지만. 실제로 모습을 본 적은 한 번도 없었고요."

"하지만 여기는 1인 가구용 맨션이잖아요."

"거짓말하고 입주했잖아요. 여기 관리회사 일 처리가 상당히 허술한 것 같아요. 몰래 반려동물을 키우는 사람이나 동거하는 사람도 있는 것 같고. 저도 어차피 임시로 사는 거라서 참는 게 많아요."

"요시오카 씨와 교류하셨습니까?"

생각지도 못한 질문이라는 듯 사이토는 얼굴을 찌푸렸다.

"아뇨, 전혀요. 전에 인사했는데 무시당한 뒤로는 마주쳐도 인사 안 했어요. 남과 엮이고 싶지 않은 눈치였어요. 그래서 이름도 몰랐고요. 누가 봐도 남자들이 좋아할 차림으로 밤에 나갔다가 아침에 돌아오니까 물장사하는 사람이겠거니 짐작은 했죠. 그리고 슈퍼마켓이나 드럭스토어에 다녀오는 것 같은 모습을 몇 번 봤어요."

"언제쯤 이상하다고 느끼셨어요?"

"7월 25일이요. 제가 일기를 쓰거든요. 그래서 찾아봤더니 25일 일기에 적었더라고요. 옆집에서 '죽어!' 하고 고함치는 소리가 들려서 놀랐다고. 아침에 차를 우리려다가 엎질러서 기억해요."

"'죽어!'라고요? 요시오카 씨가 그렇게 말했나요?"

"글쎄요, 그 사람 목소리였는지 아닌지는 잘……. 절규하는 느낌이었어요. 그런데 그 뒤에 현관문을 거칠게 여닫는 소리가 났고 아이가 울부짖는 소리가 들렸어요. 엄마라거나, 미안하다거나, 그런 소리를 하는 것 같았는데. 그 후로 그런 소리가 약 일주일 동안 가끔씩 들렸어요. 신경이 쓰이긴 했지만 평소에 교류도 없었고 저도 부모님을 돌보느라 바빠서요. 그리고 솔직히 말하면 엮이고 싶지 않기도 해서 그냥 무시했어요."

가라스마는 마른 입술을 혀로 적셨다.

"그 사이에 요시오카 씨를 본 적 있습니까?"

"아뇨. 하지만 애초에 생활 시간대가 달라서요."

"신고 당시 상황을 알려주세요."

"8월 들어 아이 울음소리가 들리지 않았어요. 정확히 언제라고 말할 수는 없지만 생각해 보니 어느새 들리지 않았죠.

왠지 이상한 냄새가 나는 것 같기도 하고 무서워서 고민 끝에 경찰에 신고했어요. 진작에 신고했다면……."

사이토는 고개를 툭 떨구며 마디가 굵은 손가락으로 눈가를 덮었다.

조사가 끝난 뒤 303호 문이 닫히자마자 니시가 울분을 터뜨리듯 숨을 토했다.

"7월 25일에 아이들을 두고 집을 나간 뒤 열흘 넘게 돌아오지 않은 걸까요? 26일부터 무단결근했고. 제대로 된 음식도 없이 그렇게 방치하면 아이들이 죽는다는 걸 알았을 텐데. 심지어 죽으라고 소리쳤다고요? 이건 살인이에요."

보호책임자 유기치사죄인가, 살인인가.

육아를 포기해 죽음에 이르게 한 경우에는 살의 유무가 쟁점이 된다. 어머니는 과연 고의로 딸을 죽게 했을까?

"아직 모르지."

그렇게 말했지만 가라스마도 같은 생각을 했다. 아이가 그린 '엄마'의 미소가 머릿속에서 흐물흐물 일그러졌다.

사건이 알려진 다음 날 새벽, 가미쿠라 경찰과 수사관이 남자친구 집에 있던 요시오카 미즈키를 찾아냈다. 아이들 어머니라는 사실을 인정했고 임의동행 요구에 순순히 응했지만 조사받는 자리에서는 묵묵부답이었다. 사건에 대해서는 고사하고 본인의 이름조차 대답하지 않았다. 경찰에게 발견되었을 때 본인을 확인할 수 있는 신분증은 하나도 소지하지 않았다. 가마쿠라시에 주민등록 되어 있지 않고 가택 수색을 해도 신원을 알 수 있는 물건은 나오지 않았다.

묵비권을 행사하는 요시오카의 비협조적인 태도 때문에 도망이나 증거 인멸의 우려가 있다고 판단해 우선 남자아이에 대한 보호책임자 유기죄로 체포했다. 아이의 아버지나 지인에게 보호를 부탁했을 가능성도 있지만 교제 상대와 직장 동료에게도 아이의 존재를 숨긴 것으로 보아 그럴 확률은 낮다고 판단했다.

그 시기에 가라스마가 조사관으로 임명됐다. 처음에는 가마쿠라 경찰서의 형사과 경찰이 취조를 담당했는데 진척이 없어서 같은 여성이 이야기를 끌어내기 더 쉽겠다는 이유로 차출됐다고 한다. 가마쿠라 경찰서 사람들은 언짢은 기색이었지만 그런 것을 일일이 신경 쓸 여유는 없었다.

취조실에서 처음 대면했을 때 요시오카 미즈키의 두 눈은 건조하기 짝이 없었다. 시선을 내리깔고 바다색으로 칠한 손톱을 만지작거리는 모습은 수업을 지루해하는 학생 같았다. 부드럽게 찰랑거리는 갈색 머리를 목 뒤로 넘겨 묶고 빌린 회색 추리닝을 입고 있었다. 소맷부리로 들여다보이는 가느다란 손목에 오래된 흉터가 몇 개 보였다. 피부가 하얀 미인이지만 가게 홈페이지에 올라온 사진과 인상이 많이 다른 까닭은 스타일링 때문이 아니라 표정 때문인 것 같았다.

요시오카의 신병을 확보한 수사관에 의하면 딸의 사망 소식을 들었을 때도 똑같았다고 한다. 눈물을 보이지도 않고 넋이 나간 사람처럼 멍하니 수사관을 바라보며 "그렇구나, 죽었구나"라고 중얼거렸다고. 몇 번이고 곱씹던 그 말을 가라스마는 다시 떠올렸다.

압수한 요시오카의 스마트폰에는 아이의 사진이나 동영상이 가득했다. 어머니와 두 아이, 딱 달라붙은 모습을 클로즈업해서 찍은 사진도 많았다. 그렇게나 행복하게 웃고 있었는데.

부검 결과 여자아이의 사인은 탈수와 영양실조, 쉽게 말해 아사로 밝혀졌다. 사망 시점은 8월 2일경이었다. 아이들이 발견된 날은 8월 5일이니까 남자아이는 사흘 동안 홀로 시신 곁에서 지낸 셈이다. 다른 중대한 신체적 학대 흔적, 예를 들어 화상이나 골절의 흔적 등은 보이지 않았지만 그렇다고 평소에 학대가 없었다고 할 수는 없었다. 남자아이는 병원에서 치료를 받고 이제 대화를 나눌 수 있는 상태로 회복했지만 현재로서는 모든 질문에 입을 다문다고 했다. 몸은 쇠약해졌지만 심각한 후유증이 남을 염려는 없다는 사실만이 유일한 위안이었다.

"우선 당신 이름이 뭔지 말해줄래요?"

가라스마의 질문에 요시오카는 침묵으로 대답했다. 침묵이라기보다 무시였다.

"그럼 당신 아이들 이름은요?"

역시 대답하지 않았다.

"유야와 마히루, 맞죠? 벽에 붙어 있던 그림에 적혀 있더라고요. 한자는 무슨 자를 써요? 아니면 그냥 히라가나를 쓰나? 오빠와 동생이고 유야는 일곱 살이네요? 마히루는 몇 살이죠? 의사는 다섯 살 정도로 추정하던데."

일곱 살이면 초등학교 1학년이나 2학년이다. 그러나 집에 책가방은 없었고 유야가 학교에 다니는 흔적도 보이지 않았다. 인근 어린이집이나 놀이방을 탐문해도 유야와 마히루로 추정되는 아이의 정보는 얻을 수 없었다. 가라스마도 맨션 주민들을 찾아다니며 물었지만 아이의 존재를 눈치채지 못한 사람이 대부분이었다.

"7월 25일 아침에 당신 집에서 '죽어!'라고 소리 지르는 걸 들은 사람이 있어요. 그 후 집을 나가는 소리도. 그 사람, 당신이에요?"

가라스마는 잠시 말을 멈췄다가 다시 입을 열었다.

"같은 날인 7월 25일, 당신은 교제 상대인 스기우라 씨의 집으로 들어갔어요. 그날은 약속이 없었는데 갑자기 찾아왔다더군요. 그러고는 경찰이 찾아낼 때까지 계속 눌러살았죠. 그전까지만 해도 아무리 늦어도 자고 가지 않았기 때문에 집에 돌아가지 않아도 되냐고 스기우라 씨가 계속 물었다더군요. 그러자 당신은 돌아갈 수 없다고 대답했고요. '돌아갈 수 없다'니 무슨 뜻이죠?"

아이가 있다는 사실을 몰랐던 스기우라는 요시오카가 다른 남자와 사는 줄 알았다고 한다. 그래서 무슨 일이 있어도 꼬박꼬박 집으로 돌아간다고 생각했다. 그런데 그날부터 눌러앉자 남자에게 쫓겨나서 돌아가지 않는 줄 알았다고. 그래서 더는 캐묻지 않고 있고 싶을 때까지 있어도 된다고 했다.

"아이들은 홀로 키웠어요? 아이 아버지는요?"

살풍경한 취조실에 가라스마의 말만 점점 쌓였고 답답한 마음도 그만큼 늘어났다. 취조 내용을 기록하는 니시가 화가 치미는 얼굴로 요시오카와 가라스마를 쳐다봤다.

"당신이 말하지 않으면 마히루를 편히 보내줄 수 없어요."

부검은 만능이 아니다. 피의자나 피해자의 입에서 새로운 사실이 나오지 않는 한 시신을 화장할 수 없다. 그 자그마한 몸이 사건의 증거이기 때문이다.

요시오카의 눈동자에 처음으로 가라스마가 비쳤다. 그러나 그 눈에 깃든 감정을 읽기도 전에 가라스마는 곧바로 시선을 내리깔았다.

"다시 묻죠. 당신 이름은요?"

요시오카 미즈키는 가명이라고 가라스마는 확신했다.

이름 없는 여자는 다시 입을 다물었다.

체포한 지 닷새가 지나도록 그 여자는 여전히 요시오카 미즈키였다. 그 이름으로 송치도 됐지만 본명인지 아닌지는 여전히 밝혀지지 않았다.

연일 취조하는데도 이름 하나 알아내지 못하는 가라스마를 향한 비난이 날로 거세졌다. 특히나 조사관 자리를 빼앗긴 가미쿠라 경찰서의 수사관들은 비난 섞인 태도를 숨기지 않았다. 취조 방식이 미지근한 것 아니냐, 내가 대신 할까 면박을 주기도 했다. 시끄럽다며 일갈하고 싶지만 그 누구보다 스스로가 한심스러웠다.

한편 많은 수사 인력을 투입한 탐문의 성과도 신통치 않았다. 의도적이었는지 요시오카는 친하게 지낸 사람이 없었다. 개인적으로 교류하던 사람은 남사친구인 스기우라뿐이었고 그 스기우라도 출장 성매매 손님으로 만나 친해졌을 뿐 그녀를 잘 안다고 할 만한 사이는 아니었다. 인근 주민과는 거의 교류하지 않았고 슈퍼마켓이나 드럭스토어 점원이 얼굴을 아는 정도였다. 소아과를 포함한 병원에 다닌 흔적도 없었다. 스마트폰을 분석해도 나오는 것은 없었다. 요즘 젊은 여성들과는 다르게 SNS를 하지 않았고 인터넷 친구도 찾지 못했다.

검찰은 하루라도 빨리 신원을 확인하라고 무섭게 독촉했다. 상부도 안달복달했다. 이 사건은 대대적으로 보도되었기 때문에 한시라도 빨리 해결하지 않으면 경찰의 체면이 깎일 것이 분명했다. 언론에서는 '자칭 요시오카 미즈키 용의자'라고 출장 성매매 홈페이지에 실린 사진을 공개했다. 그러니 각 언론사는 정보를 얻으려고 자체적으로 움직이고 있을 터라

혹여 언론에 선수를 빼앗기면 차마 눈 뜨고 볼 수 없는 상황
이 펼쳐질 것이다.

그러한 상황에서 가라스마에게 새 임무가 주어졌다.

"입원 중인 피해자에게 다녀와. 관리관이 자네를 지목했
어."

하자쿠라 계장이 평소처럼 고지식한 태도로 말했다. 현경
에 채용된 시기는 같지만 나이는 가라스마가 한 살 더 많다.
하자쿠라는 대학 졸업 후에, 가라스마는 고등학교 졸업 후 일
반기업에 근무하다가 그만두고 경찰관이 됐기 때문이다.

"유야, 면회 허가 났어."

그 정도로 회복했다니 반가운 소식이었다. 흥분된 목소리
로 말하는 가라스마에게 하자쿠라는 냉정하게 대답했다.

"아동복지사도 동석해야 하고 본격적인 조사가 아닌 첫 대
면 인사 정도라면 괜찮다는 조건이 붙었어. 말수는 적지만 대
화에 응하기는 한다더군. 몇 가지 간단한 질문에는 대답하는
것 같아. 유야의 한자는 저녁 석夕 자에 밤 야夜 자. 동생 마히
루는 대낮이라는 뜻으로 참 진眞 자에 낮 주晝 자를 쓴다더군.
성이 무엇인지는 대답하지 않지만 유야의 나이는 일곱 살이
고 마히루는 다섯 살이라고 했어. 목이 마르다거나 춥다거나,
조금씩 자기가 먼저 말하기도 한 대."

"잘됐잖아! 좋은 소식이면 좋은 소식처럼 말해야지."

젊을 적부터 서글서글한 성격과는 거리가 먼 남자였다. 하자쿠라가 입을 벌리고 웃는 모습을 본 적이 없다. 그러다 보니 언짢아 보인다고 자주 오해를 받았다.

"유아의 대면 조사는 여러 차례 나눠서 기간을 두고 진행할 거야. 일정은 회복 상태를 봐야겠지만."

학대 피해 아동의 대면 조사는 기본적으로 여성 경찰관이 맡는다. 게다가 가라스마는 과거 생활안전부에서 오래 근무해서 관련 경험이 적지 않았다. 가급적 정신적 부담을 주지 않고 아이의 정확한 증언을 끌어내기 위해 사법면접법14 연수도 받고 있다.

가라스마는 정신을 가다듬었다. 상대는 상처받은 아이다. 그 상처는 눈에 보이지 않는 만큼 깊이를 헤아릴 수 없다.

가미쿠라시립병원은 시내 중심에 있어서 주차장은 거의 만차였다. 어디서 냄새를 맡았는지 피해자가 입원한 병원은 공개되지 않았는데도 언론 관계자 같은 사람들이 보였다. 가라스마는 그들의 눈에 띄지 않도록 일반 출입구가 아닌 응급환자 수송 출입구를 이용했다.

그때 복도 끝에 가라스마를 등진 채 어슬렁어슬렁 걸어가고 있는 경찰 제복이 보였다. 그 나른한 걸음을 보고 알아차

---

14   학대나 범죄 피해 아동이 겪은 사실을 그대로 진술할 수 있도록 부담을 줄여
     주고 암시나 유도를 자제하는 면접 기술.

렸다.

가노 라이타다.

뒷모습만 보고도 한눈에 알아본 스스로에게 놀랐다. 저 사람이 왜 이곳에 있을까. 가노는 현재 가미쿠라 경찰서 지역과에 소속되어 가미쿠라역 앞 파출소에서 근무한다. 신고를 받고 피해자인 두 아이를 발견한 사람은 바로 그였다. 그러므로 사건과 무관하지는 않지만 수사할 처지는 아니었다.

'다른 사건 때문에 왔나?'

그런 생각을 하는 사이에 엘리베이터 앞에서 마주쳤다.

"가라스마?"

가노도 알아보고 말을 걸었다. 가노도 임관 시기가 같고 하자쿠라와 동갑이었다. 이래저래 육 년 만에 보는 것 같았다. 기억에 남아 있던 모습보다 어느 정도 나이 든 티가 났지만 예전과 다름없이 마른 몸매에 경찰관치고 머리가 조금 길었다. 걸음걸이뿐 아니라 얼굴도 말투도 껄렁해서 경찰 제복을 입고서도 이렇게 미심쩍어 보이는 사람도 드물 것이다.

"오랜만. 지금 수사1과 소속인가?"

과거 일 따위 다 잊은 듯 태평한 태도에 점점 짜증이 일었다. 어쩌면 분노는 이미 흐릿해지지 않았을까 하는 생각도 들었는데 전혀 그렇지 않았다.

"왜 여기 있어?"

뾰족하게 묻자 가노는 '아이고 무서워라' 하는 듯 고개를

움츠렸다. 진심으로 겁먹지 않았다는 것은 심드렁한 얼굴만
봐도 알 수 있었다.

"그 아이의 상태를 보러 왔지. 하자쿠라가 면회 허가가 났
다고 하길래."

가라스마는 참지 않고 혀를 찼다. 하자쿠라가 면회 소식을
알려준 이유는 친절 때문만은 아니리라. 가노를 현경 형사로
복귀시키고 싶다고 언젠가 하자쿠라가 말한 적 있다. 수사 정
보는 가노의 마음을 부채질하려는 미끼였다.

과거 가노는 가나가와현경 수사1과 소속이었다. 취조가 특
기로 '자백 전문 가노'라는 별명까지 있었다.

그러나 육 년 전 가라스마와 하자쿠라도 수사에 참여한 살
인사건에서 용서받을 수 없는 실수를 저질렀다. 피의자가 가
혹한 취조를 버티지 못하고 자살한 것이다.

물증은 없지만 사건의 범인은 그 남자 말고는 있을 수 없었
다. 수많은 수사관이 발로 뛰어 정황증거를 모아 고지가 바로
눈앞에 있었다. 피의자 사망이라는 허무한 결말. 급기야 수사
과정에 문제가 있던 것 아니냐며 언론에서 의문을 제기해 오
인 체포 가능성마저 의심받았다. 가노는 수사관 모두의 노력
을 물거품으로 만들었을 뿐 아니라 억울함과 굴욕까지 안겨
준 셈이었다.

가노가 수사1과를 떠난 해, 데라오라는 한 선배 형사가 사
십 년 경찰 인생을 조용히 마쳤다. 경찰학교 시절 가라스마의

은사였는데 경찰로서 기틀을 잡아준 인물이자 한때는 파트너로 일한 사이기도 했다. 참담한 결과를 맞은 이 사건이 데라오의 마지막 사건이 됐다. 그는 그 사실을 한탄하지도 가노를 탓하지도 않았다. 앞으로는 취미로 새를 관찰하거나 소바 면을 뽑으면서 즐기며 살겠다고 밝은 모습으로 떠났을 뿐이다. 물론 퇴직 후에 어깨를 축 늘어뜨리고 술집에 앉아 있던 그의 모습을 본 적 있었다.

"면회 허가가 났다고 당신이 그 아이를 만날 이유도 그럴 필요도 없잖아."

"궁금하니까 그렇지."

"당신은 이제 형사 아니잖아. 수사에 관여할 자격이 없어."

피의자는 유치장에서 자살했다. 그 책임은 엄밀히 따지면 교도관이나 유치담당자가 져야 한다. 하지만 가노의 취조가 계기였던 것도 사실이다. 하자쿠라는 용서했을지 몰라도 가라스마는 용서할 수 없었다.

가라스마의 따가운 눈초리를 가노는 헤실헤실 받아넘겼다. 이런 점도 옛날과 다르지 않았다.

"수사 같은 거 안 해. 처음 발견해서 보호한 순경 아저씨로서 아이의 건강해진 모습을 잠깐 확인하고 싶을 뿐. 내 파트너도 계속 신경 쓰니까 내가 대표로 왔지."

엘리베이터가 도착했고 가노가 먼저 탔다.

"돌아가라고 했잖아."

"안 타?"

닫힘 버튼을 누르기 전에 가라스마도 어쩔 수 없이 올라탔다.

"우와, 무지 덥네. 이렇게 더우면 입초도 순찰도 귀찮다니까. 그런데 그렇게 불평하면 파트너가 자기가 대신하겠다고 하거든, 싫은 내색도 전혀 않고. 그러면 또 부탁한다고 말할 수가 없더라고 내가. 나 사실 보기보다 성실한 거 아닌가, 최근 들어 그런 생각이 들어."

그렇게 끔찍한 일을 당한 아이를 만나러 가면서도 가노는 전혀 긴장하지 않았다.

"어쭙잖은 짓 했다가는 이번에는 그 정도로 끝나지 않을 거야."

육 년 전 가라스마는 가노의 멱살을 잡았다. 어떻게 된 일이냐고, 한껏 추켜세워주니까 의기양양해서 벌인 짓의 결과가 고작 이거냐고. 그때만 해도 가노도 웃지 않았다.

"얼굴만 보고 바로 돌아갈 거야. 나는 어디까지나 순경이니까."

유야의 1인 병실이 있는 병동은 구석진 곳에 있어서 매우 조용했다. 리놀륨 복도에 자신과 가노의 구두 소리만 울려 퍼졌다.

병실에서 기다리던 아동복지사가 두 사람을 발견하고는 고개를 살짝 끄덕이며 인사했다. 야마우치라고 자신을 소개한 그녀는 베테랑 같았는데 유야에게는 할머니 연배였다.

"수사1과의 가라스마입니다."

"가미쿠라역 앞 파출소의 가노입니다."

마치 콤비처럼 자신을 소개한 가노를 보고 야마우치는 어머나 하고 놀란 듯 쳐다봤다.

"가미쿠라역 앞 파출소 분이라면 유야를 보호해 주신 분이죠?"

"맞습니다."

베테랑 아동복지사는 진지한 얼굴로 고개를 끄덕였다.

"그때에 비하면 이제 다 괜찮아 보일지 몰라요. 하지만 몸보다 마음이 회복하는 데 더 오래 걸리죠. 본인도 아픈지 모르고 지내다가 몇 년 후에 통증을 느끼는 경우도 드물지 않고요. 말씀드린 대로 오늘 바로 조사를 시작하지는 말아 주세요. 그리고 부디 언행을 조심해 주세요."

유야의 상태와 구체적인 주의사항을 들은 뒤 세 사람은 병실로 들어갔다.

유야는 침대에 앉아 있었다. 링거도 맞고 야위었지만 확실히 발견 당시 사진과 비교하면 몰라보게 회복한 모습이었다. 체구가 크지는 않지만 특별히 작지도 않기 때문에 만성적인 영양부족 상태는 아니었을지 모른다.

병실에 들어오기 전에 야마우치가 한 말을 제대로 이해할 수 있었다. 유야는 고개를 약간 기울이고 차가운 표정으로 이쪽을 물끄러미 응시했다. 얼어붙은 시선. 학대 피해 아동에게 흔히 나타나는 특징이었다.

침대 옆 협탁에는 병원에서 빌린 듯한 아동서적이 놓여 있었다. 심리 검사 결과 유야의 지능은 높고 진술 능력도 충분하다고 했다.

가라스마는 허리를 굽혀 유야와 눈높이를 맞췄다. 흰 피부와 수려한 이목구비는 어머니에게 물려받았을까. 동생 마히루도 그랬다. 가라스마는 억지스럽지 않을 정도로 부드러운 목소리로 말을 건넸다.

"안녕, 유야. 나는 가라스마 야스코라고 해. 경찰이야."

"아저씨는 가노 라이타."

"가노 씨는 유야를 구해준 경찰 아저씨야."

야마우치가 덧붙였다. 어렴풋이 본 기억이 나는지 유야의 얼어붙은 눈빛이 가노에게 쏟아졌다.

"유야는 몇 살이야?"

가라스마가 묻자 유야는 그녀를 바라본 뒤 야마우치를 바라보고, 또다시 가라스마에게 시선을 돌렸다. 겁먹었다기보다 경계하는 기색이었다.

"……일곱 살."

억양이 없는 딱딱한 목소리였다. 아이의 이런 어투는 들을 때마다 마음이 아프고 싫었다.

"그래, 일곱 살이구나. 생일이 언제야?"

"6월 3일."

"유야라니 멋진 이름이네. 한자로 쓸 수 있어?"

"응."

"대단하다. 성은 뭐야?"

하자쿠라도 말했듯 이 질문에는 대답하지 않았다. 배우지 않아서일 수도 있고 알려줘서는 안 된다고 배웠을 수도 있다.

긴장한 듯해도 예상보다 차분했다. 가라스마는 야마우치를 흘긋 쳐다본 뒤 한 걸음 더 내디뎠다.

"유야는 오빠지? 동생은……."

"마히루는 죽었어."

가라스마가 무언가 묻기 전에 유야가 툭 말했다. 당돌하고 단조로운 말투에 가라스마는 내심 움찔했다.

"……그렇지. 왜 그렇게 됐는지 어른들이 조사하고 있단다. 유야뿐 아니라 다른 사람들에게도 이야기를 듣고 재판해서 밝힐 거야. 유야도 집에서 있던 일이나 아는 것이 있으면 솔직하게 알려주겠니? 천천히 말해도 되니까."

이런 설명을 할 때는 매번 신경을 쏟는다. 비밀로 할 테니 가르쳐 달라고 거짓말할 수는 없고 지킬 수 없는 약속을 해서도 안 된다. 가해자인 어머니를 나쁘게 말해서도 안 된다. 중요한 점은 신뢰를 쌓는 것. 아이가 안심하고 증언할 수 있는 환경을 조성하는 일. 그러나 상대가 학대 피해 아동이면 그런 환경을 만들기까지 매우 어려웠다.

"오늘은 일단 유야에게 인사하러 왔어. 잘 부탁해. 유야도 우리에게 하고 싶은 말이나 궁금한 점이 있으면 언제든 말하렴."

금방 무언가를 알아낼 수 있으리라고 기대하지 않았다. 유야는 가노를 보고 야마우치를 봤지만 입을 열지는 않았다.

또 만나러 오겠다고 인사하며 가라스마는 가노와 함께 금세 병실을 나왔다. 복도까지 배웅하러 나온 야마우치에게 앞으로의 계획을 대략 확인했다. 유야의 컨디션에 따라 달라지겠지만 8월 20일경에는 퇴원할 수 있을 것 같다고 했다. 그후 유야는 가미쿠라 아동상담소의 임시 보호소에서 생활할 예정이다.

야마우치와 헤어져 엘리베이터를 탔다. 문이 닫히자 가라스마는 천장을 올려다보며 숨을 푹 내쉬었다. 가노가 없었다면 소리를 질렀을지도 모른다.

유야의 눈.

말투.

도저히 견딜 수가 없었다.

약속대로 가노는 병실에서 거의 침묵했다. 지금도 이곳에 왔을 때처럼 긴장감 없는 표정으로 층수 표시 화면을 올려다봤다. 생각에 잠긴 것 같기도 하고 아무 생각 없는 것 같기도 했다. 예전부터 표정이 없는 사람이었다.

자백 전문 가노. 가노의 과거 별명이 머릿속에 떠오르자 가라스마는 얼굴을 찌푸렸다. 이 남자라면 요시오카 미즈키의 입을 열 수 있지 않을까 생각하고 만 자신을 알아차리고 더욱 화가 났다.

"어제 유야와 만났어요."

그 말을 던졌지만 요시오카 미즈키는 여전히 아무 말도 하지 않았다. 언젠가 경찰이 유야를 만나리라는 예상은 했을 것이다. 그래도 완전히 반응하지 않을 수는 없었던 듯 흔들리는 눈빛을 가라스마는 놓치지 않았다.

"기운을 많이 차렸어요. 말을 걸었더니 대답도 하더라고요. 유야는 저녁 석 자에 밤 야 자를 쓴다던데. 이름을 왜 그렇게 지었어요?"

변함없이 대답하지 않았지만 가라스마는 개의치 않고 말을 이었다.

"유야 말이에요, 처음에는 입을 전혀 열지 않았다더라고요. 병원에서 모르는 어른들을 마주하고는 한동안 얼굴이 새파랗게 질리고 굳었대요. 어머니가 다른 사람들과 이야기하거나 다른 사람들 눈에 띄면 안 된다고 가르친 것 같다고 아동복지사가 그러던데, 맞아요? 당신은 아이의 존재를 숨겼잖아요."

요시오카는 시선을 내리깔고는 다시 손톱을 만지작거렸다. 매니큐어를 억지로 떼어내려고 신경질이 난 듯 보였다. 원래도 말랐던 몸인데 살이 더 빠졌다. 안색이 나쁘고 이마에 뾰루지가 났다.

"유야가 이제는 밥도 안 남기고 다 먹는대요. 하지만 잘 때는 악몽을 꾸는 것 같아요. 가위에 눌리고 가끔 이불에 실례도 한다던데. 게다가 마히루 일로 상처를 심하게 받은 것 같았어요. 당신 스마트폰에 있던 사진과 동영상을 봤는데 원래 그런 어투로 말하는 아이는 아니었을 텐데요. 마히루와 사이도 좋았죠?"

가라스마는 책상에 양 팔꿈치를 대고 상체를 내밀었다.

"말해 봐요. 유야와 마히루에게 무슨 일이 있었던 건지. 왜 그 아이들을 버려두고 갔는지. 당신은 도대체 누구인지."

또다시 침묵의 시간이 흘렀다. 반응이 없지는 않았다. 하지만 성과는 없었다.

지금까지 아이를 학대한 부모를 여럿 봤다. 울고 뉘우치는 사람이 있는가 하면 훈육이었다며 발끈하는 사람도 있었다. 그런데 요시오카는 어느 부류도 아니었다.

"왜 계속 입 다물고 있어요? 뭐 때문에? 도대체 뭘 숨기는 거예요?"

역시 대답은 없었고 가라스마는 머리를 거칠게 긁적였다.

'아, 머리 자르고 싶다.'

며칠 전에 미용실을 예약했는데 이 사건 때문에 취소했다. 예약을 다시 잡을 엄두가 나지 않는 가운데 하루하루 시간만 흘렀다.

그런 상황에 시민의 제보 덕분에 혈이 뚫렸다. 제보자는 현에 거주하는 회사원이었는데 언론에 보도된 사진 속 요시오카 미즈키가 자신의 고등학교 동창과 닮았다고 했다. 이름과 인상이 달라 확신할 수는 없지만 나이가 같은 점이 아무래도 마음에 걸려 고민 끝에 연락했다고 했다.

지금까지 몇 가지 제보가 들어왔지만 대부분 장난 전화거나 신빙성이 매우 떨어지는 내용이라 전혀 사건의 단서가 되지 않았다. 수사관도 별다른 기대 없이 제보자의 이야기를 들으러 가 고등학교 입학식 사진을 확인했다. 2011년도 사진이었는데 당시 고등학교 1학년이었다면 현재 스물셋이나 넷이다. 사진 속 소녀는 원래 몸이 약해서 자주 결석하다가 1학년 중간에 자퇴하는 바람에 이후 소식은 모른다고 했다.

그리고 수사관이 소녀의 본가를 찾아갔다가 놀라운 사실을 알아냈다. 소녀는 병 때문에 자퇴한 것이 아니라 실종된 것이었다. 고등학교 1학년이었던 2011년에 자취를 감췄고 이후 어디서 어떻게 지냈는지 아무도 몰랐다. 부랴부랴 확인해 보니 실종 신고도 접수되어 있었다. 가족들은 딸이 가출한 줄 알았다고 했다.

"이름은 마쓰바 미오리. 뉴스 해설자 마쓰바 오사무의 딸입니다."

수사회의장이 술렁였다. 엔터테인먼트는 오로지 연극이나 동영상 플랫폼만 볼 뿐 지상파 방송 프로그램은 좀처럼 보지 않는 가라스마도 마쓰바 오사무는 알았다. 육 년 전 살인사건

으로 피의자가 자살했을 때 인권을 내세워 앞장서서 경찰을
비판했던 사람이었다.

가라스마는 새로 배포된 자료에 실린 사진을 봤다. 교복을
입은 마쓰바 미오리는 확실히 요시오카 미즈키와 닮았다. 그
러나 미오리는 조금 더 통통하고 순진한 아가씨 같은 분위기
였다. 진주 같은, 아니, 훨씬 더 부드러운 솜털 같은 여자아이.

다음 날 아침 일찍 아버지인 마쓰바 오사무가 면회를 왔다.
가라스마도 그 자리에 입회했는데 여자들에게 인기가 있다는
소문이 수긍이 가는 외모였다. 머리가 벗겨지지도 않았고 배
도 나오지 않았으며 품위 있는 정장 차림에 점잖은 얼굴이었
다. 어머니는 건강이 좋지 않아 오지 못했다고 했다.

"딸, 맞는 것 같습니다."

오사무는 매직미러 너머로 오랫동안 피의자를 주시한 뒤
눈을 감고 쥐어짜듯 말했다. 그 말을 듣는 순간 가슴이 뻥 뚫
렸다. 요시오카를 조사한 이래 처음으로 제대로 숨을 쉬는 기
분이었다. 아니, 이제 요시오카 미즈키가 아니다. 마쓰바 미
오리. 드디어 알아냈다.

마쓰바 오사무는 그대로 임의 조사에 응했다고 한다. 수사
1과 선배인 하라다가 나서서 맡았다. 승진 시험 공부를 할 시
간이 있으면 그 시간에 사건을 하나라도 더 해결하는 편이 낫
다고 습관처럼 말할 정도로 눈앞의 성과에 집착하는 인물이
었다. 끼어들지 않는다는 조건으로 가라스마도 동석했다.

오사무는 현재 64세. 지방 농가의 셋째 아들로 태어나 장학금을 받으며 도쿄대에 진학. 졸업 후에는 종합상사에서 근무하다가 현의회 의원의 비서가 됐다. 그리고 그 의원의 외동딸인 마쓰바 도코와 결혼해 데릴사위로 들어갔으며, 그 후 아들 유타카와 딸 미오리를 얻었다. 후에 장인의 지역 기반을 계승하며 현의회 의원에 당선. 3선 임기 중 퇴임한 뒤 요코하마 시장 선거에 출마했지만 낙선했다. 이후에는 뉴스 해설자로 변신했다.

"반드시 인권을 존중할 테니 안심하세요, 선생님."

우선 육 년 전 경찰을 비판한 오사무에게 복수한 하라다는 요시오카 미즈키라고 보도된 사진을 책상 위에 놓았다.

"당연히 이 사진을 보신 적 있겠죠. 선생님이 고정 출연하시는 방송에서도 여러 번 보도됐으니까요. 이런저런 의견을 말씀하신 것 같던데 따님인 줄은 모르셨습니까?"

"닮았다는 생각은 했어요. 하지만 살이 많이 빠지고 얼굴과 분위기가 달라진 데다 이름도 달랐으니까요. 게다가 자식 일은 집사람에게 모두 맡겼기 때문에 제 기억에 자신이 없었습니다."

"이해합니다. 저도 딸 얼굴은 눈코입 개수밖에 모르거든요. 만약 피의자 얼굴이었다면 코털 수까지 기억하겠지만요."

오사무는 비아냥에도 농담에도 반응하지 않았다. 하라다는 경멸하듯 납작코를 씰룩거렸다.

"딸이 실종됐을 때 상황을 말씀해 주시죠."

훌륭하게 재단된 정장 가슴팍이 살짝 부풀었다가 꺼졌다. 오사무는 상의 안주머니에서 갈색 편지 봉투 하나를 꺼내 조금 전 하라다가 올려놓은 사진 옆에 놓았다. 일반 편지 봉투 크기로 요코하마 주소와 받는 사람에 '마쓰바 오사무 님'이라고 인쇄되어 있었다.

"이게 뭐죠?"

"딸이 실종되기 이틀 전에 받은 겁니다. 내용을 보시죠."

하라다가 봉투에서 꺼낸 것은 세 번 접은 흰 종이였다. 종이를 펼치자마자 하라다의 미간에 깊은 주름이 잡혔다.

"……마쓰바 미오리를 납치했다. 23일 아침까지 천만 엔을 준비하라. 경찰에 신고하지 말라."

가라스마는 저도 모르게 입을 열었다가 하라다의 눈총을 받았다. 하라다는 그 눈빛을 그대로 돌려 오사무를 쳐다봤다.

"따님이 가출한 게 아니라 납치당한 겁니까?"

"순서대로 말씀드리겠습니다."

오사무는 차근차근 설명했다. 협박 편지를 들고 올 때부터, 대질 요청을 받을 때부터 이미 각오했을 테고 애초에 이 이야기를 할 생각으로 왔을 터다.

"그러니까 미오리 씨는 되돌아온 뒤에 스스로 자취를 감췄군요. 납치된 뒤 돌아오지 않은 것이 아니라."

"네. 병원 CCTV에도 스스로 빠져나가는 모습이 찍혔습니다. 그 뒤 행방은 몰랐지만."

"오사무 씨는 실종 신고를 할 때도 납치사건은 숨겼다는 말씀이군요."

하라다의 콧김에 마쓰바 미오리의 사진이 날아갔다. 오사무는 미오리의 안전을 우선시했고, 선거운동 중 행실에 문제 있는 딸에게 세간의 이목이 집중되는 것을 피하고 싶어서 경찰에 신고하지 않았다고 밝혔다.

"훌륭하신 분은 참 피곤하시겠네요. 그러면 가족과 비서 말고 납치사건을 아는 사람은 아드님 대신 몸값을 전달한, 음…….."

"고즈카 아사히."

"그 고즈카 아사히뿐입니까?"

"네. 그 사람도 입단속 시켰습니다."

오사무는 고통을 참듯 눈을 가늘게 떴다.

"사실 저는 그 납치가 자작극 아니었나 싶습니다."

"자작극이요? 미오리 씨가 꾸민?"

"정황상 공범은 있었겠지만."

"짚이는 사람이 있습니까?"

"아니요. 미오리의 교우관계에 대해 우리 가족이 아는 바는 전혀 없습니다. 자퇴 수속을 밟을 때 단짝 친구는 없느냐고 무심코 담임선생님께 물었는데 미오리는 늘 혼자였다더군요."

"그럼 아이들의 아버지에 대해서는 역시 짐작 가는 바가 없으십니까? 눈치채셨겠지만 미오리 씨가 실종된 시점이 2011년 11월 23일이라면 그 시점에 아들을 임신하고 있었던 셈입니다. 그 아이는 이번 사건으로 경찰에서 보호하고 있습니다."

"……모르겠습니다."

오사무의 목젖이 크게 오르내렸다. 존재조차 몰랐다고 하지만 그에게는 손자였다.

"지금 생각해 보면 그때 그 선택이 중요한 갈림길이었을지도 모르겠네요. 처음부터 경찰에 신고했다면 미오리는 아마 체포됐겠죠. 돈을 손에 넣지도 자취를 감추지도 않았을 겁니다. 몰래 아이를 낳고 학대하다가 목숨을 빼앗지도 않았을 거고요. 내 잘못된 선택이 딸의 인생을 망쳤다는 생각에 후회스러워 견딜 수 없습니다."

그 말에 거짓은 없어 보였다. 하지만 만약 그 시점에 미오리를 저지했다면 과연 오사무는 딸이 아이를 낳도록 허락했을까.

"잠깐 쉬었다가 미오리 씨의 성장 과정을 들을 수 있을까요? 그리고 이 협박 편지는 저희가 맡겠습니다."

오사무를 향한 하라다의 눈빛에 동정은 없었다.

오사무는 하라다의 말에 동의하며 내리깔았던 눈을 들었다.

"형사님, 한 가지 궁금한 게 있습니다. 보호 중인 남자아이의 이름이 뭔가요? 사망한 여자아이 이름은 언론에 보도됐는데 남자아이의 이름은 공개되지 않아서."

"유야입니다. 저녁 석 자에 밤 야 자를 쓴다더군요. 아이가 한 말일 뿐 확인된 사실은 아니지만."

"유야."

이름을 곱씹듯 입에 올린 오사무는 세월이 순식간에 덮친 듯 나이 들어 보였다.

"……사망한 여자아이의 사진을 봤습니다. 어릴 적 미오리와 똑 닮았더군요."

"마쓰바 미오리 씨."

가라스마가 부르자 어제까지 요시오카 미즈키였던 여자의 얼굴이 딱딱하게 굳었다.

"생년월일 1996년 3월 18일. 아버지 마쓰바 오사무, 어머니 마쓰바 도코, 오빠 마쓰바 유타카까지 네 가족이었고. 본가는 요코하마, 가마쿠라의 사립 레이메이칸 학교에 다녔지만 고등학교 1학년 열다섯 살에 자퇴. 2011년 11월 23일 실종. 호적을 확인했는데 결혼한 적은 없고 아이도 없더군요. 이게 어떻게 된 일이죠?"

몸이 경직된 미오리의 목둘레선 안으로 잡아서 떼어낼 수 있을 것만 같은 쇄골이 보였다. 미오리는 잔뜩 날이 서서 경계하는 길고양이 같은 두 눈으로 상대가 어디까지 아는지 탐색했다. 얼굴 자체는 고등학생 시절과 똑같지만 역시 그 시절과는 다른 사람이었다.

다만 마쓰바 부부가 자신들의 자식인 줄 몰랐다는 말에 수사관 대부분은 황당해하거나 분노했다. 사실 알고 있었는데 모른 척한 것 아니냐고 의심하는 사람도 있었다. 사실이야 어떻든 마쓰바 집안이 극단적으로 체면을 중시한 것은 사실인 듯했다. '그 부모에 그 자식'이라는 말도 여기저기서 들렸다.

"당신 아버지에게 들었어요. 가족과 사이가 좋지 않아서 가출한 건가요??"

미오리는 여전히 탐색하는 눈빛으로 대답하지 않았다. 뾰루지가 난 이마에 희미하게 땀이 배었다.

"실종 후 가마쿠라로 옮겨와 살기까지 팔 년 동안 어디서 어떻게 지냈습니까? 유야도 마히루도 그사이에 태어났는데 두 사람의 아버지는? 어떻게 살았어요? 돈은 어떻게 벌었고요? 아이들은 어떻게 키웠어요?"

그 기간의 행적에 대한 수사가 즉시 시작됐다. 마쓰바 미오리라는 인물을 알기 위해 신상과 생활 이력 조사는 빼놓을 수 없었다. 또 아이를 포기한 적은 이번뿐인지, 아니면 다른 학대까지 포함해 상습적으로 벌어진 일인지도 파악해야 했다.

"미오리 씨는 실종 전에 납치사건에도 연루됐죠?"

그 순간 미오리는 그 어느 때보다 뚜렷한 반응을 보였다.

눈꺼풀이 움푹 들어간 눈을 굴리며 날카롭게 쏘아보다가 꾹 다물렸던 입술 사이로 낮은 목소리를 내뱉었다.

"······그게 무슨 소리야."

가라스마는 침착하라고 스스로를 다잡았다.

"그 건도 함께 수사하게 됐어요."

비록 납치 자작극이었지만 겉으로 보이는 사실은 몸값을 노린 납치사건이다. 다른 사건까지 수사를 확장하면 기존 수사에 차질을 빚을 우려도 있지만 검찰과 협의한 결과 납치사건도 함께 수사한다는 방침을 세웠다. 담당 검사는 학대를 엄벌해야 한다고 생각하는 사람으로 마쓰바 미오리를 발가벗겨 되도록 높은 형량을 구형하려고 작정한 듯했다.

미오리는 명백히 동요했다. 처음으로 가라스마가 우위에 선 순간이었다.

"첫 번째 질문으로 돌아가죠. 유야와 마히루의 호적은 어떻게 된 겁니까?"

"······없어요."

미오리는 잠시 침묵한 뒤 가라스마를 노려보며 대답했다. 가라스마는 격해지는 마음을 감추며 미오리의 눈 속에 숨은 진실을 찾아내려고 눈을 부릅떴다.

"없다고요?"

"그 아이들은 존재하지 않는 아이들이니까. 태어나지 않은 아이들이니까."

저도 모르게 미간에 힘이 들어갔다. 그 가능성도 짐작하기
는 했지만.

"출생 신고 안 했어요?"

출생 신고를 하지 않았다면 호적은 없다. 행정상 아이들은
태어나지도 존재하지도 않는다. 게다가 미오리는 아이가 있
다는 사실을 아무도 모르게 숨겼다.

존재하지 않는 아이.

그 말을 끝으로 미오리는 다시 입을 닫았다.

3

백일홍 가지가 묵직하게 늘어진 모습을 보면 여름이 다 끝
나가는구나, 라고 생각한다.

아동양육시설 '호른'의 운동장에는 진분홍색 꽃을 피운 커
다란 백일홍 나무가 있는데 치나쓰가 이곳에 처음 왔을 때도
이런 풍경이었다.

10월 무렵까지 피는 꽃이라고 초등학교 도서실에서 본 도
감에 적혀 있었지만 작년에는 9월 초에 져 버렸고 올해도 벌
써 시들했다. 몇몇 아이들이 분수처럼 퍼진 가지를 툭툭 치거
나 잎이 떨어져 매끈해진 줄기에 오르지 못할지도 모른다. 아
니면 백일홍 자체가 언제까지 피어 있는지 잊어버렸을지도.

아빠처럼.

아빠는 자주 깜빡깜빡 잊는다. 치나쓰와 언니의 수업 참관을 잊거나 공장에 일하러 가는데 도구 한 세트를 통째로 잊고 가거나 방금 말한 이야기나 본 지 얼마 안 된 TV 내용을 잊었다. 요리하다가 잊고 잠들어서 작은 불이 난 적도 있다.

급기야 작년 여름, 직장 동료들과 술을 마시다가 치나쓰와 언니를 잊었다. 치나쓰 자매는 둘이서 컵라면을 먹고 둘이서 목욕하고 둘이서 이불을 깔고 잤다. 다음 날 아침에도 역시 둘이서 토스트를 먹고 둘이서 아파트를 나와 학교에 갔다.

아빠의 건망증은 병 같은 것이라고 했다. 아동상담소 사람이 와서 아빠 홀로 아이들을 키우기 어렵다고 판단했다. 초등학교 4학년이었던 언니는 할아버지와 할머니 집으로 보내졌지만 2학년이었던 치나쓰는 호른에서 지내게 됐다. 어째서 치나쓰까지 데리고 가지 않았는지는 모른다.

그로부터 일 년.

언니는 가끔 편지를 보냈다. 머리가 자라 포니테일로 묶을 수 있게 된 일이나 전학 간 학교에서 배드민턴 동아리에 들어간 일을 귀여운 일러스트가 그려진 편지지에 알록달록하게 적어 보냈다. 치나쓰도 부지런히 답장을 썼다. 미술 동아리에 들어간 일, 호른에서 나오는 카레가 아빠가 만든 카레와 비슷하다는 이야기, 지도원 선생님이 데리고 온 문조 이야기, 매주 다 함께 보는 드라마 이야기 등을 써서 보냈다.

하지만 한 번도 언니를 만나지는 못했다. 아빠는 가끔 만나러 왔지만 자주 오지는 않았다. 병이 낫지 않았는지 약속한 날짜를 종종 잊기도 했다.

갑자기 운동장이 소란스러워져서 놀던 아이들이 문으로 달려갔다. 치나쓰는 거실 창문으로 멍하니 밖으로 바라보고는 아주 조금 마음이 무거워졌다.

제복을 입은 경찰 아저씨 두 명이 문으로 들어왔다.

한 사람은 나이가 많아 보이는 가노. 다른 한 사람은 젊은 쓰키오카였다.

가끔 순찰하러 오는 두 사람은 모두에게 인기가 많았다. 다들 가노는 '가노', 쓰키오카는 '밋짱'이라고 부르지만 치나쓰는 그렇게 불러본 적 없다. 애초에 이야기를 나눈 적도 거의 없다. 두 사람의 주위가 너무 시끌벅적해서인지 왠지 모르게 겁이 났다.

그런 성격을 '내성적'이라고 한다고 언젠가 언니가 가르쳐 줬다. 하지만 단지 그 이유뿐만 아니라 경찰이 아빠에게 면박을 주는 장면을 몇 번인가 본 탓도 있지 않을까, 치나쓰는 생각했다.

"치나쓰, 잠깐 괜찮니?"

선생님이 부르는 소리에 돌아봤다. 그런데 그 옆에 처음 보는 남자아이가 있어서 긴장감에 어깨를 움츠렸다.

치나쓰는 모르는 사람과 잘 대화하지 못한다. 그래서 학교에서는 항상 어울리는 친구들과만 어울리고 호른에서는 이렇

게 혼자 있는 시간이 많았다. 이곳에서 가장 친한 친구는 티엔
이지만 티엔과 가장 친한 친구는 치나쓰가 아니다. 티엔은 지
금 다른 여자아이들과 함께 가노의 제복 소매를 잡아당겼다.

"이 아이는 마쓰바 유야야. 오늘부터 함께 지낼 거란다. 유
야는 일곱 살이니까 치나쓰가 두 살 누나네. 학교도 함께 다
닐 테니 이것저것 잘 가르쳐주렴."

치나쓰는 어떻게 해야 좋을지 몰라 쭈뼛거렸다. 내가 어떻
게 타인에게 무언가를 가르친다는 말인가. 게다가 유야는 치
나쓰를 피하듯 눈을 맞추려고 하지 않았다. 비 내리는 밤처럼
어두운 눈이었다. 내리깐 속눈썹은 길어서 흰 뺨에 그림자가
드리웠다.

"아, 안녕."

용기 내어 말을 걸었지만 대답은 없었다. 유야는 치나쓰의
목소리가 들리지 않는 사람처럼 시선을 피한 채 가만히 서 있
었다.

치나쓰는 당황해서 창가에 나란히 놓인 문조 새장 두 개를
손가락으로 가리켰다. 각각 한 마리씩 들어 있었다.

"저거, 문조야. 선생님이 집에서 기르다가 데리고 오셨어.
남매인데 오빠는 길, 동생은 앤이야."

유야가 문조를 쳐다봤다. 그러나 곧바로 고개를 돌리고는
한마디 말도 없이 거실을 휙 나가 버렸다. 그 때문에 치나쓰
는 완전히 기가 죽어서 유야를 붙잡지도 뒤쫓지도 못했다.

하지만 계속 마음이 쓰여서 저녁 식사 때 다른 아이들이 유야를 둘러싸고 질문을 퍼붓는 모습을 흘끔거리며 살폈다. 유야는 대답하지 않았다. 나만 무시당한 것이 아니라는 사실을 알고 안심했지만 아이들이 화를 낼까 봐 이내 조마조마했다.

"아이를 버리고 갔다는 사건의 생존자가 너라는 게 진짜야?"

중학생 스바루가 경박하게 물었다. 치나쓰는 금방 의미를 파악하지 못했지만 말 뜻을 이해하자마자 심장이 요동쳤다.

그 사건이라면 치나쓰도 안다. TV에서 몇 번이나 봤고 인터넷에도 많이 나온다고 치나쓰보다 나이 많은 아이들이 말했다. 어머니가 두 아이를 며칠이나 집에 방치해서 다섯 살짜리 여자아이가 굶어 죽은 사건이었다. 남자아이는 살아남았다던데 그 아이가 바로……?

"선생님들이 몰래 하는 이야기 들었어. 죽은 여동생과 며칠 동안 같이 있었다며?"

식당은 금세 시끄러워졌다. 선생님들이 "조용히 하세요, 자리에 앉으세요"라고 소리쳤다.

스바루는 호기심에 물었을 뿐 악의는 없었을 것이다. 난폭한 구석은 있지만 천성이 착해서 어린아이들에게 축구나 철봉을 가르쳐주기도 하고 가끔 선생님들의 어깨를 안마해 주기도 한다. 문조를 돌보는 일도 누구보다 열심이었다. 치나쓰는 거의 어울린 적 없지만 남자아이들 사이에서는 의지할 수 있는 리더 같은 존재였다.

그때 돌연 유야가 식기를 손으로 쓸어버렸다. 스바루를 비롯한 몇몇 아이가 뜨거운 된장국을 뒤집어쓰고 비명을 질렀다. 어린아이들은 깜짝 놀라 일제히 울음을 터뜨리며 순식간에 난장판이 됐다.

선생님이 스바루와 아이들의 옷을 벗기려고 정신없는 가운데 유야가 그 옆을 슥 빠져나갔다. 상황을 수습하기 벅찬 선생님들은 유야를 뒤쫓을 여유가 없었다.

치나쓰는 허둥지둥 식당을 나갔다. 왜인지 자신 탓 같았다. 날뛰는 심장이 제자리에 착지하지 못하고 두근거렸다.

희미하게 보이던 뒷모습을 쫓으니 컴컴한 세탁실에 유야가 있었다. 세탁실 안쪽 구석에 무릎을 끌어안고 웅크리고 있었다. 치나쓰는 입구에 못 박힌 듯 섰다. 순간 뒤쫓아왔지만 어떻게 해야 좋을지 몰랐다. 오늘 하루 한마디도 나누지 못했는데.

유야가 고개를 들어 치나쓰를 쏘아봤다. 어둠 속에서도 두 눈이 형형했다. 흠칫한 순간 준비하지도 않은 말이 멋대로 튀어나왔다.

"나, 나도 있어. 버려진 적."

말하고 나서 몸이 딱딱하게 움츠러들었다. 유야의 사건이 화제에 오를 때마다 늘 이랬다. 치나쓰는 두 손으로 바지 허벅지 부분을 꽉 쥐었다.

"그때 아빠는 나랑 언니를 잊어버렸어. 그런 병이래. 그래서 같이 못 살아."

유야는 비 내리는 밤 같은 눈으로 치나쓰를 가만히 바라봤다.

"……언니가 있어?"

처음으로 목소리를 들어 깜짝 놀라는 바람에 대답이 늦었다.

"아, 응."

"여기 있어?"

"아니, 언니는 할아버지 집에 있어."

"언니만? 왜?"

"나도 몰라. 너는 할아버지나 할머니가 있어?"

"없어."

유야의 말은 짧았다. 게다가 말에는 억양이 거의 없었다. 사람들과 대화하는 것이 익숙하지 않은 느낌이 들었다. 표정도 거의 변하지 않았지만 이제 치나쓰를 노려보지는 않았다.

치나쓰는 세탁실 안으로 머뭇머뭇 걸음을 옮겼다. 뛰어오른 채 허공에 매달렸던 심장은 제자리로 돌아왔고 어느새 소리도 느껴지지 않았다.

4

호른은 가미쿠라시에 있는 유일한 아동양육시설이다. 가라스마는 자동차 조수석에 앉아 담벼락에 그려진 알록달록한 하늘을 바라봤다. 무지개도 비행기도 모두 페인트가 벗겨진 상태였다. 개설된 지 몇 년밖에 지나지 않아 비교적 새로운 시설이라던데 건물은 상당히 오래된 듯했다. 폐원한 유치원 건물을 개축해 사용하고 있다고 들었는데 철봉이나 정글짐 등 놀이기구 몇 개도 그대로 넘겨받은 듯했다. 이 시설에는 현재 네 살부터 열일곱 살까지 총 서른네 명의 아동이 지낸다고 한다.

이틀 전에 유야가 그 서른네 명째 아이가 됐다. 가미쿠라시립병원을 퇴원한 뒤 바로 입소한 것이다.

유야의 아버지가 어디 사는 누구인지는 아직 밝혀지지 않았다. 할아버지인 마쓰바 오사무는 몰려오는 취재진 때문에 안전하지 못하다는 점과 아내의 건강이 좋지 않다는 이유로 유야를 거두기를 거부했다. 외삼촌인 유타카는 외국 유학 중이라 맡을 수 없다고 했다. 다른 친척도 마찬가지였다. 이러한 경우 보통 맡아줄 가정이 결정될 때까지 두 달 정도 아동상담소에서 대기하고 그 기간에는 학교를 포함해 어디든 외출할 수 없다. 그러나 호적이 없는 데다 여동생의 시신과 사흘 동안 함께 지냈다는 유야의 특수한 상황을 감안해 경찰은 이례적으로 대처했다. 하루라도 빨리 안정된 환경에서 지내는 것이 급선무였던 것이다.

주차장에 차를 세우고 정면 현관 앞으로 가자 운동장에서 놀던 아이 몇 명이 재빠르게 알아차리고 모여들었다. 그 속에 유야는 보이지 않았다. 아이들은 호른에 처음 방문한 가라스마와 니시에게 낯을 가리지 않고 말을 걸었다.

"아줌마는 누구예요?"

"누구네 아빠나 엄마예요?"

"여름방학이니까 데리러 왔어요?"

아동양육시설 자체를 처음 방문하는 니시는 몹시 놀랐다. 옷이나 몸에 찰싹 달라붙는 아이들 때문에 당황했다. 니시는 세 아이의 아버지지만 역시 그것과는 또 다른 듯했다.

조카들의 어린 시절이 떠올랐다. 조카는 가끔 얼굴을 마주쳐도 어머니 무릎 뒤에 숨어서 인사도 제대로 못 했다. 그러고 보니 며칠 전 올케가 또 놀러 오라며 보낸 메시지를 잊고 있었다. 항상 조금 어질러져 있는, 알록달록하고 시끌벅적한 집. 두 시간이나 머무르면 으레 정적과 자유가 그리워지지만 역시 조카는 귀여웠다. 그 아이들이 학대당하는 상상만 해도 가슴이 미어지는데 하물며 죽는다니.

"아줌마는 경찰이야."

가라스마가 말하자 반응이 한꺼번에 쏟아졌다.

"순찰해요?"

"왜 경찰복을 안 입었어요?"

"가노랑 밋짱은요?"

겹치는 목소리 사이로 가노의 이름을 듣고는 반사적으로 적의와 경계심이 안테나를 세웠다. 이곳은 가미쿠라역 앞 파출소 관할인가.

"가노가 여기에 자주 오니?"

"네."

"언제부터?"

"으음, 모르겠는데. 옛날부터 왔어요."

수사관도 아닌 주제에 멋대로 들쑤시고 다니는 것은 아닐까 의심이 들었지만 유야의 사건 때문에 찾아오는 것은 아닌 모양이다.

직원들이 나와 아이들을 운동장으로 돌려보냈고 가라스마와 니시는 면회실로 안내받았다. 원래 부모와 아이가 면회하는 공간으로 사용되는 그 방은 따스한 색상으로 꾸며져 검은 바지 정장을 입은 자신과 어울리지 않는 것 같았다.

그 방에는 한 청년이 있었는데 문이 열리자마자 자리에서 일어나 고개를 숙였다.

"아동복지사 다치카와 신지입니다. 마쓰바 유야를 맡고 있습니다."

연락은 주고받았지만 직접 만나는 것은 처음이다. 아직 서른이 되지 않은 듯 보였다. 깔끔한 이목구비에 눈매가 시원한 얼굴이었다.

원래 유야의 담당복지사는 베테랑인 야마우치였다. 하지만 이번 건은 이례적으로 대응이 빠른 데다 수사기관과의 조정 등 업무도 많아서 가뜩이나 맡은 일이 많고 나이도 많은 그녀에게 부담이 된다는 이유로 담당자가 변경되었다.

때마침 마쓰바 미오리의 신원이 밝혀진 직후였기 때문에 유야를 맡아줄 가족에게 연락하는 역할도 다치카와가 맡았다. 다치카와 역시 담당 업무가 많았지만 본인이 이 일을 맡고 싶다고 자원했다고 한다. 애써 시간을 내 유야를 찾아갔고 간호사와 지도원에게 부지런히 상태를 확인하는 것 같았다. 담백한 외모와 차분한 말투와 달리 열의가 대단한 사람이었다.

"수사1과의 가라스마입니다."

"수사1과 니시입니다."

명함을 주고받은 뒤 대면 조사 내용과 진행 방식에 대해 최종 확인을 하면서 기다리는데 지도원이 유야를 데리고 왔다.

우선 그 모습에 놀랐다. 음식을 남기지 않고 먹는다고는 들었지만 병원에서 만났을 때보다 살이 붙어 훨씬 건강해 보였다. 걸음걸이는 주춤주춤했지만 위태로운 기색은 없었고 타치카와 옆자리에 스스럼없이 앉았다. 결코 밝은 표정은 아니었다. 굳은 얼굴로 눈을 치켜뜨고 가라스마와 니시를 살폈다. 그래도 전에 만났을 때는 얼어붙어 있던 그 눈에서 긴장, 불

안, 경계 같은 감정을 얼마쯤 읽을 수 있게 된 것만으로도 진
전이 있다고 생각했다.

"안녕. 어젯밤에 잠은 잘 잤니?"

다치카와의 쾌활한 질문에 유야의 몸이 한층 더 굳었다. 가
라스마와 니시에게서 시선을 떼지 않은 채 아무리 구슬려 봤
자 그 방법에 넘어가지는 않겠다는 듯이.

"……한 번, 깼어요."

"왜 깼니?"

"까먹었어요."

어젯밤 유야가 비명을 지르며 잠에서 벌떡 깬 일은 이미 들
었다. 비몽사몽 중에 마히루를 찾으러 돌아다녔다고 한다.

"안녕, 유야. 우리 전에 병원에서 만났는데, 기억나니?"

가라스마도 말을 걸자 유야가 의견을 묻듯 다치카와를 쳐
다봤다. 신뢰까지는 아니지만 그와 비슷한, 언젠가 그렇게 될
지도 모르는 감정이 동그란 눈망울에 나타났다.

"기억하니?"

다치카와가 되물었다.

"……경찰."

"그래, 기억한다니 기쁘구나. 가라스마 야스코라고 해. 여
기 이 아저씨는 같은 경찰인 니시 아저씨야."

포근한 느낌이 나는 목제 테이블에 노트를 펼친 니시가 "안
녕?"하고 웃었다. 가라스마는 유야를 안심시키려고 더욱 짙

게 웃었다. 우리는 네 편이라고 말하고 싶었다.

"전에 말했듯 우리는 마히루가 왜 세상을 떠났는지 조사하고 있단다. 오늘은 유야와 마히루와 엄마가 평소에 어떻게 지냈는지 들려줄 수 있을까?"

유야는 다시 다치카와를 쳐다보고 나서 매우 조심스러운 표정으로 고개를 끄덕였다.

"그럼 엄마는 어떤 사람이야?"

아이가 자유롭게 말할 수 있도록 열린 질문법을 이용했다.

"상냥한 사람."

조금 시간이 흐른 뒤 유야가 대답했다. 그저 가장 정확한 표현을 찾고 있었을까, 아니면 어떻게 대답해야 정답일지 생각했을까. 어느 쪽이든 해당할 수 있는 시간차였다.

"어떤 점이 상냥한데?"

"항상 우리를 돌봐주고 여러 가지 이야기를 해주니까."

"이야기? 어떤 이야기인데?"

"기사가 거인과 싸우거나 마법의 말을 타고 우주에 가는 이야기요."

"오호, 재미있겠네."

세 가족이 지내던 집에 붙어 있던 그림을 떠올렸다. 기사 그림이 있었다. 공주님 그림도. 기사의 모험담 같았는데 가라스마는 떠오르는 동화가 없었고 아이가 있는 니시도 마찬가지 같았다. 미오리가 지어낸 이야기일까?

"엄마는 유야와 마히루에게 밥을 지어줬니?"

"네."

"엄마가 만들어준 밥 중에 뭐가 제일 좋아?"

"햄버그스테이크."

"나도 햄버그스테이크 정말 좋아하는데. 엄마가 만들어준 햄버그스테이크 맛있어?"

"네."

"밥은 하루에 몇 번 먹었어?"

"세 번. 아침, 점심, 저녁."

"항상 셋이서 함께 먹었니?"

"엄마는 아침 안 먹어요. 일 갔다가 돌아와서 우리 밥만 만들어주고 자요."

"저녁은 너희와 같이 먹고 일하러 가셨니?"

"네."

"그럼 엄마가 일하러 갔다가 돌아올 때까지는 유야와 마히루 둘이서만 집을 봤니?"

돌아가는 형세가 이상하다고 느꼈는지 유야는 입을 다물었다. 눈빛에 서린 경계의 빛이 짙어졌다. 학대 피해 아동 대부분은 어른의 눈치를 보는 데 익숙하지만 유야는 더욱 예민한 편인 듯했다.

가라스마는 밀어붙이지 않고 재빨리 질문을 바꿨다.

"엄마랑 동생이랑 셋이서 쇼핑하러 가거나 밖으로 놀러 나간 적 있니?"

유야는 답하지 않았지만 그 침묵이 대답이었다. 미오리는 아이들의 존재를 숨겼다. 아동복지사의 추측이 맞는다면 다른 사람의 눈에 띄지 말고 대화도 나누지 말라고 아이들을 잡도리했을 것이다. 외출은커녕 집에서도 숨을 죽이고 살았겠지. 어린아이에게 가혹한 일이었다.

"엄마한테 혼난 적 있어?"

"……네."

"왜 혼났어?"

"내가 나쁜 짓을 해서요."

"나쁜 짓이라니 그게 뭔데?"

침묵.

"그때 엄마한테 맞거나 아픈 일 당하지는 않았니?"

또다시 침묵. 유야는 고개를 숙였다. 얼굴이 닮은 탓도 있어서 엄마인 미오리와 마주하고 있는 기분이었다. 유야와 마히루의 출생 신고를 하지 않았다는 사실을 고백한 이후 미오리는 다시 침묵으로 되돌아갔다.

"유야의 집에는 책이나 장난감이 있지? 평소에 어떤 놀이를 하고 놀았어?"

다시 질문을 바꾼 순간이었다. 유야가 느닷없이 새된 소리를 질렀다. 동물이 내는 듯한 기이한 소리는 길게 이어지며 고막을 파고들 것만 같았다.

"유야."

등을 어루만지려던 다치카와의 손을 유야가 힘껏 뿌리쳤다.

"시끄러워, 시끄러워, 시끄러워! 꺼져, 나가라고!"

가라스마는 얼떨떨해서 그게 자신들에게 하는 말이라는 사실을 깨닫기까지 시간이 걸렸다. 다치카와가 당황하지 않고 유야를 달래며 살며시 눈짓했다. 니시가 덜컹 소리를 내며 의자에서 일어났고 가라스마도 벌떡 일어섰다.

"죽여 버릴 거야! 다시는 오지 마, 미친 아줌마!"

가라스마는 욕설에 떠밀려 복도로 나갔다. 니시의 얼굴이 창백했는데 자신도 마찬가지일 것이다.

아무 말 없이 십 분 정도 그 자리에 서 있는데 원래대로 잠잠해진 면회실 문이 열렸다. 모습을 드러낸 다치카와는 냉정하면서도 어두운 얼굴이었다.

"이제 진정됐으니 들어오세요."

유야는 딱딱하게 굳은 몸으로 고개를 숙이고 있었는데 차분해졌다기보다 침울해 보였다. 그리고 툭 내뱉듯 중얼거렸다.

"……죄송해요."

그 작은 목소리를 두 손으로 건져 내고 싶었다. 마음이 아파 자신도 모르게 고개를 저었다.

"아니야, 유야는 잘못 없어. 갑자기 이것저것 물어보니까 혼란스러웠지? 아줌마가 잘못했어."

마음이 전해졌는지 모르겠다. 유야는 고개를 들지 않았다.

다치카와가 눈짓으로 면회실을 나가라고 재촉했다. 가라스마는 미련이 가득했지만 따를 수밖에 없었다.

"사과하고 싶다고 유야가 스스로 말했어요."

손을 뒤로 돌려 문을 닫은 다치카와가 말했다.

"갑자기 그래서 깜짝 놀라셨죠?"

그 말투를 들으니 이런 일이 처음은 아닌 듯했다.

"학대 피해 아동은 대체로 정서가 불안정해요. 어리광부리는가 싶다가도 짜증을 내거나 일부러 나쁜 짓을 해서 상대의 반응을 시험하죠. 자신의 주변에 있던 어른을 모방해 난폭한 행동을 하는 아이가 적지 않고 무언가를 계기로 플래시백을 일으키기도 해요. 아, 플래시백은……."

"과거의 괴로운 기억이 갑자기 선명하게 떠오르는 현상을 말하죠. 현재 그 일을 겪는 듯한 감각에 빠져 공황을 일으키기도 하고요."

명심하고 주의를 기울이겠다고 마음 먹었었다. 그런데 실패하고 말았다. 유야에게 상처를 주고 말았다.

가라스마는 고개를 숙였다.

"죄송합니다. 앞으로 조심하겠습니다."

"역시 대면 조사는 아직 이른 것 아닐까요."

"그렇게 말씀하시고 싶은 마음은 이해해요. 하지만 마쓰바 미오리를 법정에 세워 제대로 심판하려면 유야의 증언이 꼭 필요합니다."

"그건 여러분 사정이잖아요."

말투는 그야말로 정중했지만 반박을 허용하지 않는 박력이 있었다. 기다란 눈이 가라스마와 니시를 분명하게 거부했다.

"아동복지에 종사하는 우리는 아이의 안전과 행복을 최우선으로 생각합니다. 가족이 재결합해 아이가 가정으로 돌아가는 것을 가장 이상적인 목표로 삼죠. 아이가 아무리 학대받아도 부모를 사랑한다는 걸 잘 아시잖아요."

"네, 잘 압니다. 하지만."

"오늘은 이만 돌아가세요."

다치카와는 유야를 대할 때와 전혀 다른 사람이었다. 상처받은 아이를 지키는 파수꾼. 매사에 아이를 먼저 생각하는 아동복지사와 사건 해결이 목적인 경찰은 종종 대립했다.

실망을 안고 물러나 한증막이 된 차에 힘없이 올라타자 니시가 계속 숨을 참고 있던 사람처럼 크게 한숨을 토해냈다.

"아아, 깜짝 놀랐어요. 얌전해 보이는 아이였는데 저렇게 화를 내기도 하네요. 학대당한 가여운 아이라고 해서 제가 멋대로 판단했어요. 주변 어른을 모방한다고 다치카와 씨도 말했는데 방치했을 뿐만 아니라 평소에 학대도 했겠죠. 그리고 어머니가 사귀던 남자의 영향도 있을 수 있고."

"그럴 수도 있지."

"저 울 뻔했잖아요. 아이를 돌보는 건 당연한 일인데 고작 그것 때문에 엄마는 상냥한 사람이라니. 그런 일을 당했는데도 말이에요. 형사님, 마쓰바 미오리의 취조 좀 잘 부탁드려요. 실컷 떠들게 해서 되도록 무거운 벌을 받게요."

가라스마는 선글라스를 쓰고 차 앞유리 너머 머나먼 곳을 응시했다. 뭉게구름이 터질 것처럼 부푼 모습을 보니 천둥 번개가 치고 비가 쏟아질 것 같다.

질문에 대답하던 유야의 모습이 생생했다. 어머니에게 불리하지 않도록 작은 머리로 열심히 생각하고 말을 고른다는 것을 알았다.

"그래도 아이는 부모를 사랑한다, 라⋯⋯."

가라스마 역시 유야의 행복을 바랐다.

"네?"

가라스마는 조수석을 휙 눕혔다.

"도착하면 깨워 줘."

유야의 다음 대면 조사 일정은 미정이었다.

한편 마쓰바 미오리의 팔 년간의 공백은 착실히 메워지고 있었다. 2011년 11월 23일 요코하마에서 실종된 후 미오리는 전국을 떠돌았다.

실명과 실종 날짜와 장소가 공개되자 각지에서 그녀의 정보가 모여들었다. 우리 가게에서 일하던 아이와 닮았다, 같은 아파트에 살던 사람 같다, 나와 사귄 사람일지 모른다. 이전까지는 '가미쿠라시에' 사는 '요시오카 미즈키'라는 잘못된

198

정보에 막혀 지지부진했는데 이제는 상황이 달랐다. 마쓰바 오사무의 딸이라고 하니 관심이 집중된 것도 한몫했다. 빠르게 신상 조서를 받아내지 못한 책임이 무겁다고, 주변 사람들이 말할 것도 없이 가라스마 본인이 가장 통감했다.

수사관들은 정보의 진위를 확인하는 작업으로 분주했다. 그 결과 미오리는 나고야, 오사카, 후쿠오카, 고베, 센다이 등 대도시를 전전했다는 사실이 밝혀졌다. 도시를 오갈 때마다 가명을 썼고 물장사를 하거나 남자에게 빌붙어 살면서 어느 지역에도 삼 년 이상 머무르지 않았다.

실종 후 처음으로 다다른 나고야에서 유야를 낳았다. 당시 미오리를 자신의 아파트에 머물게 했다는 남자의 말에 따르면 2011년 11월에 만났을 때 이미 임신 상태였고 2012년 6월에 아파트 욕실에서 출산했다고 한다. 유야의 생일은 6월이라고 본인에게 직접 들었고 미오리의 스마트폰에도 유야의 생일을 축하하는 사진이 있었으니 틀림없다. 미오리는 그 일을 다른 사람에게 말하지 말아 달라고 부탁하며 입막음 비용으로 현금 백만 엔을 건넸다. 그리고 두세 달 뒤 말도 없이 아이와 함께 사라졌다. 그 후 2012년 9월부터 2013년 8월까지는 오사카에서 지냈다. 마히루의 나이와 생일로 미루어 짐작하면 임신 시기는 바로 이때다.

마치 무엇으로부터 도망치는 듯한 그 여정에서 아이들의 존재는 거의 알려지지 않았다. 그러나 가미쿠라 맨션의 이웃처럼 어렴풋이 눈치챘거나 미오리의 집에 강제로 들어갈 일이 있었을 때 아이들을 목격했다는 사람도 있었다. 아이들은 유령처럼 나타났다가 사라지면서 어머니에게 딱 붙어 걷고 있었다.

아버지는 모른다. 유야와 마히루는 서로 아버지가 다르다고 추측하지만 후보자가 너무 많아서, 혹은 너무 적어서 특정할 수 없었다. 많은 이유는 미오리가 불특정 다수의 남자와 관계를 맺었기 때문이고 적은 이유는 그중 누구와도 깊은 정을 나눈 적이 없기 때문이었다. 사귀는 방식은 간략하게 말하면 자는 것뿐이었고 헤어지는 방식을 봐도 연애라기보다 살기 위한 수단 같아 보였다. 미오리 본인은 모르쇠로 일관하지만.

유야의 아버지는 당시 가미쿠라 인근에 살던 남자가 아니냐는 것이 수사관 대부분의 의견이었다. 미오리가 떠돌아다닌 곳은 번화가가 발달한 대도시뿐이었다. 일자리가 많다는 점과 신분을 숨기고 싶어 하는 사정을 생각하면 자연스러운 선택이었다. 그런데 반년 전, 미오리는 이곳 가미쿠라에 왔다. 가미쿠라는 작은 관광지이기는 하지만 사찰과 신사와 언덕이 많고 녹음이 우거진 고풍스러운 마을로 결코 도시가 아니었다.

"역시 마쓰바 미오리는 남자를 찾아 가미쿠라로 온 것 같습니다."

하라다가 보고했다. 수사가 길어지면서 그가 피우는 담배가 늘어나 급기야 몸에 냄새가 찌들었다. 자신이 폐암에 걸리면 너 때문이라고 가라스마에게 떠들어댔지만 흥분한 얼굴로 수사회의에 참석한 모습은 아무리 봐도 건강 그 자체였다.

"마쓰바의 교제 상대인 스기우라가 기억난 것이 있다고 연락해 와서 이야기를 들었습니다. 정확한 시기는 기억나지 않지만 마쓰바 미오리가 술에 취해서 '유히'라고 잠꼬대한 적이 있다고 합니다. 남자 이름으로 추정됩니다. 스기우라가 캐물었더니 은인이라고 마지못해 대답했고 정확한 표현은 기억나지 않지만 그를 만나러 왔다 같은 말을 했다고 합니다. 풀네임은 마사치카 유히. 배우 이름과 같아서 기억에 남았다고 하더군요. 말로만 들어서 이름에 어떤 한자를 쓰는지는 모른다고 합니다."

"그 남자는 지금도 가미쿠라에 사나?"

가미쿠라 경찰서 서장이 물었다.

"모릅니다. 그보다는 이름 외에는 아무런 정보도 없다고 말하는 편이 맞겠네요. 스기우라는 더는 묻지 않았고 마쓰바 미오리도 더는 말하지 않았다고 합니다. 다만 마사치카 유히와 만나지 못한 것 같다고 스기우라가 말했습니다. 그런 것 같다고 느꼈을 뿐 근거는 없다고 하지만."

자리에 앉은 하라다는 머리숱이 적은 머리부터 소 같은 목덜미까지 수건으로 닦았다. 가라스마에게 보내는 시선은 미오리와 부딪쳐 보라는 의미인가.

"마사치카, 유히……."

가라스마가 조용히 읊조렸다.

유히와 유야. 이름이 비슷하다고 생각하면 지나친 끼워 맞추기일까.

다음 취조에 들어간 가라스마는 즉시 미오리에게 물었다.

"마사치카 유히라는 사람 알죠?"

그 순간 뿌리에 검은 머리가 나고 파마가 풀린 머리에 잔물결이 인 듯 보였다. 뜻밖에 큰 반응이었다.

눈앞에 앉은 피의자를 지그시 관찰했다. 오늘도 묵비권을 행사할 생각이었겠지. 처음부터 눈을 내리깐 채 시선을 마주치려 하지 않았다. 자세는 그대로였지만 온몸이 긴장한 것이 눈에 보였다.

"그 사람을 만나러 가마쿠라에 온 것 같은데. 무슨 사이예요?"

미오리는 움직이지 않았다. 긴 속눈썹만 파르르 떨렸다.

"혹시 유야의 아버지예요?"

마침내 미오리가 시선을 들었다. 당황한 속내를 들키지 않으려고 노려보는 듯했지만 역효과였다. 유야의 아버지든 아니든 미오리에게 중요한 인물임은 분명했다.

"……그게 누군데요."

"당신이 스기우라 씨에게 말했잖아요."

스기우라가 그 일을 기억해 굳이 경찰에 진술하리라고는

생각지 못한 건가.

"기억 안 나요."

"은인이잖아요."

"아무 소리나 떠들어댄 거예요."

"마사치카 유히 이야기는 안 하고 싶어요?"

침묵하는 미오리의 관자놀이가 꿈틀거렸다.

전에도 이런 대화를 한 적이 있다. 바로 미오리의 신분이 밝혀져 팔 년 전 납치사건에 대해 물었을 때였다.

서서히 몸이 뜨거워졌다. 이 생각은 반드시 들어맞는다.

"도대체 뭘 숨기는 거예요?"

미오리가 왜 계속 입을 다무는지 줄곧 이상했다. 답을 이끄는 열쇠는 아무래도 과거에 있는 것 같았다. 그리고 거기에는 마사치카 유히라는 인물이 깊게 얽혀 있다.

5

"뭐 그려?"

화판에 펼쳐 놓은 도화지에 그림자가 드리우고 목소리가 머리 위에서 내려앉았다. 현관 계단에 걸터앉아 있던 치나쓰가 화들짝 놀라 고개를 들자 유야가 홀로 서 있었다.

"여름방학 숙제야. 이게 마지막이야."

"꽃 그림?"

유야는 운동장 구석에 있는 백일홍으로 시선을 옮겼다.

"여름방학 추억이라는 주제야. 고민했는데 여름방학 내내 저걸 봤으니까."

올해는 집에 갈 수 없었다. 아빠는 한 번 보러 오셨지만 같이 외출한 적은 없고 할아버지 할머니 집에도 가지 않았다. 언니랑 놀지도 못했다. 호른 아이들과 다함께 불꽃놀이하고 바다에 간 일을 그리면 좋겠지만 왜인지 내키지 않았다.

"잘 그리네."

"응? 아닌데."

"그림 그리는 건 학교에서 가르쳐 줘?"

숙제에 대해 말한 사람은 치나쓰지만 유야가 학교 이야기를 꺼내자 가슴이 철렁했다. 유야는 지금껏 한 번도 학교에 다닌 적이 없다고 했다. 호른에서 공부할 때 보면 한자나 문장은 잘 읽지만 계산은 못 하는 것 같았다. 못 한다기보다 어떻게 하는지 몰랐다. 이런 것도 못 하냐며 다른 아이들이 놀려서 싸움으로 번진 적도 있다.

이곳에 온 지 일주일이 지났지만 유야는 아직 적응하지 못했다. 아이들이 축구를 하자고 하든 게임을 하자고 하든 어울리지 않았고 대화를 나누는 사람도 치나쓰뿐이었다. 그렇다고 치나쓰와도 친한 건 아니었고 대개 혼자서 책을 읽거나 멍하니 있다가 불현듯 말을 걸고는 했다.

"미술 시간이라는 게 있긴 해. 자주는 아니지만. 너도 그려

볼래?"

"……."

"내 물감 빌려줄게."

"물감 써본 적 없는데."

"번지지 않게 조심하기만 하면 돼."

치나쓰가 빈 도화지를 건네자 유야가 받아들고 콘크리트 바닥에 놓았다. 우선 밑그림부터 그리는 거야 하고 치나쓰가 연필을 쥐어 줬지만 유야는 그대로 멈춰 버렸다.

"뭘 그려야 해?"

"뭐든 괜찮아. 그래, 좋아하는 동물이 뭐야?"

"말이랑 당나귀."

"왜? 본 적 있어?"

"실제로 본 적은 없는데 엄마가 해준 이야기에 많이 나오거든. 말이랑 당나귀는 엄청 친해."

치나쓰는 갑자기 흥미를 잃었다. 자신을 위한 선물이라고 생각했는데 실은 아니었다는 것을 깨달은 듯.

치나쓰에게는 엄마가 없다. 언니도 엄마가 누군지 모른다고 했다. 유야는 엄마가 있지만 그런 끔찍한 짓을 했으니 무서운 사람인 줄 알았는데 아닌가 보다. 이야기를 들려주는 엄마는 어떤 사람일까.

"그럼 그걸 그리면 어때?"

자신이 생각해도 아차 싶을 정도로 무뚝뚝한 말투였다. 하지만 말은 멋대로 튀어나왔다.

"나는 말이랑 당나귀 본 적 있어. 전에 아빠랑 목장에 간 적 있거든. 언니도 함께 가서 정말 재미있었어. 그런데 말과 당나귀는 서로 다른 울타리에 있어서 별로 안 친해 보였는데."

즐거운 추억. 정말로 즐거웠다. 그런데 그때 치나쓰와 언니가 알파카에 한눈이 팔린 사이 아빠가 두 사람을 잊고 어디론가 사라졌다. 치나쓰는 당황해 울상이 됐다. 다행히 아빠는 멀리 가지 않아서 언니가 큰 소리로 부르자 다시 돌아왔다.

그 기억이 떠오른 순간 죄책감이 일었다. 유야는 분명 그보다 몇 배나, 몇십 배나 무서웠을 텐데.

미안, 내가 심술궂었어. 그렇게 사과하려고 했을 때 현관에 티엔를 비롯한 여자아이들 무리가 나타났다.

"여기 있다, 치나쓰. DVD 같이 보자."

"아, 그런데 숙제가……."

"내일 하면 되잖아."

팔짱을 끼는 바람에 말을 이을 수 없었다. 치나쓰는 일상 대화는 물론 자신의 생각을 말하거나 다른 사람의 제안을 거절하는 것을 어려워했다.

"저기, 유야도 같이 볼래?"

같이 있는 유야에게도 함께 하자고 하지 않으면 나쁜 사람이 될 것 같았다. 게다가 유야를 홀로 밖에 남겨두는 것이 조금 걱정됐다. 유야는 며칠 전 경찰과 만난 뒤 복도에서 토하고 말았다. 그리고 복통과 두통에 시달려 저녁도 먹지 못하고 몸져누웠다. 다음 날 아침에는 아무렇지 않은 모습이었지만 그 뒤로도 가끔 컨디션이 좋지 않았다.

유야의 대답은 오로지 한 마디, "안 봐"였다.

티엔이 팔을 잡아끌며 치나쓰를 재촉했다.

"나중에 물감 치우러 올게."

"응."

유야는 치나쓰를 쳐다보지 않고 대답한 뒤 도화지에 무언가 그리기 시작했다.

6

줄곧 입을 다물던 마쓰바 미오리가 돌연 죄를 시인했다.

"나는 아이들을 집에 방치했고 딸을 죽게 했습니다."

사나운 눈이 갑자기 돌변해 가라스마를 뚫어지게 응시했다. 이마의 뾰루지는 가라앉지 않고 오히려 커졌다. 벌겋게 부어올라 아파 보였다.

가라스마는 취조실 책상에 턱을 괴고 미오리를 오 초 동안 물끄러미 응시했다.

"갑자기 왜 그래요?"

"매일 여기 앉아 똑같은 질문만 들으니까 지긋지긋해서요."

"당신은 유야에 대한 보호책임자 유기죄로 체포되어 앉아 있지만 며칠 안에 마히루의 보호책임자 유기치사죄로 다시 체포될 겁니다. 아니면 살인죄로. 계속 여기 있어야 해요."

"그러니까 마히루 건도 인정하겠다잖아요."

"보호책임자 유기치사를? 아니면 살인을?"

"그게 뭐가 달라요. 내가 마히루를 죽인 건 변하지 않잖아요."

"그건 아니죠. 그 끔찍한 결말에 이르기까지 어떤 일이 있었는지 밝혀야죠. 당신 속마음도."

"나는 아버지가 누군지 모르는 아이들을 낳아 출생 신고도 하지 않고 몰래 길렀어요. 키우면서도 내 삶에 방해만 되니 없어졌으면 좋겠다고 생각했고요. 지금까지 며칠 방치한 적은 있었지만 이번에는 유독 오래 방치했어요. 그래서 죽었겠죠."

마치 불만 있냐는 투였다. 또다시 깡마른 몸 앞에 보이지 않는 칼을 쥐고 있었다.

"스기우라 씨 말로는 사귈 때 한 번도 그 집에서 자고 간 적 없다던데요."

"밤새 같이 있고 싶은 남자는 아니니까요."

"7월 25일부터는 열흘 넘게 스기우라 씨 집에서 지냈잖아요."

"돈도 없고 달리 갈 데도 없었으니까."

"집으로 돌아가기 싫었어요?"

"맞아요."

"스기우라 씨에게 '돌아갈 수 없다'라고 말했다죠? 무슨 뜻이었어요?"

"내가 그런 소리를 했나? 기억 안 나는데요."

거짓이라고 직감했다. 미오리는 시선을 떨구고 매니큐어가 거의 벗겨진 손톱을 만지작거렸다.

"7월 25일 아침, 당신은 죽으라고 소리 지르며 집을 나갔어요. 그건 기억해요?"

"아마 그랬을 거예요. 평소에 늘 그래서 일일이 기억은 안 나지만. 자주 때리기도 했어요."

"평소에도 아이들에게 폭언을 퍼붓거나 폭력을 가했다는 말입니까?"

"학대라고들 하죠? 그 말 그대로예요."

가라스마는 뻔뻔하게 나오는 미오리를 지켜보면서 엄마는 상냥하다고 한 유야의 말을 떠올렸다. 미오리는 아이들에게 밥을 차려주고 이야기를 들려줬다고 했다. 호른의 직원 말로는 유야는 젓가락질도 할 줄도 알았고 목욕할 때는 머리와 몸을 제대로 닦을 줄도 안다고 하니 기본적인 생활 능력은 가르친 듯했다.

하지만 아이들을 버려두고 떠난 것은 사실이다. 또 평소에 자주 학대했다고 스스로 진술했다. 언론은 미오리에게 '악마 엄마'라는 이름을 붙였다. 전혀 독창적이지 않은 조잡한 표현이지만 그야말로 딱 맞는 말이기도 했다. 이 깡마른 몸 하나에 어머니와 악마가 공존하고 있었다.

"당신은 팔 년 전, 제 발로 사라졌습니다. 이유가 뭐죠?"

미오리가 눈만 힐끗 치켜떴다.

"그건 관계없잖아요."

"그렇지 않아요."

짜증스러운 기색으로 다시 눈을 내리깔고 한숨을 쉬었다.

"옛날부터 집을 나가고 싶었어요. 어려서부터 부모님은 아무짝에도 쓸모없는 내게 관심이 없었죠. 자라서 문제를 일으키자 무관심이 성가심으로 변했어요. 없어도 상관없는 아이니까 그런 아이가 된 셈이죠."

"그런데 가출도 참 공교로운 타이밍에 했더라고요. 납치됐다 풀려난 바로 그날 밤 병원에서 도망치다니."

"내 마음이죠."

"그대로 신칸센을 타고 나고야로 갔죠. 돈은 어떻게 구했어요? 모르는 도시에서 혼자 살아가겠다고 결심했으면 돈을 어느 정도 쥐고 있어야 안심이 됐을 텐데? 배 속에 유야도 있었잖아요."

"딱히."

"딱히?"

"아무 생각 없었어요."

"납치범은 몸값 천만 엔을 챙겼죠."

"그래서요?"

그 납치는 자작극 아니었을까, 마쓰바 오사무는 말했다. 수사진도 같은 의견이지만 현재로서 증거는 없고 미오리도 인정할 마음은 없어 보였다. 협박편지에서 범인의 것으로 추정되는 지문 등 단서는 나오지 않았다. 마쓰바 오사무는 경찰에 신고할 생각이 없었기 때문에 통화 내용도 녹음하지 않았다고 한다.

"납치범이 누구인지 짐작이 가는 사람 있어요?"

"지금 학대 사건을 조사하는 자리 아닌가요?"

"기억나는 것이라든가."

"눈을 가려서 아무것도 못 봤어요."

"나중에 기억이 떠오르기도 하잖아요."

"꽤 나이가 있는 남녀 그룹 같았는데."

부자연스러운 그 말을 가라스마는 "그래요"라며 받아넘겼다. 지금 추궁해 봤자 수확은 없을 것이다. 보이지 않는 칼을 겨눈 미오리를 향해 가라스마도 보이지 않는 총을 겨눴다.

"그로부터 팔 년, 당신은 전국을 떠돌며 살았어요. 그리고 반년 전에 가미쿠라로 왔죠. 마사치카 유히라는 남자를 찾아서."

"또 그 소리예요? 기억 안 난다고 했잖아요."

"이걸 들으면 생각날지도 모르죠."

가라스마는 극적인 효과를 노리듯 뜸을 들인 뒤 미오리를 바라보며 천천히 탄환을 장전했다.

"바를 정, 가까울 근, 씩씩할 웅, 날 비. 마사치카 유히正近雄飛."

미오리의 한쪽 눈 밑이 움찔거렸고 눈가에서 광대뼈 쪽으로 파인 주름 하나가 순간 짙어졌다. 총알이 명중했나 보다.

"마사치카 유히 씨는 중고등학교 때 경찰에 잡혔던 이력이 있어서 기록이 남아 있었어요. 당시 주소는 가미쿠라시였고 현재 나이는 27세. 흔한 이름도 아니니 당신이 말한 사람과 동일 인물 같은데."

마사치카 유히가 납치 자작극의 공범 아닐까 하는 의심이 망상은 아니리라. 현재 소재가 불분명해 이력과 함께 수사 중이다.

"마사치카 유히, 가미쿠라에 있습니까?"

"모르다고 했잖아요."

"그럼 왜 가미쿠라에 왔어요?"

"그냥요."

"당신은 가미쿠라에 있는 사립 레이메이칸 재단 학교에 다녔죠. 가미쿠라에 오면 당시의 지인과 마주칠 수 있는데도 왔어요. 이제껏 가명을 쓰면서까지 신분을 숨기고 싶어 했는데 말이에요."

"팔 년이나 지난 일인데요. 그건 됐고, 자백했으니 당장 감옥이든 어디든 보내 버려요."

고개 숙인 얼굴을 한동안 잠자코 바라봤다. 미오리는 그 시선이 느껴질 테지만 가라스마를 쳐다보려고 하지는 않았다. 가라스마는 일단 겨눈 총을 내려놓았다.

"그럼 바라는 대로 아이들을 방치한 일에 대해 묻죠."

미오리도 마치 칼을 내리듯 손톱을 만지작거리던 손을 내렸다. 짜증 나 보였지만 가라스마의 질문에 솔직하게 대답했다. 가라스마는 사건의 진상을 밝히고 싶다. 미오리는 취조를 끝내고 싶다. 목적이 같은 사람끼리 협조하고 있다는 생각마저 들었다.

"그럼 이제는 정말 당신이 아이들을 두고 집을 떠난 날을 이야기해 보죠. 7월 25일에 있었던 일에 대해서."

"그날은 싫은 손님들만 계속 와서 짜증 났어요. 그래서 지금은 생각나지도 않는 사소한 일로 화를 내며 아이들에게 죽으라고 소리 질렀죠. 아마 장난감을 어지럽혔거나 그랬겠죠. 흔하잖아요, 그런 일로 손이 나가는 거. 집을 나와서 밤까지 어슬렁거리다가 스기우라 씨 집으로 갔어요."

"집으로 돌아갈 생각은 안 했습니까?"

"아침부터 밤까지 혼자 아이쇼핑도 하고 카페에서 차도 마셨어요. 원래라면 아이들 아침밥 만들고 세탁기 돌리고 기절하듯 잠들었다가 잔 것 같지도 않은데 억지로 침대에서 기어나와 또 집안일과 육아에 시달릴 시간에. 먹고살려고 꾹 참고 일하러 나가는 걸 준비할 시간에. 지나가는 사람들은 아무도 모르더군요. 내가 호적 없는 아이를 둘이나 떠맡은 싱글맘에 출장 성매매 일을 하는 여자라는 사실을. 인생에 실패한 여자라는 걸. 날개가 달린 기분이었죠. 스기우라 씨 집 앞으로 가서 그가 오기를 기다렸어요. 그리고 그 사람과 함께 안으로 들어가 한 손에 와인잔을 들고 별로 관심도 없는 예능 방송을 보고 있자니 그래, 나 아직 스물세 살이었지 싶더라고요. 불현 듯 경솔하게 선택해 버린 인생이 지긋지긋해졌어요."

미오리는 마치 남의 일처럼 담담하게 말했다.

"인생을 후회해요?"

"후회라고 해야 할까, 아 실패했구나, 그런 느낌?"

"아이를 낳은 일? 아니면 가출한 일?"

"집은 잘 나왔다고 생각해요. 하지만 그래, 아이는 낳지 말았어야 했어."

"원치 않은 임신이었어요?"

"눈곱만큼도."

"낙태할 생각은 안 했습니까?"

"돈이 없었으니까."

"나고야에서 동거한 남자에게 백만 엔을 건넸다고 들었는데."

"빌렸어요. 아주 지긋지긋해."

"어디서?"

"무슨 불법 금융업자였는데. 이름은 까먹었어요."

"출생 신고는 왜 안 했습니까?"

"내가 어디 있는지 부모한테 들킬까 봐. 애물단지가 사라져서 속이 다 시원했겠지만 체면치레 때문에 찾는 시늉 정도는 할 테니까."

확실히 실종 신고는 접수되어 있었기 때문에 경찰이 전력으로 수색하면 찾았을지도 모른다. 일반 가출자가 아닌 납치 자작극의 피의자로 수색했다면.

"7월 25일 이야기로 돌아가죠. 스기우라 씨 집에서 인생에 염증을 느낀 부분부터 계속해 보세요."

"그다음은 없어요. 하룻밤만 계획했던 도피가 길어지면서 처음에 느꼈던 찝찝한 마음도 점점 흐려졌죠. 그게 다예요."

"아이들 얼굴이 눈에 밟히지 않았어요?"

"그 생각은 안 하려고 했어요."

"그렇게 아이들을 방치하고 가 버리면 죽는다는 걸 몰랐습니까?"

"알았지만 그렇다고 돌아가면 다시 그 삶을 살아야 하잖아요. 그건 정말 싫었어요. 아, 스기우라 씨에게 '돌아갈 수 없다'라고 말한 건 아마 그런 의미였을 거예요."

"잠깐."

가라스마는 대화를 멈추고 미오리의 눈을 들여다봤다.

"당신은 지금 매우 중요한 발언을 했어요. 알아요? 다시 한

번 물을 테니 신중하게 생각하고 대답해요. 아이들이 죽으리
라는 걸 알았습니까?"

"알았어요."

"정말로?"

"모를 리 없잖아요. 죽어도 상관없다, 오히려 죽으면 후련
할 거다, 그렇게 생각했어요."

가라스마는 잠시 숨을 삼켰다.

"그러면 살의가 있었다는 말이 돼요. 살인을 인정하는 거라
고요."

미오리는 이상하다는 듯 가라스마를 바라봤다.

"이상한 소리를 하시네요. 사건이 그렇게 요란하면 형사한
테는 더 좋은 거 아니에요?"

"세상에 좋은 사건이 어디 있어요."

자신들은 늘 사건이 일어난 뒤에 일한다. 이미 불행이 존재
하고 피해자가 존재한다는 뜻이다. 범인을 체포하든 진상을
밝히든 해피 엔딩이라고 말할 수는 없다.

"흐응."

아무래도 상관없다는 듯 미오리는 다시 시선을 떨어뜨렸다.

"대답은 바뀌지 않아요. 나는 그 아이들이 죽을 줄 알았고,
죽었으면 좋겠다고 생각했어요."

7

2학기가 시작했지만 유야는 여전히 여름방학이었다. 그러나 학교에 가지 않는 아이가 유야만은 아니었다. 티엔도 스바루도 학교에 가지 않았다. 티엔은 음악 동아리에 들어가고 싶어 했지만 그 동아리에 들어오는 아이들은 모두 악기가 있거나 이미 배우고 있었기 때문에 포기했다. 그 후로 어쩐 일인지 컨디션이 나빠졌다고 한다. 그래서 치나쓰가 학교 숙제를 하고 있으면 기분 나빠 하는 것 같았다. 스바루의 사정은 몰랐다.

9월 1일은 일요일이라 개학일은 9월 2일이었다. 오전에 수업이 끝나고 치나쓰는 따가운 햇빛 속을 걸어 정문으로 향했다. 다른 엄마들 몇 명이 마중 나와 있었다. 아이와 함께 점심이라도 먹으러 가는 걸까. 조금 멋을 부린 차림새였다.

고개를 숙인 채 꽃처럼 핀 양산들 옆을 지나는데 '학대'라는 단어가 귀에 날아들었다. 가슴이 철렁 내려앉고 몸이 굳었다.

"아, 마쓰바 오사무의 딸이 저지른 그 사건?"

유야가 엮인 사건이었다. 할아버지가 유명인인 만큼 방송에는 유야의 엄마보다 할아버지의 이름이 자주 거론됐다.

"그 학대받은 아이가 우리 학교에 다닐지도 모른대. 소문이지만."

"어머, 죽은 거 아니었어?"

"한 명만 죽었잖아. 나머지 한 명은 살아남아서 지금 시설에서 지낸다나 봐. 여기 봐, 시설 아이들이 지나가잖아."

"그럼 마쓰바 오사무가 키우지 않나 보네. 아직 젊고 돈도 많을 텐데."

"손자한테 무슨 애정이 있겠어. 딸은 집을 나간 뒤로 본 적도 없고 손자가 있는지도 몰랐다는데."

"아이만 불쌍하지 뭐. 날이 이렇게 더운데 얼마나 힘들고 배고프고 불안했겠어. 분명 엄마를 찾았을 거야."

"어머나, 울어? 심정은 이해하지만. 아무리 화가 나도 그렇지 어떻게 아이를 두고 갈 수 있어. 엄마를 떠나서 인간이라면 할 짓이 아니지."

"그런 사람은 부모가 되면 안 돼. 스물세 살쯤이라던데 애가 일곱 살이면 학생 때 엄청 놀았나 보네. 학대할 거면 낳지나 말지. 그 죽은 아이, 다음에는 우리 아이로 태어났으면 좋겠어."

목에 움찔 경련이 일어나 치나쓰는 배에 힘을 줬다. 최대한 빠른 걸음으로 멀어지려고 했지만 대화 소리는 끝없이 따라왔다. 하나, 둘, 셋, 넷, 다섯, 여섯……. 걸음을 세면서 다리를 움직였다. 머릿속이 숫자로만 가득하도록.

치나쓰는 뛰다시피 호른의 문으로 들어갔다. 그러자 운동장에 경찰 제복을 입은 키 큰 사람이 있었다. 쓰키오카 아저씨가 어린아이를 목말 태우고 철봉에 걸터앉은 티엔과 이야기를 나누고 있었다.

티엔이 치나쓰를 보고 뭐라고 말했지만 안 들리는 척 곧바로 현관으로 향했다. 지금은 일 초라도 빨리 방으로 돌아가고 싶었다. 4인실이지만 같은 방 아이가 아직 돌아오지 않았다면 잠시 홀로 있을 수 있었다. 침대에 파고들어 머리끝까지 여름용 이불을 뒤집어써야지.

"아이쿠."

현관으로 뛰어 들어가려던 참에 막 나오던 사람과 부딪칠 뻔했다. 쓰키오카처럼 경찰 제복을 입은 가노가 멈춰서 치나쓰를 내려다보고 있었다.

"학교 다녀오니, 치나쓰."

이름을 기억한다는 사실에 놀랐다. 치나쓰는 두 손으로 책가방 어깨끈을 잡고 바닥을 쳐다본 채 인사했다.

"안녕하세요."

"오늘 개학했구나. 수고했어. 숙제는 다 했니?"

"네."

"대단한데. 아저씨는 개학 전 날 하루에 몰아서 하려다가 결국 숙제를 끝내지 못하는 학생이었거든."

가노는 치나쓰의 기분도 모르고 쾌활하게 말을 걸었다. 왜 이 사람이 불편한지 깨달았다. 친하지도 않은데 멋대로 문을 열고 들어오는 그런 느낌.

"치나쓰는 그림을 잘 그린다며?"

"아니에요."

"저번에 유야와 함께 그렸잖아. 아저씨가 유야 그림 봤거든. 커다란 말과 작은 말."

"그건 당나귀예요. 말과 당나귀."

왜인지 화가 치밀어서 저도 모르게 쏘아붙였다. 치나쓰도 나중에 그림을 봤는데 물감이 번지기는 했지만 그림에 익숙한 듯 잘 그렸다.

"오호, 당나귀구나. 신기하네. 왜 말과 당나귀일까."

"엄마가 들려준 이야기에 나왔대요. ……저기."

"아아, 더운데 계속 밖에 세워뒀네, 미안해. 그럼 다음에 또 보자."

가노가 마침내 길을 비켜줘서 치나쓰는 안심하고 걸음을 옮겼다. 시선을 내리깐 채 "안녕히 가세요"라고 인사하고 서둘러 방으로 향했다.

이층침대에 기어 들어가 누에고치처럼 이불로 몸을 둘둘 쌌다. 귓가에 맴돌던 목소리가 점점 커졌다. 학교 앞에서 이야기하던 엄마들의 목소리.

"아빠, 언니……."

치나쓰는 중얼거리며 눈을 질끈 감았다.

8

마사치카 유히의 이력은 독특했다. 현재 경찰이 파악하는 한 그의 인생은 아홉 살 때부터 시작됐다.

그리고 열아홉 살에 끊어졌다. 입원했던 병원에서 퇴원한 것을 마지막으로 갑자기 모습을 감췄다.

그리고 사라지기 두 달 전인 2011년 11월 24일 오전 1시경, 유히는 복부에 자상을 입고 아파트에서 병원으로 응급 이송됐다. 자세한 상황은 아직 수사 중이지만 한때는 위험한 상태였고 회복 후에도 다리에 장애가 남았다. 요리하다가 넘어져 식칼에 배를 찔렸다고 본인이 설명했다고 한다. 그 말을 듣고 신고하지 않은 의사를 탓할 수는 없었다.

주목해야 할 사실은 유히가 구급차로 이송된 날짜였다. 2011년 11월 24일. 새벽 1시경이라면 전날 밤에 이송됐다고 생각해도 무방할 것이다. 즉 2011년 11월 23일. 이는 납치사건으로 몸값을 주고받은 날이자 마쓰바 미오리가 실종된 날이었다.

미오리와 유히는 납치 자작극을 공모했다. 그런데 내분이 일어나 미오리가 유히를 찌른 뒤 몸값을 들고 달아났다. 쉽게 성립되는 추측이었다.

그렇다면 유히는 부상의 원인을 솔직히 말할 수 없었으리라. 당시 친구나 지인을 탐문했지만 부상 소식은커녕 입원 사실 자체도 몰랐다. 돌연 연락이 끊겼고 그 뒤로 본 적도 없다고 했다.

그리고 미오리가 나고야에서 남자에게 건넨 입막음 비용의 출처도 설명할 수 있다. 미오리가 자신의 거처가 알려질까 그렇게까지 두려워했던 이유는 단지 부모에게 알리고 싶지 않아서가 아니다. 범죄를 저지르고 도망다니는 처지였기 때문이다.

이 사실이 밝혀졌을 때 미오리를 상해죄로도 입건할 수 있지 않을까 수사관들은 흥분했다. 그러나 정작 마사치카 유히의 행방은 여전히 오리무중이었다. 팔 년 전 일인 만큼 정보를 모으기 수월하지 않았다. 미오리와 유히의 접점조차 알 수 없었다.

"마쓰바 미오리 쪽은 어때?"

형사과장이 묻자 수사관들의 시선이 가라스마에게 집중됐다. 무수히 많은 가느다란 바늘로 피부를 찌르는 기분이었다.

"마사치카 유히에 대해서는 여전히 기억나지 않는다며 모르쇠로 일관하고 있습니다. 납치사건도 본인은 어디까지나 피해자일 뿐이라고 주장합니다."

여기저기서 한숨과 혀 차는 소리가 들렸다. 아동학대 사건에 대해 진술하기 시작했을 때는 드디어 기다리던 단비가 내린 것 같은 분위기였지만 그저 지나가는 비에 불과했다.

"모를 리가 있나. 마쓰바 미오리는 마사치카 유히를 만나러 가미쿠라에 온 거야."

수사회의 후 하라다가 다가와 모두의 불만을 대변했다.

"그거 말인데요, 마쓰바 미오리가 마사치카 유히를 찌르고 돈을 가지고 도주한 게 사실이라면 그런 상대를 찾으러 온다는 게 이상하지 않습니까? 살았는지 죽었는지도 몰랐잖아요."

"마사치카 유히는 아마 유야의 아버지일 거야. 은밀하게 연락을 주고받았어도 이상하지 않지. 아니면 팔 년 전의 납치든 뭐든 약점 잡아 협박할 속셈이었거나."

"그런데 만나지 못했잖습니까. 실제로 이렇게 이 잡듯 뒤지고 있는데도 그 사람을 찾을 수 없고요."

"뭐야, 마쓰바 미오리는 정말로 마사치카 유히의 행방을 모르는 건가."

"그럴지도 모릅니다. 만나러 왔다는 말은 추억을 만나러 왔다는 감상적인 의미일 수도 있고요. 어쩌면 마사치카 유히가 이미 죽어서 성묘를 하러 온 것을 그렇게 표현했을 수도 있습니다."

"너, 네가 그 여자의 입을 못 여니까 그렇게 말하는 거 아냐? 설마 그 여자에게 홀린 건 아니겠지?"

"뭐라고요? 그게 무슨 헛소리예요."

이 미친 아저씨야, 라는 욕설은 간신히 집어삼켰다.

"그런데 마쓰바 미오리와 대화하고 있으면 뭔가 위화감이 느껴져요."

"위화감?"

하자쿠라가 끼어들었다.

"정확하게 말하기 어려운데 마쓰바 미오리가 말하는 자기상이 실제 그녀와 다른 느낌이 들거든요."

실종 후 팔 년 동안 미오리는 아이들을 상습 학대했다고 했다. 집에 가두고 떠들거나 소리를 내지 못하게 했고 외부와 접촉을 완전히 차단했다. 바보, 낳지 말았어야 했다는 폭언. 때리고 꼬집고 찬물을 끼얹는 등의 폭력. 굶기기도 하고 밖에서 재운 날도 있다. 두 아이를 며칠 동안 방치한 적도 처음이 아니었다. 미오리의 교제 상대 가운데 아이들에게 폭력을 휘두른 남자도 있었다.

"유야가 말하는 어머니상과 맞지 않아요. 둘 다 그녀의 한 부분이라고 하면 그만이지만."

자식을 사랑하면서도 동시에 학대하는 부모가 적지 않다. 그들은 때리기 싫지만 의지와 상관없이 때린 뒤 그런 스스로를 탓하며 괴로워한다.

"나 참, 무슨 소리야."

하라다가 노골적으로 어이없다는 목소리로 말했다. 빈 담뱃갑을 움켜쥐고 발치의 휴지통에 던졌다.

"역시 홀렸다니까. 정신 차려, 신입도 아니고. 아이는 아무리 쓰레기 같은 부모여도 감싼다는 걸 네가 더 잘 알잖아."

224

"그렇기는 하지만."

"아이를 굶겨 죽이면서 남자와 놀아난 여자야. 딸의 사망 소식을 듣고도 그렇구나, 죽었구나 하고 끝인 여자라고. 피해자 사진이나 부검 소견이라도 다시 읽고 정신 차려."

"그러니까 그게 아니라니까요."

다시 검토할 필요도 없이 눈에 새겨넣었다. 유야는 직접 만나기까지 했다. 그래도 미오리의 진술을 그대로 받아들이자니 거부감이 들었다. 그저 잔혹한 범죄자라는 틀에 미오리를 가둬 버리면 비어져 나오는 부분이 있었다. 그곳에 중요한 무언가가 숨겨져 있지 않을까.

문득 어젯밤 선잠을 자면서 꾼 꿈이 떠올랐다. 묘하게 신경이 쓰이는 꿈이었는데 내용이 기억나지 않았다.

데라오가 있다. 경찰학교 은사이자 한때는 파트너이기도 했던 나이 많은 선배 형사는 뒷골목의 홍등이 달린 술집에서 등을 구부리고 앉아 있었다. 마지막 사건을 해결하지 못한 채 퇴직한 그때처럼 등이 굽어 있었다. 전에는 말을 걸지 못했지만 이번에는 말을 걸어 보려고 했다. 그런데 다가가려고 해도 거리가 전혀 좁혀지지 않았다. 걸어도 걸어도 등은 멀었고 선배를 부르는 소리도 닿지 않는 듯했다. 무엇이 잘못됐을까. 방향일까, 걸음일까. 그런 생각을 하는데 자명종이 울렸다.

"마쓰바 미오리가 갑자기 죄를 시인하고 순순히 진술한 건 다른 사실을 숨기고 싶기 때문 같습니다. 즉 납치사건이나 마사치카 유히와 관련된 무언가를 말하고 싶지 않고 그저 아동 학대 건으로 끝내고 싶은 겁니다."

"그게 그렇게 마음대로 될 것 같아?"

하라다가 코웃음 쳤다.

"마쓰바 미오리는 무언가 숨기고 있어요. 그건 아마 납치나 상해 같은 단순한 과거 범죄가 아닐 겁니다."

"그럼 그게 뭔데?"

"모르죠."

가라스마는 치렁치렁해진 머리를 마구 헝클었다.

"뭐라고?"

"모르지만, 반드시 감추려고 하는 뭔가가 있긴 있어요."

감일 뿐이지만 확신했다.

하자쿠라가 하라다보다 먼저 단호하게 말했다.

"결국 열쇠는 마사치카 유히야. 계속 뒤를 쫓아."

가라스마는 책상 위에 놓인 마사치카 유히의 사진을 바라봤다. 제보한 친구에게 받은, 고등학교를 갓 졸업했을 무렵에 찍은 사진이었다. 금발에 가깝게 염색하고 피어싱을 여러 개한 모습이다. 쌍꺼풀에 밝은색 눈동자에 호감 가는 인상이라고 생각했다. 유야와 그다지 닮지 않았다.

세월이 지나면서 얼굴은 변한다. 심지어 아직 십 대일 때찍은 사진이다. 또한 얼굴은 성형할 수도 있고 그렇게까지 하지 않아도 금발같이 화려한 특징이 있으면 그것만 바꿔도 인상이 크게 달라진다.

역시 이미 죽은 것 아니냐고 누군가 말했다.

9

치나쓰千夏. 천 번의 여름. 학교에서 호른까지 걸어오는 내
내 치나쓰는 머릿속으로 자신의 이름을 끊임없이 해체하고
합치고 되뇌었다.

학교에서 이름의 유래가 화제에 올랐기 때문이다. 놀랍게
도 많은 아이가 자신의 이름이 어떻게 지어졌는지 알았다. 모
두의 마음을 밝게 비춰주는 사람이라는 뜻의 아카리. 아빠와
엄마가 등산을 좋아해서 가쿠. 가쿠의 사촌네 학교에서 가족
에게 이름의 유래를 알아 오라는 숙제를 내줬다고 한다.

우리 학교에서는 그런 숙제가 없어서 다행이었다. 아빠는
엄마의 이름조차 잊었다고 할 정도니까 내 이름의 유래는 분
명 기억하지 못할 것이다. 아빠나 언니와 비슷한 이름도 아니
다. 할아버지와 할머니라면 아실까? 여쭤보고 싶지만 아무도
답을 주지 않으면 실망할 것 같았다.

치나쓰. 천 번의 여름. 이런저런 상상을 하는 사이 정신을
차려보니 호른 앞에 도착했다. 마침 문에서 차 한 대가 나오던
참이었는데 차에 탄 사람을 보고는 깜짝 놀랐다. 정장을 입은
남자와 여자. 전에 유야에게 이야기를 들으러 온 형사들이었

다. 심각한 얼굴로 이야기를 나누고 있다가 치나쓰를 보고 살짝 미소를 지어줬지만 미간에 언짢은 기운이 남아 있었다.

치나쓰는 저도 모르게 달리기 시작했다. 전에 형사들이 온 뒤 유야의 건강이 나빠져 고생했기 때문이다.

짐작대로 유야는 세탁실에 있었다. 어둑하고 아늑한 방구석에서 혼자 무릎을 끌어안고 책을 읽고 있었다. 그러다 치나쓰의 존재를 알아채고 얼굴을 들었다. 그 얼굴을 보고 치나쓰는 '어라?' 하고 긴장이 풀렸다. 평소처럼 무슨 생각을 하는지 알 수 없는 얼굴. 비 내리는 밤 같은 눈.

"이거."

유야는 책 표지를 치나쓰에게 보였다. 치나쓰는 땀범벅이 된 몸으로 여전히 거친 숨을 몰아쉬며 세탁실로 들어갔다.

"돈키호테?"

초등학생용 책 같았는데 치나쓰는 모르는 이야기였다. 말을 탄 기사 그림이 그려 있었다.

"가노와 밋짱이 줬어. 엄마가 소중히 간직한 책의 아이용 버전이래. 엄마 책도 같이 줬지만 아직 읽지 못할 것 같아서 이걸 사왔대. 엄마가 자주 들려주던 이야기가 바로 이거였나 봐."

가노, 밋짱이라는 호칭에 왜인지 가슴이 선득했다. 어느 틈에 친해졌을까. 치나쓰가 학교에 간 사이에?

"가노 아저씨가 왔어?"

"응. 경찰 아줌마랑 아서씨가 오기 전에 다치카와 선생님이
랑 넷이서 만났어."

"그게 네가 전에 말한, 말과 당나귀가 나오는 이야기야?"

"응. 돈키호테가 모험을 떠나는 이야기야."

돈키호테는 아무래도 주인공의 이름 같았다. 표지에 그려
진 기사가 바로 그 인물이겠지.

"모험? 좋겠다."

유야의 눈이 조금 커졌다.

"……좋겠다고?"

"나는 멀리 나가본 적이 거의 없어서 부러워. 가나가와현
밖으로 나간 적이 한 번도 없거든. 호른에 들어오고서는 더더
욱 나갈 수 없었고."

그래서 학교 친구들이 여름방학 때 여행을 다녀와서 기념
품을 사오면 기분이 좋으면서도 동시에 곤란했다. 나는 줄 수
있는 게 없으니까.

"……그 겨울 첫눈이 내리던 날 돈키호테는 다시 여행을 떠
나기로 결심했습니다."

유야가 나직이 이야기를 시작했다. 갑작스러워서 당황했지
만 '돈키호테'의 이야기를 들려주려는 것 같았다. 외웠는지
책은 덮어놓았다.

종자 산초는 이런 추운 시기에 여행을 떠나고 싶지 않다며 황

급히 침대에 숨었지만 돈키호테는 산초의 다리를 두 손으로 잡아 끌어냈습니다. 뚱보 산초는 매우 무거워서 두 사람은 바닥에 엉덩방아를 찧었습니다.

"산초, 지금 당장 출발하자. 꾸물대다가는 눈이 쌓여 발자국이 남고 만다."

"남으면 좀 어때서요."

"어리석은 녀석아, 추격자에게 뒤를 밟히지 않느냐."

"정 그러면 내일 아침에 가요. 졸려서 견딜 수가 없어요."

"안 돼, 당장 출발하자. 그러면 오히려 눈이 발자국을 덮어 숨겨줄 테니. 자, 말을 준비하거라. 부디 적이 눈치채지 못하도록 은밀하게 움직이자."

산초는 마지못해 따라나섰습니다. 돈키호테는 애마 로시난테에 올라탔고 산초는 짐을 실은 당나귀를 끌고 한밤중에 몰래 집을 빠져나갔습니다. 하늘은 캄캄했지만 땅은 어렴풋이 하얘서 길이 보였습니다. 돈키호테는 뒤따라오는 산초가 넘어지지는 않을까 몇 걸음 걸을 때마다 뒤를 돌아봤습니다. 산초는 소중한 당나귀를 놓치지 않도록 고삐를 단단히 붙잡고 말을 걸면서 기운을 북돋았습니다. 숨이 얼어붙지 않을까 싶을 정도로 추운 밤이었지만 새 모험을 떠나는 여정은 언제나 가슴을 설레게 했습니다.

돈키호테와 산초는 신칸센을 탔습니다. 신칸센은 말보다 훨씬 빠르게 이동할 수 있지만 정체는 바로 나쁜 용이었습니다. 마법으로 모습을 바꾸고 여행자를 한꺼번에 꿀꺽 삼키려는 속셈이었습니다. 하지만 돈키호테는 나쁜 용의 속셈을 꿰뚫어 봤습니다. 1호차와 2호차의 연결 부분이 급소라는 사실을 간파하고 바닥에 창을 내리꽂았습니다. 그러자 용은 금세 항복하고 다시는 나쁜 짓을 하지 않겠다고 맹세했습니다.

도중에 세키가하라라는 땅을 지날 때의 일입니다. 그곳은 사백 년 전 옛날에 큰 전쟁이 일어난 곳으로 무장들은 지금도 귀신이 되어 계속 싸우고 있다는 소문이 있었습니다. 세키가하라는 전부 눈으로 덮여 새하얬습니다.

어느새 붉은 갑옷에 온통 눈을 뒤집어쓴 무장이 올라타 돈키호테에게 정중하게 머리를 숙였습니다.

"이름 높은 기사 돈키호테 님을 뵙습니다. 부디 우리 군에 들어와 주지 않겠습니까."

"아니, 잠깐만요. 꼭 우리 군에."

푸른 갑옷을 입은 무장도 달려와 말했습니다. 그 자리에서 일대일 대결을 시작할 기세인 두 사람을 돈키호테가 말리며 두 사람의 주장을 귀 기울여 들었습니다. 하지만 두 사람 모두 옳은 점과 잘못된 점이 있었기 때문에 누구의 편도 들지 않겠다고 대답했습니다. 그러자 어찌 된 일인지 두 사람 모두 화가 나서 돈키호테를 적으로 여겼습니다.

두 군대 때문에 신칸센이 멈췄고 돈키호테 일행은 끌려 내려가고 말았습니다. 앞에도 뒤에도 왼쪽에도 오른쪽에도 온통 적이었습니다.

"산초, 당나귀를 데리고 숨거라!"

돈키호테가 말 위에서 창을 겨누며 소리쳤습니다.

"저도 싸우겠습니다!"

산초도 되받아쳤습니다. 두 사람은 서로에게 매우 소중한 존재였고 서로를 지키고 싶었습니다. 설령 함께 죽는다고 해도 헤어지기는 정말 싫었습니다. 로시난테도 당나귀도 같은 마음이었습니다.

두 사람과 말과 당나귀는 힘을 합쳐 싸웠습니다. 몇 시간이 지나서야 마침내 구름처럼 몰려들던 군대가 일부 무너져 신칸센으로 향하는 길이 보였습니다.

"지금이다!"

돈키호테가 신호를 보내자 일행은 일제히 달리기 시작했습니다. 간신히 신칸센에 뛰어오르자 마음을 바꾼 용은 기다란 몸을 채찍처럼 휘둘러 쫓아오는 적을 물리치며 순식간에 세키가하라를 떠났습니다. 두 사람과 말과 당나귀는 상처투성이 몸을 맞대고 모두 헤어지지 않고 무사해서 다행이라며 신께 감사했습니다.

다음으로 일행이 도착한 곳은 기묘한 성이었습니다. 하얀 벽이라고 생각한 것은 떡이었고 벽에 낀 이끼라고 생각한 것은 즌다[15]였습니다. 도적과 괴물이 도사리고 있을지 몰라서 주변에

---

15 풋콩이나 누에콩을 으깨 만든 고물.

아무도 없는 것을 확인하고 몰래 안으로 들어갔습니다. 거센 눈보라 때문에 몸이 언 당나귀가 고통스럽게 울자 산초가 열심히 몸을 비벼 따뜻하게 녹여줬습니다.

"다들 오늘도 힘내줘서 고맙다. 너희는 내 자랑이야."

돈키호테는 기분이 매우 좋아서 산초에게는 럭비공처럼 커다란 햄버그스테이크를, 로시난테와 당나귀에게는 배가 바닥에 닿을 정도로 많은 사료를 줬습니다. 게다가 즌다떡으로 만들어진 성은 뜯어먹으면 달콤했는데 뜯어 먹은 부분은 곧바로 원래대로 복구돼 아무리 먹어도 없어지지 않았습니다.

두 사람과 말과 당나귀는…….

유야가 갑자기 말을 멈췄다. 치나쓰가 "아" 하고 소리를 냈기 때문이다. 유야의 앞니가 하나 빠진 것을 발견하고는 무의식중에 소리를 냈다. 유야는 평소에 자주 고개를 숙이고 있고 입을 거의 벌리지 않으면서 말하기 때문에 지금까지 눈치채지 못했다. 치나쓰도 조금 더 안쪽에 있는 치아가 하나 빠졌는데.

"아, 미안. 아무것도 아니야."

치나쓰는 서둘러 수습했지만 유야는 이야기를 계속 들려줄 마음이 없어 보였다. 갑자기 어쩔 줄 모르는 사람처럼 시선을 내리간 채 무릎에 올려놓은 책을 세게 움켜잡았다.

어떡하지. 내가 방해한 탓이다. 모처럼 즐겁게 이야기하고 있었는데. 유야의 이런 모습은 처음이었는데.

"그래서 그다음에 어떻게 됐는데?"

당황해서 재촉했지만 유야는 반응하지 않았다.

"거기까지 읽었어? 그다음 이야기는 이제 읽어야 해?"

"……방금 이야기는 책에 안 나와."

여전히 고개를 숙이고 있지만 간신히 돌아온 대답에 조금 마음이 놓였다.

"엄마가 해준 이야기야?"

"내가 지금 지은 이야기야."

"어? 지은 거라고?"

"엄마에게도 이야기를 들려주고 싶어서 자주 지었어. 마히루에게도……."

유야의 목소리는 평소보다 훨씬 더 작아졌다가 마침내 사라졌다.

그 입에서 마히루라는 이름이 나왔을 때 명치 부근이 사늘했다. 아마 여동생이겠지. 방치 사건으로 세상을 떠났다는 그 아이. 이름이 마히루구나. 밤과 낮이다.

"대단하다!"

최대한 밝게 말했더니 유야가 눈치를 살피듯 고개를 살짝 들었다. 치아를 보였을 때와 안색이 완전히 달랐고 눈빛은 길을 잃은 아이 같았다.

"유야가 만든 이야기, 정말 정말 재밌어. 그런데 즌다가 뭐야?"

"……녹색 콩고물 같은 거야. 센다이에서 먹었어."

"그렇구나. 신칸센 타본 적 있어?"

"응."

"진짜로 그렇게 빨라?"

"타고 있으면 잘 못 느껴."

"세키가하라는 세키가하라 전투의 그 세키가하라야?"

"응. 신칸센 타고 지나갈 때 옛 전투지라고 적힌 간판을 봤어."

유야의 턱이 조금 더 들려서 치나쓰는 조용히 한숨을 내쉬었다. 뺨에 흘러내린 땀을 닦았다.

옛 전투지가 무엇인지 모르지만 물어보자니 괜히 부끄러웠다. 애초에 세키가하라 전투가 벌어진 장소가 지금도 남아 있으리라고 생각하지 못했다. 유야는 치나쓰보다 어린데도 아는 것이 많았다. 부러웠다. 그 사건의 피해자인 점은 불쌍하지만 그래도 부러웠다.

치나쓰의 질문이 끊어진 사이에 이번에는 유야가 물었다.

"……마사치카 유히라고 알아?"

마사히카 유히. 안다고 말하고 싶어서 머릿속을 뒤졌지만 찾지 못했다.

"그게 누구야?"

"뭐야, 역시 거짓말이구나."

역시라고 말하지만 아쉬워 보였다. 치나쓰의 대답은 유야가 바라던 말이 아닌 것 같았다. 그러고 보니 그 질문을 할 때 유야는 어쩐지 긴장한 듯 보였다. 분명 중요한 질문이었을 것이다.

미안한 마음이 든 치나쓰는 다시 한번 기억의 서랍을 뒤적였다. 하지만 역시 어디에도 없었다.

"히어로."

"응?"

"마사치카 유히는 히어로야. 어려운 사람들을 지켜주고 구해주는. 우리 아빠."

"아빠?"

눈앞에서 누군가 탁하고 손뼉을 친 기분이었다. 치나쓰에게 엄마가 없듯 유야에게는 아빠가 없다고 믿었다.

마사치카 유히. 유히와 유야. 이름이 비슷하다. 치나쓰. 천 개의 여름. 하굣길에 빠져 있던 생각이 순식간에 머릿속에 흘러넘쳤다. 가슴이 답답했고 엄마가 자주 이야기를 들려줬다는 유야의 말을 들었을 때 샘솟았던 심술궂은 마음이 되살아났다.

"옛날에 아빠가 이 동네에 살았대. 그래서 여기로 이사 온 거야."

"아빠 만나러 왔어?"

"그런데 못 만났어. 지금 어디 있는지 몰라. 살아 있는지 죽었는지도."

"……그렇구나."

"가미쿠라에 오기 전에 엄마는 별로인 남자랑 사귀었는데, 그 남자가 툭하면 엄마를 때렸어. 나랑 마히루는 벽장에 숨어서 엄마가 맞는 걸 봤어. 나는 가만히 숨어 있기 싫었지만 엄마가 마히루를 지켜달라고 말해서. 도망가자고 몇 번이나 말했는데 엄마는 그 자식이 돈을 준다면서 참았어. 그래서 내가 그럼 저딴 놈 죽여 버리겠다고 했어."

죽여 버린다. 무서운 말에 치나쓰가 숨을 삼켰다.

"엄마와 싸우다가 홧김에 내가 어차피 아빠도 그놈처럼 쓰레기였겠지, 라고 말한 적이 있어.엄마는 그동안 우리에게 아빠는 없다고 말했거든. 그랬더니 엄마가 아빠 이름은 마사치카 유히이고 아빠는 고통받는 사람을 지켜주고 구해주는 히어로라고 알려줬어. 그러면서 아빠가 사는 동네로 가자고."

유야는 어린이용 『돈키호테』를 품에 꼭 안았다.

"엄마가 옛날에 아빠한테 『돈키호테』를 빌려준 적이 있대. 아빠는 안 읽었다고 하던데. 그래서 엄마가 그렇게 소중하게 간직했을지도 몰라. 나랑 마히루는 책에 낙서한 전과가 있으니까 건드리지 말라고 했어."

아까 이야기를 들려주던 일 말고 유야가 이렇게 길게 말한 적은 처음이다. 그런데 이야기를 들려줄 때와는 다르게 조금도 즐거워 보이지 않았다. 치나쓰에게 하는 말이라기보다 혼잣말 같았다.

"아빠 보고 싶어?"

"보든 안 보든 상관없어. 그저 엄마 말대로 아빠가 히어로라면 감옥에 갇힌 엄마를 구하러 오지 않을까, 하는 생각만 했어."

하지만 그 사람은 유야와 마히루를 구하러 오지 않았다. 그 말이 튀어나올 뻔했지만 목구멍 깊숙이 밀어 넣었다. 아마도 해서는 안 될 말 같았다.

"하지만 역시 거짓말이었어. 그렇게 대단한 사람이라면 유명할 테니까."

"어른들은 알지도 몰라. 선생님께 물어보면 어떨까?"

"사실 아빠 이야기는 아무한테도 하면 안 된다고 엄마가 그랬어. 그런데 아까도 형사한테 말하고 말았어. 역시 말하면 안 됐던 것 같아."

유야는 길을 잃은 아이 같은 눈빛으로 치나쓰를 바라봤다.

"아무한테도 말하지 마."

치나쓰는 유야에게 상처를 준 것만 같은 기분이 들어 누구에게도 말하지 않겠다고 약속했다.

10

"마히루의 시신 말인데요."

그 말을 듣자마자 미오리는 다음 말을 예측한 사람 같았다. 이 여자는 분별없고 경박하지만 바보는 아니라고 확신했다.

"마쓰바 오사무 씨가 인계하고 싶으시다고……."

"안 돼요."

말을 끝까지 듣기도 싫다는 듯 혐오스러워하며 말을 잘랐다.

"체면치레 때문에 그러는 거예요. 마히루를 절대로 그런 집 구석에 보낼 수 없어요."

그 어투에 가슴이 선득했다. 미오리가 진술을 시작한 이후 줄곧 가슴에 맺혀 있던 위화감이 또 고개를 들었다. 어젯밤에도 데라오의 꿈을 꿨다. 술집에 걸린 홍등 아래 뒷모습이 바로 저기 보이는데 아무리 애써도 다가갈 수 없었다.

"오사무 씨는 책임을 느끼는 것 같았어요."

"책임이잖아요. 애정이 아니라."

"그럼 당신은 마히루를 사랑했어요?"

죽었으면 좋겠다고 생각했다. 바로 미오리 본인이 한 말이었다.

"당신 집에 있던 물건들을 다시 살펴봤어요. 치아 모양 상자에 유치가 보관되어 있더군요. 뚜껑에 MAHIRU라고 적혀 있고요. 전에 봤을 때는 대수롭지 않게 넘어갔는데, 다시 생각해 보니 다섯 살 마히루의 영구치가 날 시기였죠."

"……내 감정이 어땠는지는 관계없어. 아무튼 그 집안은 절대 안 돼요."

"그럼 마히루의 아버지는?"

"모른다고 몇 번을 말해요. 마히루의 가족은 나와 유야뿐이에요."

미오리는 거친 목소리로 말하며 상처투성이 손목을 쥐고는 손톱을 세웠다. 매우 초조한 모습이었다.

"하지만 유야의 아버지는 알죠. 마사치카 유히."

"아니라고 했잖아요……."

"유야에게 그렇게 주지 않았습니까. 아빠는 마사치카 유히, 히어로라고. 솔직히 말해야 당신과 마히루에게 도움이 된다고 했더니 유야가 이야기해주더군요. 당신과 마히루를 위해."

말문이 막힌 미오리는 이제 입을 다물기만 해서는 빠져나갈 수 없다는 사실을 깨달은 듯했다. 시선을 피하며 더는 부정하지 않았다.

"마사치카 유히는 어디 있습니까?"

"몰라요. 그 사람이 유야의 아버지인 건 맞지만 사귀던 사이도 아니고 임신 사실도 알리지 않았어요. 애초에 생리 불순이라 가출한 뒤에야 임신 사실을 눈치챘고."

"어떻게 알게 된 사이입니까?"

"학교 땡땡이치고 가마쿠라에서 어슬렁거릴 때 만나서 그 뒤로 가끔 논 게 다예요."

"그런데 이제 와서 만나러 왔다고요?"

"만나러 온 거 아니에요. 단지 전에 살던 동네를 떠나고 싶었을 뿐이에요. 좋은 일자리도 구하지 못하고 생활은 한계에 부딪힌 데다 붙잡은 남자는 어마어마한 꽝이라서. 어디로 가든 좋았지만 마침 유야가 아버지에 대해 묻기에 그럼 가미쿠라로 가자 싶었죠. 유히는 좋은 사람이었으니까 혹시 만나면 도움을 받을 수 있지 않을까 조금은 기대했지만 진심으로 가망이 있다고 생각하지는 않았어요."

"가미쿠라에 온 뒤 만나러 갈 생각은 안 했습니까?"

"굳이?"

한숨 섞인 대답은 우습다는 말이라도 하는 듯했다.

"팔 년 전에 그 사람한테 가출한다고 말했어요?"

"아뇨."

"당신이 납치된 일을 그 사람도 아나요?"

"알 리 있겠어요?"

"그럼 반대로 당신은 어떻습니까? 당신이 실종된 날 밤, 즉 몸값을 주고받은 날 밤에 마사치카 유히가 칼에 찔려 병원으로 이송된 걸 알아요?"

미오리는 놀란 모습으로 미간을 찌푸리며 가라스마를 쳐다봤다.

"반년쯤 전에 어떤 젊은 여자가 그 병원을 찾아가 그 남자에 대해 물었다던데, 당신 아니에요?"

마사치카 유히의 부상에 대해 탐문하던 중에 병원 직원이 떠올린 사실이었다. 역시 인상까지 기억하지는 못했지만 '반년 전'과 '젊은 여자'라는 정보만으로도 큰 수확이었다. 미오리가 가마쿠라에 온 시점이 반년 전이고 중상 환자나 위급한 환자가 이송되는 병원은 한정되어 있다. 병원은 개인정보 보호를 이유로 답변을 거부했다고 한다.

"나 아니에요. 그래서 유히는 어떻게 됐어요?"

"살아서 두 달 뒤에 퇴원했습니다."

"다행이네요."

미오리는 안심한 듯했지만 지금 보이는 반응들이 연기가 아니라고 단언할 수 없었다.

"왜 칼에 찔렸는지 궁금하지 않습니까?"

"어디서 싸움이나 했겠죠."

"그래, 누가 찔렀어요. 그리고 달아났고."

가라스마는 명백한 의도를 담아 미오리를 응시했다.

"나랑 무슨 상관이에요."

"마사치카 유히의 아파트에 간 적은 있어요?"

"있었겠지만 그날은 아니었어요."

"출생 신고도 하지 않은 아이를 혼자 키우면서 아이 아버지한테 한 번도 연락을 안 했다고요?"

"아, 그랬으면 좋았을 텐데 말이에요. 유히에게도 책임이 있으니 아이를 그 사람한테 맡기면 좋았을 텐데. 그랬다면 나도 유야도, 어쩌면 마히루도 좀 더 나은 인생을 살았을지도 모르죠. 아, 그런데 유히는 실종됐다고 했나요?"

꼭 남의 일처럼 말했다.

때마침 점심 식사 시간이 되어 휴식하기로 했다. 가라스마는 투덜대는 니시와 함께 뻐근한 어깨를 두드리며 회의실로 돌아오니 하자쿠라가 기다리고 있었다. 그는 여전히 기쁜 기색 없는 얼굴로 새로운 사실을 알게 됐다고 말했다.

"2001년 마사치카 유히와 함께 보호됐던 소년인데 이름이 고즈카 아사히야."

"아사히……?"

어디선가 들은 이름이다.

"마사치카 유히를 데리고 떠돌던 마사치카 다쿠지의 친아들인데 유히와 함께 가미쿠라 아동상담소에 임시 보호됐다가 다쿠지의 전부인이자 자신의 친어머니에게 입양됐어. 어머니는 재혼해 성이 고즈카로 바뀌었기 때문에 마사치카 아사히도 고즈카 아사히가 됐지."

"고즈카 아사히!"

생각났다. 팔 년 전 납치사건에서 몸값 운반책을 맡은 청년이었다. 수사관이 당시 상황에 대해 들으러 갔지만 마쓰바 오사무의 증언만 보강했을 뿐 이렇다 할 정보는 얻지 못했다.

그런데 그 아사히와 마사치카 유히 사이에 접점이 있었다니. 갑자기 아드레날린이 솟구쳤다.

"설마 동명이인은 아니겠지?"

"틀림없이 동일 인물 맞아."

"그 사람도 공범이에요!"

니시의 얼굴에 긴장의 빛이 서렸다.

"그리고 하나 더 있어. 마사치카 유히가 칼에 찔렸을 때 이송한 구급대원이 진술했어."

기다리던 정보였다. 당시 기록은 이미 사라졌고 대원들이 이동하거나 퇴직해 정보를 얻는 데 시간이 걸렸다.

"아파트에 도착했을 때 마사치카 유히의 의식은 흐릿했대. 신고자는 마사치카 유히 또래 남자였는데 구급차에 동승했지만 병원에 도착해 유히가 수술실에 들어가자 어느새 사라졌다고 해. 마사치카 유히는 그 남자를 '형'이라고 불렀고."

형. 마사치카 유히에게 형은 없지만 그렇게 부를 만한 상대는 있다. 그는 자신을 데리고 떠돌던 남자를 아버지라고 불렀다고 한다.

"구급대원에게 고즈카 아사히의 사진을 보여줬더니 얼굴까지는 기억나지 않는다고 했지만."

가라스마는 고개를 휙 돌렸다.

"고즈카 아사히에게 다시 이야기를 들어야겠네."

11

유야는 어린이용 '돈키호테'를 하루 만에 다 읽었다. 하지만 치나쓰가 "재밌어?"라고 묻자 화가 난 듯 "전혀"라고 대

244

답했다.

그 후 유야는 최근 이삼일 컨디션이 나빴다. 몸보다 마음이 아팠다. 치나쓰와도 거의 말하려 하지 않았고 처음 호른에 왔을 때처럼 차가운 무표정일 때가 많았다. 그렇지 않으면 불안한 듯 눈을 이리저리 굴렸다. 오늘은 저녁 식사 후부터 보이지 않았다. 자기 방에 있을까? 아니면 그 세탁실 구석에.

아빠 이야기를 할 때부터였다. 그때부터 계속 길을 잃은 아이 같았다. 치나쓰는 약속대로 아무에게도 말하지 않았다. 그런데 왜 말하면 안 되는 것일까.

'유야를 찾으러 갈까? 하지만 다들 지켜보는데.'

거실에서 아이들과 드라마를 보면서 우물쭈물 망설이는데 돌연 창가에서 와아 하고 소란스러운 소리가 났다.

"얘네들 아기를 만들려고 해!"

남자아이들이 문조 새장을 둘러싸고 있었다. 티엔이 시끄럽다고 불평했지만 아무도 듣지 않았다. 웃고 떠들면서 나란히 놓인 두 새장 입구를 열고 길을 앤이 있는 새장으로 옮겨 넣으려는 것 같았다. 울음소리가 평소와 달랐다. 그 소리를 다 덮을 정도로 남자아이들은 몹시 흥분했다. 왠지 무서운, 불길한 느낌이 들었다.

"뭐 하는 거야, 서로 다른 새장에서 기르는 게 규칙이잖아!"

스바루가 소리치며 뛰어들었다. 남자아이들은 순식간에 기가 죽어 맥없이 물러났다.

"죽는다!"

스바루가 무시무시한 기세로 돌진하다시피 곧바로 문조에게 달려갔다.

길과 앤은 깜짝 놀랐는지 날카로운 소리를 내며 푸드덕거렸다. 여자아이들이 남자아이들을 비난하고 남자아이들이 되받아치고 스바루가 다시 소리를 질렀다. 드라마 대사는 전혀 들리지 않았고 치나쓰는 안절부절못했다.

상황이 그래서 거실에 들어온 유야를 바로 알아차리지 못했다. 유야는 곧장 새장을 향해 걸어갔고 어느새 그 옆에 서 있었다. 왜인지 소름이 돋았다.

스바루가 돌아봤다. 유야가 갑자기 길이 있는 새장을 머리 위로 들어 올려 바닥에 힘껏 내동댕이쳤다. 금속 새장이 부서지는 소리와 새된 비명이 귀에 꽂혔다. 길의 비명. 앤의 비명. 그리고 모두의 비명.

급히 달려온 선생님이 유야의 발치에 부서진 새장과 무릎을 꿇고 두 손으로 길을 안아 올리는 스바루를 발견했다. 길은 울지 않고 축 늘어져 있었다. 앤은 다른 새장에서 푸드덕 푸드덕하며 울부짖었다. 티엔과 아이들이 저마다 상황을 설명했지만 목소리가 뒤섞여 알아들을 수 없었다.

치나쓰는 머릿속이 새하얘져서 소리도 내지 못한 채 유야만 바라봤다. 유야는 두 팔을 축 늘어뜨리고 서서 자신이 저지른 일을 내려다봤다. 파도에 이리저리 흔들리는 사람처럼 어깨와 가슴이 흐느적거렸다. 경직된 하얀 얼굴. 번득이는 눈은 조금도 깜빡거리지 않았다.

"길! 길!"

스바루가 큰 소리로 불렀다. 아이들도 한목소리로 이름을 불렀다.

"선생님이 좀 볼게."

선생님이 날카롭게 말했다. 유야를 탓하는 소리도 들렸다.

치나쓰는 깜짝 놀라 시선을 내리깔았다. 길이 어떻게 될까 봐 두려웠지만 유야와 눈이 마주칠까 봐 더 겁났다. 만약 지금 갑자기 유야가 치나쓰가 있는 쪽을 보면 어떻게 해야 할지 모르겠다. 유야가 무서웠다.

길은 동물병원에 입원했다. 목숨을 구해서 다행이지만 건강을 되찾아도 이제 호른으로 돌아오지 않고 원래 기르던 선생님 집으로 간다고 했다. 앤은 길보다 먼저 선생님의 집으로 돌아갔다.

다들 마음이 허전했고 치나쓰도 서운했다. 유야 때문이라며 화가 난 아이도 많았는데 그중에서도 가장 화난 사람은 스바루였다.

"왜 그런 거야."

무시무시한 얼굴로 따지고 드는 스바루를 유야는 무표정하게 돌아봤다.

"시끄럽고 짜증 나서."

"길이 죽을 뻔했잖아."

"안 죽었잖아."

"엄청 아프고 무서웠을 거야."

"그래서 어쩌라고."

"길한테 사과해!"

스바루가 멱살을 잡는 바람에 유야의 하얗고 가는 목이 흔들렸다. 침이 얼굴에 튀어 유야의 눈가가 움찔거렸다.

"아, 시끄러워."

"뭐라고?"

"차라리 발로 콱 밟아 버릴걸. 그러면 고통받지 않고 죽었을 텐데."

유야의 가느다란 몸이 허공을 갈랐다. 치나쓰는 눈을 질끈 감는 바람에 벽에 부딪히는 모습을 보지 못했다. 선생님들 두 명이 달려와 스바루와 유야를 떼어놓고 또 다른 선생님이 유야를 어디론가 데려갔다. 모두가 소란스러운 가운데 치나쓰는 그저 떨고만 있었다.

그 후 유야는 아이들과 따로 행동했다. 밥도 목욕도 혼자, 방도 따로 사용했다. 선생님은 싸움을 방지하기 위해 한동안 그러는 것이라고 했는데 한동안이라니 언제까지일까. 아이들은 여전히 화를 냈고 스바루와 그를 따르는 남자아이들은 "다음에 만나면 끝장낼 거야"라며 별렀다.

치나쓰는 점점 자신의 탓인 것만 같았다. 유야는 치나쓰에게 아빠 이야기를 한 뒤로 이상해졌다. 그때 상처를 받았을지 모른다. 치나쓰는 내심 심술궂은 생각을 했으니까.

아빠가 치나쓰를 잊어버리는 것도 자신에게 뭔가 나쁜 점이 있기 때문 아닐까. 할아버지와 할머니가 언니만 데리고 간 것도 치나쓰가 나쁜 아이기 때문일까. 줄곧 어렴풋이 그런 생각을 했지만 생각하면 배가 아프니까 회피했던 것이 머릿속에 부풀어 올랐다.

용기를 내서 유야에게 사과하고 싶었지만 그 후로 한 번도 만나지 못했다. 선생님에게 털어놔야 할까. 하지만 선생님이 치나쓰에게 유야를 부탁했는데, 이 사실을 알면 분명 실망할 것이다. 게다가 유야의 아빠 이야기는 아무에게도 말하지 않겠다고 약속했다. 그것만 빼고 어떻게 설명하면 좋을까?

고민을 거듭한 끝에 다치카와에게는 말해도 괜찮을 것 같았다. 유야를 담당하는 아동복지사인데 치나쓰를 담당하기도 한다. 내성적인 치나쓰도 다치카와에게는 부담 없이 이야기할 수 있었다. 치나쓰를 갓 맡았을 때도 아빠의 좋은 점을 많이 들어줬다. 다치카와라면 비밀을 지키며 이야기를 잘 들어줄 것 같았다.

다치카와는 유야가 호른에 온 뒤 자주 이곳을 찾았다. 그때가 기회였다. 다른 사람들의 눈을 피하고 싶어서 다치카와가 안에 있는 동안 몰래 문밖으로 나와 그가 돌아가는 길에 숨어 기다렸다. 어른들에게 잘 달라붙는 아이들도 문밖까지는 따라오지 않았다.

운동장에서 노는 소리와 공 소리를 들으면서 땀을 닦아내고 또 닦아내며 기다렸다. 다치카와는 바쁜지 항상 오래 머물지 않기 때문에 그리 오래 기다리지 않아도 될 터다. 금방이라도 누군가가 "치나쓰, 뭐해?"라며 고개를 내밀 것 같아 초조한 마음으로 시간이 어서 가기만을 빌었다.

긴장되는 마음으로 기다리는데 별안간 누가 말을 걸었다.

"너 호른에서 지내는 아이니?"

치나쓰는 펄쩍 뛰어오를 뻔했다. 문 안쪽만 신경 쓰는 바람에 바로 옆으로 다가와 선 남자를 눈치채지 못했다.

모르는 사람이었다. 매우 뚱뚱하고 머리가 등에 닿을 정도로 긴 데다 수염이 덥수룩했다. 할아버지는 아니지만 나이를 짐작할 수 없었다.

겁에 질려 그 자리에 얼어붙은 듯 선 치나쓰에게 남자는 미소 지으며 말을 걸었다.

"여기에 마쓰바 유야라는 아이가 있지? 만나고 싶은데 불러줄 수 있니?"

유야? 치나쓰는 순간 문 앞쪽으로 도망쳤다. 분명 언론 관계자이리라. 요즘은 줄었지만 유야가 호른에 처음 왔을 때만 해도 이런 사람들이 구름같이 모여들었다. 아무 대답도 하지 말라고 선생님들이 엄격히 입단속 했고 그렇지 않아도 모르는 사람과는 대화하면 안 됐다.

"잠깐만. 유야에 대해 알려주기만 해도 괜찮아. 사례할 테니까."

목소리가 쫓아왔다. 이상하게 다정하고 예쁜 목소리였다.

그때 티엔이 달려왔다.

"치나쓰, 무슨 일이야! 이 사람 누구야."

"모, 몰라."

"정신병자야? 저리 꺼져, 변태!"

다른 아이들도 속속 모여들었다.

"무슨 용건이십니까?"

다치카와가 아이들을 헤치고 앞으로 나섰다. 들어본 적 없는 엄한 목소리에 치나쓰는 자신이 꾸중 듣는 기분이었다. 저 사람이 말 걸 틈을 주면 안 됐다.

그런데 뚱뚱한 남자는 침착했다.

"방치 사건 피해 아동이 여기서 지낸다는 걸 알고 찾아왔습니다. 이름이 마쓰바 유야라더군요. 그 아이를 만나고 싶습니다."

"취재진입니까? 당장 돌아가세요."

"마쓰바 유야가 있다는 사실을 부정하지 않으시는군요."

"아동의 개인정보는 일절 답변드릴 수 없습니다."

"그저 이야기를 나누고 싶을 뿐이에요."

"돌아가지 않는다면 경찰을 부르겠습니다."

아이들은 숨을 죽이고 어른들의 공방을 지켜봤다.

남자가 다시 뭐라고 말하려다가 다치카와의 기다란 눈을 뚫어지게 응시하더니 "안 되겠군"이라고 중얼거리고는 떠났다. 와아, 환호성이 터졌다.

"다시는 오지 마, 기레기!"

다치카와는 거친 말을 던진 아이에게 주의를 준 뒤 치나쓰를 쳐다봤다.

"괜찮니?"

둥글게 모여 있던 아이들 밖에서 꼼짝 않고 서 있던 치나쓰는 말없이 고개를 끄덕였다.

"저 사람이 뭐라고 그랬니?"

"……유야를 만나게 해 달라고요. 어떻게 지내는지만이라도 알려달라고 했어요."

"그렇구나. 대답 안 하고 도망친 거지? 잘했어."

그렇게 말하는 목소리가 평소와 같아서 마음이 편해졌다.

"잠깐 선생님과 이야기하고 올게."

현관으로 돌아가려던 다치카와가 땅이 조금 파인 곳에 걸려 비틀거리는 모습을 보고 더욱 안심했다. 밝고 다정하고 조금 덜렁대는 평소의 다치카와였다.

그 뒤로는 티엔을 포함한 다른 아이들과 놀았다. 티엔이 철봉을 거꾸로 오르는 법을 가르쳐줘서 따라 해봤지만 잘 되지 않았다. 그래도 즐거웠다. 그 일을 언니에게 보내는 편지에 쓰려고 했다. 문조 사건과 기자 이야기는 빼고.

다치카와에게 유야의 이야기를 하지 못한 사실을 깨달은 것은 철봉 그림자가 쑥 길어진 뒤였다. 다치카와는 진작 돌아가고 없었다.

12

고즈카 아사히는 도쿄에 혼자 살았다. '주간 요노나카'라는 작은 출판사에 근무하며 회사명과 같은 이름의 대중 주간지에 기사를 썼다.

가라스마는 지금껏 읽어본 적 없는 주간지라서 전철에 타기 전 구입했는데 표지에 '자식은 굶어 죽이고 섹스에 빠진 미인 싱글맘'이라는 글자가 들쭉날쭉한 글씨로 적혀 있었다. 펼쳐 보니 '딸을 악마로 만든 명문가의 말로', '가정 교육 실패의 대가' 같은 제목으로 마쓰바 집안의 상황도 실려 있었다.

요컨대 집에서 근신 중인 마쓰바 오사무는 그대로 고정 프로그램을 하차할 전망이고 아내 도코는 건강이 악화해 몸져누웠다는 내용. 악의적인 전화가 끊이지 않아서 전화선을 뽑아 놓았고 누군가 정원에 음식물쓰레기와 새의 사체, 불을 붙인 폭죽까지 던진다는 내용이었다. 사진도 많이 실려 있었다. 낙서와 벽보로 도배된 담장. 그곳에 적힌 욕설. 박스 테이프로 막아 버린 우편함. 깨진 곳을 골판지상자로 막은 창문. 마쓰바 집안을 상징하는 듯한 멋들어진 소나무도 강렬한 붉은 페인트를 뒤집어썼다.

"아무리 순찰을 강화해도 끝이 없어요. 개인정보도 계속 인터넷에 퍼지고. 마쓰바 미오리의 모교에도 욕설 전화와 전단지가 심각하다더라고요. 학교 교육방침과 관리 체제에도 문제가 있다면서 교육 평론가인가 뭔가 하는 사람이 TV에 나와서 말했다나 봐요."

옆에서 주간지를 들여다보던 니시가 안타까운 한숨을 쉬었다.

"이런 것도 물론 좋지 않지만⋯⋯. 어제 오랜만에 집에 돌아가서 아이들 자는 얼굴을 봤거든요. 그랬더니 자꾸 눈물이 나오더라고요. 왜 아이를 학대하는지 도무지 이해할 수 없네요."

가라스마는 주간지를 덮고 차창 밖으로 시선을 돌렸다. 높은 하늘에 붓으로 얇고 길게 늘려 놓은 듯 구름이 펼쳐져 있었는데 하얀 색채가 자그마한 글씨에 익숙해진 눈을 자극했다.

그 아련한 감각이 기억의 저편에서 유야를 불러왔다. 첫 대면 조사를 실패했으니 다음 조사는 그야말로 세심하게 주의를 기울여 순조롭게 마칠 수 있었다고 생각한다. 그러나 유야의 컨디션이 나빠졌다고 한다. 아버지 이야기를 들은 것은 수확이었지만 그것만으로 기뻐할 수는 없었다.

어머니 미오리도 어제부터 열이 나서 오늘 취조는 취소됐다. 계속된 취조에 피로가 누적됐으리라. 그 때문에 뜻하지 않게 가라스마에게 여유가 생겨 고즈카의 대면 조사를 맡게 됐다. 솔직히 체력에 한계를 느꼈지만 다른 수사관들도 저마다 분주해서 거절할 수 없었다.

"아이를 학대하는 심리를 이해하지 못하는 건 당연해. 그걸 이해하는 게 오히려 문제 아냐?"

"하긴 그러네요."

"이해하려고 하지 마. 저절로 이해되는 게 아니니까. 그래서 우리 형사는 이해할 수 없다는 말로 끝내면 안 돼. 저지른 놈들의 이야기를 듣고, 알고, 공부해야 하지."

"갑자기 왜 그러세요. 설마 하라다 형사님 말처럼 마쓰바미오리에게 홀려서⋯⋯."

"그런 거 아니라고 했잖아. 그 여자한테는 몹시 화가 나. 다만 악마 엄마가 왜 악마 엄마가 됐는지, 무슨 생각으로 무슨 짓을 했는지 진실을 밝히고 싶을 뿐이야."

"허어. 납치와 상해는 고사하고 아이를 방치한 일에 관해서는 솔직히 진술한 것 같은데요. 정황증거나 다른 증언과도 모순되지 않고요."

수사관 대부분은 니시와 같은 의견이었다. 모든 수사관의 의견일지도 몰랐다. 가라스마 혼자만이 스스로에게조차 설명할 수 없는 위화감을 계속 느꼈다.

"아니, 나답지 않은 말을 했네. 잠이 부족해서 정신이 나갔나 봐, 정말."

"잠이나 실컷 자고 싶네요."

"사건이 해결되면 뭘 할 거야? 자는 것 말고."

"이 이야기 몇 번째죠?"

허망한 웃음소리와 함께 양복을 입은 몸은 도쿄로 향했다. 전화로 약속을 잡았을 때 회사로 와줬으면 좋겠다고 해서 도쿄 진보초로 향하는 중이었다.

"가라스마 형사님은 잘 아시죠? 도쿄."

"회사원 시절에 출퇴근한 게 다야. 옛날 옛적 이야기지. 요즘에도 가끔 놀러 가긴 하지만. 아, 이왕 도쿄에 온 김에 공연상 가고 싶네. 반짝거리는 예쁜 것들을 보고 마음을 정화하고 싶어."

"저는 도쿄 지리는 아예 모르니 형사님만 믿습니다."

니시의 기대를 짊어졌지만 고즈카가 근무하는 출판사는 찾기 매우 어려운 곳에 있었다. 복잡한 골목에 세워진 상가건물 7층이었는데 건물 앞을 두 번 지나쳤다가 엘리베이터 옆에 나와 있는 회사 이름이 적힌 안내판을 겨우 발견했다. 1층 부동산 중개업소 옆을 지나 담배 냄새가 찌든 엘리베이터에 올라탔다. 걸음을 멈추자마자 두 사람은 비 오듯 쏟아지는 땀을 손수건으로 부지런히 닦았다.

7층에 내려 바로 왼쪽에 있는 문의 초인종을 눌렀다. 잠시후 "네"하고 퉁명스러운 남자 목소리가 들렸다.

"가나가와현경 수사1과 가라스마와 니시입니다. 고즈카 아사히 씨를 만나러 왔습니다."

문이 열리고 묘하게 일그러진 듯한 인상의 남자가 얼굴을 내밀었다.

"안녕하세요. 고즈카 아사히입니다."

겉모습이 이상하다는 뜻이 아니다. 캐주얼한 옷차림이지만 오히려 지금까지 만난 가십 기자들보다 깔끔했다. 그러나 형사가 방문했는데 이렇게까지 침착하다니 일반적인 반응이 아니었다. 고개를 갸웃하며 두 사람을 바라보는 눈빛에는 뻔뻔함과 될 대로 되라는 느낌이 서려 있었다.

아사히는 손목시계로 시선을 옮겼다. 약속 시간은 오후 2시로, 가라스마가 엘리베이터에 간신히 올라타 확인했을 때 2시일 분 전이었다.

"찻집에라도 가실까요?"

아사히는 대답을 기다리지 않고 사무실 안으로 사라졌다가 지갑과 스마트폰을 들고나와 엘리베이터 버튼을 눌렀다. 가라스마 일행이 타고 온 엘리베이터에 그대로 몸을 싣고 1층으로 내려갔다.

상가건물 몇 채 옆에 남학생과 여학생처럼 보이는 사람들로 붐빈 프랜차이즈 카페가 있었는데 아사히는 그대로 지나쳐 그 카페 뒤쪽에 있는 오래된 찻집으로 들어갔다. 가게 앞에는 소박한 화분이 늘어서 있었고 문이 여닫힐 때마다 벨이 울렸다. 구석에 놓인 4인석에 앉아 나이 든 웨이트리스에게 커피와 피자 토스트를 주문할 때까지 아사히는 말이 없었다.

가라스마와 니시는 아이스커피를 주문했다.

"점심 식사인가요?"

"규칙적인 생활을 한다고는 못하겠네요."

"저희도 똑같습니다."

아사히는 입술 끝을 조금 끌어올렸지만 호의적인 미소는 아니었다. 냉담한 태도에 걸맞게 땀 한 방울 흘리지 않았다. 무더운 날씨에 땀범벅이 된 몸으로 방문한 자신들 입장에서는 이상하게 엉뚱한 반발심을 느꼈다.

"여기는 늘 손님이 없고 주인 부부는 귀가 어두워서 여러모로 편리해요. 전에 다른 형사님이 오셨을 때도 여기서 이야기를 나눴죠. 전화로도 말씀드렸지만 그 납치사건에 대해 내가 아는 건 다 말씀드렸습니다."

"다시 한번 처음부터 말씀해 주세요."

아사히는 노골적으로 한숨을 내뱉은 뒤 귀찮다는 듯 사건의 전말을 이야기했다. 내용은 마쓰바 오사무가 말한 것과 같았는데 협박 편지가 도착한 부분부터 운반책을 변경하는 지시를 받았다는 부분까지는 아사히도 전해 들은 이야기였고 몸값을 들고 이리저리 이동한 부분은 실제로 겪은 경험이었다. 도중에 가라스마와 니시가 주문한 아이스커피가 나올 때 말고는 이야기가 끊어지지 않았다.

"마쓰바 오사무 씨의 선거사무소에서 자원봉사자로 일한 이유가 뭔가요?"

"정경학부여서 선거에 관심이 좀 있었거든요. 요코하마 시장 선거를 한다는 소식을 듣고 거기라면 집에서 못 다닐 거리도 아니라고 생각했어요. 홈페이지에서 선거원을 모집 중인 후보자들의 공약 등을 대충 읽어본 뒤 깊이 생각하지 않고 결정했습니다."

"본인 의지로?"

"네?"

납치가 미오리의 자작극이고 마사치카 유히가 공범이라면 몸값을 운반한 고즈카 아사히도 한패였을 수 있다. 오사무 측 사람이 아사히를 지목했다지만 만약을 위해 넌지시 떠봤다.

"마쓰바 미오리와 아는 사이입니까?"

"아뇨, 그 사람은 선거사무소에 나온 적 없거든요."

미오리에게도 고즈카 아사히를 아냐고 물었지만 이름조차 들어본 적 없다고 대답했고 사진을 보여줘도 전혀 모르는 눈치였다. 아마 연기는 아닐 것이다.

"몸값을 건넬 때 아사히 씨는 범인과 접촉했죠. 범인에 대해 뭔가 눈치챈 점은 없나요?"

"피곤하고 너무 긴장해서 상대를 관찰할 여유 따위 없었어요."

"아는 사람이었을 가능성은요?"

아사히의 눈빛이 조금 변했다.

"무슨 뜻입니까?"

"마사치카 유히 씨, 아시죠?"

"유히?"

"2001년까지 당신과 함께 떠돌이 생활을 한 유히 씨요."

"왜 그 이름이 나오죠? 걔가 납치사건의 범인이기라도 합니까?"

"마사치카 유히 씨를 만난 건 언제가 마지막입니까?"

가라스마는 표정을 바꾸지 않고 질문을 끝까지 밀어붙였다. 말없이 서로를 응시하다가 물러선 사람은 아사히였다.

"방금 형사님 말씀대로 2001년이요. 같이 경찰의 보호를 받다가 뿔뿔이 헤어졌어요."

"거짓말을 하시네요. 2011년 11월 24일 새벽 1시경, 마사치카 유히는 복부에 자상을 입고 응급 이송됐습니다. 그때 그의 아파트에서 신고 전화를 한 사람은 아사히 씨였죠. 구급차에도 동승하셨고요."

동영상을 일시 정지한 것처럼 한 박자 늦게 아사히가 후우하고 숨을 내뱉었다.

"들켰군요."

"왜 거짓말을 하셨죠?"

"귀찮은 일에 휘말리는 건 질색이니까요."

"그래서 전에 형사를 만났을 때도 유히 씨가 다친 일을 숨겼습니까?"

"숨겼다니 듣기 불편하네요. 말을 안 했을 뿐입니다. 납치

사건만 물어보셨잖아요."

지금 장난하냐며 언성을 높이려는 니시를 가라스마가 손을
들어 저지했다.

"이번에는 사실대로 대답해 주시죠. 마지막으로 유히 씨와
만난 건 언제입니까?"

"그것도 이미 조사하신 거 아닌가요? 유히가 입원했을 때
병문안을 간 게 마지막이에요. 정확한 날짜는 기억 안 나지만
2012년 1월이었죠. 녀석이 양아버지를 잃은 지 얼마 안 됐을
때라 많이 우울해했어요."

"2001년에 헤어지고 2011년 11월 24일까지 아사히 씨는
유히 씨와 다시 만났다는 말이군요."

"2011년 가을에 도쿄에서 딱 마주쳤어요. 십 년 만이었지
만 서로 곧바로 알아봤죠."

"그때 유히 씨의 모습은 어땠습니까?"

"모습이요? 금발에 피어싱을 해서 겉보기에는 요란했지만
성실하게 일하는 것 같았어요."

"하레라는 아동양육시설을 아십니까?"

"네."

"당시 하레는 자금 문제로 운영이 어려운 상태였습니다. 유
히 씨는 시설을 살리려고 애를 썼다더군요. 즉 돈이 필요했다
는 말이죠."

"폐쇄가 결정된 후에야 알았어요. 그전에는 그런 이야기는

하지 않았어요."

"유히 씨에게 마쓰바 집안에 대해 말한 적 있습니까?"

"글쎄요. 했을지도 모르지만 기억은 안 나네요."

느물대는 태도가 못마땅한지 옆에서 메모하는 니시가 콧바람을 거칠게 내뿜었다. 가라스마도 같은 심정이었다.

"반대로 유히 씨가 아사히 씨에게 마쓰바 집안이나 마쓰바 미오리의 이야기를 한 적은요?"

아사히는 뚝뚝 소리를 내며 고개를 돌린 뒤 테이블 위에 팔을 괴고 깍지를 꼈다.

"적당히 하시고 그만 알려주시죠. 형사님들은 유히가 납치범이라고 의심하는 모양인데 근거가 뭐죠?"

가라스마는 수작질 말라는 말을 아이스커피와 함께 삼켰다. 맛은 둘째고 지금 중요한 것은 머리까지 차게 식혀주는 냉기였다. 그런 의미에서 이 아이스커피는 제격이었다.

"마사치카 유히가 칼에 찔려 구급차에 실려 간 날 밤. 그날은 몸값을 주고받은 날이자 마쓰바 미오리가 실종된 날입니다. 관계가 없다고 생각하시나요?"

아사히가 고개를 갸웃했다.

"어느 날 밤에 누가 다치고 누가 가출하는 일이 드문 일이던가요? 가나가와에서 하루에 사건 사고가 몇 건이나 일어나는지 잘은 모르지만."

"그 누구와 누구가 아는 사이였다면? 당시 미오리는 유히 씨의 아이를 임신한 상태였다더군요."

"네!?"

아사히는 눈을 부릅뜨고 큰 소리로 되물었지만 그 반응이 진짜인지 아닌지 판단할 수 없었다. 만약 연기라면 이 남자는 대단한 배우다.

"몰랐어요?"

"네, 놀랍네요. 설마 그 아이가 뉴스에 보도된……?"

"학대 사건으로 보호 중인 남자아이입니다. 아사히 씨네 잡지에도 기사가 났던데요."

"그 기사 담당은 제가 아니지만요."

"납치사건을 기사로 쓸 생각은 안 했습니까? 특종이 될 법한데."

"휘말리는 건 싫다고 했잖아요. 일단 저도 관계자니까요. 그건 그렇고 확실합니까? 아이 아버지가 유히라는 거."

"아이도 미오리도 그렇게 진술했습니다. 미오리는 과거 유히 씨에게 빌려줬다는 책도 소중히 간직했다는 것 같아요. 맨션에 보관하던 것을 얼마 전에 아이에게 전달했습니다."

눈에 거슬리던 턱 높이로 세운 깍지 낀 손가락이 꼼지락거렸다.

"책이요?"

"뭔가 생각나시나요?"

"아뇨, 유히가 책을 빌려 읽다니 의외라서. 아이와 미오리가 그렇게 말했다고요? 유히는 뭐라고 하던가요?"

시치미를 떼는 것일까.

"마사치카 유히 씨는 행방불명입니다."

"뭐라고요?"

"아사히 씨의 신고로 응급실에 실려 가 입원했다가 두 달 후 퇴원한 뒤로는 행방이 묘연합니다. 그래서 순서대로 여쭤 보고 싶군요. 신고 당시 상황을 말씀해 주시죠."

정말 놀랍네, 라고 중얼거리며 아사히는 다시 입을 열었다.

"그날은 몸값을 옮기는 엄청난 임무를 완수하느라 지쳐 도쿄로 돌아갈 여력이 없었습니다. 시간도 늦었고 하룻밤 묵으려고 유히의 아파트로 갔죠. 같이 술을 마셨는데 내가 과음을 좀 해서 바람을 쐬려고 아파트를 나왔어요. 그렇게 잠시 밤거리를 배회하다 돌아와 보니 배에 식칼이 꽂힌 채 유히가 피투성이로 쓰러져 있었어요."

태연한 말투였다. 자세한 상황을 물었더니 팔 년이나 지난 일이라 기억이 모호한 부분은 있지만 특별히 수상한 점은 보이지 않았다.

"아사히 씨가 돌아갔을 때 이미 칼에 찔렸다고요?"

"네. 유히는 넘어지면서 배에 칼이 꽂혔다고 말했습니다."

"그 말을 믿었습니까?"

아사히는 어깨를 살짝 으쓱했다. '예'라고도 '아니오'라고 도 해석할 수 있는 몸짓이었다.

"입원 중에 만났을 때가 마지막이었다고 하셨는데 그 후로 연락은 안 했나요?"

"퇴원 날 문자를 보냈더니 반송됐어요. 전화도 안 받고, 며칠 지나서 아파트로 찾아갔더니 이미 짐을 뺐더라고요. 뭐 그렇게 된 건가 싶었고 그게 마지막이었습니다."

"그렇게 된 건가, 라는 게 무슨 뜻이죠?"

"십 년 만에 다시 만난 형제라는 관계에 질린 것 아니냐는 뜻이죠. 애초에 그렇게 애틋하지도 않고 강한 유대감으로 이어진 사이도 아니었으니. 십 년 동안 만날 생각도 안 했거든요."

아사히의 목소리는 건조했고 맥없이 바람에 휩쓸려 가는 모래 같았다. 무슨 생각을 하는지 표정과 태도를 봐서는 읽을 수 없었다.

"아까 놀라지 않던 것 같은데 미오리가 실종된 사실은 아셨나 보군요."

"다음 날 선거사무소에서 유타카 씨에게 들었습니다. 병원을 나가 그 길로 가출한 것 같다고. 대단하죠, 그 집안. 가족이 실종됐는데도 아무 일 없다는 듯 계속 선거운동을 했잖아요."

그때 피자 토스트와 뜨거운 커피가 나왔다. 아사히는 커피에 커피 밀크만 넣었다.

"잘 먹겠습니다."

그렇게 말한 뒤 맛을 기대하지 않는 얼굴로 두꺼운 토스트를 베어 물었다.

"이 집은 이게 제일 나아요."

아사히는 가지런한 치아 자국이 남은 토스트를 접시에 놓고 커피를 한 모금 마셨다.

"그런데 이해가 안 되네요. 유히와 미오리는 친밀한 관계고 유히가 다친 날 밤 미오리는 실종됐다. 그래서 미오리가 유히를 칼로 찌르고 달아난 것 아닐까 추측했겠죠. 넘어지면서 다쳤다는 유히의 말을 믿었냐고 하셨는데 물론 믿지 않았습니다. 엮이기 싫어서 말하지 않았을 뿐 질 나쁜 패거리와 시비가 붙었겠거니 생각했어요. 그런데 왜 갑자기 유히를 납치범이라고 생각하죠?"

"그렇게 단정 지은 건 아닙니다. 다만 형제처럼 자란 아사히 씨와 유히 씨가 재회했고, 이후 아사히 씨가 마쓰바 오사무 씨의 선거사무소에서 일하기 시작했어요. 당시 유히 씨는 돈이 필요했고 유히 씨와 미오리는 친밀한 사이였습니다. 그리고 납치사건이 발생했죠……."

"잠시만요, 저도 의심하시는 겁니까? 저와 유히가 공모해 미오리를 납치했다고?"

냉동식품을 보통 우편으로 보냈다는 이야기라도 들은 반응이었다. 귀가 의심스러운, 어이가 없는, 너무 어처구니없는 소리에 화낼 마음도 사라졌다고 말하는 듯이.

"무슨 농담도 그런 농담을……."

이어지는 아사히의 말끝에는 웃음기마저 느껴졌다.

"내가 선거사무소에서 일한 것과 유히와 재회한 것은 전혀 무관합니다. 나는 경제적으로 풍족했고 그런 위험을 감수할 이유가 없었거든요. 애초에 내가 공범이라면 처음부터 나를 몸값 운반책으로 지명했을 테고요."

아픈 곳을 찔렸다. 범인이 처음에 지정한 사람은 마쓰다 유타카였고 유타카는 자유의사로 아사히를 선택했다. 범인이 운반책을 변경하라고 명령한 이유는 알려지지 않았다.

"뭣하면 내 계좌라도 확인해 보세요. 팔 년 전에 큰돈이 입금됐는지."

"납치사건이 있고 다음 해 대학교 3학년이 됐을 때 당신은 세타가야의 본가를 나와 혼자 살기 시작했죠. 무슨 심경 변화라도 있었습니까?"

"억지가 심하네요, 가십 기자도 무서울 정도로. 특별한 이유는 없어요. 예전부터 혼자 살고 싶었거든요."

아사히는 침착한 태도로 식사를 다시 시작했다. 토스트를 베어 무는 바삭거리는 소리가 귀에 닿았다.

"유히 씨가 있을 만한 짐작 가는 곳은 없습니까?"

"나도 알고 싶을 정도예요. 너 때문에 엉뚱한 의심을 받아 성가시다고 말해주고 싶네요."

'어떻게 할까요?'

니시가 눈으로 물었다. 가라스마는 아이스커피를 단숨에 절반까지 들이켠 뒤 자리에서 일어났다.

"다시 오겠습니다. 생각나는 것이 있으면 연락주세요."

아사히는 토스트를 손에 든 채 가라스마를 올려다봤다.

"협조하는 대신 정보 하나 정도 얻을 수 없을까요? 마쓰바미오리는 왜 아이를 학대했나요?"

"실례하겠습니다."

찻집을 나서자마자 니시가 도리어 감탄한 기색으로 말했다.

"고즈카 아사히, 저거 완전 냉혈한 아니에요? 유야 이야기를 할 때도 태연하고. 모르는 아이라도 보통은 당연히 눈살을 찌푸리기라도 할 텐데. 하물며 과거에 동생이었던 사람의 아이잖아요. 그 동생조차도 이제 남 취급하네요."

기가 막힌다는 듯 고개를 저었다.

"놈은 분명 혐의가 있을 것이라고 생각했는데 막상 만나 보니 모르겠어요. 본인 말대로 고즈카 아사히는 납치극에 가담할 동기가 없어요. 동생을 위한다는 이유만으로 함께 위험한 다리를 건널 인간 같지는 않고요. 마사치카 유히도 저런 형에게 의지할 마음이 없었겠죠. 저 사람은 정말 무관할지 모르겠어요."

가라스마는 찻집을 돌아봤다. 아사히가 앉아 있는 자리는 밖에서 보이지 않았다.

내리쬐는 햇볕의 열기로 모든 풍경이 아른아른했다.

13

그날 치나쓰는 아침부터 긴장했다. 아니, 전날 밤부터.

내년에 초등학생이 되는 메론이 새 가족의 품으로 가게 돼서 송별회를 하기로 했다. 다 같이 게임을 하거나 케이크를 먹는 것은 기대되지만 잘됐다고 해도 좋을지 모르겠다. 만약 누군가 치나쓰에게 생판 남인 사람들과 가족이 되라고 하면 기쁘지 않을 테니까.

오늘은 유야도 참석한다고 하는데 바로 그 때문에 긴장됐다. 일주일 만에 아이들 앞에 모습을 드러내는 것이다. 치나쓰도 계속 대화를 나누지 못했다.

모두 함께 꾸민 식당은 밤사이 내린 비로 어둑했다. 그런 탓도 있어서인지 선생님에게 이끌려 온 유야는 건강해 보이지 않았다. 아무렇지 않게 상황을 살피다가 시키는 대로 끝자리에 앉았지만 무표정으로 가만히 앉아 있을 뿐 박수도 치지 않고 주스도 마시지 않았다.

유야, 오랜만이야. 이거 맛있어. 그때는 미안했어.

수많은 말을 준비했는데 막상 얼굴을 보니 좀처럼 입 밖으로 나오지 않았다. 애초에 자리에서 일어나 다가갈 용기도 없었다. 주변 여자아이들은 유야를 전혀 신경 쓰지 않았고 스바루와 남자아이들은 무시무시한 눈초리로 유야를 흘끔거렸다.

지난번에 다치카와에게 상담하는 계획은 역시 대실패였다.

그 후로 몇 번인가 상담하려고 했지만 좀처럼 기회를 찾을 수
없었다.

문밖에서 숨어서 기다리는 작전은 더는 쓸 수 없었다. 그때
유야에 대해 물은 뚱뚱한 남자가 이후에도 종종 나타났기 때
문이다. 가노에게 순찰을 늘려달라고 부탁한 듯한데 남자는
포기하지 않고 찾아왔다. 과자나 장난감이나 돈을 주기에 선
생님들의 눈을 피해 대화했다는 아이도 있었다.

식당에서 거실로 이동해 빙고게임 카드를 나눠줄 때 유야
가 보이지 않는다는 것을 깨달았다. 식당을 나올 때까지는 분
명히 있었다. 말을 걸 기회라고 생각해 지켜봤는데 결국 입을
떼지 못해 시선을 돌리고 말았다. 선생님들은 모두 거실에 있
으니 선생님이 데리고 간 것이 아닌 듯했다.

"저기, 유야가 없어."

치나쓰가 말했지만 주변 반응이 시큰둥했다. 묘하게 불안
한 사람은 치나쓰뿐인 듯했다. 문득 깨닫고 보니 스바루 무리
도 보이지 않았다.

빙고의 첫 번째 숫자를 공개했을 때 있다, 없다, 목소리가
높아졌다.

"잠깐 화장실 좀 다녀올게."

치나쓰는 아무래도 걱정이 되어 거실을 나왔다. 우선 세탁
실로 향했지만 평소 즐겨 찾던 그 장소에 유야는 보이지 않았
다. 치나쓰는 점점 종종걸음으로 온 건물을 헤맸다. 방에도

가 봤고 학습실과 면회실도 살폈고 남자화장실 앞에서 잠시 기다려보기도 했다. 그러나 유야는 어디에도 없었다.

건물 안에 없다면 밖에 있을까? 아빠가 사다 준 하늘색 운동화를 신고 현관 처마 밑까지 나가 봤다. 계속 내리는 비로 운동장에 물이 흥건했다. 멀리 보기에는 사람은 없는 것 같지만 빗소리에 섞여 다투는 소리가 어렴풋이 들렸다. 자전거 보관소 쪽이었다. 그곳에는 지붕이 있다.

심장이 쿵쾅거리고 몸이 멋대로 움직였다. 자전거 보관소로 달려가는 도중에야 선생님에게 알려야 한다는 생각이 떠올랐다.

"이거 놔! 너희 따위는 한주먹감이야!"

목소리가 고막에 날아와 꽂혔고 걸음을 멈췄다. 그곳에 스바루를 우두머리로 한 남자아이들 대여섯 명이 유야를 둘러싸고 단단히 누르고 있었다. 콘크리트 바닥에 무릎을 꿇린 유야는 몸부림치며 거세게 반항했지만 상대는 모두 유야보다 체격이 좋고 힘이 셌다.

"뭐야?"

한 아이가 치나쓰를 발견하고는 위협했다. 다른 아이들도 일제히 돌아봤다. 뭐 하는 거냐고 물을 수 없었다. 목소리가 목구멍 깊숙이 파묻혀 나오지 않았다.

저리 꺼져!

이르면 가만 안 둬!

271

심장이 귓속에서 뛰는 듯 아이들의 목소리가 잘 들리지 않았다.

그들의 관심은 이내 유야에게 돌아갔다. 스바루가 유야의 앞에 서서 내려다봤다.

"네가 잘못했잖아. 길이랑 똑같이 괴롭혀 줄 거야."

문조의 복수였다.

스바루가 다른 아이가 건네준 비닐봉지에서 뭔가를 꺼냈다. 그것의 정체를 확인한 순간 치나쓰의 온몸에 소름이 돋았다. 검게 반들거리는 커다란 바퀴벌레. 스바루는 더듬이를 잡아 유야의 머리 위로 들어 올렸다. 다른 아이들이 유야의 머리와 턱을 붙잡고 얼굴을 들어 올린 뒤 억지로 입을 벌렸다. 하얀 뺨에 손가락이 파고들었다.

이럴 수가. 치나쓰는 다리가 후들거려서 그 자리에 주저앉았다. 필사적으로 저항하는 유야의 입 위에서 바퀴벌레가 흔들거렸다.

그만해! 속으로 외쳤을 때 스바루의 엄지와 검지가 떨어졌다. 치나쓰는 저도 모르게 눈을 질끈 감았고 그 순간 유야의 뭉개진 비명이 날아들었다. 눈을 떴다. 유야는 다른 아이에 가려져 보이지 않았다.

자, 삼켜.

제대로 꾹 눌러.

고개를 뒤로 젖히게 해. 위로 향하게.

난폭한 목소리에 유야의 신음이 지워졌다. 구해야 한다고 생각했는데 일어설 수도 소리를 지를 수도 없었다.

"삼키라고!"

세차게 터져 나오는 소리가 지붕을 두드리는 빗소리를 날려버렸다. 하이파이브를 주고받았고 흥분에 가득 찬 웃음소리가 울려 퍼졌다.

"이제 알겠어?"

스바루에게 떠밀려 쓰러진 유야는 두 손으로 땅바닥을 짚으며 일어나려고 했다. 그런데 몸을 일으키기도 전에 다시 아이들이 몸을 짓누르며 꼼짝 못 하게 했다.

그 일을 몇 번이나 반복하는 사이 유야의 상태가 심상치 않았다. 등이 크게 들썩이며 할딱거렸고 얼굴과 목덜미를 마구 쥐어뜯는가 싶더니 돌연 힘을 잃고 쓰러지고 말았다. 그러고는 일어서려고 하지 않았고 꼼짝도 하지 않았다.

"야."

스바루가 발로 쿡쿡 찔렀다. 유야가 반응이 없자 얼굴을 들여다보더니 곧 당황했다. 나머지 아이들도 웅크리고 앉아 몸을 흔들면서 허둥댔다. 몇 명은 당장이라도 달아날 기세였다.

치나쓰는 마음만은 유야에게 당장 달려가고 싶었지만 실제로 몸은 남자아이들의 젖은 발자국 위를 비척비척 기어갔다. 유야를 에워싼 다리들이 한 걸음, 두 걸음 비틀거리며 멀어졌다.

유야는 눈을 감고 있었다. 눈물과 땀과 흙먼지로 범벅이 된 얼굴이 백지장처럼 창백했고 송골송골 맺힌 붉은 방울이 가득했다. 목에도 손에도 다리에도.

"유야……."

목소리를 간신히 끄집어냈다.

"유야. 유야!"

아무리 부르고 흔들어도 반응이 없었다.

"무슨 일이니!"

선생님들이 날카롭게 소리치며 달려왔다.

"유, 유야가……."

눈물이 왈칵 터져 말을 이을 수 없었다. 왠지 유야가 죽을 것 같다.

유야는 구급차에 실려 갔다. 붉은 불빛과 사이렌 소리가 공연히 무서워 치나쓰는 두 손으로 귀를 막았다.

신이시여, 유야를 살려주세요. 유야의 아빠, 정말로 히어로라면 이번에야말로 유야를 구해주세요.

14

유야가 병원에 실려 갔다는 소식은 사건 당일 다치카와를 통해 가라스마에게 전해졌다. 바퀴벌레를 억지로 먹여서 아나필락시스 쇼크를 일으켰다고 했다.

아나필락시스는 여러 장기와 온몸에 알레르기 증상이 나타나며 생명을 위협하는 과민반응을 가리킨다. 특히 혈압이 갑자기 떨어지며 의식을 잃는 경우는 아나필락시스 쇼크라고 하며 일본에서는 거의 매년 오십 명 이상이 이 증상으로 목숨을 잃는다고 한다.

병원에서 검사한 유야는 갑각류 알레르기 진단을 받았다. 갑각류와 바퀴벌레는 구조가 비슷한 물질을 지닌 탓에 반응을 일으킨 것이다. 교차반응이라고 하는데 라텍스 알레르기 환자가 바나나에 반응을 보이는 등 다양한 케이스가 있는 듯했다.

솔직히 설명은 귀에 잘 들어오지 않았다. 바퀴벌레를 입에 억지로 넣게 된 유야, 온몸에 발진이 돋고 얼굴이 퉁퉁 부어 현재 호흡기를 달고 있다는 이야기를 듣고 안타까운 마음에 가슴이 미어졌다.

이 일을 전해 듣자마자 시큰둥한 태도로 일관하던 미오리의 안색이 변했다.

"……그래서 유야는요?"

속삭이다시피 한 목소리였다. 숨소리에 감출 수 없는 동요가 묻어났다.

"뭐야, 죽었으면 좋겠다고 생각했으면서 이제 와 걱정해?"

신랄하게 쏘아붙이는 니시를 가라스마가 눈빛으로 저지했다.

"혹시 몰라서 하룻밤 입원해 상태를 지켜보겠지만 이제 괜찮을 거라더군요. 한동안 발진이 남을 거라지만."

"그 아이에게 알레르기가 있었다니."

"지금까지 아무 일 없이 살다가도 생활의 변화나 피로나 스트레스가 원인이 되어 갑자기 발병할 수도 있대요. 애초에 정신적으로 불안정하던 참에 이번 사건으로 유야가 꽤 타격을 받았나 봐요. 엄마를, 당신을 보고 싶어 해요."

미오리는 굳은 얼굴을 일그러뜨리고 거칠거칠한 입술을 깨물었다. 턱이 잘게 떨렸다.

아동 방치 혐의를 인정하면서 변호사 외 사람과도 면회가 허용됐다. 그러나 유야는 학대 피해자였다. 가해자인 어머니를 만나 나쁜 영향을 받거나 가해자가 자신에게 유리한 방향으로 구슬릴 가능성을 고려해 면회 여부는 신중하게 판단해야 한다. 다치카와는 그 사실을 알면서도 어떻게든 만나게 해줄 방법이 없을까 요청했다.

"당신은 어때요? 유야와 만나고 싶어요?"

미오리가 어떻게 대답할지 짐작이 가지 않았다. 마히루 살인 혐의로 재체포를 앞두고 벌써 한 달이 넘도록 매일같이 얼굴을 마주한 사이다. 가라스마의 반 정도밖에 살지 않은 인생의 대부분을 파악했음에도 그녀에 대해 아무것도 모른다고 느낄 때가 있다.

미오리는 고개를 숙인 채 말이 없었다. 호흡에 따라 들썩이는 가슴이 점차 안정을 찾다가 완전히 멈췄다. 그 상태로 시간이 흘렀다. 화가 끓은 니시가 뭐라고 말하려고 할 때 미오리의 입술이 다시 열렸다.

"유야를 만나게 해 줘요."

목소리는 떨리지도 날이 서지도 않았다.

가라스마가 고개를 들라고 말했다. 미오리는 그 말에 따랐다. 눈이 마주쳤다.

어느 정도 각오를 다진 사람의 얼굴이었다.

적어도 아이를 방치한 사건에 대해서는 자신이 저지른 죄와 마주하려고 한다. 가라스마는 그렇게 말하며 미오리와 유야의 면회 허가를 요청했다. 반대 의견도 있었지만 유야를 만난 뒤 납치와 상해에 대한 태도가 바뀌지 않을까 하는 기대감에 가라스마가 입회하는 조건으로 그 자리에서 허가가 떨어졌다.

면회 당일, 다치카와가 유야를 데리고 왔다. 아나필락시스 쇼크를 일으킨 지 일주일이 지난 지금 얼굴은 아직 조금 부었지만 발진은 사라졌다.

"안녕, 유야."

허리를 낮춰 인사했지만 대답은 없었다. 굳은 얼굴과 불안하게 흔들리는 눈빛만 봐도 유야의 심리 상태가 매우 불안정하다는 다치카와의 보고가 과장이 아니라는 사실을 알 수 있었다.

"안녕하세요. 잘 부탁드립니다."

머리 숙여 인사한 다치카와가 걱정스러운 눈빛으로 유야를 바라봤다.

"상당히 긴장했어요. 어제는 푹 잠들지 못하더라고요."

그렇게 말하는 다치카와도 긴장한 듯 보였다.

"그럴 만도 하지요. 어머니도 긴장했어요."

유야를 만나게 해달라고 말한 미오리는 그 뒤로 침묵을 유지했다. 손목에 손톱으로 긁은 듯한 상처가 점점 늘어난다는 것을 가라스마는 눈치챘다.

"면회실에서 유야가 이성을 잃을 수도 있어요."

"유념하겠습니다. 그런데 저 남자가 왜 여기 있죠?"

가라스마는 아까부터 거슬려 견딜 수 없던 사실을 물었다. 유야와 다치카와 뒤에 경찰 제복을 입은 사람이 한 명 따라왔기 때문이다. 굳이 시야에 들이고 싶지 않았는데 돌아보지 않아도 장소에 맞지 않는 태평한 구두 소리가 들려왔다.

"호른 문 앞에 언론 관계자가 나타나서 가노 경관님께 연락해 와주십사 부탁했습니다. 개중에 교묘한 방법을 쓰기도 해서 CCTV를 설치했으면 좋겠다고 전부터 시설 측에 건의했지만 자금 문제 때문에 현실적으로 어렵거든요."

"경찰은 무슨 역할을 하죠?"

"가노 경관님이 애써 주고 계세요. 순찰도 늘려주고. 하지만 아동상담소처럼 경찰관이 상주할 수는 없는 노릇이니까요. 시설 입소를 서두르는 편이 유아에게 좋겠다고 생각했는데 잘못된 판단이었을지 모르겠어요."

바퀴벌레 건도 포함한 말이리라.

"그래서 언론 관계자는 어떻게 됐습니까?"

"가노 경관님이 도착하기 전에 떠났어요."

"그러면 평소 하던 업무로 돌아가야 하는 거 아닙니까?"

마침내 가라스마가 뒤를 돌아봤다. 가노는 기죽은 기색도 없이 히죽 웃어 보였다.

"들어보니 면회를 간다지 않아? 지난번 언론 관계자가 또 오지 말란 법도 없으니 여기까지 동행했지."

"그럼 할 일 끝났잖아. 이만 돌아가."

"뭐 그렇게 딱딱하게 굴어. 면회는 세 명까지 들어갈 수 있잖아. 당신은 숫자에 포함되지 않으니 유야, 다치카와 씨, 나 셋이 오케이네."

"뭐라고? 설마 면회실까지 따라 들어올 셈이야?"

"다치카와 씨, 괜찮으시죠?"

"네?"

다치카와는 곤혹스러운 표정이었다.

"나는 그냥 병풍이라고 생각해."

맞설 생각은 없다는 듯 가노는 두 손을 가볍게 들어 보였다.

가라스마는 가노의 의도를 짐작할 수 없었다. 능글맞은 남자지만 의미 없이 억지를 부리지는 않는다. 직분을 넘어서까지 면회에 참석하려는 이유가 무엇일까?

"……병풍답게 있어."

어른들의 대화가 들리지 않는 듯 유야는 앞만 보고 걸었다. 다치카와가 대리로 신청서를 작성하는 동안에도 대기실 의자에 돌처럼 앉아 가라스마와 가노가 말을 걸어도 새하얀 얼굴로 입을 꾹 다물었다.

면회실로 들어가 아크릴판 앞 의자에 유야와 다치카와가 나란히 앉았다. 그 옆에 앉으려던 가노를 가라스마가 노려보며 뒤쪽 벽 근처로 물러나게 했다. 가라스마도 마찬가지로 멀찍이 벽 앞에 서서 면회를 지켜봤다.

곧 미오리가 나타났다. 그 모습을 본 순간 유야가 강한 충격을 받았다는 것을 뒷모습만 봐도 알 수 있었다. 촌스러운 추리닝을 입고 부스스한 머리를 하나로 묶은 미오리는 유야가 아는 엄마와 상당히 달랐다. 초췌하기까지 해서 스마트폰에 저장된 사진과 비교하면 십 년은 늙어 보였다.

미오리는 입구에 잠시 멈춰 섰다가 교도관의 재촉에 조용히 자리에 앉았다. 고개를 숙인 유야를 아크릴판 너머로 가만히 바라봤다.

"……아직 얼굴이 부었잖아. 괜찮아?"

유야는 고개를 숙인 채 보일 듯 말 듯 고개를 끄덕였다. 그러고는 머뭇머뭇 고개를 들었다.

"엄마는?"

"엄마?"

"괜찮아?"

미오리의 하얀 얼굴이 붉어진 것을 보고 그녀가 이를 악물었다는 것을 알았다.

"엄마는 건강해."

가라스마는 미오리의 미소를 처음 봤다.

유야의 어깨가 한껏 움츠러들었다.

"죄송해요."

"응?"

"나 때문에 마히루가 죽었잖아. 엄마도 감옥에 들어가고. 아빠 이야기도 하면 안 된다고 했는데 하고."

말을 꺼내자마자 둑이 터지듯 울음이 터져 나왔다. 가슴이 아렸다. 유야가 이렇게나 자신을 탓하고 있었구나.

미오리도 말이 나오지 않는지 입을 반쯤 벌리고 고개를 저었다. 아들을 향해 손을 뻗었지만 아크릴판에 가로막혔다.

"유야."

다치카와가 이름을 부르며 등을 어루만졌다.

"아동복지사인 다치카와입니다."

미오리의 당황한 시선을 받은 그가 자기소개를 했다. 딱딱한 목소리가 믿음직스럽고 책임감 강한 사람이라는 사실을 대변했다. 올곧은 눈빛이 미오리를 담은 듯했다.

다치카와라는 인물을 가늠하려는 듯 미오리는 그를 지그시 바라보았다.

"당신, 아이 있어요? 결혼은요?"

반지가 없는 자신의 왼손을 살짝 들어 올려 보였다.

"……아이도 없고 결혼도 안 했습니다."

다치카와는 당황한 기색으로 마찬가지로 왼손을 내보였다. 미오리는 꽤 오랫동안 그 손을 바라봤다.

"당신 같은 사람과 결혼했다면 분명 행복했겠죠."

눈을 한 번 깜빡한 미오리는 유야를 향해 몸을 돌렸다.

"아니야, 유야. 유야는 잘못 없어. 잘못한 사람은 엄마야."

천천히 말한 뒤 아크릴판에 손바닥을 댔다.

"유야, 잘 들으렴. 마히루가 죽은 건 엄마 때문이야. 유야가 고통받고 슬픈 것도 엄마 때문이고. 그리고 유야가 아빠와 만나지 못하는 것도 엄마 탓이야. 있잖아, 엄마가 옛날에 아빠에게 끔찍한 일을 저질렀거든."

가라스마는 자신도 모르게 몸을 들썩였다. 설마 마사치카유히를 다치게 한 사건을 말하는 것인가. 본인이 칼로 찔렀다고.

"유야가 태어나기 전에 엄마가 나쁜 짓을 했어. 아빠는 엄마를 불쌍히 여겨 도와줬는데 나중에 싸움이 나서 엄마가 아빠를 다치게 했어. 아빠는 나쁜 사람 아니야. 엄마가 말했잖

아. 유야의 아빠는, 마사치카 유히는 히어로로라고."

역시 그랬다. 미오리는 팔 년 전 상해 사건과 납치 자작극을 고백했다.

어머니의 말을 얼마나 이해하는지, 유야는 흐느껴 울며 미오리를 뚫어지게 바라봤다.

"엄마는 이제 유야 곁에 있을 수 없지만 유야 곁에는 늘 아빠가 함께 있어. 분명 지켜보고 있을 거야."

"거짓말. 치나쓰는 마사치카 유히를 모르던걸."

"거짓말 아니야. 아무도 몰라도 분명 있어. 그래도 외로울 때면 『돈키호테』를 읽으렴. 엄마가 아끼던 책, 알지? 그렇지? 유야가 이해하기에는 아직 어려울 테지만 엄마의 이야기와 아주 비슷한 이야기가 많이 나오니까……."

"읽었어. 어린이용 책으로. 그런데 전혀 아니던걸. 그건 돈키호테의 망상이잖아. 사실 기사도 아니고 약하고, 시시해. 엄마의 이야기가 더 좋아."

"그랬구나, 그렇지? 엄마도 그래. 엄마도 그런 결말은 싫더라. 너무 슬픈걸. 환상은 환상인 채로 남겨두는 게 좋지."

미오리는 씁쓸하게 웃다가 이내 진지한 얼굴로 다치카와를 바라봤다.

"다치카와 씨, 라고 하셨죠? 부디 유야를 잘 부탁드립니다. 저는 이렇게 됐지만 히어로가 있다는 걸 유야가 믿게 도와주세요."

머리를 깊이 숙인 뒤 다시 유야에게 미소 지었다.

"유야, 엄마가 미안해. 만나러 와줘서 고마워, 정말 기뻐."

"내일도 올게."

"안 돼."

"그럼 엄마가 와. 돌아오면 안 돼? 나 이제 나쁜 짓 안 할 거야. 마히루한테도 꼭 사과할 테니까."

"유야는 잘못 없어. 하지만 미안, 그것도 안 돼. 엄마는 더 이상 유야에게 해줄 수 있는 게 아무것도 없거든."

유야는 싫다며 격하게 도리질했다. 똑똑한 아이니까 동생이 왜 죽었고 엄마가 왜 체포됐는지, 자신이 왜 양육시설에 들어가야 하는지 인과관계를 이해했을 터다. 게다가 엄마를 그리워했다.

내일도 오자고 말해주고 싶었다. 미오리의 형기는 짧지 않을 것이다. 그 사이에 유야의 마음도 변하겠지. 애정은 남아 있을까. 엄마를 미워하지 않을 수 있을까.

"건강 잘 챙기렴. 이제 점점 추워질 테니까 따뜻하게 챙겨 입고."

미오리는 자리에서 일어나 다시 한번 다치카와에게 고개를 숙였다.

다치카와도 말없이 인사했다.

"건강하게 잘 지내야 해."

미오리는 흐느끼는 유야에게 인사를 남긴 뒤 면회실을 나갔다.

"납치 자작극을 꾸미자고 제안한 사람은 나예요. 혼자서는 못 할 것 같아서 유히를 끌어들였고."

취조실로 자리를 옮긴 뒤 면회실에서 입을 연 과거 사건에 대해 진술하기 시작했다. 그 눈에 눈물은 없었다. 미소도 없다. 하지만 평소처럼 뻔뻔한 태도와 달리 침착하고 냉정한 말투였다.

"인정하는군요. 팔 년 전 납치사건은 당신이 꾸민 자작극이고 마사치카 유히는 공범이었다고."

미오리는 마사치카 유히와 만나 친해진 경위, 각자 돈이 필요했던 이유 등을 감정을 섞지 않고 설명했다. 그에게 끌렸다거나 가족처럼 진심으로 상담해 줘서 기뻤다거나 그런 감정적인 요소는 전혀 없었다.

"당신들이 한 일을 처음부터 이야기해 봐요."

통학용 교통카드 정기권이 든 협박 편지를 선거사무소에 보낸 부분부터 수면제를 먹은 미오리가 건설 중인 빌딩에서 발견되기까지, 미오리의 진술에는 범인밖에 모르는 사실이 많이 포함되었다. 자작극이 확실하다고 봐도 무방했다. 그러나 인형 탈과 오토바이 등 도구는 어떻게 구했냐는 물음에는 유히에게 일임했기 때문에 모른다고 대답했다. 또 몸값의 운반책을 당일에 변경한 사실은 병원에서 정신을 차린 뒤 오빠

인 유타카에게 들어 처음 알았기 때문에 유히가 왜 그랬는지
는 모른다고 했다.

"이유를 묻지 않았어요?"

"그전에 말다툼이 벌어졌거든요. 자작극이 무사히 성공한
날 밤, 유히와 전화 통화를 했어요. 나와 함께 도망칠 줄 알았
는데 자기는 그럴 생각이 없다잖아요. 그래서 얼굴을 보고 설
득하려고 병원을 빠져나와 유히의 아파트로 갔죠. 그런데 도
무지 생각 차이가 좁혀질 기미가 안 보여서 그럼 몸값 절반을
주기 싫다고 했어요. 우리 집 돈이니까. 그렇게 말다툼이 벌
어졌고 화가 나서…… 정신을 차리고 보니 주방에 있던 식칼
로 배를 찔렀더라고요."

"그러고서는?"

"몸값이 든 가방을 들고 아파트에서 도망쳤고 어디에 있었
는지는 정신이 없어서 기억이 잘 안 나요. 아무튼 날이 밝고
서 아무 생각 없이 신칸센을 타고 맨 처음 정차한 나고야에서
내렸어요."

이후 일은 이미 조사를 끝냈고 진술도 얻었다.

"그런 상황에서 임신 사실을 알았군요? 전에도 물었지만
낙태할 생각은 없었어요? 돈이 없었다는 핑계는 이제 안 먹
혀요."

사건의 본질과는 관계없지만 묻고 싶었다. 막힘 없이 흘러
나오던 미오리의 말이 뚝 끊기고 뜻하지 않게 긴 침묵이 깔

렸다.

"……하레에 몇 번 놀러 간 적 있어요. 원치 않는 임신으로 태어난 아이도 많았죠. 지우고 싶었지만 그 아이들 얼굴이 떠올라 할 수 없었어요."

"출생 신고를 하지 않은 이유는 당신이 범죄를 저지르고 도망 다니는 처지라서?"

"그래요. 나는 내가 유히를 죽인 줄 알았어요."

"그 사람 소식을 정말로 몰랐습니까?"

"형사님에게 듣고 처음 알았어요. 뉴스를 최대한 확인했지만 유히 소식은 찾지 못했죠. 유히는 목숨을 구했는데도 내가 찔렀다는 말은 안 했네요. 납치 일을 들킬까 봐 말하지 못했나?"

반년 전, 마사치카 유히가 입원한 병원을 방문해 그의 소식을 물은 젊은 여성은 역시 미오리였다. 전에는 본인이 아니라고 부정했지만 거짓이었다고 인정했다. 병원에서는 아무것도 알려주지 않았고 유히가 살던 아파트와 하레는 이미 사라진 데다 교우관계도 전혀 몰랐기 때문에 정보를 얻을 길이 없었다고 한다.

"마사치카 유히 씨에게 형 이야기를 들은 적은 없었어요?"

"어릴 때 생이별했다는 사람 말이죠? 나는 얼굴도 이름도 모르지만 형을 많이 좋아했다는 이야기는 자주 들었어요. 그런 사람에게도 소식을 알리지 않았다면 역시 이미 세상을 떠났겠죠."

건조한 말투였지만 말끝에 따라 나온 한숨은 숙연했다.

"납치 자작극 말인데요, 마사치카 유히 외에 공범은 없었어요?"

고즈카 아사히를 염두에 둔 질문에 미오리는 단호하게 "없었어요"라고 대답했다.

석연치 않았다. 그렇다면 유히와 아사히의 재회도, 아사히가 오사무의 선거사무소에서 일한 일도 아사히의 설명대로 우연이라는 말인가. 하지만 단순히 미오리가 모를 뿐이라고 가정할 수도 있다. 보이스피싱 범죄에서 말단 운반책이 조직의 전체상을 모르는 것처럼.

"왜 갑자기 모든 걸 털어놓을 마음이 들었어요?"

"유야가 그렇게 되고 보니 새삼 내 탓이라고 뼈저리게 느꼈어요. 마히루 일도 그렇고. 둘 다 내 아이라고 생각할 수 없을 만큼 착한 아이들이에요. 유야는 내가 집에 돌아오면 현관까지 뛰어나와 짐을 받아줬죠. 마히루는 이상한 춤을 자주 춰서 나와 유야를 웃게 했고. 되바라진 면도 있어서 최근에는 멋대로 내 옷을 입거나 화장품을 썼는데……. 왜 그런 일에 그렇게 화가 났을까. 소리 지르고 때렸거든요."

미오리가 책상 밑에서 손목에 손톱을 세우고 있는 것을 알았기 때문에 가라스마는 그만두라는 의미로 손가락으로 책상을 가볍게 두드렸다. 고개를 숙이고 있던 미오리가 창백한 얼굴을 천천히 들었다.

"지금까지 줄곧 도망치기만 했지만 이제 나는 내 인생을 마주해야 해요."

가노라면 어떻게 판단할까? 무심코 생각하고 말았다. 오늘 우연히 마주친 탓이다. 약속대로 면회실에서 병풍처럼 잠자코 있었지만 가노는 과연 미오리를 처음 보고, 그리고 유야에게 하는 말을 듣고 무엇을 간파했을지 궁금했다.

가라스마는 가볍게 고개를 흔든 뒤 날이 갈수록 치렁치렁해지는 머리를 털었다.

어쨌든 자백한 이상 미오리는 일단 상해죄로 재체포된다. 살인죄로 구속기한이 다가오는 가운데 이로써 다시 신병을 확보할 수 있다.

'아직 시간이 있어.'

가라스마는 스스로를 다독였다.

15

9월도 얼마 남지 않았다. 치나쓰와 아이들은 아직 반팔 차림이었고 밖에서 놀면 땀도 났지만 벌써 가을이 찾아왔고 앞으로 점점 밤이 길어질 것이라고 했다.

백일홍은 10월까지 버티지 못하고 시들해졌다. 축 늘어진 분홍색 꽃 아래 죽은 매미가 떨어져 있었다.

"지난번에 유야가 없던 날 있잖아, 걔 엄마 면회하러 간 거래."

티엔의 말이 귀에 들어와 치나쓰는 고개를 획 돌렸다. 티엔은 철봉에 걸터앉아 다리를 흔들거리며 말했고 주변 아이들도 딱히 관심 없어 보였다. 유야의 이름을 듣기만 해도 배가 아픈 사람은 치나쓰뿐인 듯했다.

바퀴벌레를 먹어 병원으로 이송된 유야는 다음 날 돌아왔다. 하지만 얼굴이 퉁퉁 붓고 온몸에 발진이 난 상태였고 또 혼자만 개별 행동하게 됐다. 며칠 뒤에야 마침내 거실에 모습을 보이는가 싶더니 어린아이가 가지고 놀던 소꿉놀이 도구를 느닷없이 걷어차는 바람에 선생님이 다시 데리고 갔다. 문조 때와 같았다.

하지만 이번에는 유야에게 달려드는 사람은 없었다. 바퀴벌레 사건 후 우두머리 격인 스바루는 다른 시설로 옮겨졌다. 티엔의 정보에 따르면 특별한 프로그램을 받기 위해서라고 했다. 무슨 뜻인지 이해 가지 않지만 스바루가 사라졌기 때문인지 아니면 죽을 것 같던 유야를 보고 겁이 났는지 다른 남자아이들도 유야와 엮이지 않으려고 했다.

한동안 내버려 두라고 선생님은 말했다. 그 여자 형사 일행도 계속 오지 않는 것 같았다. 유야의 주변은 완전히 조용해졌다. 마치 유야가 존재하지 않는 것처럼.

이름이 나온 것도 오랜만이었다. 엄마를 면회하러 갔다는

데 유야에게 그다지 좋지 않은 일이었을지 모른다. 유야는 여전히 아이들과 함께 지내지 못하니까. 아직 상태가 나빠서겠지.

치나쓰도 결국 이야기를 나누지 못했다. 시간이 꽤 지났기 때문에 만날 수 있다고 해도 전처럼 이야기할 자신이 없었다. 솔직히 만나고 싶지 않았다. 하지만 역시 마음이 쓰였다.

"치나쓰, 바지에 쓰레기 붙었어."

다른 아이가 치나쓰의 바지에 달라붙은 작게 찢어진 종이 조각을 털어줬다. 빙고 카드였다. 그 사실을 깨닫자 또 배가 아팠다. 바퀴벌레 사건이 일어난 날, 들고 있던 그것을 순간 주머니에 집어넣은 뒤 깜빡 잊고 세탁물에 넣은 것이다. 야단을 맞지 않았지만 함께 빤 빨래에 찢어진 종이가 여기저기 들러붙어 지저분해졌다. 오늘 그 바지를 입었는데 그날 이후 처음이었다.

"고마워."

배에 힘이 들어가지 않아 매우 작은 목소리만 겨우 나왔다. 또 좋지 않은 일이 생길 것만 같은 불길한 예감이 들었다.

예감은 다음 날 현실이 됐다.

16

유난히 뜨겁고 진한 커피로 잠이 부족한 눈을 억지로 뜨면서 가라스마는 어젯밤 늦게 실내에 널어 말린 빨래를 대충 훑었다. 녹초가 되어 집으로 돌아와 옷걸이에 그대로 걸려 있는 그것들을 보면 피로가 더 쌓이는 기분이지만 어쩔 수 없었다.

'그러고 보니 미오리도 빨래 이야기를 했지.'

문득 떠올랐다.

미오리의 자백에 수사관들은 기뻐했다. 그러나 미오리는 납치사건 범행의 전모를 모르며 공범으로 지목된 마사치카 유히는 여전히 행방이 묘연해 사망설이 대세를 이뤘다.

아침 식사 마무리로 에너지 음료를 다 마신 뒤 서둘러 집을 나섰다. 기분 좋은 계절이 찾아왔지만 취조실에 틀어박힌 몸에게는 다른 세상 이야기였다.

그런데 가미쿠라 경찰서에 도착하자 하자쿠라가 오늘 취조는 중단됐다고 통보했다.

'미오리에게 무슨 일이 있나?'

곧바로 그 생각이 떠올랐다. 또 컨디션이 나빠졌을까? 아니면 스스로 손목을 할퀴는 것 이상의 행동을 했을까?

금세 등골이 서늘했지만 진정한 이유는 예상치 못한 것이었다.

"마쓰바 유타카가 살해됐어. 피의자는 마쓰바 도코. 이미 야마테 경찰서에 자수했고 2계에서 조사를 맡았어."

"뭐라고? 잠깐, 유타카라니……."

"마쓰바 미오리의 오빠야."

"도코는 어머니지? 그런데 뭐라고? 도코가 유타카를 살해
했다고? 유타카는 일본에 없다며?"

분명 외국에서 유학 중이어서 유야를 맡을 수 없다고 했다.

"귀국했어?"

"그게, 외국에 산다는 말은 거짓이었나 봐. 계속 본가에 살
았다더군."

"본가라면 요코하마에 있는 마쓰바 집안의 저택?"

"그래. 현장은 그 집 거실이야. 사망 추정 시간은 오늘 9월
24일 자정부터 새벽 1시 사이. 사인은 칼로 경동맥을 절단하
는 바람에 출혈성 쇼크. 식칼로 아들의 목을 찔렀다고 도코
본인이 경찰에 전화했어."

"말이 돼……?"

놀라기는 했지만 도무지 현실 같지 않았다. 도코든 유타카
든 얼굴도 모르는 사람들이다. 하지만 두 사람은 미오리의 어
머니와 오빠이며 유야의 할머니와 삼촌이었다. 유타카는 납
치사건 당시 고즈카 아사히와도 친한 사이였다고 했다.

가라스마 쪽 사건과도 관련이 있어서 서로 정보를 공유하
면서 수사를 진행하게 됐다. 취조 모습을 녹화한 영상이 회의
실 스크린에 떴다.

마쓰바 도코는 예순 살이 아직 안 되었다고 생각할 수 없을
정도로 늙어 보였다. 주간 요노나카의 기사에서 건강이 악화
해 몸져누웠다는 내용을 봤는데 실제로도 침대에서 겨우 몸

을 일으키는 정도 아니었을까 싶을 정도로 쇠약해 보였다. 자산가의 외동딸이자 전직 의원의 아내라는 정보에서 상상할 수 있는 모습이 아니었다.

도코는 빈껍데기처럼 힘없이 고개를 떨구면서도 조사관의 질문에는 정중하게 대답했다. 얼굴은 딸과 겹쳐 보이는 부분이 있지만 말투는 전혀 달랐다.

"딸 미오리가 실종된 후 유타카는 은둔형 외톨이가 됐습니다. 섬세한 면이 있는 아이였기에 충격을 받은 것 같아요."

"도코 씨 몸에 상처와 멍이 많더군요. 원인이 뭡니까?"

"······유타카의 폭력입니다."

"구체적으로?"

"때리거나 발로 찼죠. 뜨거운 물을 뒤집어쓴 적도 있습니다."

"평소에 자주 폭력을 휘둘렀나 보군요. 언제부터 그랬습니까?"

"그 아동 방치 사건이 드러난 무렵부터였습니다. 자신의 여동생이 그런 끔찍한 짓을 저질렀다는 사실에 마음이 버티질 못했죠. 한밤중에 크게 소리 지르거나 날뛰기에 조용히 하라고 주의를 줬어요. 유타카는 외국에서 지낸다고 알려졌는데 계속 그러면 이웃이 눈치를 챌 테니까요. 그게 거슬렸는지 폭력의 화살이 제게 향했습니다."

"남편도 그 사실을 알고 있었습니까?"

"네. 말리려고 했지만 나이와 체격 차이 때문에 도리가 없었어요."

"경찰에 신고할 생각은 안 하셨습니까?"

그 순간, 연약하던 도코의 눈에 불현듯 빛이 들어왔다. 등을 꼿꼿이 펴자 덩치가 커진 것처럼 보이기까지 했다.

"어떻게 신고를 합니까? 우리 가문의 수치인데요. 게다가 유타카가 그렇게 된 것은 나 때문이거든요."

"그게 무슨 말씀이시죠?"

"그 아이는 장남이어서 마쓰바 집안의 대를 이을 인물이 되어야 한다고 어려서부터 엄하게 길렀습니다. 저는 후계자가 될 수 없었습니다, 여자니까요. 아버지께서 크게 실망하셨죠. 그래서 내 몫까지 열심히 살아주길 바랐습니다. 너무 엄격하게 구는 것 아니냐고 남편이 나무랐지만 태어날 때부터 마쓰바 집안의 사람이 아닌 그는 이해하지 못한다며 귀담아듣지 않았어요."

이야기를 자세히 들어보니 도코가 교육이라고 부른 행위는 명백히 도를 넘었다. 공부 시간을 늘리기 위해 수면과 식사 시간은 최대한 줄였다. 만화를 보거나 게임을 하는 것은 물론 학교 친구들과 노는 것도 금지. 유타카가 집에 있는 동안은 계속 감시하고 무슨 일이 있으면 꼬집고 자로 때리고 머리 위로 물을 퍼부었다. 시험 성적이 나쁠 때는 정원에 세워놓고 복습하게 하거나 저녁 식사 반찬을 줄이기도 했다.

"전부 그 아이를 위한 일이었지만 유타카로서는 괴로웠으
리라 생각합니다. 계속 참으며 살던 게 터졌겠죠. 마음씨가
착하고 벌레 한 마리도 못 죽이는 아이였는데 가엾게도."

가엾다는 말에 등골이 오싹했다. 도코는 진심으로 그렇게
생각하는 모습이었다.

"그래서 말없이 버티셨습니까? 그럼 왜 살해했죠?"

"어젯밤엔 기분이 나빴는지 평소보다 폭력이 심했습니다.
이러다가 죽을 것 같아 겁이 나서 부엌으로 도망쳐 나도 모르
게 식칼을 잡았죠. 유타카가 쫓아오기에 거실로 도망쳤고, 그
리고……."

도코는 두 손으로 얼굴을 감쌌다.

"유타카에게 그저 미안할 따름이에요."

이 사건은 미오리에게 강한 충격을 준 듯했다.

"오빠를, 엄마가……?"

시선이 허공을 헤맸다. 자신이 말을 내뱉었다는 자각도 없
는 것 같았다. 가라스마가 사건을 간략하게 설명하는 동안에
도 미오리는 엉뚱한 방향을 보고 입술을 떨었다.

"엄마가 어릴 때 오빠에게 한 짓 당신은 알고 있었습니까?"

가라스마의 물음에 미오리는 겨우 정신을 차린 듯 눈을 깜
빡였다.

"숨기지 않았으니까. 그게 나쁜 짓이라고는 꿈에도 생각 못

했죠. 오빠도 괴롭다거나 싫다는 말을 안 했고."

"그걸 보고 무슨 생각이 드셨습니까?"

"불쌍하다고."

"그건 아동 학대예요."

"아, 그런 말이 있었네요."

"학대를 목격하게 하는 것도 학대예요. 당신도 학대 피해자라는 말입니다."

"이제 와 그게 다 무슨 상관이에요."

미오리는 내뱉듯 말하고는 시선을 피했다.

상관없지 않다고, 그 일은 미오리의 재판에 영향을 미칠 수 있다고 설명해도 관심 없다는 듯 시큰둥한 얼굴이었다. 앞으로 도코가 어떻게 될지도 관심 없다고 했다. 그만큼이나 동요했음에도.

"그건 그렇고 유야는 어때요?"

이 새로운 사건은 저녁 무렵 뉴스로 보도됐다. 마쓰바 집안에서 또다시 어머니가 자식의 목숨을 빼앗는 사건이 벌어졌다. 미오리의 사건과 구조가 같았다. 도코의 학대 행위가 세상에 알려지는 것도 시간문제고 점점 소란스러워지리라.

곧바로 다치카와에게 전화가 왔다. 공개할 수 있는 범위에서 사건의 자세한 내용을 알리고 유야의 상태를 물었더니 TV에 보도된 사건을 보고 혼란스러워한다고 했다. 아직 취재진이 호른으로 몰려들지 않았지만 다른 아이들의 반응도 포함

해 상황을 신중하게 지켜보고 어떻게 대응할지 고민하겠다고
했다.

이 사건에 관해서 미오리에게 특별한 정보는 얻을 수 없었
기 때문에 일찌감치 기존에 조사하던 사건으로 돌아왔다. 납
치, 상해, 그리고 마사치카 유히의 행방. 진술에 부자연스러
운 부분은 없을까 각도와 심도를 여러 가지로 바꾸며 거듭 질
문했지만 미오리의 대답은 일관됐다.

"마쓰바 미오리, 뭔가 변했죠? 유야와 면회한 뒤로."

니시의 말에 전자는 동의하지만 후자는 의견이 달랐다.

"면회하고 나서가 아니야. 면회하고 싶다고 했을 때부터
지."

"형사님, 의외로 세심하시네요."

"미오리가 진실을 말하고 있다고 생각해?"

"마사치카 유히의 소식을 모른다는 말이요? 전에는 거짓이
라고 생각했지만 이제는 사실 같기도 해요. 다른 진술도 믿을
만하고."

"그래. 아이들에게 살의가 있었다는 말 말고는……."

그 위화감은 신발 밑창에 낀 작은 돌처럼 가슴 한구석에 계
속 박혀 있었다. 오히려 미오리가 이야기할수록 그 존재감이
더욱 짙어졌다.

"음, 저는 뭐가 이상한지 모르겠네요. 만약 그게 거짓이라
면 왜 거짓말을 하는 거죠? 죄가 무거워지는데."

바로 그렇다. 전에는 납치, 상해 사건을 추궁당할까 봐 드러난 사건만 빨리 정리해 끝내려고 혐의를 날름 인정하는 것이라고 생각했다. 그런데 납치와 상해 모두 시인한 지금, 여전히 거짓을 말하고 있다면 그 이유는 무엇일까? 미오리는 무엇을 숨기고, 무엇을 지키려고 하는 것일까? 결국 의문은 거기로 돌아갔다.

오늘은 니시를 일찍 돌려보내고 가라스마는 회의실 의자에 앉았다. 다른 수사관들은 모두 나갔는지 가라스마 혼자였다. 손에는 마쓰바 유타카 살해사건 수사자료가 들려 있었다.

관자놀이를 엄지손가락으로 문지르며 서류를 넘겼다. 피해자와 가해자의 기본정보. 부검 결과. 살해 현장 상황. 흉기 특정 경위. 마지막에는 이웃 주민들의 증언도 첨부되어 있었다.

도코가 폭행당하는 사실을 주민들은 어렴풋이 눈치챘던 것 같다. 비명이 새어 나오거나 팔에 멍이 든 모습을 봤다고 진술했다. 그러나 해외에 있다는 아들이 가해자이리라고는 꿈에도 생각하지 못했고 은연중에 남편인 오사무를 의심했던 듯하다.

또 과거 유타카를 학대한 사건도 마찬가지였다. 학대를 의심할 만한 소리를 듣거나 엄하게 꾸짖는 모습을 목격했다는 사람까지 있었다. 초등학교 시절 담임교사에 따르면 유타카는 다른 아이들보다 말랐고 늘 기운이 없었으며 영양실조 같았다고 한다. 그 교사가 담임을 맡았던 기간에만 학교에서 두 번이나 쓰러져 병원에 실려 갔다. 첫 번째는 3교시 수업 시간에 휘청이며 쓰러졌고 두 번째는 점심시간에 정신을 잃고 쓰러졌다.

가라스마는 한숨을 쉬고 자료를 덮었다. 마쓰바 가족은 오래전부터 엉망진창이었다. 집 외관은 훌륭해도 그 안은 흰개미가 갉아먹었다. 그러나 체면을 중시하는 그들은 누구에게도 도움을 요청하지 않았고 또 주위의 누구도 손을 내밀지 않았다. 이웃 주민들이 신고하지 않은 것은 엮이고 싶지 않아서였을까, 아니면 오래된 공동체에 금이 가는 것이 싫어서였을까. 지역에서 마쓰바 집안의 힘이 그만큼 강력했을지도 모른다. 감춰진 어둠이 드러나자마자 모두 나불나불 떠들기 시작했다.

회의실 문이 열리고 경찰 모자를 쓴 중년 남자가 나타났다. 가라스마는 갑작스러운 침입자를 노려봤다.

"뭐하러 왔어?"

"가미쿠라 경찰서는 내 구역이거든. 얼굴 정도 내밀 수 있지, 뭐."

"하자쿠라는 없어."

"그런 것 같네."

가노는 아무도 없는 것을 확인하고 가볍게 안으로 들어와 멋대로 가라스마 옆에 앉았다. 손으로는 캔 커피를 내밀면서 눈으로는 책상 위 수사자료를 응시했다.

"아직도 수사에 미련이 남았어?"

"그런 건 아니지만."

'그러면 왜 온 거야?'

가라스마는 말없이 캔 커피를 받은 뒤 그 대신 수사자료를 가노에게 밀어줬다. 숨겨봤자 어차피 하자쿠라가 알려줄 테니.

"이 사건의 범인은 마쓰바 도코로 결론 난 거야?"

"보면 알잖아."

도코 본인이 범행을 자백했고 흉기인 식칼에서 도코의 지문만 나왔다. 치명상인 목의 자창 상태를 봐도 상처를 입힌 사람은 힘없는 여성일 가능성이 매우 크다는 것이 감찰의의 소견이었다.

"그런데 말이야, 이 시신 상태가 마음에 걸리지 않아?"

"뭐라고?"

가노가 현장에서 촬영한 유타카의 사진을 손가락으로 가리켰다.

나이 서른. 젊은 시절 사진과 비교하면 몸무게가 배 가까이 늘어난 것 같았다. 소파에 앉아 천장을 올려다보는 자세로 숨져 있었는데 하나로 묶은 장발이 축 늘어진 목에서 흘러나온 피에 젖어 뭉쳐 있었다.

"새 옷처럼 깨끗해 보이지 않아?"

시신은 폴로 셔츠와 치노팬츠 차림이었다. 피가 묻었지만 확실히 새 옷 같았다.

"유타카가 집에 있다는 사실을 이웃 주민들은 아무도 몰랐어. 그렇다는 말은 꽤나 철저한 은둔형 외톨이였다는 말이지. 뭐, 외모가 이렇게나 달라졌으니 돌아다녀도 못 알아봤을 수도 있지만. 나 같으면 집에 틀어박혀 아무도 안 만나는데 이런 차림으로 있지는 않을 거야. 추리닝이나, 어쩌면 팬티 한 장 차림?"

팬티 한 장만 입은 가노라니, 상상도 하기 싫지만 듣고 보니 이상했다.

"……사이즈도 딱 맞는 것 같은데."

"게다가 수염도 깔끔하게 면도했어. 사망 추정 시간이 자정에서 새벽 1시 사이라는데 마치 막 면도한 사람 같지. 유타카는 왜 단정한 차림새였을까."

가라스마는 캔 커피를 따서 한 모금 마셨다. 너무 달아서 성분표시를 확인하고는 두 모금은 마시지 않고 책상에 내려놓았다.

"또 하나, 유타카는 왜 소파에 앉아서 죽었을까? 도쿄를 뒤쫓다가 반격을 당했다고 했잖아. 그럼 칼에 찔려 쓰러지면서 어쩌다 소파에 앉은 꼴인가? 뭐 그럴 수도 있지. 옷차림도 유타카가 그냥 멋을 부렸을 수도 있고, 면도 방식은 사람마다 다르니까."

"자, 여기."

가노가 돌려준 수사자료를 가라스마는 받지 않았다.

"그렇지 않다고 한다면?"

가라스마는 인상을 쓰며 말했다. 이미 대답을 들은 기분이 들어 입맛이 썼다.

가노가 기다렸다는 듯 대답했다.

"외출하거나 누굴 만날 예정이었겠지?"

"그 시간에?"

"이미 나갔다 돌아온 참이었을지도 모르고."

"오사무도 도코도 그런 말을 안 했는데."

"숨기고 싶은 이유가 있겠지?"

가노는 평소처럼 히죽히죽 웃었다. 육 년 전 형사 시절처럼.

"누군가와 만날 예정이었다면 전화든 메일이든 주고받지 않았을까 싶은데, 유타카의 스마트폰과 컴퓨터, 조사했어?"

피의자인 도코의 스마트폰은 분석에 들어갔다고 들었지만 유타카는 분명치 않았다. 똑같은 자료를 보고 그 사실을 눈치 챈 가노와 눈치채지 못한 자신. 가라스마는 둘 모두에게 분노하면서 자신의 스마트폰을 집어 들었다.

"엇, 설마 2계에 확인하려고? 남의 수사에 참견하면 미움 살 텐데?"

"네가 할 말은 아니지 않아?"

2계에는 전에 오이소 경찰서에서 함께 근무한 쓰쿠이가 있다.

아니나 다를까 이야기를 들은 쓰쿠이는 불만스러운 듯했다. 현재 유타카의 통신기기는 분석하지 않았고 그럴 필요성도 인지하지 못했다고 한다. 가라스마는 쓰쿠이를 설득하고 부탁했다. 결국 친한 간호사와 미팅을 주선해주겠다는 말이 효과를 발휘했다.

"참나, 어이가 없네. 아저씨 주제에 얼마나 어린 여자를 바라는 거야."

가라스마는 구시렁거리며 전화를 끊었다.

"결과 나오면 알려줘. 나는 이제 라멘 먹고 퇴근할 거니까."

웃차, 하며 자리에서 일어난 가노를 가라스마가 순간 불러세웠다.

"당신 말이야……."

지난번에 미오리를 보고 무슨 생각했어?

그렇게 물으려다가 그만뒀다. 가노에게 물을 생각을 하다니 제정신이 아니다.

가라스마는 캔 커피를 손톱으로 퉁겼다.

"간식, 이왕이면 좀 더 괜찮은 걸로 가져와."

17

유야의 할머니가 삼촌을 죽였다.

할아버지가 유명인이라 그런지 세상은 다시 떠들썩해졌다. 점점 잊힌 유야의 사건도 다시 TV에 거론돼서 누가 설명해준 것도 아니건만 치나쓰는 두 사건에 완전히 익숙해졌다.

유야는 여전히 아이들 앞에 모습을 드러내지 않았다. 특히 할머니 사건이 일어난 후에는 개인실에 틀어박힌 듯 만날 수 없었다. 만약 누군가 유야에 대해 물어도 아무 말 하지 말라고 선생님이 거듭 당부했지만 치나쓰야말로 유야의 소식을 알고 싶었다. 어떻게 지내고 있을까? 그 생각만 하면 배가 아팠다.

"선생님들이 말하는 거 들었는데 어쩌면 유야가 다른 곳으로 갈지도 모른대."

소등 후 룸메이트인 티엔이 소곤소곤 말했다.

"엇……, 왜?"

"왜긴. 유야의 사정을 모두가 알았잖아. 유야가 여기 있는 것도 들킨 것 같고. 이러면 밖에도 못 나가. 그리고 여기 온 뒤로 상태가 계속 안 좋은 것 같잖아."

"그렇지."

다른 아이가 어른스러운 한숨을 쉬었다.

"유야도 참 안됐어. 할머니랑 삼촌이라고 해도 한 번도 만난 적 없는 사람들이잖아. 삼촌 엄청 잘 생겼던데."

공개된 삼촌의 사진은 고등학생 시절 모습이었다. 은둔형 외톨이였기 때문에 최근 사진은 없다고 반 친구 누군가가 말했다. 할머니 사진도 오래된 것 같았는데 정장을 입고 자신감 있게 웃는 모습은 여배우처럼 아름다웠다. 그 할머니가 그 삼촌을. 상상할 수도 없었고 생각만 해도 무서웠다.

"나른해."

티엔이 중얼거렸고 수다는 거기서 끝났다. '나른하다'는 나이 많은 아이들이 자주 쓰는 말이었다. 알 것 같다. 호른에 있는 아이들은 아마 다들 어떤 감각인지 느낀 적 있을 것이다.

치나쓰는 여름 이불을 머리끝까지 잡아당겼다. 유야는 정말로 어디로 가 버릴까? 치나쓰가 모르는 먼 곳으로. 전에 이야기해 준 돈키호테의 모험담처럼.

답답한 마음으로 어느새 잠들었다가 눈을 뜨고 보니 아침이었다. 무서운 꿈을 꾼 것 같은데 기억이 나지 않았다.

기상 시간인 6시 30분은 이미 지났고 방에는 아무도 없었다. 1층에서 소리가 들렸다. 치나쓰도 서둘러 일어나려고 했지만 이상하게 몸이 무거웠다. 어젯밤에 티엔이 말한 것과는 다른 의미로 '나른'했다.

느릿느릿 상체를 일으켰을 때 문이 열리고 선생님이 얼굴을 내밀었다. 일어나지 않는 치나쓰를 걱정해 상태를 보러 온 것이다. 열은 없지만 혹시 모르니 학교에 가지 않기로 했다. 그리고 선생님이 가져다준 아침밥을 절반 정도 먹고 다시 침대에 누웠다.

"다녀오겠습니다."

"조심해서 다녀오렴."

잠시 후 인사 소리가 들렸다. 최근 학교에 다니기 시작한 티엔의 목소리였다.

치나쓰는 이불 속에 숨어 몸을 웅크렸다. 사람들이 나가는 분위기는 그다지 좋아하지 않았다. 남겨진 기분이 드니까.

그러다가 깜빡 졸았나 보다. 아차 싶어 눈을 뜨니 벽에 걸린 낡은 애니메이션 시계는 11시를 지나 있었다.

목이 말라 침대에서 일어나 잠옷 차림으로 방을 나섰다. 공중에 둥둥 뜬 듯 다리에 힘이 없었지만 컨디션은 많이 좋아졌다.

2층 복도를 걷는데 밖이 소란스러웠다. 남자가 크게 외치는 목소리. 여자의 목소리. 둘 다 다급하고 필사적이었다. 무슨 말인지 들리지는 않지만 운동장 쪽이었다. 반대로 건물 안은 묘하게 고요했다.

'무슨 일이지?'

운동장이 내려다보이는 창문 쪽으로 조심스럽게 다가가 살폈다. 숨이 멎었다.

유야다.

운동장 구석에 있는 도구 창고. 그 지붕 위에 유야가 서 있었다. 낯익은 파란 티셔츠를 입고 회색 구름을 등진 채.

선생님과 직원들이 거의 다 모여 유야를 바라보고 있었다. 다치카와도 있었다. 그리고 가노와 쓰키오카, 두 경찰도.

치나쓰는 부들부들 떨리는 몸으로 무언가에 떠밀리듯 계단을 뛰어 내려갔다. 어떻게 하면 좋을지, 어떻게 하고 싶은지도 모른 채 운동장으로 뛰쳐나갔다. 조금 전부터 들리던 소리는 어른들이 유야를 설득하는 목소리였다.

"치나쓰."

선생님에게 붙잡히자마자 갑자기 배가 아팠다.

"유야, 왜 그래!"

선생님은 난감한 표정만 지을 뿐 대답해 주지 않았다.

도구 창고 옆 벽에 공을 넣는 바구니가 붙어 있었다. 그 바구니와 창틀을 계단 삼아 올라간 듯했다. 그런데 어째서? 유야의 얼굴은 유령처럼 창백하고 표정이 없었다. 등골이 오싹했다.

"유야, 거기서 내려오렴. 다들 걱정하잖니."

다치카와가 바로 아래에서 타일렀다. 말투는 상냥하지만 극심한 긴장이 느껴졌다.

"걱정 안 해도 돼요. 나는 나쁜 사람이니까."

유야는 감정이 깃들지 않은 목소리로 대답하더니 한 걸음 앞으로 내디뎠다. 어른들의 비명이 터져 나왔고 치나쓰의 어깨를 감싸 안은 선생님의 손에도 힘이 들어갔다. 치나쓰는 어느새 입으로 숨을 쉬고 있었다. 그런데 도저히 숨을 제대로 쉴 수 없었다.

"유야는 나쁜 사람 아니야."

다치카와의 목소리가 점점 커졌다. 하지만 유야의 귀에는 이미 아무 소리도 들리지 않는 듯했고 걸음을 더욱 내디뎠다. 그리고 마침내 오른발 끝이 지붕 밖으로 튀어나왔다.

"안 돼!"

다치카와가 소리쳤다. 그와 동시에 "악!" 하는 소리가 운동장을 뒤흔들었고 유야의 몸이 앞으로 쓰러졌다. 똑바로 선 자세 그대로 땅바닥을 향해 떨어졌다.

가장 가까이 서 있던 다치카와보다 쓰키오카가 더 빨랐다. 발을 뗐지만 균형이 무너진 다치카와 대신 쓰키오카가 두 팔과 가슴으로 유야를 무사히 받아냈다.

"와아!"

환호성이 터졌고 선생님들이 달려갔다. 가노가 쓰키오카 등을 두드렸다. 다치카와가 어깨에 힘을 빼고 하늘을 올려다봤다.

치나쓰는 그 자리에 주저앉을 것만 같았다. 다리가 흐물거리고 땀이 쏟아지고 몸이 흔들릴 정도로 심장이 마구 뛰었다.

다행이다. 살았어. 일단은.

하지만 유야는 쓰키오카의 품에서 축 늘어져 있었다. 치나쓰는 유야의 곁으로 달려갔다. 유야는 움직이지 않았고 감은 눈에는 푸른 핏줄이 거미줄처럼 비쳤다. 자전거 보관소에서 쓰러졌던 그때 같았다.

"괜찮아. 뛰어내린 충격으로 정신을 잃었을 뿐이야."

가노가 치나쓰의 어깨에 손을 얹고 말했다.

"정말? 정말이에요?"

"그럼, 정말이지."

다치카와도 고개를 끄덕였다.

"저기 봐."

그 말을 듣고 손가락 끝을 따라가자 유야의 얄팍한 가슴이 천천히 위아래로 움직이고 있었다. 숨, 쉬고 있다. 살아 있다.

치나쓰는 온몸에 힘이 쭉 빠져 이번에야말로 그 자리에 주저앉았다. 새 잠옷의 엉덩이 부분이 모래로 더러워졌지만 신경 쓸 여유는 없었다.

유야는 양호실로 옮겨진 지 삼십 분만에 눈을 떴다. 구석에서 지켜보던 치나쓰는 마음이 놓인 나머지 몸이 녹아내리는 것 같았다. 하지만 유야는 별일 없어 다행이라고 거듭 말하는 어른들에게 둘러싸여 괴로워 보였다.

평소에 호른의 아이들을 돌봐주는 담당 의사가 몸에는 아무 이상 없다고 말했다. 다치카와는 치나쓰처럼 몹시 안심했는데 고개를 숙이고 양호실을 나갈 때는 심란해 보여서 치나쓰는 불안했다. 티엔의 말처럼 유야가 다른 시설로 가는 걸까? 그러는 편이 유야에게 좋을지 모르지만 그래도……

"너도 어디 아프니?"

의사가 잠옷을 입은 치나쓰에게 고개를 돌렸다. 치나쓰는 황급히 고개를 저었다. 감기도 이 소동에 깜짝 놀라 도망갔는지 이제는 전혀 아무렇지도 않았다.

유야는 그제야 비로소 어른들 뒤에 있는 치나쓰를 발견하고는 휘둥그레진 눈으로 옆으로 휙 돌아누웠다.

다음에 만나면 말을 걸자, 전에 상처 준 일을 사과하고 또 이야기를 들려달라고 말하자. 그렇게 자신을 달래던 마음이 금세 사그라들었다. 괜찮냐는 말 한마디 묻지 못한 채 도망치듯 양호실을 떠났다.

치나쓰를 부르는 은밀한 목소리가 들린 것은 방으로 돌아가려고 홀로 복도를 걷고 있을 때였다. 고개를 들어 주위를 둘러보니 후미진 곳에서 가노가 손짓했다.

가노는 아무도 없는 식당으로 치나쓰를 데리고 가 제복 주머니에 접어 넣어 놓은 종이 한 장을 꺼냈다.

"이 사람 본 적 있니? 엄청 뚱뚱한 남자인데."

그가 내민 것은 몽타주였다. 긴 머리를 하나로 묶은 둥근 얼굴이 그려져 있었다.

"……자주 찾아오던 사람과 닮았어요. 아마 언론사 사람일 걸요. 그런데 그때 그 사람은 수염이 덥수룩해서 이 사람이 아닐 수도 있지만요."

가노는 턱을 괴고 "역시 그렇군" 하고 중얼거렸다.

"이 사람이 뭐 잘못했어요?"

"경찰이 나쁜 놈들만 찾는 건 아니란다."

불안한 마음으로 물은 치나쓰에게 가노는 헤죽 웃어 보였다. 그렇다면 다행이지만 가노의 말은 그다지 믿을 수 없는 느낌이었다.

"무슨 일이니?"

가노가 갑자기 입구 쪽으로 고개를 돌리고 물었다. 가만히 보니 살짝 열린 문틈 사이로 누군가 물끄러미 식당 안을 살피고 있었다. 치나쓰는 흠칫 어깨를 떨고서 그 사람이 유야라는 사실을 알아차렸다.

"마침 잘됐다. 유야에게도 물어보고 싶은 게 있거든."

가노는 몽타주를 주머니에 넣으면서 유야를 식당 안으로 불렀다.

"아, 치나쓰는 이만 가도 돼. 도와줘서 고마워."

이번에는 치나쓰가 유야와 가노를 볼 차례였다. 식당 밖에서 움직이려고 하지 않는 유야와 눈이 마주쳐 순간 시선을 피했다. 하지만 다시 한번 그쪽을 살피다가 또 눈이 마주쳤다. 유야는 여전히 말이 없고 무표정했다. 하지만 자신을 따라 이곳에 온 것 아닌가, 하는 생각이 번뜩 들었다.

"저도 여기 있어도 돼요?"

쓸데없는 참견일지 모른다고 생각하면서도 용기 내어 말했다. 그러자 유야의 눈빛이 희미하게 흔들린 것 같았다. 가노는 의외라는 표정을 지었지만 "뭐, 괜찮겠지"라면서 시원하게 고개를 끄덕이고는 두 손으로 무릎을 짚고 치나쓰와 눈높이를 마쳤다.

"있잖아, 사실 아저씨는 나쁜 경찰이야."

갑자기 무슨 소리지?

치나쓰는 어리둥절한 얼굴로 눈앞의 웃는 얼굴을 바라봤다.

"아까 운동장에서 유야가 자기는 나쁜 아이라고 했잖아. 나쁜 사람끼리는 마음이 통하거든. 아저씨는 네 마음을 알 수 있어."

치나쓰를 보던 가노의 시선이 유야를 향해 미끄러졌다.

"하고 싶은 이야기가 있지 않니?"

유야는 대답하지 않았지만 가노는 개의치 않고 자신 있게 말을 이었다.

"너는 스스로 나쁜 사람이라고 생각하는데 남들은 네가 나쁜 사람이 아니라고 말해. 그러면 진심을 말할 수 없잖아. 그렇지?"

유야는 시선을 내리깔고 꼼짝도 하지 않았다. 한편 가노는 구부린 허리를 펴고 툭툭 두드리기도 했다.

"나이 먹으면 힘들다니까."

가노가 웃었지만 치나쓰는 어떤 표정을 지어야 할지 몰랐다. 여기 있겠다고 했지만 역시 나가는 편이 좋을 것 같았다.

평소 나쁜 버릇대로 우물쭈물 망설이는 사이 유야가 아주 조금 고개를 들었다가 다시 눈이 마주쳤다. 더욱 고개를 들자 정면으로 마주 보는 각도가 됐다.

유야는 가노에게 시선을 옮긴 뒤 문을 열고 식당으로 들어왔다. 희고 가는 목이 여러 번 움직이는 걸 보고 침을 자주 삼킨다는 것을 알아차렸다. 치나쓰도 덩달아 침을 삼켰다.

"……엄마가 집을 나간 날."

오랜만에 듣는 유야의 목소리는 가냘프고 말투는 어색했다.

"나는 마히루와 소꿉놀이를 하며 놀아줬어요. 전날 엄마가 마히루에게 인형을 사줬는데……. 그전까지는 내가 아기 역할을 했거든요……."

입술이 떨리기 시작했고 치나쓰는 안절부절못했다. 그러나 유야는 더듬더듬 간신히 입을 떼면서도 이야기를 멈추지 않았고 가노도 끼어들지 않고 가만히 들었다.

"문득 정신을 차리니 엄마가 무서운 얼굴로 옆에 서 있었어요. 한 번도 본 적 없는 얼굴이라 너무 무서웠어요. 아까까지만 해도 생긋생긋 웃으며 아침밥을 짓고 있었는데. 저녁은 내가 제일 좋아하는 햄버그스테이크를 먹기로 했는데."

유야는 이를 악물었지만 흐르는 눈물을 막을 수 없었다. 새빨갛게 물든 두 눈에서 눈물이 펑펑 쏟아졌다.

"엄마가 갑자기 괴물처럼 날뛰기 시작했어요. 물건을 마구 던지면서 죽어! 죽어! 죽어! 계속 소리쳤어요……. 그러고는 뛰쳐나가 버렸어요."

유야는 흑흑 흐느끼며 계속 말했다. 나중에는 눈물과 말이 뒤섞였다. 하고 싶은 말이 있을 거라던 가노의 말이 옳았다.

"그때 마히루가 너무 신난 바람에 목소리가 커졌을지도 몰라요. 우리가 엄마 말을 안 듣고 시끄럽게 떠들어서 엄마가 괴물이 된 거예요. 내 잘못이에요. 내가 오빠인데. 엄마가 마히루를 부탁한다고 했는데. 나 때문에 엄마가 집을 나가고 마히루는 죽었어요. 엄마가 감옥에 갔어요. 내가 잘못했는데. 내가 죽었으면 좋았을 텐데."

"유야는 잘못 없어!"

무심코 내뱉은 뒤 참아야 했다고 후회했다. 하지만 역시 유야는 잘못이 없다는 생각만 들었다. 유야와 마히루는 소꿉놀이를 했을 뿐이다. 치나쓰도 언니와 자주 그렇게 놀았다. 오히려 마히루에게 맞춰 놀아준 유야가 대단하다고 생각했다.

어느새 치나쓰도 울고 있었다. 유야가 눈물 젖은 얼굴로 치나쓰를 바라봤다.

"문조에게도 나쁜 짓을 했어요. 그 새 남매를 보고 있으면 갑자기 화가 나서, 이유는 모르겠지만 문조도 나도 온 세상이 다 죽어 버렸으면 좋겠다고 생각했어요. 그랬더니 이번에는 삼촌이 죽었어요. 다 내 잘못이에요."

어떻게든 해주고 싶어서 옆으로 다가갔는데 어떻게 해야 할지 모르겠다. 잠옷 차림이라 건네줄 손수건도 없어 망연자실했다.

아빠와 언니의 얼굴이 떠올랐다. 할아버지와 할머니를 생각했다.

내게 문제가 있는 것 아닐까?

머릿속에 떠오를 때마다 허겁지겁 억눌러 온 생각이 급격히 부풀어 올랐다.

가노가 다가와 치나쓰와 유야를 한꺼번에 끌어안았다.

"너희는 잘못 없어. 누가 뭐래도, 스스로 어떻게 생각하든 너희는 절대 나쁜 사람 아니야. 유야가 사과해야 할 대상은 문조뿐이란다."

등을 토닥여주는 손길에 어째서인지 새로운 눈물이 쏟아졌다. 체격도 냄새도 다르지만 아빠의 다정한 얼굴이 눈 속에 떠올랐다. 미안하다는 말만 되풀이하는 유야의 목소리가 바로 옆에서 들렸다.

한 시간이 그리 길지 않게 금방 흘렀다. 식당에서 나오자 쓰키오카가 치나쓰와 유야를 다정한 눈빛으로 바라봤다. 쓰키오카가 말려줘서 도중에 선생님이 찾으러 오지 않았나 보다.

울어서 기운이 빠졌는지 유야는 녹초가 됐다. 한편으로는 후련해 보이기도 했다.

"건강해지면 또 이야기 들려줄래?"

치나쓰는 마음을 굳게 먹고 말했다.

이야기를 만들어 들려주는 일은 유야에게 아마 가족과의 추억으로 이어지는 길일 것이다. 지금이라면 생각할 수 있다. 엄마도 마히루도 즐거워했겠지. 그래서 치나쓰에게 이야기를 들려주던 도중에 갑자기 현실로 돌아와 몸이 얼어붙은 것이다. 자신 때문에 두 사람은 불행해졌는데 이래도 되는지 혼란스러웠겠지. 하지만 이야기를 들려줄 때의 유야는 행복해 보였다. 게다가 이야기도 재밌었다.

유야는 길을 잃은 아이 같은 눈빛으로 치나쓰를 바라봤다. 그리고 고개를 살짝 끄덕였다.

치나쓰는 뿌듯한 마음에 숨을 한껏 들이마셨다.

"가자."

경찰 아저씨들에게 인사를 건네고 둘이서 걷기 시작했다.

─너희는 잘못 없어.

스스로를 나쁜 경찰이라고 말한 가노에게 그런 말을 들어 봤자지. 그런 생각도 들었지만 그래도 자신이 조금 더 강해진 기분이 들었다.

상냥하게 손을 흔들어 준 가노가 등 뒤에서 중얼거리는 소리가 들렸다.

"문조 이야기는 처음 듣는데."

18

가라스마가 전화한 날로부터 사흘 후 오후, 2계 소속 쓰쿠이에게 연락을 받았다. 마쓰바 유타카의 스마트폰을 분석한 결과 삭제된 메일 중 수상한 메일이 발견됐다고 했다. 유타카가 보낸 메일인데 사건과의 관련성은 불명확하다고 전제를 깔며 복원된 메일 내용을 보내왔다.

　—오랜만이야. 나는 내 죄를 깨달았어. 그리고 네 죄도. 죄와 사회에 대해 이야기하지 않을래?

　의미를 파악할 수 없어 세 번이나 다시 읽었지만 역시 이해할 수 없었다.

　발신 날짜는 9월 22일 오전 10시. 유타카가 목숨을 잃기 이틀 전이었다. 그리고 수신 대상은……

　가라스마는 즉시 쓰쿠이에게 전화를 걸었다.

　"고즈카 아사히였어요?"

　상대의 대답을 기다리지 않고 말을 내질렀다. 목소리가 그만 커졌고 쓰쿠이가 순간 수화기를 귀에서 떼는 모습이 눈에 선했다.

　—아, 귀청 떨어지는 줄 알았네. 분명 그쪽에서 다루는 납치사건의……

　"몸값 운반책이요. 공범 혐의도 있는."

　본인은 부인하고 있지만 이 메일만 있으면 임의동행을 요구할 수 있지 않은가. 고즈카 아사히를 운반책으로 지목한 사람은 유타카였고, 그 유타카가 아사히가 어떠한 죄를 저질렀다고 말했다.

　—착신 내역도 한 건 마음에 걸리는 게 있어. 이 메일을 받고 세 시간 뒤에 도쿄 분쿄구에 있는 '구즈노하'라는 찻집에서 전화가 걸려 왔어."

고즈카 아사히가 근무하는 주간 요노나카의 사무실은 지요다구 간다 진보초에 있다. 분쿄구와 가깝다.

"고즈카 아사히는 저희가 맡으면 안 되겠습니까?"

뻔뻔하다는 것을 알면서도 부탁하자 쓰쿠이가 코웃음 쳤다.

—되겠냐. 우리는 우리대로 필요하다고 판단하면 움직일 거야.

그렇다면 먼저 먹는 놈이 임자다. 가라스마는 감사 인사를 하고 전화를 끊은 뒤 지도 애플리케이션으로 주간 요노나카와 구즈노하의 위치를 검색했다. 걸어서 갈 수 있을 정도로 생각보다 가까웠다.

하자쿠라를 거쳐 상부에 보고하자 곧바로 수사관이 도쿄로 파견됐다. 두 시간도 지나지 않아 구즈노하에서 전화를 빌린 사람이 고즈카 아사히라는 사실을 확인했다. 가게 사장이 사진을 보고 이 사람이 맞다고 단언했다고 한다. 최근에는 전화를 빌리는 사람이 흔하지 않은 데다 그 남자의 치열이 연예인처럼 예뻐서 기억한다고 했다.

"고즈카 아사히를 임의동행한다."

수사본부장의 선언에 수사관들의 얼굴에 긴장이 서렸다.

그러나 2계가 한발 빨랐다. 그들이 먼저 움직여 고즈카 아사히를 임의동행했다. 유타카 살해사건 당일 밤 마쓰바 저택 근처를 걸어가는 고즈카 아사히가 인근 주민 차량의 블랙박스에 찍힌 영상이 발견된 것이다.

"빙고잖아."

2계에서 제공한 블랙박스 영상을 보고 가라스마가 혀를 찼다.

시각은 밤 11시 8분. 역 쪽에서 마쓰바 저택 방향으로 빠른 걸음으로 걸어가는 남자가 헤드라이트에 비쳤다. 눈이 부신 듯 한 손으로 눈을 가린 사람은 분명 아사히였다. 그 지점에서 마쓰바 저택까지 도보 십 분 정도 걸리므로 11시 20분 전후에는 도착했으리라는 계산이 나온다. 가노의 추측이 들어맞았다는 사실이 증명됐고 그래서 혀를 찼다.

유타카의 사망 추정 시간을 보면 살해 현장에 아사히가 있었을 수도 있다. 그렇다면 마쓰바 부부는 그 사실을 숨기고 있다는 뜻이고 그 점 또한 가노의 추측대로였다.

그때 밖에 나갔던 하라다 콤비가 돌아왔다. 하라다는 2계에게 선수를 빼앗긴 상황을 알고 분통을 터뜨렸지만 표정은 밝았다. 두 사람은 세타가야에서 치과를 운영하는 고즈카 가족의 이야기를 들으러 다녀왔다.

"여동생이 흥미로운 증언을 했어요."

아사히의 여동생인 아야는 현재 스물세 살로 도쿄 소재 대학의 치의학부에 재학 중이다. 아버지가 다른 오빠와 그다지 사이가 좋지 않은 듯 아사히가 사건에 관련됐을 가능성을 암시하자 충격을 받은 기색도 없이 적극적으로 증언했다고 한다.

"2011년 11월경 아사히에 대해 뭔가 기억나는 것 없냐고 물었더니 팔 년 전인데도 아주 자세히 기억하더라고요. 당시 반려견이 죽어서 그 앞뒤로 기억이 선명하다고 했던가? 아사히가 마쓰바 선거사무소에서 일했다는 사실을 가족들은 몰랐대요. 본인은 대학 조별 모임에 간다고 말했는데 동생은 거짓말이라고 생각했다고 합니다. 왜냐하면 그 시점에 아사히가 변해서 알았다더군요."

그전까지 고즈카 아사히는 이른바 모범생이었다. 성실하고 얌전하고 배려할 줄 아는 착한 청년이었다. 하지만 사춘기 아야의 눈에 그런 오빠가 비굴해 보였다. 그저 주변 사람들에게 배척당하지 않으려고, 평범하고 무난하게 일상을 보내려는 것 같았다.

그런데 그런 태도가 어느 시기를 기점으로 변했다. 집에 없는 시간이 늘고 집에 있어도 자기 방에 틀어박혀 있을 때가 잦아지면서 가족 간의 대화에도 예전처럼 집중하지 않았다. 뭔가 숨기고 있고 그것에 몰두하는 듯 보였다. 이상하게 생기가 넘치고 자신감이 충만했다.

"마치 다른 사람이 된 것 같았다고 그러더군요. 이전까지 알고 지낸 사람과는 다른 부류의 사람과 어울리는 것 아닌가 싶었다고 합니다."

그 사람이 바로 마사치카 유히인가. 고즈카 아사히가 남몰래 몰두하던 비밀도 납치 계획을 짜는 것이었다고 생각하면 딱 들어맞는다.

　마쓰바 도코 때와 마찬가지로 고즈카 아사히의 취조 영상을 봤다. 찻집이 아니라 취조실에서 진행하는 조사, 쓰쿠이가 험악한 얼굴로 으름장을 놔도 아사히는 여전히 태연자약했다.

　"확실히 유타카에게 메일을 받긴 했어요. '나는 내 죄를 깨달았어. 그리고 네 죄도. 죄와 사회에 대한 이야기를 하지 않을래?'. 저절로 외워졌어요. 무슨 뜻인지 몰라서 읽고 또 읽었으니까."

　"무슨 뜻인지 몰랐다?"

　"네, 전혀요. 괜히 기분 나빴고 무시해도 상관없었지만 나도 기자니까 조금 욕심이 나서요. 요즘 상황이 그런 와중에 유타카 씨는 마쓰바 집안 사람이니까 뭔가 쏠쏠한 소재를 얻을 수 있지 않을까 해서 전화해 본 겁니다."

　"일부러 찻집 전화를 빌려서?"

　"형사님이라면 그런 메일을 보내는 사람에게 자기 전화번호를 노출하고 싶겠어요?"

　"유타카는 당신 전화번호를 몰랐나? 그동안 연락을 주고받은 거 아닌가?"

　"선거사무소를 그만둔 뒤 그쪽에서 가끔 연락이 왔습니다. 하지만 납치사건 같은 거에 휘말리면서 더는 그쪽과 엮이고 싶지 않아서 점점 멀어졌어요. 거기서는 나름 친하게 지냈다지만 친구는 아니었고요. 몇 년인가 전에 전화번호가 어디 유출된 것 같아 바꿨는데 유타카 씨에게는 알리지 않았습니다. 메일 주소만 당시 그대로고요."

"그럼 메일로 답장하면 됐을 텐데, 주고받은 기록을 남기기 싫었던 건가?"

"아, 이거 참. 직접 대화하고 싶었거든요. 메일보다는 직접 만나는 편이 얻을 수 있는 정보가 더 많으니까요. 형사님이 지금 내 목소리와 말투에서 뭔가를 읽어내려고 하는 것처럼."

아사히는 한숨을 쉬고 목덜미를 문질렀다.

"하지만 실패했어요. 설마 유타카 씨가 그렇게 되다니. 거의 팔 년을 틀어박혔다고 해서 놀랐어요."

아사히는 말하면서 이쪽을 쳐다봤다. 녹화하고 있는 카메라 렌즈를. 팔 년 전 사건을 수사하는 형사가 영상을 보고 있으리라 확신하는 눈빛이었다. 가라스마는 팔짱을 끼고 그 시선을 받아냈다.

아사히는 이내 시선을 돌려 태연하게 말을 이었다.

"유타카 씨는 은둔자 같은 삶을 살았죠. 철학과 사회학에 관심이 많다는 이야기를 들었는데 그래서 그렇게 된 거 아닌가 안타까운 기분이 드는 한편 귀찮은 일이 생길지도 모른다는 생각도 들었습니다. 기분 나쁜 예감이 적중했죠. 유타카 씨는 영문 모를 죄 이야기나 하고 네게도 죄가 있으니 함께 사회에 대한 속죄 방법을 찾아야 한다……고 했어요."

유타카가 철학과 사회학에 심취했다는 사실은 그의 책장과 컴퓨터 데이터를 봐도 알 수 있었다.

쓰쿠이는 기름진 머리를 박박 긁었다.

"그 죄란 게 뭐지?"

"'내 죄'는 모르겠네요. 마쓰바 미오리가 일으킨 사건에 책임을 느껴 추상적인 의미로 하는 말인가 싶기도 했는데."

"그러면 '네 죄', 즉 당신 죄는 뭐고?"

"그건 완전히 망상이에요. 그 사람 머릿속에서 나는 이미 납치범과 한패더라고요. 뭐라고 이유를 대던데, 지리멸렬해서 이해할 수 없었습니다. 하지만 그대로 내버려 뒀다가 인터넷에 올리기라도 하면 낭패잖아요. 그래서 일단 만나자고 했죠. 그러자 유타카 씨가 그날 그 시간에 집으로 와달라고 했어요. 집 주변에 진을 친 기자들 때문에 낮에는 눈에 띈다고. 나도 기자인데 말이에요."

마쓰바 저택으로 향하는 모습이 블랙박스에 찍힌 것에 대해 아사히는 당당하게 해명했다.

"지시한 대로 부엌문을 노크하자 유타카 씨가 나왔습니다. 또다시 놀랐죠. 외모가 변한 것도 그렇지만 맑은 눈빛이 예사롭지 않더라고요. 아시죠? 아, 이 사람은 속세와는 다른 세상에서 살고 있구나, 하는 느낌. 나와는 전혀 다른 존재라고나 할까. 솔직히 소름 끼쳤어요. 기자 생활을 하면서 무서운 놈들에게 나름 내성이 생겼다고 생각했는데도 말이에요. 게다가 유타카 씨의 오른 주먹에는 굳은살이 있었어요. 그런 손의 주인이 나를 만나려고 몇 년 만에 옷을 새로 장만했다며 미소 짓더군요. 나는 아무 준비도 없이 상대의 영역에 들어간 것을 후회해 긴급한 취재가 들어왔다고 둘러대며 도망쳤어요."

"도망쳤다고? 안으로 들어가지 않고 그 자리에서 되돌아왔다는 말인가?"

"맞아요. 억지로 쥐어짜낸 거짓말이었지만 믿는 눈치였어요. 나는 부엌문 안으로는 발을 들여놓지 않았고 마쓰바 씨 부부와도 만나지 않았습니다. 물론 유타카 씨 살해에도 관여하지 않았고요."

당황하지도, 화를 내지도 않고 일정한 말투로 부인했다. 납치사건을 부인했던 때처럼.

실제로 마쓰바 저택에서 고즈카 아사히가 머문 흔적은 발견되지 않았다. 살해 현장인 거실은 범행 후 도코가 직접 구석구석 청소했다. 마쓰바 저택을 피로 얼룩진 채 내버려 두고 집을 나설 수 없다는 이유 때문이었다.

"유타카의 스마트폰에 당신에게 보낸 문제의 메일이 삭제돼 있었지. 이유가 뭘까?"

"글쎄요, 전혀 모르겠네요."

도코는 남편 오사무가 삭제했다고 진술했고 오사무도 그 사실을 인정했다. 유타카가 뭔가 곤란한 일을 저지르지 않았나 염려되어 사망 후 스마트폰을 확인했다. 그 과정에서 아사히에게 보낸 수상한 메일을 발견하고는 팔 년 전처럼 또다시

폐를 끼칠 수 없다고 생각해 순간 삭제했다고 한다. 잠금장치가 걸려 있었지만 사망한 유타카의 손가락을 화면에 눌러 해제했다. 당황하고 혼란스러워서 냉정한 판단을 할 수 없었다고 본인은 말했다. 그 스마트폰에서 유타카 본인과 마쓰바 부부의 지문이 검출됐지만 아사히의 지문은 검출되지 않았다.

아사히와 도코와 오사무, 세 사람의 증언에 모순은 없었다.

고즈카 아사히는 돌려보냈다. 2계의 대면 조사가 끝났다고 해서 '자, 그럼 다음은 여기로'라는 식으로 진행되지 않았다. 가라스마와 수사관들이 듣고 싶던 이야기는 2계가 물었고 일단 아사히의 설명에 모순은 없었다.

마쓰바 저택에서 집으로 돌아올 때는 택시를 탔다고 했는데 그 택시는 찾지 못했고 찾았다고 해도 이미 어떤 조치를 했을 것이다.

"빌어먹을 재수 없는 고즈카 아사히가 거짓말을 하고 있다면 마쓰바 부부와 입을 맞추고 있다는 뜻일 거야. 그런데 양측이 어떤 이해관계가 일치했냐는 말이야."

하자쿠라를 제외한 수사관 모두가 외부로 나갔기 때문에 가라스마는 언짢은 심기를 마음껏 드러내고 중얼거리며 회의실을 빙글빙글 돌았다.

"역시 핵심은 삭제된 메일이겠지."

가라스마의 혼잣말에 대답한 사람은 응원차 방문했다는 가노였다. 가노는 파트너인 쓰키오카와 함께 감주 캔을 들고 와 그대로 회의실에 눌러앉았다. 쓰키오카는 입구 근처에 세워 뒀지만 가노는 책상에 수사자료를 펼쳐 놓고 마치 주인인 양 행세했다. 그런 그를 받아주는 하자쿠라가 문제다.

"밋짱은 어떻게 생각해?"

가노는 들고 온 감주를 본인이 마시며 쓰키오카에게 물었다. "자고로 감주란 마시는 링거라고 들었어"라고 했지만 사실은 그저 가격이 저렴해서 골랐을 것이라고 가라스마는 의심했다.

"저는 수사 정보에 정통하지 않아서 뭐라고 말을 못 하겠네요."

쓰키오카는 겸손하게 대답했다. 언제 봐도 청결한 분위기라서 경찰 제복이 잘 어울렸다. 형사가 되는 것이 목표라고 하자쿠라에게 들었는데 이 제복 차림이 동네에서 사라지면 아쉽겠다는 생각도 들었다.

"아무 의견이나 괜찮아. 느낌이나 상상이라도."

"그럼 이야기를 들은 제 느낌만 말씀드릴게요. 고즈카 아사히라는 사람은 본인은 무조건 괜찮을 거라고 확신하는 것 같습니다."

확실히 그렇다며 가라스마가 고개를 끄덕였다. 쓰키오카의 표현은 정확했다.

보통 사람들은 경찰 조사를 받으면 비록 아무 죄가 없더라도 당황한다. 자신이 그 일을 한 적이 있거나 짚이는 바가 있으면 더욱, 횡설수설하는 사람이 많다. 머리가 조금 돌아가는 놈은 약점 잡히지 않도록 묵비권을 행사한다. 설령 말을 잘한다고 해도 제삼자의 증언 등과 어긋날 수 있기 때문이다. 그러나 고즈카 아사히는 기본적으로 침묵하지 않았고 심지어 막힘없이 술술 말했다. 처음 조사를 받을 때의 미오리와 대조적이다.

"하자쿠라."

수시자료를 보던 가노가 고개를 들었다.

"밋짱이 지금 매우 절묘한 말을 한 것 같아."

나사 하나 풀린 듯한 표정과 말투는 평소와 같지만 긴 앞머리 아래에서 웃음기 띤 두 눈이 형형했다. 쓰키오카를 살피니 눈을 조금 크게 뜨고 고개를 갸웃하고 있었다.

"고즈카 아사히의 취조 영상 보여줘. 조서와 보고서, 그리고 고즈카 아사히에 관한 것이라면 뭐든 다 줘."

"뭐 좀 알 것 같아?"

가노는 하자쿠라의 물음에 대답하지 않은 채 건네받은 서류 뭉치를 차례차례 넘겼다. 모두가 침을 삼키며 지켜보는 가운데 종이 스치는 소리만 이어졌다.

숨이 막힐 듯한 침묵 뒤에 가노가 말했다.

"아마 열쇠는 그 녀석일 거야."

"그 녀석?"

"하자쿠라, 제안이 있는데."

이어진 가노의 말에 누구도 당혹감을 감추지 못했다.

19

가미쿠라역 개찰구를 지나 로터리로 나온 순간 새하얀 빛
이 잠이 부족한 아사히의 눈을 사정없이 찔렀다. 눈꺼풀 안을
괴롭히는 통증을 뿌리치려고 눈을 깜빡이며 걸었다. 평일이
지만 작은 교토라고 불리는 동네는 그럭저럭 붐볐다. 10월 초
순 상쾌한 날씨에 밝고 근심 걱정 없는 얼굴의 관광객 사이에
서 혼자만 붕 뜬 느낌이었다.

기념품 가게가 늘어선 거리에서 골목으로 들어가려는데 누
군가 뒤에서 말을 걸었다.

"형씨, 잠깐 이야기 좀 나눌 수 있을까? 불심 검문 중인
데."

말을 건 사람은 제복을 입은 경찰이었다.

'아니, 코스튬플레이 한 사람인가?'

그런 의심이 들 정도로 경찰관다운 구석이 없는 남자였다.
전체적으로 나사 하나 빠진 것 같은 분위기에 헤실헤실 웃고
있었다.

"나는 가미쿠라역 앞 파출소의 순경이에요."

경찰은 턱으로 역 방향을 가리켰다.

불심 검문에 걸린 적은 처음은 아니지만 익숙하다 해도 기분이 좋지는 않았다. 특히 오늘 같은 날은. 속으로 혀를 차고 입을 열었다.

"지금 가마쿠라 경찰서에 가는 중이에요. 대면 조사에 소환돼서요."

"어, 정말? 잠시 경찰서에 확인할게요. 불심 검문을 피하려는 새 수법이면 곤란하니까."

경찰은 무전을 입가에 대고 "아, 아"하고 소리를 냈다.

"여기는 가마쿠라역 앞 파출소 가노. 불심 검문에 걸린 남성이 그쪽에서 조사받을 예정이라고 하는데 확인 바랍니다. 대상자 이름은…… 이름이 어떻게 되죠?"

아사히는 한숨을 쉬며 대답했다.

"고즈카 아사히요."

"고즈카 아사히 씨. ……아, 네에. 알겠습니다아."

가노는 방정맞게 통신을 끝내고 다시 아사히를 봤다.

"그럼 우리 파출소로 가실까요?"

"네?"

"그게 말이에요, 경찰서 취조실이 꽉 차서 쓸 수가 없다네요. 그러니까 파출소에 공간을 빌려 진행할 수 없겠냐고 하더라고. 조사관이 나올 테니 기다려달래요. 이쪽 사정은 생각도 안 한다니까요. 순찰도 돌아야 하는데. 그죠?"

부자연스럽고 불쾌한 상황이었다. 굳이 불러놓고 취조실을 쓸 수 없다니?

"저는 날을 다시 잡고 와도 상관없는데요."

"자아, 일부러 여기까지 오셨는데 그런 말 말아요. 차 정도
는 대접해 드릴게. 내 파트너가 싼 차도 맛있게 우리는 재주
가 있거든. 화과자 가게를 하는 집안이래요."

아사히는 이상하게 억지로 밀어붙이는 기세에 저항 한 번
못 하고 어쩔 수 없이 파출소로 향했다. 주변 시선이 파리처
럼 들러붙었다.

파출소에 사람은 없었다.

"이런, 밋짱은 자리를 비웠나?"

가노는 실망한 기색으로 모자를 벗고 아사히를 안쪽 방으
로 안내했다. 경관들이 쉴 때 사용하는 공간인지 작은 싱크대
와 테이블과 의자가 있었다.

"자, 앉아요."

안쪽 의자를 권하기에 일단 그 말에 따랐다. 가노는 아사
히에게 등을 돌리고 찻잔에 티백을 넣고 전기 포트로 물을
부었다.

"대면 조사라면 형사과예요? 아니면 생활안전부 쪽인가?"

"형사과입니다."

무뚝뚝하게 대답하자 "그럴 줄 알았어"라는 말이 되돌아
왔다.

"왜죠?"

"감이요."

가노는 예의고 나발이고 무시하고 녹차가 담긴 찻잔을 아사히 앞에 놓았다. 자신도 같은 차를 준비해 아사히의 맞은편에 앉았다.

"과자 먹을래요? 다과용은 아니지만."

"괜찮습니다."

"사실 나도 몇 년 전까지만 해도 형사과에 있었어요. 취조 같은 것도 하고 그랬지."

"그렇습니까?"

아사히는 의미 없는 수다에 어울려주는 것도 벌써 싫증이 났다. 이 녀석들이 조금만 더 열심히 일한다면 우리가 기사화하는 변변치 않은 사건이 몇 건은 줄어들 텐데.

"으응? 반응이 싱겁네. 전직 형사라고 하면 대부분 좀 더 열렬하게 반응해 주던데. 조사는 이미 몇 번 받았어요?"

"네."

"그럼 혹시 중요참고인?"

"글쎄요, 저는 그저 아는 사실만 말할 뿐이라."

"이 동네 사람은 아니죠? 일부러 여기까지 오기 귀찮았을 텐데 협조해 줘서 감사하네요."

아사히는 눈살을 찌푸렸다. 어떻게 그걸 알았을까.

"음? 전철 타고 왔죠? 개찰구에서 나왔으니."

"거기서부터 봤습니까?"

"기분이 상했다면 미안해요. 수상쩍은 사람에게 자연스럽게 눈이 가서."

"뭐가 수상한지 좀 배우게 가르쳐 주시겠어요?"

"그건 안 되겠네요. 영업 비밀이라."

가노는 진지함이라고는 찾아볼 수 없는 얼굴로 턱을 괴고 차를 홀짝였다.

"그런데 왜 경찰서 취조실이 꽉 찼는지 궁금하죠? 우리끼리니까 하는 말인데 지금 온 국민이 주목하는 큰 사건을 다루는 중이거든."

"가마쿠라에서 크게 주목받을 사건이라면 마쓰바 집안 관련 사건 말입니까?"

"그래그래. 아, 아사히 씨도 그 사건 관계자인가?"

인정해도 문제는 없겠지. 그렇다고 대답하자 가노는 "그렇구나" 하고 어깨를 떨궜다. 경찰치고는 다소 긴 머리가 이마에 흘러내렸다.

"아동 방치 사건 현장에 처음 들어간 사람이 나예요, 나."

깜짝 놀랐다. 그러니까 이 남자가 미오리의 아이들을 발견한 사람이란 말인가. 죽은 마히루와 죽을 뻔한 유야를.

"형사 일 하면서 그동안 많은 시신을 봤는데 아이가 그렇게 죽은 모습은 처음 봤다니까. 어떤 식으로든 빨리 해결됐으면 좋겠어요."

"다른 사건도 같이 수사하는 것 같던데 오래 걸리지 않을까요?"

"아사히 씨가 나보다 훨씬 잘 아는 것 같네. 나는 수사에는 전혀 관여하지 않으니까. 우리 조직은 세력권 의식이 강해서 본부의 수사1과까지 출장 나온 형사과 사건에 지역과 말단 순경은 부르지도 않는다니까요. 아사히 씨는 어떤 참고인이야? 피의자 남자친구?"

"저는 마쓰바 미오리와 아무 관계 아닙니다."

"아하, 그러면 누구와 관계있어?"

아사히는 대답하려다가 그만뒀다. 생각 없이 답했다가 자칫 대면 조사 내용과 어긋나기라도 하면 낭패다. 이 자리에서 말한 내용이 형사의 귀에 들어가지 않는다고 장담할 수 없고 매사에 조심하는 것이 최선이다. 애초에 대답할 필요도 없는데 분위기에 휩쓸려 입이 움직일 것 같아 위험했다.

"말하고 싶지 않네요."

"뭐, 그럴 만도 하지. 경찰이 알고 싶어 하는 건 보통 이야기하고 싶지 않은 것일 때가 많으니까."

가노가 깔끔하게 물러나서 왜인지 안심이 됐다. 바로 그때였다.

"마사치카 유히."

기습처럼 등장한 이름에 순간 숨이 멎었다.

"의 관계자이려나."

"……어떻게 그 이름을."

방금 수사에 관여하지 않는다고 말하지 않았던가.

가노는 머리에 손을 대고 아차 하는 표정을 지었다.

"아아, 나도 모르게 수사 정보를 누설하고 말았네. 아니, 수사에는 관여하지 않지만 형사과 출신이라 그쪽과 인연이 있어서 수사자료를 잠깐 봤거든. 헉, 정말 마사치카 유히 쪽 관계자야? 혹시 소식 알아요?"

경계심이 고개를 쳐들었다. 졸지에 수사관 행세를 할 참인가.

"말하고 싶지 않다고 했을 텐데요."

"유히는 미오리 아들의 아버지 맞죠?"

아사히는 일부러 손목시계를 봤다. 원래라면 벌써 조사가 시작됐을 시간이었다.

"조사관은 아직인가요?"

"아, 맞다. 물어보고 올게요."

가노는 바깥방에 갔다가 잠시 후 돌아왔다.

"미안해요, 아직 시간이 좀 걸리나 봐. 아사히 씨 앞에 잡힌 조사가 길어지고 있대. 그럼 내가 대신 조사할까나."

"수사 내용을 아세요?"

"농담이지. 그래도 개인적으로 물어보고 싶은 게 있거든. 예를 들면 마사치카 유히의 어린 시절 이야기라거나."

아사히는 차를 한 모금 마셨다. 뜨거운 물 맛밖에 안 났다.

"어린 시절이요?"

"지금 생각났는데 고즈카 아사히 씨는 유히 씨와 형제나 다름없는 사이였다면서요. 함께 떠돌이 생활을 했다던데?"

"그 시절 일은 이미 잊었어요."

엄마는 아사히가 아버지와 지냈던 시절을 잊게 하려고 필사적이었다. 새 가족과 새 환경에서 어린 아사히의 마음을 다시 칠하려고 했다. 성공했다면 아사히는 지금쯤 완전히 다른 인생을 살았으리라.

"그렇구나, 이십 년쯤 전이라죠? 내 나이쯤 되면 이십 년 정도야 엊그제 같은 느낌인데. 경찰학교에서 매일같이 땀과 눈물을 흘렸던 일이 지금도 생생하거든."

"연세가 어떻게 되세요?"

"안 그래 보이겠지만 마흔여섯이나 돼. 경찰이 된 지 이십 년이 넘었고."

아사히와 유히가 보호받았을 때 가노는 이미 가나가와 현경에서 근무하고 있었을까? 그 말을 듣자 이끌리듯 그날 이후 십팔 년이 떠올랐다. 아버지가 죽고 유히가 사라지고 미오리가 자식을 죽인, 길면서도 찰나 같은 세월을.

"그런데 말이야, 지문이 얼마나 오래 남아 있는지 알아요?"

"그게 무슨 자다가 봉창 두드리는 소리예요?"

"사건 이야기를 하고 싶지 않은 것 같으니 심심풀이로 작은 정보라도 알려줄까 싶어서."

가노는 양 손바닥을 아사히에게 보이도록 크게 벌려 보였다. 꽤 긴 손가락이었다.

"……글쎄, 잘 모르겠는데요."

사실은 아사히도 안다. 도코가 유타카를 살해했을 때 그녀
와 오사무와 셋이서 아사히가 그 자리에 있던 흔적을 지웠지
만 집에 돌아와서 역시 불안한 마음에 지문에 대해 조사했기
때문이다.

"지문이 묻은 곳과 환경에 따라 달라요. 조건만 맞으면 꽤
오래 남아 있지. 몇십 년이나 전에 묻은 지문도 채취한 사례
도 있어. 굉장하지 않아요?"

"그렇군요."

"반응이 시원치 않은데."

그날 밤 일이 떠올랐다. 아사히가 마쓰바 저택에 도착하자
팔 년 전과는 다른 사람이 된 유타카가 맞이했고 안내를 받아
거실로 갔다. 한밤중에 찾아온 손님에 화들짝 놀란 오사무와
도코도 일어났다. 도코는 차림새도 어중간한 상태로 아사히
에게 커피를 내려 줬다. 유타카가 사망한 뒤 컵을 비롯한 아
사히가 만졌을 수 있는 모든 물건을 닦거나 버렸다. 지난번에
조사받을 때 느낌으로 실수는 없었던 듯했다. 그리고 마쓰바
부부는 아사히를 배신하지 않는다.

"마사치카 유히의 지문이 있다면 그게 그의 행방을 알아낼
단서가 되지 않을까?"

"그럴 수도 있겠네요."

"나는 남아 있다고 생각해요."

아사히는 저도 모르게 가노를 바라봤다.

자취를 감추기 전 유히가 썼던 물건은 아파트 계약을 해지할 때 모두 처분했다. 아사히가 유히인 척 집주인에게 전화를 걸어 처분을 부탁했고 돈을 보냈다. 또 유히는 경찰에서 여러 번 계도한 적 있지만 그때도 지문은 채취하지 않았다. 유히의 지문은 남아 있지 않을…… 터였다.

"왜 그래요?"

그 문고본. 미오리가 유히에게 빌려준 『돈키호테』. 미오리가 그 책을 간직하고 있었다고 전에 가라스마가 말했다. 유히를 칼로 찌른 뒤 미오리가 가지고 떠난 것은 몸값만이 아니었다. 지금은 유야가 가지고 있다고 했다.

그런데 종이에 묻은 지문의 잔류기간이 비교적 길다고는 해도 팔 년이나 지난 지문을 유효한 형태로 채취하려면 보존 상태가 매우 좋지 않은 이상 불가능할 것이다.

"……생각해 본 적도 없네요. 지문을 채취할 만한 게 있었습니까?"

"오, 드디어 관심을 보이네. 뭐일 것 같아요?"

도발적인 질문에 자신감이 흔들렸다.

"뜨거운 차보다 차가운 게 좋았을 텐데, 그쵸?"

"네?"

"땀을 흘리는 것 같아서."

화들짝 놀라 목덜미를 만졌다. 조금 축축한 피부가 차가 웠다.

"남들 말로는 제가 더위에 강한 타입이라던데요. 저는 아무 렇지도 않은데 다른 사람은 어느새 땀에 흠뻑 젖어 있을 때가 많아요."

아사히는 냉정을 유지하도록 정신을 다잡았다. 만에 하나 책에서 유히의 지문이 나온다고 해도 문제없다. 경찰은 유히 의 행방을 찾을 수 없다. 유히만 찾지 못하면 괜찮다.

"확실히 오늘은 10월치고는 덥네요."

아사히는 의식적으로 미소 지었다.

"그건 그렇고, 더 오래 걸릴 것 같으면 저도 다음 일정이 있 으니 다음에 다시 오겠습니다. 형사님께 그렇게 전해주세요."

"아, 그래요? 일부러 와줬는데 정말 미안하네. 형사과 사람 들에게는 내가 단단히 일러둘게."

순순히 받아들이는 바람에 당황했다. 지금까지 붙잡고 있 던 것은 다 무엇이었나.

여우에게 홀린 기분으로 밖으로 나가면서 가노와 나눈 대 화를 복기했다. 뭔가 곤란해질 대답을 하지는 않았을까. 아 니, 분명 문제없을 것이다.

역으로 들어가기 전에 파출소를 돌아보니 가노가 밖에 서 있었다. 친절하게 손을 흔들어 보였다. 개찰구를 통과한 뒤 다시 보니 더 이상 그는 없었다.

역 앞에 설치된 시계가 눈에 들어왔다. 약속했던 대면 조사 시간에서 한 시간이 지나 있었다. 가노에게 빼앗긴 것은 시간뿐이다.

아사히는 가장자리로 비켜서서 가방에서 스마트폰을 꺼냈다. 유히의 지문 건은 '그 사람'에게도 알려 두는 편이 좋으리라. 파출소 순경의 시답지 않은 이야기라고 생각하지만 만약을 위해서.

외워둔 번호를 입력했다. 만약을 대비해 서로의 번호를 저장하지 않았다. 메일 등 기록이 남는 연락은 피했고 되도록 직접 만나거나 전화 통화를 했다. 또한 전화 통화는 끝나는 즉시 통화 기록을 삭제했다.

신호음이 열 번 울렸지만 상대는 전화를 받지 않았다. 드문 일이었다. 직업 특성상 긴급 연락도 자주 오기 때문에 기본적으로 그는 걸려 온 전화는 대부분 받고 휴일에도 스마트폰을 놓지 않는다. 그리고 아사히의 전화를 무시한다니 있을 수 없는 일이었다. 일단 전화를 끊고 잠시 기다렸지만 전화가 걸려 오지 않아서 다시 전화했다. 역시 받지 않았다.

머릿속에 노란불이 켜졌다. 전화를 받지 못할 사정이 있나? 지금 어디서 무엇을 하고 있나. 설마 조사를 받고 있는 것은……

아사히 옆에서 정장을 입은 젊은 남자가 똑같이 전화를 귀에 대고 있었다. 그 심각한 얼굴을 보고 흔한 일이라고 스스로 진정시켰다. 과민한 생각이다. 그 이상한 경찰 때문에 혼란해졌을 뿐이다. 경찰이 그 사람을 주시할 이유가 없다.

스마트폰을 손에 쥔 채 걸음을 옮기려다가 역시 마음에 걸려 걸음을 멈췄다. 문득 떠올라 가미쿠라 경찰서에 전화를 걸었다. 수사1과 가라스마를 연결해 달라고 부탁하자 조금 후에 본인에게 연결됐다.

—아사히 씨, 오늘은 실례가 많았습니다.

"마쓰바 집안 관련 조사로 취조실이 꽉 찼다고 하더군요. 제 앞에 잡혔던 조사가 길어졌다고 들었는데 수사에 진전이 있나요?"

"그런 말씀은 드릴 수 없습니다."

—아까 파출소 경찰 분이 유히의 지문이 남아 있을지 모른다고 하더군요. 뭔가 밝혀진 게 있으면 알려주세요.

"아, 그거 말이에요?"

온몸이 경직되며 스마트폰을 잡은 손에 힘이 실렸다. 사실이었나.

"검출됐습니까?"

—그러니까 수사 정보는······.

"저는 최대한 협조하고 있지 않습니까. 임의동행에 대면 조사까지 세 번이나 응했고 오늘로 네 번째일 텐데요? 헛걸음은 좀 곤란하지 않을까요? 조금은 융통성을 발휘해도 괜찮지 않습니까."

─죄송합니다만 제가 지금 좀 바빠서요.

강하게 나가도 가라스마의 반응은 변하지 않았다.

불빛이 꺼진 검은 화면을 섬뜩한 기분으로 내려봤다. 많은 지문이 묻어 있었다.

유히의 지문이 나온다고 해도 그것만으로는 의미가 없다. 하지만 만약 그 사람의 지문을 채취해 유히의 지문과 대조한다면…….

땀이 등줄기를 타고 흘러내렸다.

대비해야지. 그것도 한시라도 빨리.

다시 전화를 걸었다. 신호음이 이어졌다. 여전히 받지 않았다.

받지 않는 것일까. 받지 못하는 것일까.

옆에서 전화하던 양복 차림 남자가 스마트폰을 집어넣고 다가왔다.

"죄송한데 그 스마트폰 좀 보여주시겠어요?"

분명히 아사히를 향한 말이었다. 남자는 상의 안주머니에서 검은 가죽으로 만든 카드지갑 같은 것을 아사히의 눈앞에 펼쳐 보였다.

"가나가와 현경 가마쿠라 경찰서의 쓰키오카라고 합니다. 고즈카 아사히 씨 맞으시죠? 지금 전화를 거는 상대에 대해 경찰서에 가서 이야기 좀 하시죠."

무슨 일이 일어나는지 이해하지 못한 아사히는 그 자리에 못 박힌 듯 서 있었다. 어중간하게 귀에서 뗀 스마트폰 화면에 열한 자리 숫자가 표시되어 있었고 신호음은 계속 울렸다.

아사히는 쓰키오카의 시선을 따라 뒤를 돌아봤다. 개찰구 밖에서 가노가 실실 웃으며 서 있었다.

가미쿠라 경찰서에서는 취조실이 아니라 회의실로 안내받았다. 직사각형 책상의 긴 변에 세 개씩 놓은 의자와 다리 달린 화이트보드. 그것만으로도 꽉 찬 살풍경한 방이었다. 한쪽 벽에는 창문이 있는데 지금은 블라인드가 내려가 있었다.

"아까는 실례했습니다. 이분을 아시죠?"

회의실 안에서 문을 연 가라스마가 안쪽 자리에 앉은 젊은 남자를 돌아봤다.

아동복지사 다치카와 신지가 있었다.

부릅뜬 기다란 눈이 무슨 말이냐고 물었다. 손에는 펜, 책상에는 노트북과 서류철. 회의가 한창인 상황에 이곳에 아사히가 나타난 경위를 전혀 파악하지 못하는 듯했다.

"다치카와 씨, 오랜만입니다."

재빨리 상황을 파악한 아사히가 먼저 말했다.

"그때는 감사했습니다. 바쁘신 와중에 취재를 해주셨는데 기사로 내보내지 못해 죄송합니다."

"아뇨, 괜찮습니다."

다치카와도 장단을 맞췄다.

"마침 그 일로 아까 전화를 드렸는데."

아사히가 다치카와에서 전화를 건 이유는 이로써 설명할 수 있을 터다. 억지스러운 것을 잘 알지만 밀고 나갈 수밖에 없다.

신호는 노란불. 아직 빨간불로 바뀌지 않았다.

다치카와의 눈에 이해했다는 불빛이 켜졌다. 지극히 미미했지만 아사히는 읽을 수 있었다.

"아, 그러셨군요. 회의 중이었습니다. 죄송합니다."

"가미쿠라 경찰서에서 회의를요?"

"담당하는 안건을 시급히 협의하고 싶다고 형사님이 연락을 주셔서."

그 말을 들었을 때 별안간 눈앞의 낀 구름이 걷혔다. 빠져나갈 수 있겠다. 그렇게 간단한 생각을 왜 미처 하지 못했을까.

"아사히 씨는 어떻게 여기에."

"그게 잘 모르겠네요. 가미쿠라역에 있었는데 갑자기 경찰서에서 이야기를 듣고 싶다고 해서."

어느 정도 여유를 되찾은 아사히는 가라스마에게 시선을 던졌다.

그러나 가라스마는 아무런 설명도 하지 않은 채 아사히 씨도 앉으시라며 다치카와의 옆자리를 손으로 가리켰다. 가라스마는 다치카와의 맞은편에 앉아 책상 위에 펼쳐 놓은 서류를 정리했다. 그 옆에 가노가 앉았다. 아사히와 가노, 다치카와와 가라스마가 마주 보는 형태였다. 쓰키오카는 회의실에 들어가지 않았고 두 경찰의 등 뒤에서 문이 닫혔다.

"아사히 씨는 취재 상대의 전화번호를 외우고 다니십니까?"

가라스마가 무표정하게 물었다.

"이번에는 우연히 그렇게 됐네요. 어쩌다 보니 머리에 남아 있었을 뿐입니다."

"취재 일로 전화하셨다고 했는데 무슨 내용입니까?"

"취재 정보는 누설할 수 없는데요."

"그렇게 짧은 시간에 세 번이나, 전화를 받지 않는데도 그렇게 오래. 상당히 급한 용건이었나 보군요. 게다가 파출소에서 나오자마자 걸다니. 그 후 내게 수사 상황을 묻고 곧바로 다시 다치카와 씨에게 전화를 걸었죠."

가미쿠라역에 있던 쓰키오카와 연락하던 사람은 가라스마였으리라.

"성격이 급해서요. 시간을 낭비하기도 싫고요."

아사히는 한껏 비아냥거리는 미소를 지어 보였다. 가라스마는 추궁의 화살을 다치카와에게 옮겼다.

"전화가 왔을 때 제가 받아보시라고 말했지만 다치카와 씨는 화면에 표시된 번호를 보고 괜찮다고 대답했죠?"

"번호가 왠지 눈에 익어서 아마 아사히 씨이리라 생각했습니다. 아사히 씨의 전화가 긴급 전화를 아닐 테니까요."

다치카와가 왜 그런 소리를 하는지 이해가 가지 않는다는
투로 답했다.

"전화가 두 번째 걸려 왔을 때는 밖에서 전화를 받고 와도
되냐고 물었습니다. 하지만 제가 우리는 비밀 유지 의무가 있
으니 걱정하지 말고 여기서 받으시라고 했더니 역시 나중에
통화하겠다며 거절했습니다."

"네, 회의보다 중요하지는 않다고 생각했습니다."

"제가 아사히 씨의 전화를 받으러 회의실을 나갔을 때도 당
신은 아사히 씨에게 전화를 걸지 않았습니다. 그리고 세 번째
착신 전화로 화면을 확인한 뒤 무시했죠."

이곳은 가미쿠라 경찰서이고 눈앞에 있던 사람은 가라스마
다. 회의실 밖에도 많은 형사가 있다. 위험부담을 피하려고
아사히의 전화를 거절한 마음을 이해할 수 있었다.

"그래서 그게 문제가 되나요?"

아사히는 보다 못해 끼어들었다. 생각보다 더 가시 돋친 말
투가 튀어나왔다.

"자, 자."

경찰 모자를 벗고 대화를 지켜보던 가노가 태평한 어조로
비집고 들었다.

"오늘 조사는 형제 모두한테 쉽지 않네요."

가라스마에게 한 그 말이 심장을 쓸고 지나가는 기분이었
다. 책상 위를 치우다 멈춘 다치카와의 손이 살짝 튀어 오르

듯 움직였다.

'형제.'

소름이 돋고 맥박이 빠르게 날뛰기 시작했다.

"그래서, 그 서류는 찾았어?"

"아아, 말 안 했나? 있었어, 아동상담소 창고에. 십팔 년도
더 지났는데 잘도 남아 있더라."

십팔 년 전?

무의식중에 소리를 냈는지 가라스마와 가노가 동시에 쳐다
봤다.

"당신도 알고 싶어 한 지문입니다. 당신과 마사치카 유히
씨가 보호받을 때 작성한 서류에서 유히 씨 지문을 채취할 수
있을지 모르거든요. 지문은 어른이 돼도 그대로니까."

완벽한 기습이었다.

그때 그 서류라고? 문고본이 아니라?

생각지도 못한 방향에서 날아온 강력한 한방은 아사히의
뇌를 뒤흔들었고 마비시켰다.

"아, 그건 저희가 보관할게요."

가라스마는 다치카와가 들고 있던 서류철로 손을 뻗었다.

아사히는 정신이 번쩍 들었다. 서류철에는 다치카와의 지
문이 묻어 있다.

"넘기지 마!"

순간 외쳤다.

그와 동시에 다치카와가 팔을 뒤로 물렸다.

시간이 멈춘 듯했고 정적이 몇 초 동안 이어졌다. 파일을 든 손을 어중간하게 든 채 다치카와는 창백해진 얼굴로 가라스마를 쳐다봤다.

더욱 날카로워진 가라스마의 눈이 다치카와를 담은 뒤 아사히를 응시했다. 예리한 눈빛에 서린 감출 수 없는 흥분을 본 순간 아사히는 함정에 빠졌다는 것을 깨달았다.

"왜 막죠?"

가라스마가 물었다.

어떻게든 둘러댈 수 없을까. 퇴로를 찾았지만 보이지 않았다. 어디나 막다른 길.

혼란스러운 머리로 생각해 보면 지금 서류철을 넘기든 넘기지 않든 경찰이 다치카와를 주목한 순간부터 결과는 같았다. 어차피 다치카와의 지문은 어디서든 채취할 수 있다. 애초에 이렇게 함께 일하는 관계이니 경찰은 이미 다치카와의 지문을 입수했을 터였다.

아사히는 이를 악물고 목소리를 쥐어 짜냈다.

"……어떻게 알았습니까."

"무슨 말씀이신지."

속이 빤히 들여다보이는데 천연덕스럽게 고개를 갸우뚱하는 가라스마를 아사히가 노려봤다.

"형제, 라고 했죠?"

"그랬죠."

"이 사람이 유히인 줄 어떻게 알았어요?"

가라스마의 눈에서 빛이 났다.

"인정했네요."

"네?"

"다치카와 신지가 마사치카 유히라는 사실을."

그 말이 뇌에 도달하기까지 시간이 걸렸다.

다치카와가, 유히가 입을 반쯤 벌린 채 아사히를 바라봤다. 검은 머리. 시원시원한 이목구비. 기다란 눈매. 성형수술을 해 외모는 달라졌지만 신기하게도 표정은 변하지 않았다.

"가노가 형제라고 말한 사람은 당신과 여동생 아야 씨입니다. 오늘 오전에 조사를 받았거든요."

아야? 전혀 생각도 못 했다. 얼굴도 잘 기억나지 않는다.

아사히는 가노를 향해 부자연스럽게 고개를 돌렸다. 자신이 삐거덕거리는 녹슨 기계가 된 기분이었다. 턱을 괸 가노는 이 자리에서 혼자 무료하고 아무것도 모른다는 얼굴이었다.

"당신이 불러세운 것부터 전부 다 함정이었군요."

예정된 대면 조사를 받지 못한 일. 마쓰바 집안 관련 조사가 너무 많아서 아사히 앞에 잡힌 조사가 길어진다는 말. 유히의 지문을 채취할 수 있을 가능성. 아사히의 마음에 불안의 씨앗을 심어 유히에게 전화를 걸게 할 목적이었다. 1과 형사가 아니라 언뜻 무능해 보이는 순경이 그 역할을 맡은 이유도 분명 방심을 유도할 작전이었을 것이다.

유히가 전화를 받고 결정적인 대화를 나눴다면 그들에게 가장 좋은 결과였겠지. 그렇게 되지는 않았지만 이중 함정이었다. 다치카와의 연결고리를 들켰다는 사실만으로도 아사히는 지도, 서류철을 넘기지 말라고 소리치지도 않았으리라.

"말도 안 되는 연극이라니."

아사히는 코웃음 쳤다. 적어도 본인은 그랬다고 생각했다.

"굳이 이런 짓을 꾸미지 않아도 사실은 이미 알고 있었을 거 아닙니까. 유히의 지문을 진작에 채취해 다치카와의 지문과 대조했을 거 아닙니까. 우리 입에서 그 이상의 사실이 나오기라도 할 줄 알았어요?"

문고본에서 유히의 지문이 검출돼 다치카와의 지문과 대조될까 봐 두려워했지만 다치카와의 입장상 그 책을 만졌다고 해도 이상하지 않았다. 책은 지금 유야에게 있었고 다치카와는 그를 담당한 아동복지사이기 때문에 책을 만진 적 있다고 하면 그만이라고 생각했다.

그런데 십팔 년 전 지문이 나와 버리면 체크메이트다.

그 말을 들은 가라스마는 담담했다.

"마사치카 유히의 지문은 채취하지 못했습니다. 처음부터 기대도 안 했지만."

"……네?"

"그러니까 당신이 입을 열어서 살았어요. 가노가 마사치카

350

유히가 다치카와 신지라는 가설을 꺼냈을 때 나는 반신반의 했는데."

뒤집어쓰고 있던 허세가 맥없이 허물어졌다. 아사히가 괜한 행동을 하지 않았다면 경찰에게는 결정적인 방법이 없었다. 진정 아사히의 실수다.

유히를 바라봤다. 유히는 굳은 얼굴로 가노를 응시했다.

"……내가 마사치카 유히인 걸 어떻게……."

"달리 없었으니까?"

가노의 입꼬리가 올라갔다. 턱을 괸 채로 눈만 아사히 쪽으로 움직였다.

"자폭의 상처에 소금을 뿌리는 것 같아 미안하지만 이유 중 하나는 아사히 당신이었어. '본인은 무조건 괜찮을 거라고 확신하는 것 같다'. 쓰키오카가 당신을 평한 말이거든. 아사히 씨는 자신감이 너무 넘쳤어."

그게 무슨 말이지?

머리가 돌아가지 않았다.

"정황상 팔 년 전 납치사건은 마쓰바 미오리, 마사치카 유히, 고즈카 아사히가 공범이었어."

"나는……."

"부인하려는 건 아는데 일단 들어봐요."

반론을 꺼내기도 전에 차단당했다. 형사도 아닌 순경이 분위기를 주도하는 것을 가라스마도 저지하지 않았다.

"과거 공범자였던 미오리가 아동 방치 사건으로 체포됐다. 다른 사건으로 체포됐다고는 해도 수사를 하다 보면 과거 납치사건까지 이를 수 있고 실제로 그렇게 됐지. 내가 아사히 씨라면 기자이자 납치사건의 관계자라는 입장을 이용해 어떻게든 수사 상황을 알아내려고 했을 거야. 미오리가 무슨 진술을 하는지도 몹시 신경이 쓰였겠지. 그런데 당신은 거의 관심을 보이지 않았어."

"공범이 아니니까 그렇죠."

"하지만 마쓰바 유타카가 당신을 공범자라고 생각한다는 사실을 알았을 때 망상이라고 생각하면서도 무시하지 않고 만나러 갔지. 설령 무고하다고 해도 의심받는 입장이라면 보통 신경이 안 쓰일 수 없거든. 그래서 나는 이렇게 생각했어. 아사히 씨는 수사 상황을 파악할 다른 방법이 있는 것 아닐까. 직접 캐고 다니는 것보다 확실하고 자연스러운 방법이. 그뿐 아니라 어쩌면 미오리와 수월하게 의사소통하고 있는 것은 아닐까. 그렇다면 미오리가 자백하지 않으리라는 것을 확신할 수 있지."

"의사소통? 그런 걸 어떻게 합니까?"

"미오리가 묵비를 행사하는 동안은 당신뿐 아니라 아무도 면회할 수 없었어. 미오리는 변호사를 선임하지 않았고 편지를 주고받지도 않으니까. 면회 허가가 떨어진 뒤에도 만난 사람은 유야뿐이었지. 즉 외부 사람과 접촉할 기회는 그때, 단한 번뿐이었던 셈이야. 그리고 면회 후에 미오리는 갑자기 마사치카 유히와 공모해 납치 자작극을 벌였다고 자백했지. 면회실에 있던 사람은 유야, 가라스마, 교도관, 나, 그리고 다치카와 씨."

이름을 말할 때 가노는 다시 유히를 쳐다봤다. 도망치라고, 아사히는 소리치고 싶었다. 유히는 가볍게 쥔 주먹을 책상 위에 올려놓고 가만히 이야기를 들었다.

"다른 네 명을 의심하기보다는 역시 다치카와 씨잖아? 생각해 보면 다치카와 씨는 유야를 담당한 아동복지사로 가라스마와 긴밀하게 연락을 주고받았어. 유야의 대면 조사에도 함께 들어갔고 어머니인 미오리의 상태나 수사 상황에 대해서도 어느 정도 정보는 공유하고 있을 터였고. 그 면회 때 미오리와 다치카와 씨는 어떤 메시지를 주고받았어."

"당신도 그 자리에 있었죠. 그런 대화가 오고 갔습니까?"

"그걸 모르겠단 말이지. 결혼했냐, 같은 대화는 했지만 그 자리에서는 아무것도 의심스럽지 않았어."

"그렇다면······."

"그렇다면 메시지는 서로만 알 수 있는 형태로 만들었겠지. 그런 일이 가능하다면 미오리와 다치카와 씨는 상당히 친밀한 관계일 거야. 지금까지 수사로 밝혀진 사실 중 미오리에게 그런 상대는 마사치카 유히밖에 없고."

"억지 논리군."

"그래, 난 상상력이 풍부하거든. 더 말해 볼까? 경찰은 실종된 마사치카 유히를 열심히 찾고 있었지. 만약 행방을 찾아내면 아사히 씨에 대해 말할지 모르는 상황이었어. 그럼에도 당신은 조금도 걱정하지 않는 눈치였지. 마치 유히가 이미 죽었거나 결코 찾을 수 없을 것이라고 확신하는 사람처럼."

그러니까, 라고 말하려던 목소리가 혀 위에서 멈췄다. 옆에서 천천히 고개를 숙이는 유히를 눈치챘기 때문이다. 아사히는 당황해서 유히를 쳐다봤지만 유히의 시선은 아사히에게 향하지 않았다.

"그래서 좀 알아봤지. 다치카와 씨는 가나가와현 직원이니까 현의 채용 담당자에게 이력서 확인을 요청했어. 그래서 다치카와 씨가 가고시마현 출신으로 2012년에 고졸 인정을 받고 복지사의 길로 들어섰다는 사실을 알았지. 초등학교 시절에 은둔형 외톨이었고 고등학교에는 진학하지 않고 계속 집에서 지냈다고 직장 동료에게 말했다고 하던데."

가노 혼자서 떠들어대고 유히는 잠자코 있었다. 아사히도 말이 나오지 않았다.

"2012년은 마사치카 유히의 소식이 끊긴 해지. 유히가 사라지자마자 다치카와 신지가 나타났고. 참고로 당신 진료기록을 보면 칼로 배를 찔린 결과 오른발 엄지발가락이 마비되는 후유증을 앓을 가능성이 있다더군. 유야가 도구 창고에서 뛰어내렸을 때 가장 가까이 있던 사람은 다치카와 씨였는데 정작 유야를 살린 사람은 쓰키오카였어. 내가 분명히 봤거든? 다치카와 씨는 움직이려고 했어. 하지만 발을 내딛는 순간 중심을 잃었지. 호른의 아이들에게 물었더니 다치카와 씨는 덜렁이 같은 면이 있어서 가끔 넘어진다던데?"

목과 입이 바싹바싹 말랐다. 그 소동은 아사히도 들었는데 그런 상황에서 그 찰나의 장면을 가노는 놓치지 않았다는 말인가.

"가고시마의 아동상담소에도 문의했는데 그쪽 담당자는 다치카와 씨네 집의 신지라는 아이를 한 번도 만날 수 없었다는 사실을 마지못해 인정했어. 다치카와 가문은 현지 경찰도 개입을 꺼리는 꽤 성가신 집안이라던데. 다치카와 신지는 사실상 소재 불명 아동이었지."

턱을 괸 자세도 미소도 여전했다. 정오를 지난 시간 찻집에서 "이제 어떻게 할래?"라고 묻는 듯한 가벼운 분위기로 가노는 계속 유히를 응시했다.

"마사치카 유히가 다치카와 신지 행세를 했어."

웃어야 한다고 생각했다. 황당무계한 소리라고 비웃으며 무시해야 한다고. 그러나 온몸이 굳어 볼 근육 하나 뜻대로 움직일 수 없었다.

유히의 주먹에 힘이 들어갔다가 풀리는 모습이 시야 가장자리에 비쳤다. 주먹 굳은살은 이미 사라졌는데. 귀에 뚫려 있던 피어싱 구멍도 이제는 막혔는데.

유히가 조용히 고개를 들었다.

"행세한 거 아닙니다. 원래대로 돌아간 거지."

아사히는 유히를 홱 돌아봤다. 말하지 마, 무슨 소리 하는 거야. 인정할 필요 없어. 뼈아픈 오판으로 가노에게 간파당했지만 증거는 없다. 아사히의 멍청한 실수는 시치미를 떼면 된다.

"됐어."

유히는 고개를 저었다.

"내 일에 끌어들여서 형에게 참 못할 짓을 했어."

"말하지 마."

아직 방법이 있을 것이다. 아직 버틸 수 있다.

미소를 살짝 띤 유히는 가노를 향해 몸을 돌렸다.

"내가 마사치카 유히입니다. 그리고 태어날 때 이름은 다치카와 신지였습니다."

목소리는 더할 나위 없이 또렷했고 속이려는 의도는 추호도 보이지 않았다.

머릿속 신호가 노란불에서 빨간불로 바뀌었다.

빨간불은 멈추시오. 이제 어디에도 갈 수 없다.

장소를 바꾸자고 가라스마가 말했다. 한 사람씩 정식 조사로 전환하려는 뜻이었다. 하지만 유히는 거부했다.

"이대로 형이 있는 곳에서 말하고 싶습니다. 이건 우리 이야기니까요."

가라스마와 가노가 시선을 주고받았다. 경찰관끼리 주고받은 무언의 대화는 짧았다.

"좋습니다."

가라스마가 대답하며 자세를 고쳐 앉았다.

유히는 천천히 심호흡하고서 차분한 목소리로 이야기하기 시작했다.

"팔 년 전 사건은 대부분 미오리의 진술 대로입니다. 다만 납치사건에 공범자가 한 명 더 있습니다. 미오리도 그 사실은 알았지만 그 사람이 형인 건 몰랐습니다."

가라스마가 시선을 던졌지만 아사히는 무시했다. 더는 부정할 마음이 없었다. 유히와 자신은 운명공동체다. 팔 년 전 가을밤, 유히가 아버지 죽음의 진상을 털어놓은 그날 밤에 결정했다. 형제로 남자고.

그때 고즈카 가족에게 남아 있던 어중간한 미련은 사라졌다. 노력해도 결국 '보통'이 되지 못한 자신을 인정했다. 나는 마사치카 아사히다. 겉은 고즈카 아사히라도 본질은 그렇다. 아사히와 유히, 두 사람의 뿌리는 줄곧 같은 곳에 있었다.

"미오리에게 찔리고 나서 내게 남은 건 오른쪽 엄지발가락 마비와 달아난 미오리의 입에서 언제 범행이 탄로될지 모른다는 두려움이었습니다. 그래서 마사치카 유히를 죽이기로 했습니다."

그 방법을 권유한 사람은 아사히였다. 빈껍데기처럼 두려움에 떨며 살 바에야 차라리 다른 사람으로 새 삶을 살라고.

"나는 세 살 때 유괴됐지만 아무도 그 사실을 몰랐고 호적도 그대로 남아 있었습니다. 언제든 다치카와 신지로 돌아갈 수 있었어요. 친부모를 찾아가 원래 신분으로 돌아가겠다고 말하자 마음대로 하라더군요. 단 그 사실을 아무에게도 말하지 말라고 했습니다. 유괴된 아들을 방치한 사실은 그들에게도 약점이었겠죠, 제 입장에서는 입을 막는 수고를 덜었어요."

유히는 다치카와 신지가 되어 얼굴을 바꾸고 과거를 버렸다. 무력감과 후회가 손끝까지 차 있던 십 대 소년은 서서히 새 삶을 시작했고 어른이 되어 아동복지사라는 직업을 택했다. 아사히는 다른 사람 행세를 하며 보이지 않는 곳에서 동생과 가까이서 살았다. 그렇게 은밀하고 평온한 삶이 이어지리라 믿었다.

그런데 과거에 남겨두었던 그 사건이 기어코 터졌다. 처음에는 자신들과 무관한 안타까운 일에 불과했다. 그러나 피의자의 신원이 밝혀지면서 상황은 완전히 달라졌다.

"미오리가 체포됐다는 사실을 알고 큰일 났다 싶었습니다. 과거 납치사건도 들키지 않을까. 이름과 얼굴을 바꿔도 불안감을 떨칠 수 없었습니다."

"그래서 유야의 담당 복지사를 신청했나? 수사 상황과 미오리의 상태를 알기 위해서? 미오리의 신원이 밝혀진 직후에 신청했지. 그리고 유야와 미오리의 면회를 요구한 사람도 당신이었고."

"미오리와 만나 내가 마사치카 유히라는 사실을 알리고 내게 불리한 진술을 하지 않도록 입단속을 하려는 목적이었습니다. 유야는 인질입니다. 유야를 만나고 나서 미오리는 아들을 위해 요구를 받아들였어요."

"당신들 텔레파시를 쓸 수 있는 건 아니지?"

"성형해도 목소리는 변하지 않으니까 암시하는 말을 몇 마디만 꺼내면 내가 유히라는 게 전달되지 않을까 생각했습니다. 실제로 미오리는 목소리만 듣고 눈치챘습니다. 그리고 내 손을 보고 확신한 것 같아요. 내 손을 좋아한다고 자주 말했으니까. 그 후로는 상황과 눈짓만으로도 내 요구를 파악했습니다."

"그래서 미오리가 당신에게 불리한 정보는 숨기고 납치 자작극과 상해를 자백한 건가?"

"혼자 죄를 뒤집어썼으면 더 좋았겠지만 납치에 관해서는 나도 어느 정도 책임이 크니까 어차피 탄로 나겠다 싶었죠. 마사치카 유히와 공범이었다고 밝혀도 마사치카 유히는 더 이상 존재하지 않아요."

그때 가노에게 주도권을 양보했던 가라스마가 입을 열었다.

"그건 아니지."

두 눈이 분노로 불타올랐다. 경멸과 떼어놓을 수 없는 분노였다. 엄마가 아사히의 언행에서 전남편의 영향을 발견했을 때 이런 눈빛이었다.

"당신을 만나기 전부터 마쓰바 미오리는 각오했어요. 유야와 한 번 만난 뒤 자백할 생각이었죠. 당신이 협박해서 내용을 바꿨을 수도 있지만 자백한 건 오로지 미오리의 의지였어."

"······그렇습니까."

"당신, 아동복지사잖아. 심지어 유야의 아버지고."

"유야에게는 면목이 없습니다."

"면목이 없다고?"

"더는 도망치지 않겠습니다. 납치사건도 자세히 진술할게요. 다만 형은 내가 부탁해서 어쩔 수 없이 도왔을 뿐입니다. 몸값을 받는 것도 거절했고요."

비난을 달게 받는 유히의 모습에 가슴이 먹먹했다. 미오리는 이미 각오한 상태였다고 말했는데 유히 역시 각오한 모습이었다.

"과연."

가노가 감탄한 듯 말하며 턱을 괸 자세를 풀었다.

"한 번 죽고 다시 태어난 인간은 역시 강하네. 이렇게 궁지에 몰리고도 여전히 진실해 보이는 얼굴로 거짓말을 하는군."

경악을 드러내지 않을 자신이 없었다. 이 남자는 도대체 어디까지.

"거짓말······?"

당혹스러운 척하는 유히도 내심 몹시 동요했다. 가라스마 혼자만 무슨 말인지 모르는 눈치였다.

"아직 숨기는 게 있지?"

"도대체……."

"문조."

유히는 말문이 막혔다. 가노는 눈을 가느다랗게 뜨고 앞머리가 만든 그림자 속에서 유히를 응시했다.

"유야가 문조 남매에게 폭력을 썼다며. 그런데 당신은 그 일을 가라스마에게 전하지 않았어."

"……그게 무슨 문제가 됩니까? 굳이 말할 필요 없다고 판단했을 뿐인데. 유야가 정신적으로 불안정한 상태라는 사실은 이미 다들 알고 있으니 개별 안건을 일일이 보고하지 않아도 된다고 생각했습니다."

"아이들과 직원들이 이구동성으로 다치카와 씨의 열정적이고 세심한 일솜씨를 칭찬하던데. 당신은 그 일을 경찰에게 숨기고 싶었던 거야."

아사히는 책상 밑에서 자신의 손을 잡았다. 무의식중에 움켜쥔 주먹이 떨릴 것 같았기 때문이다.

"유야가 이야기해줬지. 아무에게도 말하지 못한 채 안고 있던 죄를."

"유야는 죄가 없습니다."

유히의 목소리에 금이 갔다.

"본인이 어떻게 생각하느냐 하는 이야기야. 사실이 어떻든 스스로 죄라고 생각하면 자책감에 시달리니까. 자신을 용서할 수 있을 때까지 계속 스스로에게 벌을 가하지. 누구에게도 털어놓지 못하는 사람이라면 더욱 그래."

스틱 설탕의 싸구려 단맛이 혀에 되살아났다. 아버지를 죽인 아사히. 그 원인을 제공한 유히. 서로의 죄를 나누어 짊어지기까지 지나온 십 년이 떠오른다.

"미오리가 아이들을 방치하고 집을 나가기 전에 유야는 마히루와 소꿉놀이를 했어. 전날 미오리가 마히루에게 아기 인형을 사줬고 마히루는 엄마 역할을 했지. 그전까지 아기 역할이었던 유야는 아빠를 맡기로 했다더군. 유야가 문조에게 난폭하게 굴었을 때 문조 남매는 짝짓기를 하려던 모양이야. 유야는 그 모습을 보고 그날의 소꿉놀이가 떠올랐지. 소꿉놀이를 하고 떠드는 바람에 엄마가 화가 나서 괴물이 되어 집을 나갔다고 유야는 생각해. 그런데 사실은 그게 아니야. 미오리는 플래시백을 일으켜 갑자기 착란 상태에 빠진 거야."

"……플래시백? 무슨 근거로."

말없이 가노를 노려보는 유히 대신 아사히가 저항을 시도했다. 그러나 분명한 답을 준비해 놓았다.

"유야는 강제로 바퀴벌레를 먹는 바람에 아나필락시스 쇼크를 일으켰어. 갑각류 알레르기의 교차반응 때문에. 그런데 실은 유야와 관계된 사람 중에 알레르기 체질인 사람이 있었어."

주먹을 쥔 손에 힘이 들어갔다. 손바닥도 땀에 젖었다.

"마쓰바 유타카. 초등학생 때 학교에서 여러 번 쓰러진 적이 있지. 영양이나 수면이 부족했는지 정신적인 원인이었는지 불분명하지만 점심시간에 쓰러졌다던 일은 그와는 별개였어. 자세히 물어보니 유타카는 쉬는 시간에는 항상 자기 자리에서 공부했는데, 그날은 담임교사가 가끔은 아이들과 밖에서 놀라고 운동장에 내보냈다더군. 유타카는 반 친구들과 피구를 했는데 잠시 후 갑자기 정신을 잃었어. 온몸에 발진이 생기고 호흡곤란을 일으켰지. 음식 의존성 운동 유발 아나필락시스라고 해서 알레르기의 원인 물질을 섭취한 후 몇 시간 안에 운동하면 발병하는 질환이었어. 그날 급식 메뉴는 해산물 카레였는데 새우가 들어갔지."

"유야는 유타카의 조카예요. 체질이 비슷해도 이상하지 않아요."

"참고로 알레르기 체질은 부모 자식 간에 유전된다고 알려졌어. 꼭 같은 물질에 반응한다고 할 수는 없지만. 유히 씨, 알레르기는 어때?"

"그게 도대체……."

가라스마의 입에서 한숨 섞인 소리가 흘러나왔다.

"당신이 정말 유야의 친아버지인지 아닌지는 DNA 감정만 해도 알 수 있어."

유히가 시선을 내리깔았다. 온몸의 뼈와 근육, 꽉 다문 이가 삐걱대는 소리가 들리는 듯했다.

마사치카 유히는 유야의 아버지가 아니다. 유히와 미오리가 그런 관계였던 적은 한 번도 없다. 아사히도 옛날에는 둘 사이를 의심했지만 유히가 단호하게 부인했다. 유히에게 미오리는 하레에서 만난 아이들, 과거 자신과 비슷한 처지인 아이 중 한 명일 뿐이었다.

"미오리가 유야의 아버지를 속인 사실. 남매의 소꿉놀이를 보고 나타낸 과민반응. 알레르기. 유타카가 유야의 아버지라고 추정하는 것이 그리 억지는 아닐 것 같은데?"

유히가 유야의 아버지가 아닌 사실과 함께 그것 또한 조사하면 밝혀질 일이었다.

어느새 가노의 얼굴에서 웃음기가 사라졌다.

"플래시백을 일으킬 정도로 트라우마에 시달렸다면 본인의 의사가 아니었겠지. 미오리는 친오빠에게 성폭행을 당해 유야를 임신했어. 유타카가 아사히 씨에게 보낸 메일에 적힌 '내 죄'가 여동생을 임신시킨 일이라고 생각하면 최근에 와서야 죄를 '깨달았다'라고 한 것도 이해가 가. 종종 호른을 찾아가 유야의 정보를 캐던 남자가 있었지? 나는 보지 못했지만 외모가 유타카와 매우 닮았다더군. 유타카는 유야의 생일과 알레르기 체질을 알고 자기 자식이라고 확신하지 않았을까?"

오늘은 포근하고 쾌청한 가을 날씨고 등 뒤에 창문도 있을 텐데 등골이 얼어붙는 느낌이었다. 게다가 이상하리만큼 어두웠다.

문득 어렸을 때 자주 보던 신사의 여우가 떠올랐다. 새전을 훔치러 들어갈 때 어둠 속에서 자신을 바라보던 눈이 사실은 늘 조금 무서웠는데 아버지와 유히 앞에서는 아무렇지 않은 척했다. 가노의 눈빛은 그 여우를 연상케 했다.

"지금까지 설명한 내용을 근거로 팔 년 전 그 의문으로 돌아가지. 몸값을 받는 당일에 돌연 운반책이 바뀐 일 말이야. 범인의 지시는 유타카 외 인물로 바꿀 것. 다른 특정 인물을 지정하지 않고 그냥 유타카를 제외하라고 지시했어."

여우가 보고 있다. 밀려오는 파도처럼 점점 압박했다.

"몸값 운반책은 인형 옷을 입고 달렸어. 마쓰바 오사무의 증언에 따르면 유타카를 대신해 운반책이 된 아사히는 인형 옷에 붙어 있던 진드기인지 벼룩인지에게 물려 고생했다더군. 여기서 아까 말한 알레르기와 연결되는데 갑각류 알레르기가 있는 사람은 바퀴벌레에도 반응하는 것과 같은 이치로 진드기에도 반응할 수 있어. 즉 범인이 처음 지시한 대로 유타카가 돈을 운반했다면 아나필락시스 쇼크를 일으켰을지도 몰라. 몸값을 받고 난 뒤 산속 화장실에 갇혀 있었기 때문에 구조는 기대할 수 없었을 테지."

그 시점에는 아사히도 그 사실을 몰랐다. 인형 옷을 입고 달리는 것도, 아무도 없는 캠핑장 끝에 목적지를 설정한 것도, 화장실 문이 열리지 않게 조치한 것도 아사히가 이해한 것과 다른 의미가 있었다.

납치 자작극 뒤에 숨겨진 진정한 목적.

"너희는 유타카를 사고로 위장해 죽이려고 했어."

유타카는 당연히 알레르기에 주의했을 터다. 그러나 교차 반응까지 신경 쓰는 사람은 그리 많지 않을 것이다.

유히가 칼에 찔려 입원한 뒤에야 아사히는 모든 사실을 알게 됐다.

살인 계획도, 그 동기도. 결국 실행하지 않은 이유도.

"마지막 순간 겁이 나서 계획을 실행하지 않은 거야?"

가노의 목소리가 아득했다. 병원 침대에서 눈을 뜬 유히의 비통한 목소리가 되살아났다.

—형과 같이 지내다 보니 점점 더 망설여졌어. 형에게 살인 이라는 짐을 같이 짊어지게 해도 되겠느냐고, 아버지 때와 똑같은 짓을 해도 되겠냐고.

유히는 고민 끝에 독단적으로 계획을 중단했지만 그것은 미오리에게 배신이나 다름없었다.

애초에 유히와 만났을 무렵 미오리는 자존감이 극단적으로 낮고 자신의 처지를 체념한 상태였다. 어머니의 엄격한 교육에 시달리는 오빠를 불쌍히 여겨 자신만 편하게 산다고 미안해하기까지 했다. 그런 생각은 잘못되었다고 가르쳐준 사람은 유히였다. 미오리는 유히와 만나고 눈을 떴다. 자신이 겪어온 폭력과 불합리한 처지를 깨닫고 절망했다. 분노해도 되고 미워해도 된다는 사실을 알았다. 유타카를 죽이고 싶다고 애원하는 미오리에게 유히도 순순히 동의했다. 유타카는 그만한 죄를 저질렀고 미오리는 그럴 권리가 있다고 부추겼다. 그런 유히가 아사히를 위해 약속을 깬 것이다.

납치 자작극을 저지른 뒤 처음 눈을 떴을 때, 그 자리에 있는 유타카를 본 미오리의 심정은 어땠을까. 유히는 미오리에게 칼에 찔린 사실을 아무에게도 말하지 않겠다고 다짐했고 팔 년이라는 세월이 흘렀다. 미오리가 유타카의 아이를 낳았으리라고는 꿈에도 생각하지 못한 채.

가노는 대답을 재촉하지 않고 유히를 계속 바라봤다.

"당신은 수사 정보를 얻으려는 목적으로 유야의 담당을 지원했다고 했지만 아예 엮이지 않는 편이 오히려 위험부담이 더 적을 것 같은데. 그때만 해도 마사치카 유히의 존재를 지우는 데 성공했으니까. 당신이 미오리를 만나지 않았다면 우리는 유히를 찾지 못했을 거야."

아사히도 여러 번 말했다. 관여하지 말라고 애가 닳도록 말렸다. 유히는 결단력과 행동력이 뛰어나지만 감정적이고 단순했다.

"지금 상황에서도 진실을 감추려는 당신을 보고 내 머릿속이 번뜩였어. 유야가 유타카의 아들이라는 사실을 당신은 처음부터 알고 있었다. 그리고 유야와 미오리에게 힘이 되고 싶

어 한다. 미오리와 면회한 것도 입막음 때문이 아니라 내가
유야의 곁을 지키고 있다고 전하고 싶어서였지? 애초에 당신
이 유야를 대하는 태도를 보면 단지 본인의 안위만 생각하는
사람 같지 않았어. 가라스마도 그렇게 생각하지 않아?"

"……그건 그렇지."

"우리 경찰은 당신처럼 착한 사람을 상대할 때 사건의 줄거
리를 파악하기가 참 곤란해. 자신을 찌르고 돈을 들고 도망간
여자와 그 여자의 아이를, 그것도 굳이 본인이 위험에 빠지면
서까지 도와주려 한다니 전혀 논리적이지 않잖아."

아무리 설명해도 논리적인 말로는 유히를 설득할 수 없었
다. 유히를 채찍질한 것은 팔 년 전부터 끌어안고 살아온 죄
의식이다.

그때 자신이 배신하지 않았다면.

유히는 그렇게 자책했다. 유야를 위해 애쓰는 것은 미오리
를 저버린 과거를 만회하려는 속죄이기도 했다.

"미오리는 유히의 의도를 정확하게 이해했지. 유야의 출생
의 비밀을 알았을 때, 면회실에서 미오리가 한 말의 의미를
깨달았어. 아버지는 마사치카 유히라고 강조한 뒤 '돈키호테'
이야기를 꺼냈지. '환상은 환상인 채로 남겨두는 게 좋다'. 그
리고 히어로가 있다는 것을 유야가 믿게 해달라. 그건 유히
씨에게 보내는 메시지였어."

'유야가 잔혹한 진실을 모르도록'

유타카 살인 미수만은 은폐하기로 미오리는 결심했다. 그 동기는 바로 유야의 출생의 비밀을 끝까지 지키겠다고.

미오리가 부탁하지 않아도 당연히 유히도 그럴 마음이었다. 자신은 친아버지에 대해 알고 싶지 않다고 유히는 말했다. 사건이 드러나면 주변 어른들이 아무리 배려해도 언젠가 진실을 알지 모른다. 유야가 호른에서 지내는 사실이 공공연한 비밀이 되어 버린 것이 바로 그 증거였다. 사람들의 입을 자물쇠로 잠글 수는 없다. 하물며 지금은 조사하기 쉬운 시기였다.

그리고 반대로 비밀이 드러나는 것을 싫어하는 사람도 있었다.

'나는 내 죄를 깨달았어.'

유타카는 아사히를 집으로 불러 미오리를 성적으로 학대한 사실을 고백했다. 유야가 자신의 아들일지 모른다는 사실도. 같은 자리에 있던 마쓰바 부부는 얼굴이 창백해져 입도 열지 못한 채 떨었다. 그들은 몰랐던 것이다. 아들이 빠져 있던 지옥 아래 또 다른 지옥이 있었다는 사실을.

ㅡ학대의 연쇄야. 할아버지가 어머니에게, 어머니가 내게, 내가 미오리에게, 미오리가 유야와 마히루에게. 그 사슬의 끝에서 어린 생명을 잃고 말았어. 이 집에서 일어난 일은 낱낱이 공개되어야 해. 사회를 위해서.

그래서 기자인 너를 불렀다고 유타카는 진지한 표정으로

주장했다. 무서울 정도로 맑은, 마음속 깊은 곳에서 우러나오는 슬픈 눈이었다.

외모가 완전히 변한 유타카를 앞에 두고 아사히는 새삼 팔 년이라는 세월을 반추했다. 그동안 유타카는 은둔형 외톨이로 살면서 오로지 사회정의만을 생각했다. 물밑의 돌을 이끼가 덮듯 청아한 정신을 독자적인 사상이 덮고 또 덮었다. 마음을 돌리려는 아사히의 말은 그 속에 있는 유타카에게 닿지 않았다. 결국 유타카는 순수한 정의감이 지시하는 대로 모든 것을 파괴하고 말 것이다.

그를 막은 사람은 도코였다. 유타카가 아사히와의 대화에 집중한 틈을 타 칼로 유타카의 목을 베었다. 교육의 이름을 빌린 폭력으로 아들을 괴롭혀 온 도코는 끝까지 폭력에 의지했다.

미안, 미안, 미안해.

도코는 피투성이로 입만 뻐끔대는 아들에게 매달려 사죄의 말만 반복했다.

엄마가 몹쓸 짓을 해서 미안해.

아무것도 할 수 없었던 오사무는 바닥에 쭈그리고 앉아 신음했다.

"……『돈키호테』의 결말이 무엇인지 알아?"

줄곧 말없이 눈을 내리깔고 있던 유히가 낮은 목소리로 말하며 고개를 들었다. 일그러진 얼굴과 번뜩이는 눈을 본 순간 아사히의 목구멍에서 헐떡이는 숨소리가 새어 나왔다.

"미치광이 기사 돈키호테는 정신을 차리고 평범한 늙은 시골 귀족 키하노로 돌아가. 그리고 키하노 본인이 돈키호테의 모험을 전부 부정하고 광기에 빠졌던 나날을 부끄러워하며 죽지. 미오리는 그런 결말이 슬퍼서 싫다고 했어."

유히에게 그 말을 듣는 순간 팔 년 전에 단 한 번 말을 섞었던 소녀의 환영이 보였다. 상대는 아사히를 기억하지 못한 듯하지만 그녀는 해가 저무는 공원에 홀로 앉아 『돈키호테』를 읽고 있었다. 이미 환상에서 깨어난 시기였을 터다. 자신이 지옥에 있다는 사실을 알고 있었다. 아사히의 눈에는 행복해 보였던 그때 소녀는 무슨 생각을 했을까.

"미오리는 학대의 연쇄라는 현실에 졌어. 그 아이가 유야에게 남길 수 있는 건 이제 환상밖에 없어. 빼앗을 필요 없잖아. 그 정도는 괜찮잖아."

유히는 따지며 애원했다. 이것은 유히 본인의 생각이 담긴 절규 같았다.

가노는 그 목소리를 꿈쩍 않고 받아냈다.

"다정한 거짓말로 구원할 수 있는 것도 있겠지. 하지만 한편으로는 그것 때문에 간과하게 되는 것도 있어. 마히루의 죽음이 그렇고. 살아 있는 인간의 미래는 당연히 중요하지만 그렇다고 해서 말을 할 수 없는 피해자에게 소홀해서는 안 돼. 게다가 유야는 자기 탓이라는 잘못된 죄책감 때문에 계속 괴로워하잖아. 마히루와 단둘이 그 지옥에 갇혀 있었어. 유야에게 모든 이야기를 해줘야 한다는 뜻이 아니야. 진실은 분명유야를 상처 입힐 테지. 하지만 당신들이 유야를 위한다며 한일이 정말로 유야를 구원할 수 있을지, 돌고 돌아 유야를 힘들게 할 가능성은 없는지 머리를 식히고 생각하는 편이 좋아.당신들은 유야에게 환상이 필요하다고 믿는 것 같지만 당신들은 물론 나도 유야가 아니야."

마지막 한마디에 아사히는 가슴이 덜컹했다. 유야가 가짜아버지를 원할까 하는 의문이 마음속에 막연히 존재했기 때문이다. 하지만 유히와 미오리라는, 유야를 소중히 여기는 두사람이 그렇게 확신한다면 자신이 신경 쓸 일이 아니라며 대수롭지 않게 여겼다.

유히의 입이 벌어졌지만 입술만 열렸을 뿐 말은 나오지 않았다.

"환상이 필요한 사람은 유야가 아니라 당신들이야. 미오리를 향한 죄책감을 메우려고 유야를 이용하지 마."

가노는 뿌리치듯 말한 뒤 가라스마에게 시선을 옮겼다.

"반드시 미오리한테 자백을 받아내."

"……당신이 말 안 해도 그럴 거야."

온몸에서 급격히 힘이 빠져나갔다. 하지만 언젠가 이렇게되리라 알고 있던 것 같기도 했다. 아버지와 아사히와 유히세 사람의 세계도 그렇게 갑자기 끝났으니까.

자신들이 탄 차는 어느새 지독한 험로에 빠졌다. 짙은 안개가 시야를 가리고 차가 덜컹거릴 때마다 안전벨트가 가슴을 압박했다. 한시도 마음이 편하지 않았다. 그리고 끝내 바퀴는 진창에 빠져 헤어 나올 수 없다. 좁은 외길로 방향을 돌릴 수도 없다. 어쩌다 이렇게 됐을까. 어디서부터 잘못됐을까. 미오리가 탔다가 내렸을 때일까. 아니, 아니다. 분명 훨씬 전이다.

허탈에 빠진 유히가 느릿느릿 고개를 돌려 아사히를 바라봤다.

"······형, 미안."

아사히는 고개를 저었다. 그것만으로는 부족하다고 생각했지만 할 말을 찾을 수 없었다. 다시 고개를 저었다. 유히의 목젖이 크게 움직였다.

"그런데 유히 씨에게 한 가지 물어도 될까?"

가노가 고개를 갸웃거리며 말했다.

"마사치카 유히의 삶을 버린 후 왜 가나가와에 남았어? 아무리 생각해도 양아버지도 하레도 잃은 이상 아는 사람이 없는 새 땅으로 가 새 출발을 하는 편이 더 좋았을 것 같은데."

유히는 빈정거리듯 입술을 휘었다. 다치카와 신지가 된 이후 처음 보는 표정이었다.

"어디에도 가고 싶지 않았으니까. 아버지가 생을 마감한 이 동네가 내가 있을 자리야. 내가 그렇게 정했어. 다른 곳으로 떠나는 건 이제 됐어."

유히의 슬픔과 고집을 아사히는 잘 안다. 아버지에게 유괴되어 전국을 떠돌다가 마지막에는 가고시마로 돌려보내겠다는 말을 들은 유히. 아버지가 세상을 떠난 후에는 사회 제도에 따라 형인 아사히와 헤어져 사회가 일방적으로 베푼 틀 안에서 살도록 강요받았다.

다시 태어나면 고통의 땅에 머물 것이다. 자신이 있을 곳을 스스로 정한다. 평범하게 살아온 자, 선택할 권리를 처음부터 당연하게 가졌던 자에게는 소원조차 되지 않을 소원.

가노의 표정이 갑자기 어두워졌다.

"자살이란 건 정말 몹쓸 것이군. 영문도 모른 채 버려지다니."

별안간 등장한 자살이라는 단어에 아사히는 당황했다. 생뚱맞은 말이었다. 그런데 가슴이 불안하게 뛰었다.

"자살? 그게 무슨 말이죠?"

"그러니까 당신들의……."

가노는 깜짝 놀란 듯 눈을 크게 떴다가 거북한 듯 시선을 피했다. 표정 변화가 기묘했다.

갑자기 기세가 꺾인 가노의 뒤를 가라스마가 이어받았다.

"어렸을 때라 정확한 상황을 몰랐나 보네."

가라스마는 고요한 눈빛으로 아사히와 유히를 차례로 응시했다. 가슴이 더욱 세차게 뛰었다. 움직이지 못하게 된 차의 엔진이 으르렁거렸다. 진창에 빠진 바퀴가 헛돌았다.

"어떻게 들었는지 모르지만 마사치카 다쿠지 씨는 자살했어. 차 안에 배기가스를 끌어들여 중독사했지."

모르는 말을 들은 것 같았다.

자살.

아버지의 얼굴이 떠올랐다.

웃는 얼굴, 그리고 우울에 잠식된 얼굴.

'자살.'

"그게 무슨 소리야!"

돌연 유히가 격분했다. 자리를 박차고 일어나 몸을 내밀어 가라스마에게 달려들었다.

"그럴 리가 없어. 왜냐하면 아버지는……."

그래, 아사히가 죽였다. 유히의 말에 넘어가 달콤한 스틱설탕으로.

가노가 가라스마를 보호하듯 몸을 내밀었다. 가라스마가 진정하라고 소리쳤다. 복도에 대기하고 있던 쓰키오카가 뛰어 들어와 유히를 붙잡으려고 했다.

아사히는 그저 보고만 있었다. 머릿속이 텅 빈 것처럼 아무 생각도 할 수 없었다. 가노의 씁쓸한 목소리가 오른쪽 귀에서 왼쪽 귀로 빠져나갔다.

"이제 와 이런 말을 받아들이지 못하는 심정은 이해해. 하지만 사실이야. 차에 유서 같은 메모가 있었어."

"그게 무슨 개소리야!"

"그래서 너희가 있는 곳과 이름을 알았던 거야."

"아버지는 우리가 죽었다고!"

책상에 엎드린 자세로 제압당한 유히가 몸부림치며 소리 쳤다.

"죽었다고?"

가노가 의아하다는 듯 눈썹을 치켜올렸다.

"그래, 자동차 기름통에 설탕을 넣었어! 그래서 자동차 엔 진이……."

"그런 걸로 엔진이 고장 나지는 않아."

그 말이 기묘할 정도로 또렷하게 아사히의 귀에 꽂혔다.

유히의 목소리가 사라지고 움직임도 멈췄다. 단 일 초뿐이 었지만 완전한 정적이 자리를 지배했다.

"……거짓말!"

유히가 다시 소리쳤다. 그러나 몸은 움직이지 않았다.

"아버지가 우리만 두고 죽었을 리 없어."

쓰키오카가 힘을 풀었는지 유히가 고개를 비틀어 아사히를 쳐다봤다.

그렇지?

충혈된 눈이 그렇게 애원했다.

하지만 아사히는 대답할 수 없었다. 팔 년 전 그날 밤, 손대 지 않은 볶음밥을 사이에 두고 유히가 한 말이 생각났기 때문 이다.

아버지는 아이들이 자라면서 떠돌이 생활에 한계를 느꼈다. 아사히가 평범한 삶을 원하는 것도 알았다. 예감한 것이다. 세 사람의 나날은 머지않아 끝나리라고. 아버지에게 그것은 견딜 수 없는 사실이었을지 모른다. 아버지는 확실히 아사히와 유히를 사랑했다. 하지만 두 사람을 위해서 자신을 바꿀 수는 없었다. 그래도 의지할 수 있는 아버지와 아들들로 계속 지내고 싶었다. 너덜너덜한 코롤라에 머무는 가족으로 남고 싶었다. 그래서 거기서 시간을 멈추는 길을 택했다.

"왜 아무 말이 없어."

몸을 일으킨 유히의 눈빛이 불안하게 흔들렸다. 아사히는 대답할 여유가 없었다.

갑자기 싸늘하게 식은 머릿속에 냉철한 이성이 일제히 주장했다.

다치카와 집안이 어떤 집안인 줄 알면서도 유히를 돌려보내려고 했다. 엄마가 아사히를 맡으리라는 보장도, 그 집에서 아사히를 귀히 여기리라는 보장도 없었다. 유서로 아이들이 있는 곳만 알렸을 뿐 이후의 일은 생각도 않았다. 그런 식으로 이별한 이유는 아버지에게는 현실을 직시할 용기가 없었기 때문이다. 아이들과 똑바로 마주할 용기가 없었기 때문이다. 아버지는 자살이라는 수단을 선택했다. 악의가 조금이라도 마음을 좀먹었다면 아이들을 데리고 함께 죽었을지도 모른다.

"형?"

아아, 그랬구나. 아버지는 부모이기를 포기했구나. 현실에서 계속 도망치다 못해 자신이 만든 세 사람만의 세상에서조차 도망친 것인가.

우리는 진실을 모른 채 다정한 거짓말을 믿고 잘못된 죄책감에 줄곧 괴로워했다. 그렇게 이곳까지 도달하고 말았다.

아뜩했다. 조금 전에 비슷한 말을 들은 참이었다.

자신의 뿌리가 있었을 땅이, 발밑이 무너져 내린다.

—만약 들개 떼가 둘러싸면 어떻게 하지?

언젠가 했던 아버지의 말이 들렸다. 강한 남자인 척했지만 사실은 비열한 겁쟁이였던 아버지.

눈을 감았다.

가노도 가라스마도 유히도 사라졌다.

아버지도 사라졌다.

아무것도 없다.

빨간불도 노란불도.

"내가 없어도 너희가 이길 방법이 딱 하나 있어. 그건 바로 너희가 둘이서 힘을 합치는 거야. 아침이 오면 밤도 오고 밤이 오면 아침도 오지. 아침과 저녁은 절대로 떼어놓을 수 없어."

"……허울 좋은 말만 떠들어대더니."

중얼거리고서 눈을 떴다.

유히가 있었다.

"고즈카 아사히. 다치카와 신지. 다시 한 사람씩 이야기를 들어보도록 하지."

가라스마가 단호하게 선언했다.

"네."

아사히는 유히의 팔에 손을 얹고 대답했다.

20

엄마가 집을 나간 뒤로 마히루는 자주 큰 소리로 울었다. 엄마가 큰 소리를 내면 안 된다고 그래서 어떻게든 울음을 멈춰 보려고 했는데 전혀 말을 듣지 않았다. 입을 막고 때려도 점점 더 심하게 울기만 했고 엄마, 엄마 불러대는 바람에 화가 났다.

먹을 것이 없어지자 수돗물로 배를 채웠다. 물만 마신 탓에 설사했다. 마히루는 배가 아프다며 계속 울었다. 울면서 설사를 하니까 냄새가 나서 견딜 수 없었다. 집에 가득 찬 쓰레기 냄새도 지독했다.

더웠지만 에어컨은 마음대로 틀면 안 됐다. 창문도 열면 안 됐기 때문에 옷을 벗었다. 그래도 더워서 계속 머리가 멍했다. 머리가 아프거나 욕지기가 올라올 때도 있었다.

그러는 동안 마히루가 축 늘어졌다. 바닥에 누워 움직이지 않았다. 놀자고 해도 대답이 없고 이야기를 해줘도 듣지 않는 것 같고 컵에 물을 따라서 입에 대줘도 마시지 못했다. 눈을 거의 뜨지 못한 채 입술은 잿빛으로 변했다.

무서워서 엄마에게 전화하고 싶었지만 전에 전화했다가 혼이 난 적이 있어서 참았다. 엄마 외에 다른 사람에게 도움을 청할 생각은 못 했다. 나와 마히루가 있다는 사실을 다른 사람이 알면 셋이서 살지 못한다고 그랬으니까.

나도 점점 움직일 수 없어서 이야기만 계속 들려주는데 정신을 차리고 보니 마히루가 죽어 있었다. 엄마가 마히루를 부탁한다고 했는데, 큰일 났다는 생각이 들었다. 내가 마지막 남은 쿠키를 먹어 버려서 마히루가 그렇게 된 것 같았다. 내가 몸이 더 크니까 더 먹어도 될 거라 생각했다. 마히루는 오빠 치사하다며 울었다.

하지만 그 무렵부터 점점 머리가 멍했고 아무 생각도 할 수 없었다. 배도 고프지 않았고 더위나 냄새도 느껴지지 않았다. 다만 죽은 마히루가 불쌍했다. 나까지 죽으면 엄마는 외톨이가 되니까 엄마도 불쌍했다.

그래도 살아난 후 나도 죽었으면 좋았을 걸 생각했다. 마히루가 외톨이가 되어 불쌍했다. 마히루 대신 내가 죽었으면 좋았을걸. 마히루에게 쿠키를 줄걸.

마히루가 보고 싶다.

엄마가 보고 싶다.

21

"유야의 대면 조사가 끝났습니다."

그 사실을 알렸을 때 가라스마는 처음으로 또렷한 기분으로 미오리와 대치하고 있다고 느꼈다.

"당신은 아이들에게 정말 끔찍한 짓을 저질렀어요. 당신 때문에 마히루는 고통스럽게 죽어갔고 유야는 아직도 괴로워해요. 무슨 사정이 있었든 당신은 아이들에게 분명한 가해자야. 그 죄는 갚아야 해요."

미오리는 고개를 숙이고 조금도 움직이지 않았다.

"그런데 정말로 죽었으면 좋겠다고 생각습니까?"

목소리를 낮추고 물었다.

"누구한테 죽으라고 소리쳤던 거였어요?"

그때 미오리의 눈에 비친 사람은 자신을 학대한 오빠 아니었을까. 그녀는 오빠에게 벗어나려고 맨션을 뛰쳐나갔고 그 후 집으로 돌아갈 수 없었다. 몸과 마음이 공포에 사로잡혀서. 자신의 힘으로는 어쩔 수 없어서.

아이들에게 살의가 있었다는 말은 거짓이라고, 이제 가라스마는 확신했다. 플래시백을 일으킨 사실과 그 원인을 어떻게든 숨기고 싶었을 터다.

"유야를 위해서 침묵하는 건가요? 환상은 환상인 채로 남겨두는 게 좋다고 당신이 면회 때 말했죠. 그런데 과연 유야도 그러기를 바랄까요? 그건 결국 당신의 현실 도피를 아이에게 강요하는 행동 아닌가요?"

미오리가 고개를 들었다. 크게 뜬 두 눈에 강한 동요와 저항의 의지가 엿보였다.

"당신 아니에요? 현실을 외면하고 환상을 갈구하는 사람은. 당신은 자신의 상처를 보려 하지 않고 건드리고 싶어 하지도 않잖아."

하지만 그것도 오늘로 끝이다.

"유야는 계속 마음에 담아뒀던 이야기를 용기 내서 털어놨어요. 당신도 이제 그럴 때가 온 것 같은데요. 면회 후에 내가 말했잖아요. 사람은 자신의 인생을 마주할 줄 알아야 한다고. 지금이 바로 그때입니다."

색을 잃은 얼굴이 경련하며 왈칵 일그러졌다. 얼굴을 가린 두 손의 손톱이 피부를 파고들었다. 손가락 사이로 짐승 같은 신음이 새어 나왔다. 소리는 점점 더 커졌고 절규가 됐다. 처음 보는 미오리의 눈물이었다.

가라스마는 멈추지 않았다. 이것이야말로 줄곧 듣고 싶었던 마쓰바 미오리의 목소리였다.

한 사람을 쉽게 이해할 수 있다고 생각하지 않는다.

그래도 듣고 싶다.

들어야 한다.

사회와 격리된 마사치카 부자도, 마쓰바 집안에서 벌어진 학대의 연쇄도 그렇게 해서 바꿀 수 있었을지도 모른다.

　길고 긴 통곡이 잦아들었을 때 그곳에 존재하는 사람은 고통받아 너덜너덜해진 소녀였다. 직시할 수 없던 상처를, 마침내 지금 전부 드러내려고 한다.

　"……그 아이들을 위해서라면 어떤 공포도 아픔도 극복할 수 있다고 생각했어요. 그런 엄마가 되고 싶었죠."

　진창에서 터져 나온 듯한 목소리였다. 목소리에 피가 배어 있었다.

　"변호사를 불러주세요. 아버지와도 만나 이야기할게요. 이제는 도망치지 않겠어요."

　묵직한 한마디 한마디를 가라스마는 하나도 놓치지 않고 받아들였다.

　"가라스마 형사님, 제 이야기를 들어주세요."

　"물론이죠."

　가라스마가 할 수 있는 일은 이야기를 듣고 진실을 밝히는 일까지다. 그다음에는 세상 사람들이 그녀의 죄를 물을 것이다.

22

　전철 문이 열리고 미오리는 가마쿠라역 플랫폼에 내렸다. 2월 아침의 매섭게 차가운 공기가 가슴까지 스며들어 저도 모르게 그 자리에서 움츠러들었다.

팔 년 만에 돌아왔다. 짐은 보스턴백 하나. 도망쳤을 때는 운동 가방 하나였으니 조금도 변하지 않았다. 여전히 도망자 신세고 미래는 보이지 않았다. 그런데 그때는 없었던 존재가 있다.

"가자."

보스턴백을 어깨에 메고 두 손으로 아이들의 손을 잡아끌며 역을 나섰다. 파출소가 있었다. 아무도 눈치채지 못 하리라 생각은 하지만 역시 긴장됐다. 그 마음을 감지했는지 오른손을 잡은 유야가 손에 힘을 꽉 줬다. 정신이 확 들어 얼굴을 보니 입술을 한일자로 다물고 있었다.

한편 왼손을 잡은 마히루는 거침없이 걸어가려고 했다. 시끌벅적한 역 앞 풍경에 눈을 반짝이며 기념품 가게들이 늘어선 거리를 흥미진진하게 바라봤다.

"나, 가게 가고 싶어."

"안 돼. 엄마 힘들게 하지 마."

"싫어, 가고 싶단 말야."

유야가 오빠답게 동생을 달랬다. 최근 들어 갑자기 그런 행동을 자주 보이는 것 같았다.

"괜찮아, 가보자. 너희가 좋아하는 거 사줄게. 이사 기념으로."

"크림빵!"

마히루는 즉시 대답했고 유야는 생각에 잠겼다.

오가는 사람들 속에서 낯익은 교복을 발견했다. 사립 레이메이칸 학교의 교복.

검은 머리를 기른 얌전해 보이는 소녀는 과거 자신을 조금 닮았다. 저 아이는 행복한 소녀일까. 아니면 행복한 꿈을 꾸고 있을까. 꿈을 꾸다 깨어났을 때 사람들은 반드시 다행이라고 생각한다고 어디선가 읽었다. 즐거운 꿈이었다면, 좋은 꿈이어서 다행이라며. 악몽이었다면 꿈이어서 다행이라며.

하지만 그것은 현실이 행복한 사람들만의 이야기다. 안심하고 돌아갈 수 있는 장소를 가진 사람들의 전유물.

팔 년 전 그날, 병원 침대에서 눈을 뜬 미오리는 경악했다. 자신을 덮칠 듯 들여다보던 얼굴.

미오리는 어떻게든 정신을 차리려고 했다. 아직 악몽 속에 있다고 생각했으니까. 아니, 그렇게 생각하고 싶었으니까.

하지만 귀에 닿는 목소리는 점점 선명해졌고 시야도 밝아졌다. 온몸이 나른하고 머리가 멍한 이유는 몇 시간 전 스스로 먹은 수면제 때문이라고 인식할 수 있을 정도로 의식이 또렷했다.

"미오리, 내가 누군지 알아보겠어?"

소리도 내지 못하고 그저 응시했더니 그가 이마에 손을 얹었다. 차갑고 조금 축축한 손. 심장이 얼어붙는 동시에 몸이 마구 녹기 시작했다. 자신의 몸이 녹으며 점점 존재 자체가 사라지는 것만 같았다.

왜 유타카가 여기 있지?

왜 살아 있어?

"땀이 쏟아지네. 어디 아파? 몸은 어때?"

얼굴이 하얀 유타카가 미간에 주름을 잡으며 안도와 걱정
이 뒤섞인 표정으로 물었다. 한숨이 얼굴에 쏟아졌고 그 순간
두피에 소름이 끼쳤다. 유타카 옆에 있던 누군가, 어머니가
일어나 간호사 호출 버튼을 눌렀다. 그제야 비로소 어머니도
있다는 사실을 깨달았다.

미오리가 상황을 이해하지 못하는 듯 보였는지 유타카가
간략하게 설명했다.

"그래서 돈은 빼앗겼지만 네가 무사히 돌아와서 정말 다행
이야."

진심으로 그렇게 생각하는 오빠의 목소리를 들으며 떨리는
몸을 멈출 수 없었다.

그동안 여러 차례 미오리의 자해 행위를 없던 일로 무마해
온 의사가 찾아와 간단히 진찰을 끝냈다. 정작 미오리 본인은
한마디도 하지 않았는데 현기증을 일으켜 쓰러진 것으로 되
어 오늘 밤은 입원해 상태를 지켜보기로 했다. 모르는 사이에
교복에서 환자복으로 갈아입은 것처럼 미오리의 뜻과 관계없
이 만사가 평소처럼 정리됐다.

"이야기는 아버지도 있는 자리에서 다시 하자꾸나."

어머니는 거듭 주의를 주고는 돌아갔다. 유타카는 어머니와 함께 나가며 문가에서 뒤돌아 "내일 보자"라며 미소 지었다.

내일 보자. 내일 보자!

강렬한 구역질이 치밀었다. 속이 메슥거린 지 오래됐지만 요즘은 특히 심했다. 순간 자신의 손을 깨물었다. 구토를 참기 위해서라기보다 그렇게라도 하지 않으면 절규가 터져 나올 것 같기 때문이었다.

간신히 충동을 잠재우고 침대에서 내려왔다. 당장 유히와 이야기하고 싶지만 스마트폰은 엄마가 들고 간 학교 가방에 들어 있다. 교복도 마찬가지여서 옷걸이에는 짙은 남색 코트만 걸려 있었다.

유히. 유히, 이게 도대체 어떻게 된 일이야?

목소리가 되어 터져 나왔을지도 모른다. 반쯤 울면서 잠옷 형태의 환자복 위에 코트를 입었다. 어머니가 두고 간 일만엔 지폐를 주머니에 쑤셔 넣고 학교에서 지정한 로퍼를 맨발로 신고 병실을 나섰다. 이미 소등 시간이 지나 병동은 어둡고 고요했다.

병원을 빠져나와 처음 발견한 택시를 잡아타고 가미쿠라 시립도서관까지 가달라고 했다. 곧바로 유히의 아파트로 향하지 않은 이유는 범죄자로서 이성적인 판단 때문이 아니라 목적지를 자세히 설명할 여유가 없었기 때문이다. 운전기사가 말을 걸었을지도 모르지만 머리가 생각으로 가득 차서 귀에 하나도 들어오지 않았다. 택시에서 내린 뒤의 기억도 전혀 없었다.

정신을 차리고 보니 눈앞에 유히의 아파트가 있었다. 어느 집의 문밖에 놓인 세탁기가 우당탕탕 돌아가는 소리가 들렸다. 그 소리에 심장도 날뛰었다.

1층 끝에 있는 집에서 불빛이 새어 나오고 있었다. 달려가 문손잡이를 돌리자 잠겨 있지 않았는지 저항 없이 열렸다.

숨을 몰아쉬며 문을 돌아본 유히의 눈이 휘둥그레졌다.

"……미오리."

다른 사람이 온 줄 알았나 보다. 그 사실을 깨달았을 때 집에 가득 떠도는 고소한 냄새를 알아차렸다. 볶음밥 냄새였다. 유히가 자주 만드는 음식 중 하나였는데 미오리도 먹은 적 있다. 집 안을 보니 밥상에 푸짐하게 담긴 볶음밥 두 접시와 캔 맥주가 나란히 있었다.

뜨겁게 열이 오른 머릿속이 푸시시 식었다.

"즐거워 보이네."

기이하게 억양 없는 목소리가 나왔다.

다다미에 책상다리로 앉은 유히는 당황한 얼굴로 미오리를 바라봤다.

"아니, 즐겁지 않은데……. 그런데 어떻게 여기까지 왔어? 꼴은 그게 뭐고."

"병원에서 도망쳤어."

미오리는 로퍼를 아무렇게나 벗어던지고 맨발로 들어갔다. 미오리가 다가갈수록 유히가 점점 턱을 들었다. 입도 희미하게 벌어져 있었다. 자신은 지금 분명 이상해 보이겠지.

"무슨 일이야. 왜 오빠가 살아 있어?"

비로소 유히의 얼굴에 상황을 파악한 기색이 나타났다. 그 굼뜬 반응에 몸속에서 거무스름한 무언가가 꿈틀댔다.

"미안해. 나중에 제대로 설명할 생각이었어. 일단 앉아."

"납치는 성공했는데 몸값을 옮긴 사람은 오빠가 아니던데."

미오리는 그 자리에 선 채로 말을 이었다. 빛바랜 다다미에 자신과 유히의 그림자가 흐릿하게 맺혔다.

유히는 한숨을 쉬며 머리를 마구 긁었다.

"들었어?"

"오빠한테. 눈 뜨자마자 가장 먼저 그 얼굴이 보였을 때, 내 심정이 어땠는지 알아?"

"미안해."

"왜? 무슨 이유가 있어서 그런 거지?"

"이유는……, 내 개인적인 사정이야."

"그게 무슨 소리야. 개인적인 사정이라니, 그게 뭔데."

"미안."

눈을 피한 유히의 얼굴을 보고 문득 계획 실행 전날 밤 그의 모습이 떠올랐다. 그때도 이렇게 시선을 피하지 않았나.

그때부터 살해 계획을 중단할 생각을 품었을까. 모르겠다. 믿었기 때문에 생각도 못 했다. 믿었으니까.

"내가 잘못했어. 반드시 이 빚을 갚을게."

잘못. 빚.

유히의 입에서 나오는 말은 그야말로 악몽 같았다.

"배신자."

말이 먼저였다. 낮게 쉰 자신의 목소리를 듣고 아아 그렇구나, 하고 깨달았다. 나는 배신당했다. 단 한 사람, 믿었던 그 단 한 사람에게.

몸속에 도사리던 검은 기운이 부풀어 올라 피부를 뚫고 나오려 했다. 눈앞이 어지러워 유히의 얼굴도 잘 보이지 않았다.

유타카가 밉다.

부모님이 밉다.

유히가 밉다.

세상 모든 것이 증오스럽다.

부엌에 그대로 놓아둔 식칼과 도마가 시야에 들어왔다. 미오리가 병원에서 공포에 직면했을 때 유히가 누군가와 즐겁게 먹으려고 요리한 흔적. 미오리는 휘청이는 걸음으로 다가가 칼을 집어 들었다.

"미오······!"

유히가 뭐라고 말했다.

안 들려. 어떻게 되든 상관없어. 용서 못 해.

밥상이 덜컹거리더니 캔맥주가 굴러떨어졌다. 다다미에 비친 두 그림자가 부딪치고 겹쳤다가 얼마 후 떨어졌다.

미오리는 일어서서 두 다리 사이에 쓰러진 유히를 내려다봤다. 배에 꽂힌 칼을 중심으로 추리닝 색이 서서히 변했다.

그 모습을 보고서야 미오리는 자신이 무슨 짓을 저질렀는지 깨달았다.

헉, 하며 목이 졸린 소리를 내면서 뒤로 휙 물러나다가 휘청이며 엉덩방아를 찧었다. 유히는 고통에 얼굴을 일그러뜨리며 거친 숨을 내뱉었다. 미오리의 입에서도 똑같이 거친 숨이 새어 나왔다.

이곳에 있기 싫다. 단지 그 생각에만 사로잡혀 어떻게든 일어나려고 했다. 하지만 온몸이 후들후들 떨려 몸을 제대로 일으킬 수 없었다. 바닥에 놓인 운동 가방이 눈에 띄어 거기까지 기어갔다. 내용물을 확인하려고 손을 뻗었다가 코트 소맷부리에 묻은 피를 발견했다. 비명을 지르며 소매를 다다미에 문질렀다. 울먹이며 소매를 한 번 접었다. 가방에는 예상대로 돈다발이 가득 채워져 있었다. 땀에 젖은 손으로 가방 손잡이를 잡고 마침내 일어섰다. 예상보다 가벼워서 순간 중심을 잃었다.

구르다시피 현관으로 향하는 순간 뒤에서 유히가 불러세웠다.

"미오⋯⋯."

등이 움찔하며 다리가 저절로 멈췄다. 가슴이 두방망이질 치고 땀이 쏟아졌다. 앞으로 나아갈 수도 뒤돌아볼 수도 없었다.

"저것도 가져가. 소중한 물건이잖아."

그 말에 뒤돌아본 것을 후회했다. 유히는 쓰러진 채 감기다시피한 눈으로 침대 쪽을 바라봤다. 추리닝의 얼룩이 아까보다 커져서 다다미에 피 웅덩이가 번졌다. 유히는 목숨을 구하지 못하리라.

죽음으로 향하는 모습을 마주하지 못하고 그의 시선 끝을 따라 급히 눈을 돌렸다. 유히가 무엇을 가리키는지 곧바로 알아차렸다.

『돈키호테』 문고본, 1권. 미오리가 빌려준 책이었다.

그 책을 본 순간 자신도 모르게 비명을 지를 뻔했다. 직전에 입술을 깨물지 않았다면 짐승처럼 계속 소리를 질렀을 것이다. 뜨거운 덩어리가 가슴속에 복받쳤다. 조금 전까지 자신을 지배하던 감정과는 다른, 하지만 똑같이 강렬한 감정.

미오리는 침대로 돌진해 머리맡에 있던 문고본을 거칠게 잡아 몸값이 든 가방에 밀어 넣었다. 나는 왜 울고 있을까 생각하면서.

이번에야말로 말없이 집을 뛰쳐나왔다. 공기는 예상 밖에 차가웠다. 뿜어져 나오는 숨은 하얗고 밤은 어둡다는 당연한 사실에 순간 멈칫했다. 어디로 가야 할지 모르겠다. 하지만 이곳에 있을 수는 없다.

어디론가 떠나야 해.

최대한 빨리.

혼자서.

눈물 젖은 볼을 힘껏 닦아내며 먹구름 속으로 달렸다.

지금은 아무것도 생각하지 말아야지.

도망치고 도망치고 계속 도망치리라. 내게서 무언가를 빼앗으려는 모든 존재에게서.

"엄마?"

불만스러운 마히루의 목소리에 현실로 돌아왔다. 어느새 멍하니 넋을 놓았던 모양이다.

마히루가 이끄는 대로 정처 없이 걷기 시작했다.

왜 이 땅으로 돌아오고 말았는지, 지금에 이르러서도 잘 모르겠다. 돌아오지 말아야 할 이유라면 얼마든지 있다.

그런데 왜일까. 마음이 놓였다. 반가웠다.

보스턴백에는 『돈키호테』 문고본이 들어 있다. 지금까지 계속 함께 여행했다.

그 사람은 분명 이 세상에 없겠지. 내게 상처를 주다니 뻔뻔했다. 그래도 지켜봐 줬으면 좋겠다. 당신은 내게 용기를 준 사람이었으니까.

미오리는 아이들의 손을 꽉 되잡았다.

"셋이서 행복해지자."

멍하니 올려다보는 두 아이의 얼굴에 햇빛이 비쳤다. 아이들은 웃는 얼굴로 크게 고개를 끄덕였다.

23

두 달 동안 감정유치된 마쓰바 미오리는 아들에 대한 보호
책임자 유기죄, 딸에 대한 보호책임자 유기치사죄 및 마사치
카 유히이자 다치카와 신지에 대한 상해죄로 기소됐다.

마쓰바 오사무에 대한 몸값 목적 약취는 몸값목적약취등죄
가 아니라 사기죄가 타당하다고 판단했는데 사기죄의 공소시
효가 지나 불기소됐다. 고즈카 아사히와 다치카와 신지 두 사
람 또한 불기소됐다.

마쓰바 유타카에 대한 살인예비죄는 실현성에 의문이 있다
고 해 세 명 모두 불기소됐다.

24

"기리야 치나쓰입니다. 오늘 잘 부탁드립니다."

치나쓰가 머리를 숙이자 두 갈래로 묶은 머리가 찰랑거렸
다.

그 건강해 보이는 모습을 보고 가라스마는 안심했다. 치나
쓰가 유야와 다치카와와 친했다고 들어서 걱정했는데 호른의
지도원과 함께 신요코하마역에 나타난 모습을 보니 긴장은

했지만 그동안 일어난 사건을 마음에 둔 것 같아 보이지는 않았다.

전에 봤을 때보다 머리가 자랐다. 크림색 다운 점퍼에 옷자락에 보아털이 달린 반바지와 검은 레긴스라는 제법 세련된 모습이었다.

"가라스마 야스코입니다. 잘 부탁드려요."

미소 지으며 인사하는 가라스마 뒤에서 가노가 느긋하게 걸어왔다.

"아, 내가 마지막이야? 치나쓰, 새해 복 많이 받아……는 이미 말했나?"

"네, 순찰 오셨을 때요."

"그랬구나. 가라스마는 첫 새해 인사네. 어라, 그 점퍼는 경찰학교 졸업하고 첫 발령 받던 무렵부터 입던 옷 아닌가?"

"웃기지 마. 작년에 산 캐나다 구스거든."

"후후, 나는 평소와 조금 다른 매력이 느껴지지?"

이세탄백화점 남성관에서 팔 듯한 코트에 청바지 차림인 가노는 제자리에서 한 바퀴 돌았다. 경찰 제복을 입지 않으면 평소보다 한층 더 나사 빠진 사람 같아 보였다. 경찰관인 줄 모르면 불심 검문을 하고 싶을 정도다.

가노는 들고 있는 종이봉투에는 도시락과 안미쓰가 들어 있었다.

"아, 이거 방금 역 건물에서 사 왔어. 밋짱이 여기 안미쓰가 맛있다고 했거든."

"오, 그 아이 디저트를 잘 아네. 쓸모 있겠어. 우리한테 보
내."

"전에 하자쿠라가 권하는 것 같던데 형사가 되고 싶다고 금
방 될 수 있는 게 아니니 뭐. 당분간은 내 밑에 있어야지."

치나쓰를 데리고 온 지도원과 헤어져 셋이서 함께 신칸센
플랫폼으로 향했다. 새해 연휴의 신요코하마역은 가족 단위
승객이 눈에 띄었다. 자신들도 주변에서 보면 그렇게 보일지
도 모른다.

"치나쓰, 신칸센 처음 타니?"

플랫폼을 두리번거리던 치나쓰는 화들짝 놀라 고개를 돌리
고는 "네"라고 대답했다.

"저기, 우리가 탈 신칸센은 세키가하라를 지나죠?"

"세키가하라? 음, 마이바라까지 가니까 어떻게 되더라?"

가노에게 눈으로 물었지만 어깨를 으쓱할 뿐이었다. 가라
스마가 스마트폰을 꺼내 검색하려는데 치나쓰가 미안한 듯
말렸다.

"아, 선생님께 물어봤더니 지나간다고 했는데 저 게시판에
안 적혀 있어서요."

"아, 세키가하라는 신칸센 정차역이 아니거든. 그런데 세키
가하라는 왜?"

"옛 전투지가 어떤 곳인지 궁금해서요."

"치나쓰, 역사에 관심 있구나."

그런 대화를 하는 사이에 안내방송이 나오고 치나쓰가 탈 열차가 플랫폼에 들어왔다. 유선형으로 만들어진 열차에 따라 붙는 치나쓰의 눈은 반짝반짝 빛났다. 신칸센에 올라타 좌석을 회전시키는 것만으로도 치나쓰에게는 작은 이벤트 같았다.

창가 자리에 앉자마자 치나쓰는 배낭에서 엽서 한 장을 꺼냈다. 크리스마스 무렵에 유야가 보낸 엽서였다. 거기에 적힌 글자를 또 읽고 다시 정성스럽게 배낭에 넣었다.

신칸센은 정해진 시간에 신요코하마역을 출발했다. 한 번도 가나가와를 벗어난 적이 없는 치나쓰는 창문에 이마를 붙이고 경치를 구경했지만 후지산을 보고 탄성을 지른 뒤 어느새 잠들었다. 어젯밤 설레서 잠을 못 잤는지 몰랐다.

가라스마가 무릎에서 미끄러져 떨어질 것 같은 배낭을 살짝 잡아주며 말했다.

"결국 그 형제는 끝까지 달아났어."

"응?"

치나쓰의 맞은편에 앉아 밖을 바라보던 가노가 가라스마에게 고개를 돌렸다.

"납치가 자작극이었다고 밝혀진 시점에 기소는 어렵다는 걸 알았지만 그 두 사람이 죗값을 치르지 않고 무죄 방면되다니 좀 그렇지 않아?"

"뭐, 법이 그러니까. 하지만 그 형제가 그걸 알았던 건 아니잖아. 그러니까 그런 식으로라도 웃을 수 있어 다행 아닐까."

"당신은 고즈카 아사히와 다치카와 신지뿐 아니라 유야도 자백하게 한 셈이야. 유야가 털어놓지 않았다면 사건을 진정으로 해결할 수 없었어. 그것도 알았어?"

"그렇게 대단한 게 아니라니까 그러네. 그냥 비밀 냄새를 잘 맡을 뿐이야."

"짜증 나는 능력이야. 형사 최적화잖아. 돌아오면 어때?"

가노는 일부러 눈을 동그랗게 떴다.

"무슨 바람이 불어서 그래? 아니면 새롭게 괴롭히는 방법인가?"

"당신 방식이 좋다고는 생각 안 해. 상황에 따라서는 사람의 마음에 엄청난 상처를 주니까. 하지만 우리 일은 결과를 내는 게 우선이잖아. 피해자가 있다면 반드시 해결해야 해. 당신은 그것만큼은 잘하니까."

신칸센은 덴류가와강에 다다랐고 교량의 그림자가 가노의 얼굴에 얼룩무늬를 그렸다. 표정을 놓친 사이 가노는 다시 창문으로 고개를 돌렸다.

"뭐야, 하자쿠라한테 뭐라도 받았어? 그럴 생각 없어. 수사 조력자 정도면 몰라도 형사는 안 해."

"역시 옛날 일에 당신도 책임감을 느껴?"

"나는 이미 포기했어. 파출소 순경 일도 좋아하고."

더 이상 말해봤자 소용없어 보였고 말할 마음도 들지 않았다. 가방에서 스마트폰과 이어폰을 꺼내 기차 여행 추천 플레이리스트를 적당히 골랐다.

도요하시역을 지날 때 치나쓰를 깨워 가노가 사 온 도시락과 안미쓰를 먹은 뒤 마이바라역에서 내렸다. 여기서부터는 특급열차와 완행열차를 갈아타고 현지 사람들만 이름을 알 만한 마을로 향했다.

유야가 사는 마을. 치나쓰가 다시 엽서를 꺼내 지명을 확인했다.

엽서에는 풍경 사진이 인쇄되어 있었다. 할아버지에게 물려받은 카메라로 유야가 찍은 사진이라고 했다. 유야는 처음 접한 카메라에 빠져서 탈 수 있게 된 지 얼마 안 된 자전거를 끌고 이곳저곳 나가 사진을 찍는다고 한다.

그곳에 가보고 싶다고 드물게 자기 생각을 주장한 치나쓰의 소원을 이뤄 주려고 가라스마와 가노가 비번인 날 동행하게 됐다.

어마어마한 시골이었다. 시야는 온통 평평하고 드넓은 밭이었고 건물이 드문드문 보였다. 금방이라도 눈이 내릴 것 같은 흐린 날씨 탓인지 색감이 부족한 풍경은 쓸쓸해 보여 봄의 자태를 상상할 수 없었다.

스마트폰 지도에 의지해 걷다 보니 눈에 보이는 풍경은 어느새 밭뿐이었다. 줄지어 심은 무와 양파. 거대한 비닐하우스. 길가에 주차된 경트럭과 트랙터. 가미쿠라도 결코 도시는

아니지만 치나쓰는 이런 풍경에 익숙하지 않은 듯했고 비료
냄새에 주춤하면서도 시선을 이리저리 바쁘게 움직였다.

"슬슬 여기쯤 같은데."

가라스마가 주위를 둘러봤을 때 치나쓰가 "앗!" 하고 소리
를 냈다. 가라스마도 알아챘다.

밭두렁에서 소년이 연을 날리고 있었다. 팽팽하게 늘어난
긴 실 끝에 붉은 연이 자그마하게 보였다.

소년의 곁에는 수수한 점퍼를 입은 노령의 남자가 있었다.
마쓰바의 성을 내려놓은 남자가 그들을 알아보고 인사했다.

"유야!"

치나쓰가 목청 높여 부르며 달려갔다.

연을 올려다보던 유야가 고개를 휙 돌렸다.

칙칙한 풍경 속에서 상기된 두 미소가 만났다.

가라스마는 숨을 크게 들이마시며 하늘을 올려다봤다.

새해의 공기는 차갑고 하늘은 드넓었다.

과거의 지옥에서 날아온
죄의 청구서

형제는 언제부터인지 기억도 나지 않는 어린 시절부터 아버지와 전국을 떠돌며 좀도둑으로 살았습니다. 그들의 세상은 낡은 도요타 코롤라였습니다. 그러던 어느 날 아버지가 사망하면서 두 사람은 헤어지고 그때부터 전혀 다른 삶을 살게 됩니다. 그렇게 생이별한 지 십 년. 거리에서 재회한 형제는 지역 명사의 딸을 납치하는 납치 자작극을 계획하게 되고 성공에 이릅니다.

그리고 팔 년 후, 가미쿠라의 한 맨션에 방치된 어린 남매가 발견됩니다. 동생은 아사한 시신으로 발견되고 오빠는 기력이 쇠한 상태로 구조됩니다. 세상을 떠들썩하게 한 이 사건으로 가나가와현경과 가미쿠라 경찰서는 합동수사를 시작하지만 난관에 부딪치고 사건 해결은 요원해 보이는 가운데 아이들을 처음 발견한 가미쿠라역 앞 파출소 순경 가노가 사건 관계자들의 거짓말을 매의 눈으로 잡아챕니다. 사건 이면의

이면에 도사리는 비틀린 과거와 비극은 과연 무엇일까요?

『아침과 저녁의 범죄』는 2018년『거짓의 봄』으로 제71회 일본추리작가협회상(단편부문)을 수상한 후루타 덴의 또 다른 도서 미스터리이자 가노 라이타 시리즈 두 번째 작품입니다. 연작 단편집『거짓의 봄』에서 어딘가 허술한 듯 하지만 뛰어난 추리와 자백 기술로 독자를 사로잡은 가노 라이타가 또다시 멋지게 활약하는 첫 장편소설이기도 합니다.

'도서(倒敍) 미스터리'란 '도치 서술'의 줄임말로 범인의 입장에서 진행되는 작품입니다. 따라서 '범인은 누구인가'가 아니라 '어떻게 범죄를 파헤치는가'에 중점을 두며 탐정이나 경찰이 범인의 허점을 찾아내고 치밀하게 계획된 범행을 어떻게 깨뜨리냐가 재미의 핵심입니다.

『거짓의 봄』으로 흥미로운 도서 미스터리를 선물한 후루타 덴이 이번에도 매력적인 도서 미스터리『아침과 저녁의 범죄』로 찾아왔습니다.

『아침과 저녁의 범죄』는 사회파 미스터리의 면모도 보이는데 작품 속에 '아동학대'라는 다소 무거운 주제가 등장합니다.

원래는 따뜻하고 내 편이어야 할 존재인 가족, 안전해야 할 공간인 집이 서로를 할퀴고 학대를 대물림하는 폐쇄적인 아비규환이 되어 결국 아이들은 영문도 모른 채 가장 큰 피해자가 됩니다. 요즘 우리 사회에서도 아동 방치, 학대 사건을 심심치 않게 접할 수 있기 때문에 이 작품을 읽으면서 먼 나라 이야기만은 아니라고 느끼는 독자가 많으리라 생각합니다.

사람의 탈을 쓰고 어떻게 그런 짓을 할 수 있을까, 상식적으로 가능한 일인가 싶어서 매우 마음 아프고 씁쓸한 주제이지만, 업보와 왜곡된 사회의 비극을 짊어진 자들의 이야기를 통해 우리 사회의 어두운 단면을 다시 한번 직시하고 보다 나은 미래를 위해 고민하게 하는 것이 사회파 미스터리의 또 다른 기능 아닐까 생각합니다.

'후루타 덴'이 집필 담당 아유카와 소와 플롯 담당 하기노 에이가 팀을 이뤄 만든 필명이라는 사실은 이제는 국내 독자도 잘 알 것입니다.

『아침과 저녁의 범죄』 출간 기념 인터뷰에서 하기노 에이는 절대로 입을 열지 않는 끝판왕 범인을 가노가 어떻게 자백으로 이끄는지에 대한 답이 이 작품에 담겨 있으니 그 부분을 주목해 달라고 했습니다.

아유카와 소는 아사히, 유히 형제의 소년 시절이 객관적으로 보면 아동학대 같지만 모험처럼 설레는 느낌을 담고 싶었다, 그들의 여행이 십팔 년 후 어떤 결말을 맞이할지 즐겁게 따라가 달라고 했습니다.

독자 여러분도 두 작가의 바람과 자백 전문 가노가 이끄는 길을 씁쓸하면서도 즐거운 마음으로 따라가 그 끝에 기다리는 '아침과 저녁의 진실'을 만나셨기를 바랍니다.

2024년

문지원

아침과 저녁의 범죄

1판 1쇄 인쇄 2024년 9월 2일
1판 1쇄 발행 2024년 9월 9일

지은이 후루타 덴 **옮긴이** 문지원
발행인 송호준 **편집장** 민현주 **총괄이사** 황인용
디자인 소요 이경란 **제작** 송승욱 **마케팅** 송재원
발행처 블루홀식스 **출판등록** 2016년 4월 5일 제 2016-000100호
주소 경기도 파주시 회동길 483-1 **전화** 031-955-9777 **팩스** 031-955-9779
이메일 blueholesix@naver.com

ISBN 979-11-93149-27-0 03830 값 17,800원